KB265850

한국설화의 전승 방식과 인물의 성격

한국설화의 전승 방식과 인물의 성격

저자 소개

강 현 모(姜 賢 模)

충남 부여 출생
한남대 국어국문학과, 한양대 대학원(문학박사)
한남대, 한양대, 용인대 강사 역임
한남대 융복합대학 초빙교수

논저 : 『장수설화 구조와 의미』, 『한국설화의 전승양상과 소설적 변용』, 『김덕령 서사문학
의 전승양상과 교육적 의의』, 『한국민속과 문화』, 『금산 새내(금내, 금강유역, 버드
내) 유역의 구비설화』(공저), 『〈홍길동전〉의 서사구조와 문화 콘텐츠화』, 『기허당 영
규대사의 서사전승 연구』
「비극적 장수설화 연구」, 「완판 춘향열녀수절가의 주제 일고」, 「연암의 광문전승에
나타난 서사구조와 지향의식」 등 논저 다수

한국설화의 전승 방식과 인물의 성격

초판 인쇄 2013년 10월 23일
초판 발행 2013년 10월 30일

지은이 강현모
펴낸이 이대현
편 집 이소희
펴낸곳 도서출판 역락
서울 서초구 반포4동 577-25 문창빌딩 2층
전화 02-3409-2058(영업부), 2060(편집부)
팩시밀리 02-3409-2059
이메일 youkrack@hanmail.net
등록 1999년 4월 19일 제303-2002-000014호

ISBN 978-89-5556-676-5 93810
정 가 19,000원

* 잘못된 책은 교환해 드립니다.

한국설화의 전승 방식과 인물의 성격

강 현 모

역락

머리말

　필자는 부여가 고향이다. 자란 곳이 백제의 심장이요 그 젖줄인 백마강을 배로 건너다니며 살았으니, 백제의 흥망에 관심을 가지는 것은 인지상정이요 백제의 인물이나 문화에 애정을 느끼는 것 또한 당연지사가 아니겠는가! 그러다가 국문학과에서 답사를 하면서 설화에 관심을 갖게 되었고, 이런 설화를 통해 백제문화에 대한 연구를 해보자는 생각을 하게 되었다.

　고향에 대한 자부심과 일종의 책임의식으로 시작한 부여지역의 설화 연구는 이몽학 설화의 연구를 시작으로 박사학위논문으로 쓴 비극적 장수 설화의 연구에까지 이르렀다. 여기에서 나아가 각 지역의 설화집을 비롯하여 설화에 관한 여러 편을 논문을 썼다. 그런 논문 중에 김덕령에 관해서는 설화를 비롯하여 고전소설 임진록, 한문 전, 국문 전기소설, 현대소설 등 그의 전승 양상에 대해 한 권의 책으로 묶어 냈는데, 박사학위논문을 제외하고 설화만 묶은 책은 없었다.

　이번의 책은 설화의 전승 방식과 등장인물의 특성이란 두 부분으로 나누어져 있다. 논문으로 발표하고 오랫동안 묵혔던 자료 중에서 설화의 전승 방식에 관하여 정리하면 한 권의 책으로 묶어질 수 있다고 보았는데, 한국 설화의 전승 방식에 관한 논문이 5편 정도여서 등장인물의 성격을 분석한 자료 3편을 덧붙여 2부로 나누게 되었다.

이번 책의 자료들은 책을 내는 데 사용한 것도 있으나 대개 초기에 썼던 논문들이다. 그래서 주제를 맞게 정리하는 과정이 필요하여 기존의 논문에서 일부를 삭제하고 편제를 바꾸었으며 문장을 대폭 수정한 것도 있다.

먼저 1부 한국설화의 전개방식은, 먼저 <이몽학 오뉘힘내기 전설의 전승 방식>을 통해 불특정 인물전설에서 이몽학이란 특정 인물전설로 결구되는 전승 방식을 제시하였고, <은산별신제 배경설화의 전승 방식>에서는 시대적 역사적 상황에 따라 설화의 전승 방식을 제시하였다. <김덕령 전승의 장르적 전승 방식>에서는 표현 매체와 수용 삽화가 장르에 따라 변화하는 전승 방식을, <우즈벡 고려인의 구비설화 전승 방식>에서는 구전, 책, 영화나 연극이란 설화의 전달 매체에 따른 전승 방식을, <인물전승에 나타난 사건의 수용 방식>에서는 설화의 주인공의 성격에 따라 역사, 행위, 증거물의 수용 방식을 살펴보았다. 그리고 <부여지방의 힘내기 전설의 전승 방식>에 대해서도 살펴보았다.

그리고 2부는 설화에 등장하는 인물의 성격에 관련된 3편의 논문을 수록하였다. 우선 <신거무 전설에 나타난 인물의 성격>에서는 전설의 특성을 파악한 후에 주요 등장인물인 신거무, 자원한 원, 부모(송순) 등 인물들의 성격을 검토하였다. <성재 전설의 전승배경과 등장인물의 특성>에서는 전승배경을 통해 권종과 조헌의 관계, 인물의 특성으로는 주인공과 처녀원귀를 대상으로 검토하였으며, <대왜 항전 설화에 나타난 등장인물의 특징>에서는 영규대사와 관련된 부분을 삭제하고, 권율, 한순, 바우란 인물에 대한 것만 제시하였다.

이 책이 나오기까지는 학부와 대학원에서 김균태 교수님을 비롯한 많은 교수님들의 도움과 격려가 있었기에 가능한 일이었다. 많은 교수님들께 머리 숙여 고마움과 감사를 드린다. 그리고 현지조사를 수행하였던

많은 학생들에게도 고마움을 표한다. 이밖에도 도움을 주신 많은 분들과
책을 엮는 데 기꺼이 도와주신 도서출판 역락의 이대현 사장님과 직원
여러 분들께도 고마움과 감사를 전한다.

2013년 10월

강 현 모

제 2 부 전승에 나타난 인물의 성격

제1부

설화의 전승 방식과 의미

이몽학 오뉘힘내기 전설의 전승 방식

1. 서론

오뉘힘내기는 비상한 힘을 가진 오누이에 관한 이야기로 전국에 널리 분포되어 있는 광포전설의 하나이다. 이 오뉘힘내기에는 비범한 오누이의 출생이나 성장은 보이지 않고 오직 투쟁과 종말만이 남아 있다.[1] 즉 이 전설은 어머니의 부당한 개입으로 이겨야 할 누이가 패배하고 져야 할 아들이 승리하는 내기의 과정을 구술하고 있다. 누이는 힘이 아들의 힘보다 우월하고 아량이 있다. 그런데 아들보다 비범하고 아량이 있는 누이는 부당한 어머니의 개입으로 몰락하고 만다.

오뉘힘내기 전설에 대한 기존의 연구에는 화소의 변이양상을 분석하고, 그 전승집단의 의식적 변이를 통하여 의미를 해석하려는 연구가 먼저 있었다.[2] 그 다음으로 신화에서 이 전설의 원형태를 찾아 신화적 질

---

1) 장덕순, 『한국문학의 연원과 현장』, 집문당, 1986, 116쪽.
2) 최래옥, 「한국설화의 변이양상」, 『구비문학』 2집, 한국정신문화연구원, 1972. 2. 『한국 구
   비전설의 연구』, 일조각, 1981. 50~58쪽, 178~195쪽.
   김학성, 「설화의 파생태와 그 의미」, 『향토문화연구』 제2집, 원광대 향토문화연구소, 1979.

서로부터 전설적 질서로 이행한다는 관점에서 전설의 의미를 찾고자 하는 노력들도 있다.3) 한편 한 지역에서 전승되는 전설을 중심으로 신화적 의미를 추출하거나4) 그 전승지역의 특성을 통한 의미를 파악하고자 하는 연구도 있었다.5) 또한 특정인물에 결합된 오뉘힘내기 전설에 대한 연구는 보이지 않고 단편적인 언급이 보일 뿐이다.6) 이런 점에서 광포전설인 이 전설이 역사적 한 인물에 결합되는 양상을 고찰하는 것도 흥미 있을 것이다.

필자가 조사한 바에 의하면, 힘내기 전설은 특정인물이 결구된 양상이 많다. 즉 역사상 훌륭한 인물이거나 불행한 인물, 또는 반역을 한 인물이었든 여러 인물들에게 결구되어 있다. 그런데 인물과 결합된 양상 중에는 불행한 인물에 집중되어 결합된 예가 훨씬 많이 나타나고 있다. 대표적으로 김덕령과 이몽학에게 결합된 예를 들 수 있다. 이처럼 불우하였던 특정인물에 결합하여 전승되고 있는 이 전설은 그 인물을 통하여 세상에 존재해야 할 무엇인가를 추구하고자 하였기 때문이다.

민중들은 고통과 수난의 현실이 개혁되기를 바란다. 즉 현실적인 인식을 넘어서 불가능하게 여겨지는 일반 통념을 뒤엎고 현실을 바꾸었을 때, 민중들은 주인공들을 존경하게 된다. 특히 이들이 대결하여 바꾼 현실이 민중들의 일상적인 삶과 연결되기 때문에 더욱 그러하다.7) 민중들

『국문학의 탐구』, 성균관대학출판부, 1987의 295~314쪽에 재수록.
3) 현길언 a, 「힘내기형 전설의 구조와 그 의미」,『연암 현평효박사 화갑기념논총』, 1980. 651~677쪽. 천혜숙, 「전설의 신화적 성격에 관한 연구」, 계명대 대학원 박사학위논문, 1987. 6. 81~112쪽.
4) 현길언 b, "제주도의 오뉘이 장사전설",『탐라문화』창간호, 제주도탐라문화연구소, 1982. 27~42쪽.
5) 장덕순, 앞의 책, 103~118쪽.
6) 단편적인 언급으로는 천혜숙, 현길언 b, 윤재근(이몽학설화고), 강현모(이몽학 설화의 연구) 등이 있다.
7) 김혜경, 「인물전설의 구조와 사상배경에 관한 소고」, 이화여대 대학원 석사학위논문,

은 이렇게 어떤 인물이 현실을 바꾸려 했던 존재였다고 인식할 때, 그 인물을 전설화한다.

한편, 민중들은 실제로 있었던 역사적 인물을 전설적으로 형상화시키기 위해서 이미 전승되고 있는 전설 유형에 의존하지 않을 수 없다. 그 이유는 구연자나 청중들이 기존의 전승 구조를 마음속에 지니고 있기 때문이다. 그리고 민중들은 역사의식으로 어느 시대의 어느 인물이라는 구체적 관계를 변별할 능력이 없거나, 변별하고자 하는 욕구를 절실하게 가지고 있지 못하다.[8] 그렇기 때문에 민중들은 어떤 인물이 위대하거나 신비한 능력을 지닌 특이한 인물로 인식된다면, 그에게 부합하다고 생각된 파생한 삽화가 첨가되어도 저항감을 갖지 않는다.

광포전설인 오뉘힘내기 전설이 어떤 특정 인물에 결합되었을 때도 마찬가지이다. 본고는 선조 때 역적이었던 이몽학에 결합된 오뉘힘내기 전설의 변이양상과 그 의미를 고찰하고, 변이의 진행과정을 추출하고자 한다.

이몽학은 임진왜란 중에 충청도 홍산 지방에서 반란을 일으켜 호서 일원을 장악하고 서울까지 위협한 인물이었다.[9] 이런 이몽학에 결합된 오뉘힘내기 전설은 부여지방에 한정된 지역 전승이다.[10] 이것은 김덕령 오뉘힘내기 전설이 널리 분포되어 있어 비교가 되는 흥미 있는 현상이나 본고의 논지에 벗어나 언급은 뒤로 미루겠다.

그런데 부여지방의 오뉘힘내기가 이몽학에게만 모두 결합되어 있는 것은 아니기에 한 특정인물에 결합된 전설의 양상으로 고찰할 수 있을 것이다. 또한 이몽학의 오뉘힘내기가 일반적인 오뉘힘내기 전설보다는

1984., 119쪽.

8) 김혜경, 위의 논문, 94~110쪽.

9) 강현모, 「이몽학 설화의 연구」, 『한국학논집』 13집, 한양대 한국학 연구소, 1988. 2. 53~ 59쪽.

10) 강현모, 위의 논문, 59쪽.

후대형이란 점에서11) 변모양상을 고찰하는 데 용이할 것이다. 한편 이몽학이 역적이었던 역사적 사실을 전설에 어떻게 반영하고 있으며, 전설의 변이양상이 어떻게 전개되고 있는지 살펴보는 것도 의미 있는 일이다.

본고는 이몽학 오뉘힘내기 전설의 변이 가능성을 알아보고, 그에 따른 변이 유형을 분류하겠다. 그리고 이 변이유형들이 지니는 특징과 의미를 고찰한 뒤에 그 유형간의 변이양상을 통해 전승 방식을 살펴보겠다.

이런 논의를 위한 자료는 필자가 현지, 기존논문, 자료집 등에서 수집하여 언급하였던 자료12)를 중심으로 살피게 될 것이다.

2. 이몽학 오뉘힘내기 전설의 개관

전국적으로 광포되어 있는 오뉘힘내기 전설에는 다양한 변이형이 있다.13) 그 중에 가장 완형담을 단락으로 나누어 정리하면 다음과 같다.14)

① 옛날 어느 집에 홀어머니가 힘이 장사인(비범한) 아들과 딸을 데리고 살았다.
② 하루는 오뉘가 한 집에 같이 살 수 없어, 지는 사람이 죽기로 하고, 아들은 굽나무 신을 신고 서울 갔다 오기와 누이는 집 부근 산에 성 쌓기 내기를 하였다.
③ 딸이 거의 성을 쌓아 이기게 되자, 어머니는 아들이 이기게 할 욕심

---

11) 현길언 a, 앞의 논문, 천혜숙, 앞의 논문, 조동일, 「한국설화의 변이양상에 대한 평론과 의견」, 『한국학 연구의 성과와 그 성찰』, 한국정신문화연구원, 1981,
이상의 논문들은 이 전설의 원 형태를 신화에서 찾을 수 있다는 점에서 같은 맥락으로 추정할 수 있다.
12) 강현모, 앞의 논문, 55쪽의 주7~9 참조. 자료는 앞의 논문, 89~109쪽에 수록되어 있다.
13) 최래옥, 앞의 논문, 25~53쪽. 천혜숙, 앞의 논문, 99~106쪽.
14) 최래옥, 앞의 논문, 25~26쪽.

으로 뜨거운 팥죽을 쒀주어 딸의 작업을 지연시킨다.
④ 그때 아들이 돌아와 딸이 패하여 죽게 된다(오래비도 어머니도 죽는
   다).
⑤ 지금도 딸이 쌓다만 성터가 남아 있다.

이 전설의 전개과정은 대체로 5분법으로 나누고 있다.[15] 이 외에 4분법이나[16] 6분법으로[17] 나누어 살피기도 한다. 그런데 전설의 의미를 잘 나타내기 위한 서사단락의 구분은 증시부를 포함한 5분법에 의한 전개가 적당하다고 본다.

위 단락구분에서 ①은 오뉘의 갈등이 야기될 수 있는 상황을 나타내는 발단부분이고, ②는 발단에서의 갈등이 힘내기로 전개되는 전개부분이 된다. ③은 힘내기 과정에서 부당한 어머니의 개입으로 상황이 변화되는 절정부분이고, ④는 내기의 결과를 알리는 종말부분이며 ⑤는 이런 힘내기 과정이 있었다는 증거를 나타내는 증시부분이다.

지금까지 수집한 이몽학 오뉘힘내기 전설을 유형화 해보겠다. 이에 전설의 각 서사단락의 중요한 유무를 확인하여 유형화할 계기를 제시하고자 한다. 즉 오뉘힘내기 삽화의 차용, 변이를 통해 이룩된 이몽학 오뉘힘내기 전설을 5단락으로 나누고 그 앞뒤에 연결된 삽화와 연결 방식을 도식화 하면 아래와 같다.

---

15) 현길언 a, 앞의 논문, 653~654쪽. 현길언 b, 앞의 논문, 28~29쪽
16) 최래옥, 앞의 책, 50쪽. 최래옥, 앞의 논문, 25~26쪽.
    한편 장덕순(앞의 책) 교수는 확실하게 분류하지 않았지만, 4단계 분류 방법을 채택하고 있는 것 같다(110쪽).
17) 천혜숙, 앞의 논문, 82~83쪽.

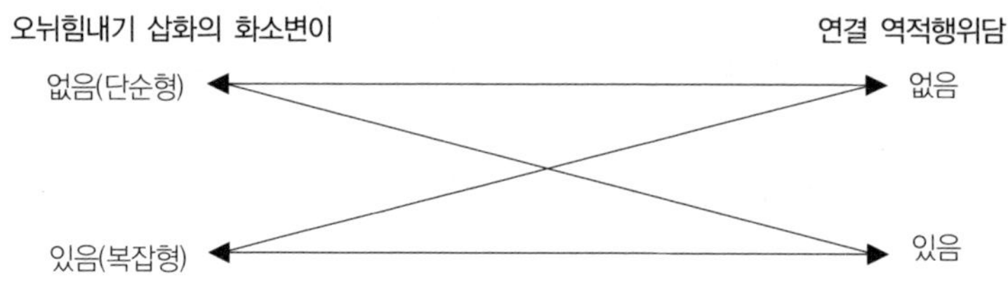

위 도표를 이용하여 유형 분류를 하고자할 때, 두 가지 사항을 고려하여야 한다. 첫째는 오뉘힘내기 삽화 속에 역적으로 난을 일으킬 화소가 있는지의 문제이고, 둘째는 그 오뉘힘내기 삽화의 앞이나 뒤에 이몽학이 난을 일으켰다는 역적담이 붙어 있느냐의 문제이다. 이에 따라 전자인 오뉘힘내기 삽화에서 인물의 성격이나 특징을 나타내는 화소변이가 있고 없음에 따라 일차적으로 분류하면, 단순담과 복잡담으로 나눌 수 있다. 그리고 후자인 첨가된 역적행위담이 있고 없음에 따라 2차적으로 분류한다. 이를 도식화하면 다음과 같다.

이를 순서별로 정리하면 다음과 같다.

> Ⅰ유형 : 변이화소가 없고 역적행위담이 없는 경우―단순결구형
> Ⅱ유형 : 변이화소가 없고 역적행위담이 있는 경우―단순역적담결구형
> Ⅲ유형 : 변이화소가 있고 역적행위담이 없는 경우―복잡결구형
> Ⅳ유형 : 변이화소가 있고 역적행위담이 있는 경우―복잡역적담결구형

각 유형에 대한 특징과 의미는 다음 장에서 검토하기로 하겠다.

3. 이몽학 오뉘힘내기 전설의 전승 방식과 그 의미

오뉘힘내기 전설이 역적이었던 이몽학에 결합된 것은 이 전설이 지니

는 비극성과 잔인성 그리고 부당성과 드러내기 등의 전승 유형에 의존하고 있다고 추측된다. 즉 민중들은 역적이었던 이몽학에게 이 전설을 결구시켰던 것은 그들 자신들의 어떤 욕구와 의식을 보이고자 하는 표현의욕이었을 것이란 말이다. 이 점에 대하여 이미 필자가 간략하게 언급한 바 있지만[18] 본장은 Ⅱ장에서 분리한 변이유형을 구체적으로 고찰하고자 한다.

1) 단순결구형

이 유형은 불특정한 인물과 장소에서 이몽학이란 특정한 인물과 그의 활동과 관계가 있는 지명으로 바뀐 이몽학 오뉘힘내기 전설이 여기에 속한다.

> 비홍산이라고 있어, 비홍산이라고, 에 이몽학이라고 이몽학, 이몽학이가 남매가 있는디, 에 그 어머니가 이몽학 남매가 얘 얘기를 하기를…, 어떻게 되나 모르겄다.
> 딸은 성을 쌓고 이몽학이는 어딜 갔다 오야 될텐데, [청중 : 서울 갔다 오야 돼.] 응 서울 갔다 오는디, 만일 성을 다 쌓기 안에 자기 오빠가 다녀오면, 그 뉘가 뉘를 죽이고, 서로 이런 승부를 걸을 때에, 그런데 어머니가 가만히 보니, 이제 그 딸이 성을 쌓는데 치마를 마 독을 알고 뭐 이고서는, 돌을 쌓는단 말야, 가만히 생각하니 아들이 죽게 생겼어. 그래서 지금 참 학생 말 마찬가지로 음식을 주고서는, "이걸 먹고서, 시장하니 먹고 시작하라."고 먹는 시간은 물론 공간이 있을 거 아닌가. 생길 거 아닌가뵈. 그래가지고서는 결국 그 딸애 졌단 말이야. 그래서 죽었단 전설도 있고.[19]

---

18) 강현모, 앞의 논문, 77~78쪽.
19) 강현모, 앞의 논문, 자료편 100쪽.

위와 같이 이 유형은 불특정한 오뉘에서 이몽학의 오뉘로, 불특정한 지명에서 이몽학과 관련된 부여의 어느 산성으로 변이되어 서사가 전개되고 있다. 그리고 이 유형 중에는 힘내기 담에 앞서 구술한 삽화가 없었다면 불특정한 인물의 오뉘힘내기라고 할 만한 것도 있다(자료 13). 그런 점에서 이 설화의 구술 상황을 도외시 한다면, 누이는 '부당하게 죽음을 당하는 잠재된 존재로 드러나면서 반(反)의 의미가 더 강하게 부각될 수 있다.[20] 왜냐하면 이 유형의 전설에서 누이는 죽음에 대한 재량권을 갖고 있지 않으며, 이몽학보다 월등한 능력의 소유자로도 나타나지 않기 때문이다. 다만 구비전승 되는 과정에서 역사적 인물인 이몽학과 결합시킨 것은 민중들의 어떤 의도가 내포되어 있는 것으로 보인다. 더욱이 이몽학이 역적이었고, 그에 관한 말을 하여도 잡아갔다는 점[21]을 감안한다면 이몽학의 비범성을 보이고자 하는 드러내기 역할[22]이 잠재되어 있다.

위 예화에서 이몽학은 비홍산 주위에서 살았다고 한다. 지명화소는 이몽학이 성장한 홍산[23]에 있는 비홍산으로 바뀌었다. 그것 이외는 불특정의 오뉘힘내기 전설에서와 같이 투쟁의 장면이 벌어지고 어머니의 부당한 개입으로 이몽학이 승리하게 된다. 그런데 이 유형의 오뉘힘내기 삽화에서는 이몽학의 행적을 파악할 수 없다. 다시 말해 오뉘힘내기 삽화에서 이몽학의 성장에 어떠한 영향을 미치고 있는지, 이몽학의 최후에 어떻게 작용하였는지 전혀 나타나 있지 않다. 그리고 이곳에서는 어머니의 부당한 개입으로 딸이 죽었다고 묘사하고 있지만, 그녀의 죽음을 어머니의 부당한 개입이 아닌 딸의 실수로 여기는 듯하다. 즉 딸의 죽음에 대하여 "먹는 시간이 물론 공간이 있을 것 아닌가, 생길 거 아닌가벼"라

---

20) 천혜숙, 앞의 논문, 95쪽.
21) 강현모, 앞의 논문, 54쪽. 주 5 참조바람.
22) 천혜숙, 앞의 논문, 106쪽.
23) 강현모, 앞의 논문, 63~70쪽.

고 표현하고 있다. 이 점은 어머니가 부당하게 개입한 것이 사실이지만, 책임을 딸에게 돌리고 있는 점에서 불특정 오뉘힘내기 설화와 약간의 차이를 나타낸다고 생각된다. 심지어 오뉘의 힘내기가 어머니에 의해서 이루어지기도 하는데(자료 13) 어머니는 그 힘내기 과정에 개입하지 않는다. 다만 누이는 힘을 다하여 성문 만들 돌을 가지고 올 때 아들이 돌아와 선수를 빼앗겨서 패하고 만다. 이런 점에서 이몽학의 오뉘힘내기는 이몽학의 신이함을 은연중에 나타내고 있는 듯하다. 하지만 아직도 불특정 인물에 결구된 것에서 벗어났다고는 생각할 수 없다.

오뉘의 대결은 불특정인 전설에서 보이는 누이의 양보를 찾아볼 수 없이 서로 지지 않으려는 처절함이 노출되기도 한다(자료 3). 딸은 죽기로 내기한 밥을 다해 놓고 아들(오빠)이 돌아오기를 기다리고 있다. 그때 어머니가 딸 몰래 부엌에 들어가 젓가락을 내려놓는 직접적인 방해 행위로 개입한다.24) 즉 어머니는 딸에게 먹을 것(팥죽)을 주어 우회적인 양보를 요구하기보다 직접 아들의 편이 되어 딸에게 대항하고 있다. 딸은 어머니가 개입한 사실을 알지 못하고, 오빠에게 항복하라고 하자 어머니의 개입이 또 다시 나타난다. 즉 "너 다 해놓았으면 왜 오빠 밥상에 어찌 젓가락을 안 놓았느냐"라며 심판자로 등장하여 아들을 살리고 딸을 죽게 한다. 이 힘내기는 원초적인 질서에로의 편입을 위한 투쟁으로 고려될 수 있으나25) 논지의 전개와 관계가 없는 것이므로 생략하겠다.

그런데 어머니의 부당한 개입으로 인한 누이의 죽음은 이겨야 할 자가 패하고 패해야 할 자가 이기는 사회현실의 불합리성을 상징적으로 형상화되어 있다. 그리하여 두 세력의 화합이나 새로운 세력의 등장으로

---

24) 최래옥, 앞의 책, 190쪽.
25) 장덕순, 앞의 책, 115쪽. 오뉘힘내기를 신화로 보았을 때, 여신인 홀어머니는 남성이 필요하므로 딸로 상징된 여성을 제거하고 아들로 상징되는 남성에게 마음이 기울어져 아들 편을 들 수밖에 없었다고 한다.

전개될 전환의 계기를 차단해 버리고 사회발달의 순리를 거역하는 모습[26]으로 민중들의 의식에서 구전되고 있는 것일까? 아마도 오뉘힘내기는 누이의 죽음에 따른 비극성을 드러내서 부정적인 현실을 비판[27]하는 것이 아니라, 역적의 난을 일으킨 이몽학의 영웅성을 부각시키고자 하는 것으로 보인다. 즉 어떤 필연성에 따라 홀어미가 아들을 위하는 것처럼, 이곳의 민중도 이몽학을 위하고 있다. 이는 이몽학을 대표로 하는 집단 세력의 등장을 거부하는 현실을 부정하고 그들을 드러내고자 하는 시각에서 출발하고 있다고 할 수 있다.

불특정인의 오뉘힘내기에서 나타나는 누이의 아량이 이몽학 설화에서 보이기도 한다. 이는 한 인물에 결합되었을 때 독특한 의미를 부여하게 된다. 이몽학과 상극이었던 이몽학의 누이는 어머니의 부당한 개입에 대해, "아 내가 이겼더라면 나도 살고 동생도 살렸을 텐데 어머니가 나를 죽으라고 하는구나"(자료 17)라고 아쉬움을 나타내는 데서 알 수 있다. 누이는 힘내기에서 투쟁하는 데 목적이 있는 것이 아니고 화합을 목적으로 한다. 스스로 죽음을 택하여 이 전설형의 새로운 변모를 유도하고 있으며, 그의 죽음을 통한 장수 출현의 기대를 보여주고 있다[28]고 하겠다.

이상에서 단순결구형은 불특정인의 오뉘힘내기와 거의 다를 바가 없다. 이 유형은 오뉘힘내기 삽화의 앞·뒤에 이몽학에 관한 별개의 삽화로 놓여 있거나 오뉘힘내기에 단순히 이몽학과 부여의 지명이 결합되어 있어 이몽학의 오뉘힘내기라고 알 수 있을 뿐이다. 그렇지만 이몽학에 결합되었을 때는 일상적인 의미와 다른 각도에서 해석되어야 한다. 왜냐하면 이몽학이 역적이었고 그에 관한 설화를 구술하는 데 제약을 받았

---

26) 현길언 a, 앞의 논문, 658쪽.
27) 현길언 b, 앞의 논문, 31~32쪽. 현길언 a, 앞의 논문, 674~677쪽 참조.
28) 천혜숙, 앞의 논문, 105~110쪽.

다는 점에서 이것은 이몽학의 영웅성을 드러내기 위한 민중의 의도가 결합된 것으로 추측된다.

2) 단순역적담결구형

단순역적담결구형에는 이몽학의 오뉘힘내기 삽화를 중심으로 앞·뒤에 이몽학의 역적 행위나 그 행위에 대한 보복 등이 결구되어 있다. 이 유형은 앞 유형과 마찬가지로 오뉘힘내기 삽화에 큰 변화가 없이 앞·뒤에 이몽학의 행위에 관한 서술이 보이고 있다. 이때 결구된 앞·뒤의 역적행위의 서술은 단순한 첨가가 아니라 오뉘힘내기와 연결된 의미의 지속성을 보여주고 있다. 더욱이 금기모티프(누이가 동생에게 말한)를 통한 연결은 한 삽화로 인식하게 한다. 그러나 이런 결구는 복잡한 역적담결구형과 같이 체계적으로 의미의 연속성을 드러내고 있지 못하다. 민중들이 오뉘힘내기 삽화를 구술한 후에 역적담을 이야기한 것은 이몽학이 영웅성을 지닌 인물로 드러내면서도 역적이었다는 역사적 사실의 한계에 기인한다고 하겠다.

다음은 이몽학에 결구된 단순한 오뉘힘내기에 역적담이 결합된 양상이다.

- 역적담 + 단순 오뉘힘내기 삽화
- 단순 오뉘힘내기 삽화 + 역적담
- 단순 오뉘힘내기 삽화 + 금기모티프로 연결 역적담

(1) 역적담 + 단순 오뉘힘내기 삽화

여기에 해당하는 것은 자료 9이다. 이 자료는 조사자가 이몽학에 대해 묻자 이몽학이 역적으로 죽게 된 것을 구술하고, 다시 오뉘힘내기에 대하여 물었을 때 구술한 것이다. 여기에서 이몽학에 대한 화자의 인식은 1차적으로 역사적 사실에 기인하고 있다. 다시 구체적으로 오뉘힘내기를 물었을 때 구술한 것은 화자들의 내면에 잠재된 2차적 의식을 보여준 것이라 하겠다. 꼭 그런 것은 아니지만(단순한 망각의 차이일 수도 있다.) 1차적 의식은 이몽학에 대한 표상이고 외면적인 의식을 나타낸 것이며, 2차적 의식은 부차적이고 내면적인 의식을 보여준 것이다. 이런 점은 이몽학의 역적담이 결합된 단순한 오뉘힘내기도 어떤 의미를 부각시키고 있는 것이다.

자료 9에서는 오뉘힘내기의 의미가 앞에 구술한 역적으로서의 최후와 구체적 연관을 찾기가 힘들다. 다만 실패하는 모습은 오뉘힘내기를 통하여 그 가능성을 찾을 수 있는데, 2)나 3)에서 설명하는 것이 뚜렷할 것이다. 여기서는 누이의 패배를 누이 스스로의 자업자득이란 의미를 내포하기도 한다. 한편으로는 누이는 "이것 저것 먹고 난 후" 치마에다 성문을 만들 돌을 가지고 가다가 패배하였다는 점에서 역적으로 죽은 이몽학도 그의 누이와 비교할 수 있는 장사였다는 점을 부각시키고 있다. 민중들은 장사였던 이몽학에게 난이 실패한 책임을 전가하지 않고 오뉘힘내기를 차용하여 실패하였던 원인을 찾고자 한 것 같다. 즉 오뉘힘내기의 차용을 통해 이몽학의 부당한 승리가 실패한 원인이 되었던 것으로 말하고 있다.

(2) 단순 오뉘힘내기 삽화 + 역적담

여기에 해당한 자료는 8와 10이다. 여기서도 어머니의 부당한 개입으로 패배한 누이의 죽음에 대한 비극성은 보이지 않는다. 민중들은 오뉘힘내기 구술을 끝내고 "이 사람이 인저 죽기 내기 했으닝께 죽구서 인저 그 아들이 살었는디. 그 아덜이 역적이 돼각구서는"(자료 10)이나 "딸을 희생시키고 아들이 이기고 그 몽학이 선생이……”(자료 8)라며 몽학이 난을 일으켰던 상황을 구술한다. 여기에서 이몽학을 선생이라고 하는 것은 아마 존경의 대상으로 생각하였기 때문이다. 민중들은 그런 이몽학에게 부당한 승리를 문제 삼지 않고, 난을 일으켜 호서 일원을 장악했다가 실패한 것을 문제로 삼았다. “전국을 먹을라다가 나라에서 내려온 원 군대에게 절단 났다”는 역사적 사실에 대한 구술은 두 오뉘가 화합하였을 경우를 생각하는 민중의식의 반영이라 하겠다. 이것은 금기모티프가 연결된 역적담에서 구체적으로 설명되지만 여기서는 추측할 수밖에 없다.

민중들은 누이의 죽음을 통하여 새로운 세계에 대한 지평을 보이고자 하였다. 그래서 이몽학의 역적 행위를 부당하게 여기지 않는다. “이몽학이 뉘가 이몽학이 돼서는 안 되게 생겼으니 죽일라구”(자료 10) 힘내기를 했다는 점에서 부당한 승리로 반란을 일으킨 이몽학을 부정적으로 인식될 수 있지만, 그에 대한 처벌과정의 구술을 보면 다르게 인식되어야 한다. 즉 이몽학은 장사가 날 묘 자리를 알았던 사람으로 그의 처신을 아쉬워 하는 것이다.[29] 또한 서사의 전개에 앞서 “이곳에 이몽학의 사적이 많아요”라는 점에서도 알 수 있다. 즉, 사적이란 훌륭한 사람의 업적을 그가 있었던 장소에 설치하는 표징물이다. 민중들은 이런 사적이 이몽학에게도 있다고 생각하는 것은 그를 훌륭한 사람으로 인식하고 있기 때문이다. 그런 이몽학이 누이와 화합할 기회를 상실하고 난을 일으켜 역적으로 죽었으며, 그의 조상들 산소조차 숯이나 기름으로 뜸질을 당하고 수장을 당하였다는 아쉬움을 보여주고 있다.

---

29) 강현모, 앞의 논문, 81~83쪽.

(3) 단순 오뉘힘내기 삽화 + 금기모티브로 연결 역적담

여기에 속하는 자료는 7과 16이다. 오뉘힘내기 삽화의 끝에 이몽학의 역사적 삽화와 금기모티프[30]로 연결되어 전설의 내부에 의미적 변이를 보이게 된다. 즉 오뉘의 화합문제가 구체적으로 제기되고 있다.

장사가 둘이기에 둘 중 하나가 죽어야 하는 힘내기를 한다. 몽학은 누이를 죽이고자 하였으나, 누이는 힘내기에서 이겨 동생의 무모함을 경계하고, 보다 확고한 삶의 세계를 향하여 화합을 모색하고자 하였다. 이몽학은 알기는 많이 알아도 누이만큼은 모르는 힘센 장사였다. 그래서 이몽학은 누이가 항상 많이 아는 것을 꺼려하여 누이를 살해하고자(자료 16) 힘내기를 한다. 이몽학이 자신보다 똑똑한 자와 화합하여 공존할 생각을 못하고 죽이려는 음모나 꾸미는 독선적인 인간으로 표출하였다.

누이는 화합 공존할 수 있는 새로운 삶을 바라지만, 어머니의 부당한 개입으로 꺾이고 만다. 어머니의 부당한 개입에 대해 누이는 "아들을 살리구 나를 죽일라구"(자료 7)하며 자신이 이겨 동생도 살고 자신도 살고자 하는 심증을 이해하지 못하는 것을 안타깝고 아쉽게 생각한다. 또한 어머니의 부당한 개입의 의미를 알아 승부를 포기하며 죽음을 택한다.[31] 반면에 이몽학은 부당하게 이긴 승리의 옳고 그름을 헤아리지 못하고 혈육조차 무자비하게 살해한다.[32] 민중들은 그런 이몽학을 영웅이라느니(자료 7) 인재라고(자료 16) 한 점은 이몽학을 드러내려는 의도에서 이 오뉘힘내기 삽화를 차용하여 결구시킨 것 같다.

부당한 승리는 진실을 파악하지 못하였기 때문에 새로운 패배를 예시한다. 이몽학이 패배하였다는 점을 합리적인 결구로 설명하기 위하여 금

---

30) 주61 참조
31) 최래옥, 앞의 책, 188~189쪽.
32) 윤재근, 앞의 논문, 382쪽.

기모티프를 제시한다.

> "내가 할 수 없이 졌응께 죽기는 죽는디. 니가 장사로서 역심을 품었어.
> 이몽학이가. 니가 암제구 나서서 나라 일을 헐라구 마음 먹을젤라은, 맘
> 먹는디, 내가 설강 밑이다가 메물을 몇 개 싶어 놨어. 메물[조사자 : 메물
> 요, 메밀?] 응 메밀, 암재구 이것이 여기서 나서 꽃이 피걸랑은 니가 일을
> 해라" (자료 7)

> "아모때고 구룡산의 누런 소가 일어서면 성공하고 그 안에 나서면 실패
> 한다." (자료 16)

앞의 금기요소는 동생(이몽학)이 역심을 품은 것을 경계하고 있다. 이
금기요소의 표현은 불가능함을 은유적으로 나타낸 것이다. 메밀은 한발
에 심는 구황작물로, 농작물이 말라죽은 곳에 대신 심거나 모래밭이나
건조한 황무지에 심는다. 뜨거운 햇볕에서 자라야 하는 작물이 음습한
부엌의 살강 밑에 심어 놓았다고 하면 자라서 꽃이 피겠는가? 이것은 똑
똑한 누이와 화합하지 못한 채 일으킨 반란을 무모한 행위라는 상징적
표현이다.

한편, 후자의 금기요소는 조금만 참고 견디면 하는 아쉬움을 나타낸
다. 민중들은 이몽학이 역적의 난을 실패하여 죽고 난 후, 파헤쳐진 묘
터에서 소가 되어 막 앞발을 일으켰다고 구술한다. 누이가 죽어가면서
제시한 금기모티프를 조금만 더 참고 이행하였더라면, 반란에 성공하여
새로운 세계의 지평을 열 수 있었을 것이라는 아쉬움을 보이고 있다.

금기요소를 지키지 않은 이몽학에 대해 지저분한 일만 하고 다녔다고
말한다. 그 지저분한 일이란 힘자랑으로, 그가 힘센 장사였음을 구술하
고 있다, 이는 이몽학이 누나가 유언으로 제시한 금기요소를 성실하게
수행하였다면 지저분한 일이 훌륭한 일로 되었을 것이라는 민중의 바

람으로 보인다. 즉 이몽학이 성급하게 난을 일으켜 실패하였기 때문에 그가 한 일을 지저분한 것으로 치부하고 있다. 그런데 민중들은 그 이면(내면)에 이몽학과 같은 장사의 존재를 인정하고 그런 영웅을 통해 새로운 질서에로의 희구를 나타내고 있다. 반면 민중들은 새로운 희망을 줄 수 있었던 이몽학에게 오뉘 간에 화합하지 못한 오뉘힘내기 삽화를 차용하여 역사적으로 실패한 반란의 원인을 찾아내고 있다.

이상은 단순한 오뉘힘내기 삽화에 이몽학의 행위에 대한 구술이 앞 혹은 뒤에 결합된 형이다. 이 앞·뒤에 결합된 이야기가 오뉘힘내기 삽화와의 연속적이고 체계적인 의미망을 구축하고 있다. 이런 점에서 오뉘힘내기 삽화를 이몽학이란 특정인물에게 결부시킨 것은 그를 드러내기 위한 역할 뿐만 아니라, 그가 역적이었던 역사적 사실을 인식하고 있는 민중의식의 소산이라 추측할 수 있다. 즉, 오뉘힘내기에서 부당한 승리는 또 다른 패배를 잉태하고 있음을 암시하고 있는 것이다.

3) 복잡결구형

이 유형은 차용한 오뉘힘내기 삽화의 내부에 이몽학이 역적이었다는 사실을 결합시킨 전설을 말한다. 즉 앞 유형이 오뉘힘내기 삽화의 앞이나 뒤에 역적이었다는 사실의 삽화가 결합된 것과는 달리 오뉘힘내기 삽화 속에 역적이었던 사실을 함축하고 있다.

이런 유형은 민중들이 이몽학을 나타내는 데 오뉘힘내기의 단순한 차용에 한계를 느끼고 힘내기 삽화의 내부 변화를 통해 그에 대한 역사적 사실에 상응하는 내용을 표출하고자 하였다. 그런 이몽학의 힘내기는 그의 욕망에 기인하는데 구체적인 내용은 다음과 같다.

······왕노릇을 한다. (자료 15)

(이몽학 어머니가) 이몽학을 키우면서 여러 가지 참 하는 행실을 보니께, 참 범상치 않은 것만 틀림이 없지마는 아무래도 위험한 인물이야 위험한 인물이고······ 뉘가 생각할저귀, 이몽학이가 아무래도 커 가지고서, 그대로 둬서는 위험한 인물일 거 같어. (자료 4)

오라버니 거 엉뚱한 생각을 마시오. 왕 될 기상이 아닙니다. (자료 1)

전설에는 힘내기의 구체적인 원인이 수용되어 힘내기의 의미를 변화시키고 있다. 오뉘힘내기가 원초적 질서에로의 양상을 보여 주는 것[33]이라면, 위 전설에서는 이몽학이 실패할 수밖에 없는 사실을 보여주고 있다. 누이는 이몽학보다 훨씬 많이 알고 재주가 좋은 데도, 어머니의 부당한 개입으로 패배하여 죽음으로써 이몽학이 반란을 일으킬 수 있는 기회가 주어진다. 이몽학이 누이에게 패배하였다면 반란을 시도하지 못했거나 성공하였을 것이다. 이몽학이 누이에게 이김으로 "왕노릇"을 하기 위해 반란을 시도하게 되었다. 그런데 이몽학이 오뉘힘내기에서 이긴 사실을 성공하였다고 하며, 그것으로 한국에서 이름이 났다(자료 15)고 한 것은 이몽학을 드러내기 위한 것이라 생각된다. 민중들은 역적이었던 이몽학을 누이만큼은 못해도 힘센 장수이고 비범하였다는 점에서 영웅으로 부각시키고 있다.[34] 그 이몽학이 오뉘힘내기에 수용된 것은 민중의 의식 속에 누이와 화합하여 새로운 질서를 희구할 수 있었는데, 그런 계기를 상실하여 좌절한 안타까움과 아쉬움을 표출할 수 있기 때문이다.

민중들은 이몽학이 우위를 위해 훌륭한 누이를 살해하고 차원 높은

---

33) 현길언 a, 앞의 논문, 662~664쪽.
34) 천혜숙, 앞의 논문, 105~110쪽.

화합을 저해하게 한다. 그리고 누이는 이몽학의 잘못을 경계하고 주의를 주고자 내기를 하지만 패하여 죽게 되었을 때 "나는 앞으로 흠난한 꼴 보고 싶지도 않다"(자료 1)며 화합의 기회를 포기한다. 또한 이몽학보다 훌륭한 누이가 어머니의 부당한 개입을 수용하고 따를 수밖에 없었던 것은 민중의식의 한계를 나타내고 있다.[35] 그런 포기는 이몽학이 좌절할 수밖에 없는 역사적 사실에 바탕을 두고 있다. 즉 오뉘가 화합하여 새로운 질서를 추구하기를 바라지만, 난이 실패하였던 역사적 사실까지 바꿀 수 없는 한계의식을 나타낸 것이다.

역사적으로 위험한 인물을 보호하고 편들은 어머니의 개입에 관해 살펴보자. 선조들에게 들은 대로 꼭 그대로만 하는 것이라고 전체하면서 어머니가 천재로 세상일을 다 안다고 한다(자료 15). 또 처음에는 다 아는 훌륭한 어머니라고 했다가 뒤에 다시 서사전개의 모순 때문에 순수한 어머니라고도 한다(자료 4). 그런데 전설 내의 어머니는 오뉘 사이에 일어난 갈등의 진실을 파악하지도 중재할 능력도 없다.[36] 민중들은 어머니가 세상일을 다 아는 천재였다면 오뉘간의 갈등을 중재하였을 것이지만, 이몽학이 난을 실패한 사실로 인하여 순수한 어머니로 변모시키고 만다.

만약 세상일을 다 아는 천재의 어머니였다면, 이몽학이 위험한(난을 일으킬) 인물인지도, 왕 노릇을 하려고 하는 것도 알 것이다. 그런 아들을 지원하였다면, 어머니는 새로운 각도에서 고찰되어야 한다. 다 아는 어머니가 사실이라면, 그 어머니의 사고는 고질적이고 병폐적인 질서가 파괴하고 새로운 질서를 원하는 민중들의 감정이 이입된 표출이라 본다. 이는 수동적인 의식이 자신들이 원하는 것을 직접 성취하려는 능동적인 의식으로 변모되었다는 점에서 민중의식의 성장이라고 볼 수 있다. 이때

---

35) 최래옥, 앞의 책, 188~189쪽.
36) 현길언 a, 앞의 논문, 665쪽.

어머니는 위험한 일(반란)에 협조할 수 있는 민중의식의 표상이다. 그런데 반란에 협조하는데 알고 하였을 때는(능동적인 경우) 책임이 따르지만, 모르고 하였을 때는(수동적인 경우) 책임을 조금 벗어날 수 있다. 그래서 전설 내의 서사전개를 훌륭한 어머니에서 단순한 어머니라고 고친 것도 실패하였다는 역사적 사실에 기인하거나 반란에 참가한 책임에서 회피하고자 하는 민중들의 한계의식을 보여주었다고 하겠다.

한편 훌륭한 어머니 밑에서의 힘내기라면, 어머니의 중재로 이상적 질서를 쉽게 구축할 수 있다는 민중의식의 표현이다. 그리고 이몽학이 역적이 된 것은 그런 어머니가 중재를 잘못했기 때문이란 것이다. 반면에 민중들은 훌륭한 어머니조차 중재할 수 없었던 영웅적 존재인 이몽학에게서 자기의 우월만 인정하는 현실적 삶의 모습을 찾았다. 자기영리만을 위한 세속적인 삶을 버리고 한 차원 높은 질서를 위해 서로 협조할 수 있는 세상의 도래를 원하는 민중들의 심리적 기제가 결구되어 있다.

이상에서 이 유형은 오뉘힘내기 삽화에 이몽학이 역적이었던 사실을 함축시키고 있다. 누이는 이몽학보다 월등하게 비범하고 재주가 있어 일방적으로 이길 수 있었다. 어머니의 부당한 개입에 의한 누이의 죽음은 스스로 택한 패배요, 죽음이기에 이몽학을 드러내기 위한 행위일 뿐이다. 그런데 그 죽음의 내면적 의미는 다른 패배의 원인이 된다. 그리고 보다나은 세계로의 지향을 위해 협력하고 화합할 수 있는 기회를 좌절시키고 만다. 민중들은 이몽학을 드러내면서도 실패한 원인을 쉽게 표출할 수 있는 방법으로 오뉘힘내기 삽화를 차용하고 변이시켜 쉽게 표출하고 있다.

4) 복잡역적담결구형

이 유형은 앞 변이형의 종합적인 변이를 이룬 형이다. 즉 복잡결구형
처럼 오뉘힘내기 삽화 내에 역적이었던 사실을 함축시키고, 그 삽화
앞·뒤에 역적담이 결구되는 형이다. 이 유형의 서사전개는 이몽학이 역
적이었던 사실을 힘내기 삽화에 함축하면서 그 전후에 연결된 삽화와
의미의 긴밀한 연속적인 상관성을 가지고 이루어진다. 이몽학의 역적 행
위를 전설화 하면서도 그 행위의 부당성을 제기하지 않으며, 힘내기에서
부당하게 개입한 어머니를 통해 새로운 영웅을 맞이할 준비가 되지 않은
세태를 풍자하기 위한 것도37) 아니다. 이 유형의 서사의미를 살펴보자.

오뉘힘내기 삽화의 앞·뒤에 연결된 어린 시절의 삽화를 살펴보자.
앞에 있는 경우는 이몽학의 영웅성과 성실성을 보여주고자 한 것 같다.
이몽학이 역적이었음에도 불구하고 그가 어릴 때 훈련하였던 장소가 지
금까지 선명하게 남아 있다고 한다. 즉 "거기를 가보면 이를게 저 뺑 돌
려 이릏게 테을이가 있지"(자료 13)라고 열심히 노력한 사람으로 평가하
고 있다. 이릏게 열심히 노력한 이몽학을 오뉘힘내기에서 누이보다 못한
사람으로 나타내고 있는 것은 흥미 있는 일이다. 이것은 이몽학이 영웅
이었지만 역적이었던 사실을 합리적으로 설명할 수 있도록 결구한 것이
다. 한편 뒤에 있는 경우에는 어린 시절의 노력이 오뉘힘내기 과정을 통
하여 역적이 되고자한 과욕적인 노력이라고 아쉬워하고 있다.

힘내기 과정에서의 이몽학은 훌륭한 인물이나 영웅으로 되어 있다. 즉
이몽학은 누이만큼은 훌륭하지 못하지만 일상인의 사고를 초월한 왕이
될 생각을 가지고, 그것을 실천하려는 힘과 능력을 가진 인물로 인식되
었다. 임진왜란과 지배층의 수탈로 시달리고 피폐해진 평민들은 사회체

---

37) 현길언 a, 앞의 논문, 674~677쪽.

제의 환골탈태의 변혁을 바라고 있었다. 그런 시대상과 일치한 이몽학에게서 영웅적 변모를 찾았다. 그래서 민중들은 이몽학을 지리적으로 잘 알고, 힘이 세며 날쌘 장수(영웅)로 인정하면서 실패한 사실을 합리적으로 설명하기 위하여 누이를 등장시킬 필요가 있다. 그 누이를 특정 인물에 결부시키는데 용이하였던 오뉘힘내기 전설에서 찾았다. 그래서 누이의 등장으로 이몽학을 미숙한 영웅으로 인식시킬 수 있었다. 이를 통해 이몽학이 자신보다 훌륭한 누이를 수용하지 못하여 실패하는 필연성을 폭로하고 어떤 일이든 획일성과 독단적으로는 성공할 수 없음을 보여주고 있다.

한편 이몽학의 누이는 이몽학보다 생래적으로 월등하게 훌륭하였다.

> 이몽학이는 날 적에 이몽학이 아버지가 꿈에 하눌서 북을 타구서 치구 네려오눠서 낳구우. 이몽핵이 뉘 날 적이는 북을 치구 타구서 올라갔다 네려갔다 허구서 낙거든? 그런디 이몽핵이 뉘가 제주가 휘낀(훨씬) 낫어. (자료 11)

위 탄생담은 누이가 이몽학보다 생래적으로 훌륭하였다는 사실을 보여주고 있다. 누이는 천상을 왕복할 수 있는데 비해, 이몽학은 그 반의 능력을 가지고 탄생하였음을 보여주고 있다.

이런 누이는 이몽학이 역심을 품고 장차 반란을 일으킬 사실까지 예견한다. 그런데도 그것을 방지할 어떤 제재를 하지 않았음은 중시할 필요가 있다. 누이가 역적질을 못하게 이몽학을 말렸다는 것은 소극적이고 금기 뜻이 담겨 있지 않다. 누이는 이몽학에게 "때가 못돼서 잡혀 죽으닝게 나서지 말어라"(자료 11)고 말하고 있다. 여기서 성숙된 시기라면 협조할 가능성을 보여주고 있다. 이를 구술하는 민중들은 이몽학이 성급하게 반란을 일으켰다고 말하고 있다. 그래서 민중들은 탄생담을 다시 한 번 구술하는데, 이는 누이의 충고를 들었더라면 하는 아쉬움을 보여준 것이다.

누이는 아기장사 전설의 어머니와는 상당한 차이가 있다. 역적이 난 집안은 쑥밭이 되고 파가저택 부관참시까지 당한다는 사실 등 무엇이든지 잘 아는 여인이란 점에서 더욱 그러하다. 아기장사의 어머니는 현실을 개혁하려는 의지가 전혀 없고 영웅성을 지닌 아기장수를 제거하는 데 적극적인 인물로 등장한다. 하지만 누이는 이몽학이 개혁 의지를 필요한 것으로 인식하여 실패로 인한 집안의 파탄에는 신경 쓰지 않으나 성급함을 일깨워 주고 있다. 누이가 어머니의 부당한 개입으로 패배하자 "끔찍한 세상 보기도 싫다"는 생각은 민중의식이 아기장사에서 보다 한층 성장하였음을 보여주고 있다. 아기장사에서는 지배체제에 도전할 생각조차 못하는데, 이 유형에서는 체제에 도전할 수 있는 의식의 성장을 보여준다. 아기장사 설화보다 성장한 민중의식일지라도 체제개혁의 실현의지의 기저에 복선화된 불확실성에 의한 한계성을 누이를 통해 노출시키고 있다.

그 한계성은 미래를 예견하는 월등한 누이면서도 자신의 힘으로 내기를 이겨 이몽학에게 협조할 기회를 얻지 못함에서도 찾을 수 있다. 이런 결구는 반란을 일으킨 당대의 환경과 필요한 인물들의 협조를 얻지 못하는 등 반란이 부적절하였음을 은유적으로 표현한 것으로 생각된다.[38] 그런 속에서 누이는 영웅성과 모성애적 사랑을 보여주고 있는 존재이다. 즉 부당한 어머니의 개입으로 죽게 되었을 때 "(힘없이) 할 수 읎다아"라고 구술하는 대목에서 볼 수 있다. 힘없이 이 대목을 구술했다는 것에

---

38) 이몽학은 반란을 일으키고 난 후에, 민중들을 선동하기 위하여 호남의 김덕령과 영남의 곽재우 등이 함께 일어났다고 선전하였다. 이것이 사단이 되어 김덕령은 조정에 압송되어 문책을 받다가 죽게 되었고, 곽재우는 풀려난 바가 되었다.

서 누이 자신은 패배에 부정적이지만 패배를 인정할 수밖에 없음을 보여주고 있다.

누이는 동생에게 금기요소를 제공한 뒤에 신이한 죽음을 보여준다. 즉 누이의 죽음은 김덕령이 "만고충신 김덕령"이란 비문을 얻고 죽게 되는 설화와 유사한 죽음이다.[39] 그의 신이한 죽음 장면은 다음과 같다.

> 그 뉘를 죽이는디, 죽인 게 그 뭐 옆편 짝 다리라나 비늘이 있는 거시기 벼룩(벼루의 잘못)으로 시 번 친 게 죽었어. (자료 2)

> "(힘없이) 할 수 읎다아" 밥을 갖다 주구서 먹구서, 설것이 허더니, "야래 집이 가서 삼대 시를 읃어오너라. 그러구서 내 말대루 나스지 말어. 나스면 죽어. 때가 못 돼서 역으로 몰려서 잽혀 죽으닝개 나스지 말라"구. 그래 삼대 시 개를 갖다 주닝개 양짝 져드랭이서 비늘 시 개씩 빼내더니, "삼대루 다시 시 번만 때려라. 그러면 죽을 게다." (자료 11)

위에서 벼루·삼대·비늘은 중요한 상징의미를 가진다. 먼저 벼루는 글자를 쓸 수 있는 기본 자료이다. 여기에서 벼루는 문자와 결부되고, 다시 지혜와 결부될 수 있다. 이 점에서 벼루는 누이가 가진 지혜의 상징적 표현물이다. 즉 이몽학의 지혜 결핍을 보충할 누이의 지혜라 생각된다. 이것은 이몽학의 난이 실패한 원인을 지혜의 결핍으로 보았던 점에서 고려된다.[40] 한편 삼대는 김덕령을 죽인 화살이나 창과 유사한 점이 있다. 이 삼대는 어린이들이 창이나 화살의 대응물로 사용하는데, 평민의식에서 무사적 측면을 나타내는 창이나 화살인 것이다. 삼대에 의한

---

39) 한국구비문학대계, 5-2, 337~347. 이밖에도 김덕령에 관한 설화 중에서 죽음에 관한 장면이 나타나고 있다. 한편 지하도적퇴치설화에서 비늘을 제거하여 힘을 약화시키는 장면이 나타나기도 한다. (최운식, 「지하국설화의 형태」, 『국어교육』, 18~20호, 1972, 474~476쪽 참조.

40) 강현모, 앞의 논문, 83~87쪽.

누이의 죽음은 평민적 사고에서 비롯된 무사적 측면의 죽음을 보여준다.

비늘은 누이가 가진 지혜적 측면과 무사적 측면을 보호하는 역할을 한다. 이 비늘은 누이가 죽지 않을 수도 있는 보호막으로, 누이의 신이성을 부각시키고 보존할 수 있는 존재물이다. 또한 고려 왕족의 고귀한 상징과 유사한 의미일 수도 있다. 누이는 이런 비늘을 통해 신이하고 고귀한 상징적 존재로 나타난다. 그러나 이런 누이가 그 보호막의 내막을 알려주고, 벼루와 삼대에 의해 죽은 것은 상징적 의미의 제거라고 생각된다.

누이와 이몽학과 내기 과정을 보자. 내기과정에서 월등한 누이가 이겨야 되지만 부당한 어머니의 개입으로 이몽학이 이기게 된다. 이몽학의 속셈은 영특한 누이를 죽이고자 하는 데 반하여 누이는 이몽학의 역적 행위를 방지하기 이하여 내기를 시도한다. 즉 누이가 역적질을 하려는 이몽학을 말리려고 한 것은 지배계층에 복종하는 영웅으로의 한계의식을 보이기도 하지만[41] 대체로 시기가 적절하지 못하기 때문에 말리고 있는 것이다. 이런 내기 과정은 구술자의 의식에 따라 변모되기도 하지만[42] 이몽학이 역적이라는 사실 때문에 이기게 하고 있다. 이런 한계성은 "설사 이겼다고 할지라도 죽이지 않는다"고 모든 것을 아는 누이의 말에서 이몽학이 반란을 일으키도록 살리는 결구를 하여야 하는 것을 암시한다. 힘내기가 특정인에게 결구되어 드러내기 역할을 한다지만, 이

---

41) 자료 13에 "우리가 에 나라에 말하자면, 에이 에 국록을 먹는 이러한 우리가 장사가 못 되고 또 나라에 보답하는 국민이 못 된 게 한 사람이 죽어 없어져야 한다. 인제 그렇게 우리가 서로 내기를 하자"는 표현에서 찾아 볼 수 있다. 민중들은 자신들이 영웅으로 믿는 자에게도 지배계층의 지배체제에 복종하는 영웅으로 치부하고 있다.

42) 자료 2. 이 자료에서는 오뉘 간의 역할이 바뀌어 있다. 팥죽의 등장을 위하여 어머니를 팥죽장사로 설정하고, 길가에서 팥죽장사를 하고 있는 어머니에게 시간을 제공해야 할 사람은 먼 길을 갔다 오며 길가를 지나가는 사람이어야 한다. 그래서 아들(몽학)은 성을 쌓고 딸은 서울을 갔다 오기로 하는 것이다. 이는 논리적으로 본다면 합리적인 결구라고 생각된다.

몽학에게 결구된 오뉘힘내기는 전적으로 그렇지 않다. 왜냐하면 이몽학이 어머니의 부당한 개입으로 승리한 것은 영웅성을 지닌 장사였다는 측면을 보여주는 드러내기의 역할을 하지만, 일시적이고 완전한 것이 못 되어 새로운 패배를 잉태한다. 그래서 부당한 승리는 최후에 패배하는 원인으로 결구되어 있다. 민중들은 이몽학이 부당한 승리로 일으킨 반란을 무모한 짓이라는 점에서 부당한 어머니의 개입을 원하지 않았다. 그런데 누이가 민중의 자화상[43]이란 측면에서조차 모든 것을 다 알고 있는 그녀의 의지로 부당한 어머니의 개입을 막고 승리하여 이몽학과 화합의 기회를 갖지 못한 것은 민중 의식의 한계 때문이다. 어떻든 민중들은 자신들을 구원할 정신적 지도자로서 이몽학을 확신할 수 없어, 어머니의 부정적인 개입을 설정한 것 같다. 서사 전개는 부당하게 패배한 누이가 제공한 금기모티프로 연결되어 앞 유형보다 밀접함을 보여준다. 그 금기모티프들은 다음과 같다.

> 니가 바로 일어나지 말고 삼 년 더 있다 일어 나거라. (자료 2)

> 니가 우리나라에 나가 말하자며는 애 역적을 면하고, 나가 인저 천자가 될라면, 쌀 서되 쌀 서 말을 방아에다 찧어 가주고 서되 서 홉이 될 때까장 니가 그 방아를 찌야 니가 성공한다. (자료 5)

> ……내 말대루 나스지 말어. 나스면 죽어. 때가 못 돼서 역으로 몰려서 잽혀 죽으닝개 나스지 말라. (자료 11)

위 금기는 이몽학에게 지켜지기를 요구하지만, 지키지 못할 것이고 지킬 만큼 체계적인 인물이 아님을 부각하고 있다. 금기의 파괴는 부당한

---

43) 천혜숙, 앞의 논문, 99쪽.

승리의 대가로 패배에 이르게 되는 것을 암시한다. 다시 말해 이몽학은 자신의 영웅성만 믿고 시기를 살피지도 못하여 삼 년을 참지 못하는 자요, 최선의 노력을 다하지 않은 자이다. 더욱이 지혜의 협조자로서 등장할 수 있던 누이조차 죽인 자이다. 그런 이몽학에게 마지막 기대인 금기마저 파괴당한 민중들은 "그래 조이 뉘를 죽이구 나섰지. 나섰는디 되가디? 되야지"(자료 11) "원창길창 막 기고망정 혀"(자료 2) "댕기면서 역적 행우질만 하였다고"(자료 5) 말한다. 이는 당연하다고 말하는 아유 같지만 그런 것은 아니요, 부당하게 패배한 누이의 원한에 의한 것도 아니다. 다만 누이와 화합하지 못하여 난을 실패한 것에 아쉬움과 안타까움이고, 원망이며 체념 등의 표출이라 하겠다. 이것은 이몽학의 영웅성을 무시하지 않았다는 점에서 확인할 수 있다. 그리고 이런 결구는 금기의 제시로 최후의 사실을 용이하게 설명할 수 있기 때문이다.

지혜를 보충해 줄 누이를 죽이고 금기를 파괴한 이몽학이 일으킨 난은 실패할 수밖에 없도록 결구되었다. 반란의 진행과정을 기술한 서사전개는 앞의 유형들이 나열인 데 비하여, 이 유형에서는 인과성을 가지고 이루어진다. 즉 이몽학의 난이 실패하였던 역사적 사실을 인과적으로 설명하고 있다. 다시 말해 난의 실패는 어머니의 부당한 개입에 의해 이루어진 일시적인 승리에 대한 자만 때문이라고 설명된다.[44] 부당한 승리는 지혜를 제공해야 될 누이와의 협조체계를 파괴한다. 그래서 부족한 지혜로 난을 일으킨 이몽학에게 금기모티프를 제공하여 실패한 것을 합리화

---

44) 오뉘힘내기에서 이몽학은 어머니의 부정적인 개입 때문에 승리하게 되었다. 그래서 이몽학은 난을 일으키게 된다. 어떤 오뉘 씨름삽화를 보면 누이의 충고를 받아들여 근신하고 노력하여 훌륭한 장사가 되었다고 한 점과 대비된다. 좀 더 신중하고 자만하지 않았다면, 아니 어머니의 부당한 개입이 없었다면 이몽학이 자만하지 않았을 것이란 의미이다. 그러나 이몽학이 난을 실패하게 된 원인은 오뉘힘내기에서 부당한 승리가 직접적인 원인이 되지만, 사실 그 근본적인 원인은 성장담에서 물 건너기의 금기를 파괴하여 지혜의 결핍을 초래하게 된 데에 있다. (강현모의 앞의 논문 참조).

하고 있다. 부언하면 금기요소의 제공은 영웅으로 여겼던 이몽학의 실패를 지혜나 용기의 부족이 아닌 시대적 불일치로 받아들이고 싶은 민중들의 심정이 반영된 것이다.[45) 그리하여 역사적 사실을 인정하는 한편, 이몽학의 구원자적 영웅성을 모색하여 현실의 압박을 견디고 자위하는 삶의 힘을 찾았던 것 같다.

반란의 진행과정이 간략하게 구술된 것은 떠올리고 싶지 않은 심정의 표현인 것 같다. 반면에 처벌 장면의 장황한 구술은 지배계층의 잔인성을 보여주고자 한 표현이다. 이몽학은 역사적으로 역적이었지만 이곳의 민중들에게는 영웅이었다. 즉 지리를 잘 알아 부모나 조상을 좋은 묘 자리에 묻어 두었는데, 그곳은 훌륭한 인물을 제공할 수 있는 민중들의 믿음 터이다. 난이 실패하였을 때, 지배자가 이런 묘 자리를 제거하는 것은 당연한 행위이지만 민중들에게 가혹한 행위이다. 이것은 강자가 약자에게 아량을 베풀어야 함에도 그렇지 못한 현실을 보여주고 있다.[46) 묘 자리를 파내고, 불을 놓고 심지어 화약으로 폭파시켜 수장하였다고 한다. 이렇게 무자비하고 철저하게 파괴하는 강자들의 무모성이 부질없음을 비난하면서도[47) 자신들의 영웅이 화합의 기회를 상실하여 새로운 사회질서로 변화되지 못함을 안타까워하고 있다.

처벌과정은 비극적인 종말인 죽음으로 처리되지만 꼭 그런 것만은 아니다. 자신들의 영웅인 이몽학을 죽이고 싶지 않아 도망가게 허구화기도 한다. 이것은 오뉘힘내기의 드러내기 역할을 확실하게 알 수 있게 한다.

---

45) 강현모, 앞의 논문, 79쪽.
46) 선조실록 권77, 29년 병신 7월조. 조선 정부에서는 반란에 참가한 많은 사람들을 방면하고, 주동자만을 서울로 압송하여 처벌하였다. 그 처벌이 민중들에게는 만족할 수 있는 조치가 아니었던 것 같다.
47) 강현모, 앞의 논문, 82쪽. <자료 34>에서 보면 모든 묘 자리를 다 파내려고 하였지만 그 중 하나는 파내지 못하고 지금도 남아 있다고 한다. 이 점에서 그 의미를 찾을 수 있다.

즉 난을 실패한 이몽학은 역적이 되어 당연히 죽어야 하는데, 그 난에서 도망시킨다. 그 방법은 이장곤이나 이성계 설화에서 샘물 얻어먹기와 유사한데, 물에 넣은 버들잎으로 처녀의 지혜를 알고서 그 처녀의 신분에 관계없이 데리고 가 살았다고 한다. 그 속에 민중들은 처녀를 통하여 이몽학이 난을 그만두게 하여 살리기를 원한다.

> 때가 못 됐응께 나스지 말어. 때가 못 돼서요. 잽혀 죽어요. 나 허시라
> 는 대루 대감이 허시면 장군께서 허시면 통 거시기 안 할테닝께시리, 장
> 군보덤 지가 재주가 낫습다나야(자료11)

처녀의 말을 듣고 역적으로 몰렸던 이몽학이 그냥 살다가 죽었다고 말한다. 이처럼 허구화된 구술은 이몽학을 죽이고 싶지 않은 민중의식의 표출이다. 또한 백정의 딸을 포용하여 살았다는 점에서 자신의 누이와 협력하여 거사를 하였다면 성공하였을 것이란 안타까움을 더해 주고 있다. 반면에 포용성이 적어 실패하였던 이몽학에 대해 민중들이 포용성을 제공하여 가슴 속에 영원한 존재로 인식하고자한 의식의 표출이기도 하다.
  이 유형은 앞 유형들의 변이양상의 결합형이다. 이 유형에서는 이몽학에 대한 민중의식을 적나라하게 보여주면서 금기모티프를 제시하여 서사적 전개를 인과적으로 결구시켜 놓았다. 또 이 유형은 이몽학에 대한 드러내기의 역할을 하면서 그가 실패하였던 원인을 제시하고 있다. 즉 오뉘힘내기에서 어머니의 부당한 개입으로 누이와 협조의 기회가 상실되었기 때문이다. 그런데 실패한 이몽학에게 애정을 가진 민중들은 백정의 딸을 등장시켜 보상하고 있다. 백정의 딸을 설정하여 이몽학을 살림으로써 민중들의 가슴 속에 영원한 존재자로 제시된 것이다.

4. 이몽학 오뉘힘내기 전설의 전승 방식

오뉘힘내기가 한 특정인물에 결구된 유형에 대해 앞장에서 살펴보았다. 이 때 단순한 차용에서부터 그 인물에 대한 민중들의 허구적 진실이 오뉘힘내기 전설 속에 다양하게 수용된 여러 유형의 서사전개와 그 의미를 고찰하여 보았다. 그런데 이 유형들이 나타내는 변이양상의 특징을 알아보는 것은 의미 있는 일이다. 본장에서는 불특정인물의 전설인 오뉘힘내기 삽화가 이몽학에게 결합된 후의 유형 간의 전개 방식을 고찰하여 보겠다.

이몽학에 결구된 오뉘힘내기 삽화의 변이유형을 크게 4단계로 나누고, 이 유형들 간의 전승 방식을 살펴보기로 하자.

Ⅰ유형 단순결구형
Ⅱ유형 단순역적담 결구형
Ⅲ유형 복잡결구형
Ⅳ유형 복잡역적담 결구형

불특정인물의 전설이 이몽학이란 특정인물에 결구된 최초의 양상은 인물화소나 지명화소가 변이된 단순결구형인 Ⅰ유형이다. 이는 이몽학에 관한 일화를 구술하다가 별개의 삽화로 오뉘힘내기(남매성쌓기)를 구술하고 있는 점에서 추축할 수 있다. 별개로 된 이몽학 일화의 삽화 뒤에 오뉘힘내기 삽화를 구술하여 인물화소는 불특정의 주인공처럼 오뉘로 나타난다(자료 13). 이 때 앞의 일화 때문에 오뉘힘내기가 이몽학에서 결구된 것으로 보인다.[48] 그래서 이것을 이몽학의 오뉘힘내기라 하기에는

---

[48] 본고에서는 별개의 삽화를 조사자가 별도로 나열한 삽화를 말한다. 별도로 나열된 형태를 취하는 것은 제보자가 시간상 차이를 두고 구술하였거나, 여러 가지 설명(질문)을 하

문제가 있으나, 이몽학이란 특정인물에 결구된 최초의 형태라 생각된다.

이런 변이형태는 다시 이몽학이란 인물화소를 삽화 속에 등장시키지만, 앞이나 뒤에 한두 번만 등장시키고 나머지는 보통 오뉘라 지칭하는 형태를 지니게 된다(자료 3). 이런 변이형의 오뉘힘내기는 비로소 그 의미가 이몽학과 연결된다는 민중의식을 보인다. 여기에서 발전한 변이형은 남자가 등장할 인물화소의 자리에 이몽학이 들어가 서사전개 이루어지는 형태이다. 여기까지의 변이양상이 단순결구형인데, 특정인물인 이몽학이란 인물의 성격을 드러내는 데 어떤 도움을 주었다고 보기 어렵다. 이 유형은 위와 같이 제시한 인물담을 통해 어떤 가능성을 보여주는 역할을 한다고 생각된다. 즉 인물화소와 장소화소가 변화된 상황에서 특정인물의 성격을 드러내는 역할을 말한다.

단순결구형은 이몽학이란 인물의 특성을 나타내려고 변이를 추구하게 된다. 이 때 변이형태는 두 가지로 예상된다. 하나는 단순결구형의 앞이나 뒤에 역적이었다는 일화가 첨가되는 경우이고, 다른 하나는 오뉘힘내기 삽화의 내부요소에 역적이었다는 사실을 드러내는 경우이다.

전자를 살펴보면, 단순결구형은 이몽학의 다른 일화가 별개의 독립된 삽화의 형태이며 역적담이 아닌 경우가 많다. 역적담이 앞이나 뒤에 결구된 단순역적담결구형에서는 그 역적담이 오뉘힘내기 삽화와 상관성이 있는 나열의 의미를 가진다. 다시 말해 이 유형에서는 오뉘힘내기와 역적행위담이 의미의 지속성을 보여주고 있지만, 복잡역적담결구형과 같은 의미의 인과성은 보여주지 못한다.

Ⅱ유형의 변이양상을 보자. 이몽학에 관하여 물으면 그의 관한 표층

면서 채록하였기 때문에 별도로 나누어 놓았다고 본다. 다만 조사가 제보자의 구술 삽화에 내용상 차이를 느껴 분리하였을 경우, 독립된 삽화로 보기에 문제점이 제기되나, 기록화 된 자료이기 때문에 별개의 삽화로 보아야 할 것이다.

적인 의미 때문에 역적담을 먼저 구술한 다음에 오뉘힘내기 삽화를 구술한다(자료 9). 이 때 오뉘힘내기 삽화의 서사전개는 단순형의 삽화와 같다. 이것은 오뉘힘내기 삽화를 차용하여 이몽학이 역적이 되었던 점을 설명하고자한 의도라 보여 진다. 이에 반해 오뉘힘내기 삽화를 먼저 구술한 뒤에 역적담을 구술한 것은 이몽학이란 특정인물을 드러내려는 의도임과 동시에 한계성도 엿보인다. 여기에 만족하지 않고 역적담과 연관성을 확고히 하려고 금기모티프로 연결시키려는 시도도 있다(자료 16, 7). 이 때 오뉘힘내기 삽화의 서사전개는 단순결구형과 다를 바 없지만,[49] 금기모티프로 연결된 역적담 때문에 내부의미의 변화를 찾을 수 있다. 그리고 오뉘힘내기 삽화가 역적담과 연결성(상관성)을 좀 더 제시하게 된다. 반면에 오뉘힘내기 삽화 내부에 힘내기의 구체적인 원인으로 이몽학이 역적이 되려하였기 때문이란 것을 제시하지 못하여 두 삽화 간의 구체적인 연관성을 확실하게 설명하지는 못한다.

오뉘힘내기 삽화가 화소변이로 이몽학이 역적이 되려하였다는 복잡결구형인 Ⅲ유형의 경우를 보자. Ⅱ유형이 외부적인 변이양상을 보였다면 Ⅲ유형은 내부적인 화소변이를 보인다. 이 두 유형의 변이양상은 화자들의 의식차이에 기인하기 때문에 그 선·후를 증명할 수 없다.[50]

Ⅲ유형은 오뉘힘내기 삽화 내부의 화소를 변이시켜 역적행위를 나타내고 있다. 즉 이 유형은 이몽학이 역적이 되려고 한 역사적 사실을 삽

---

49) 두 자료의 서사맥락에서는 역적이 될 가능성을 잠재시키고 있다. 그 잠재된 역적의 가능성을 인정한다면 Ⅳ유형에 속할 것이나, 본고에서는 문맥이 직접적으로 나타나 있지 않기 때문에 Ⅱ유형으로 처리하였다. 이 두 자료는 Ⅱ유형에서 Ⅳ유형으로 변이되어가는 중간 단계로 보아야 한다.

50) 선후문제를 증명할 수는 없으나, 차용한 삽화에 연결하였던 역적담을 삽화 내부화소로 나타내어 그 의미를 결합시키려는 노력을 하였을 것이다. 즉 삽화(차용한) 내부에 연결 삽화의 의미를 습합시키려는 노력은 차용삽화에 일부를 나열하는 손쉬운 방법보다는 좀 복잡한 방법이라고 생각된다. 즉 삽화 내부화소의 적절한 변이를 선택해야 하므로 Ⅱ유형보다 Ⅲ유형이 후대 형으로 추측된다.

화의 내부에 간략하게나마 보여준다(자료 11, 4). 민중들은 그렇게 하여 오뉘힘내기에 함축된 의미를 이몽학에게 결부시키면서 또 다른 의미를 생성하려고 하였다. 또 민중들은 오뉘힘내기의 남주인공에게서 이몽학이 실패한 원인과 유사한 성격을 발견하여 이몽학의 특성을 오뉘힘내기 삽화에 함축시키는 변이형을 만들어 내기도 한다(자료 1). 이것은 오뉘힘내기 삽화 내의 의미망을 변모시켜 다양한 추측을 하게 만든다. 역적이 되려고 하였기 때문에 누이와 힘내기를 하게 된 이몽학은 어머니의 부당한 개입으로 승리하게 되고, 이로 인해 한국에서 크게 알려져 드러내게 된다.

이 유형에서 어머니의 역할은 중요하다. 민중들은 누이가 이몽학과 시도한 화합의 가능성을 막는 어머니를 훌륭하다 하였다가도 바꾸어 아니라고 한다. 이는 오누이간의 갈등을 화합의 차원으로 끌어올리지 못한 어머니의 역할에 대한 민중의식의 표출이다. 즉 민중들은 반란을 일으키려는 이몽학을 지원한 자신들의 감정이 이입된 어머니를 천재라고 하고 싶지만, 역사적 사실의 한계가 있기 때문에 순수한 어머니로 변모시킨다. 민중들은 훌륭한 어머니 밑에서 오누이 간의 화합을 통한 한 차원 높은 질서가 도래하기를 희구하면서도, 그렇지 못하자 일상적이고 평범한 어머니로 변화시켜 화합을 좌절시킨다. 그러한 어머니의 역할은 오뉘힘내기에서 이몽학의 한계성을 보여주기 위한 것이지만, 이 Ⅲ 유형에서 결과가 나타나지 않아 그 한계성을 볼 수 없다.

Ⅲ유형인 복잡결구형은 반란을 일으킨 구체적인 원인을 제시하고 있다. 이몽학이 반란을 일으킨 사실 때문에 오뉘힘내기에서 이몽학 누이의 죽음은 스스로 선택한 임의적인 죽음이다. 이 유형은 이몽학이 어머니의 부당한 개입에 의한 부당한 승리로 누이의 선택적 죽음에 이르지만, 새로운 패배의 가능성을 제시하여 변이의 가능성을 보여준다.

위에서 살펴본 바와 같이 Ⅱ유형과 Ⅲ유형은 새로운 변이 가능성을 보여준다. Ⅱ유형은 결과적으로 역적이 되었던 원인을 오뉘힘내기 삽화에서 구체적으로 보여주고자 한 형태이고, Ⅲ유형은 변이된 내부화소의 의미가 역적이 되었던 원인으로 보고 이에 연결되는 역적담과 인과적인 관계를 보여준 변이형태이다. 다시 말해 오뉘힘내기 삽화와 연결된 역적 행위 삽화에서 원인과 결과를 인과적으로 설명할 수 있는 변이형을 만들게 되는데 그것이 Ⅳ유형인 복잡역적담결구형이다. 이 유형은 오뉘힘내기가 특정인에 결합된 최상의 변이형태이다. 즉 이 유형은 오뉘힘내기 삽화가 특정인물과 결부되어 그 특정인물의 성격이나 특징적 행위 등을 나타내는 마지막 변이형태라 생각된다.

Ⅳ유형에서 이몽학이 일으킨 역적행위담은 역적가능성을 보인 오뉘힘내기 삽화에 금기모티프로 연결되어 있다. 이것은 Ⅱ유형보다 서사적 의미의 친밀성이 더 견고하게 결구되어 있다. 이몽학이 역적이 되려고 한 점을 오뉘힘내기 삽화 내의 화소변이로 나타내고, 거기에 금기모티프로 역적행위담의 결과를 제시하고 있다. 또 Ⅲ유형에서는 오뉘힘내기 삽화 내부에서 역적의 가능성을 제시만 하고 그친 데 비해, Ⅳ유형에서는 금기모티프를 제공하여 역적활동이 실패할 가능성을 인과적으로 설명하게 만들었다. 이 때 주어진 금기는 파괴를 전제로 하는 것[51]이기에 난의 실패를 예견할 수 있다. 반면에 누이는 금기모티프를 제시하여 화합의 가능성을 한 층 더 높이는 변이형태를 취하게 된다.

유형의 변이과정을 보면, 우선 오뉘힘내기에서 역적의 가능성을 보이고 역적 행위담을 나열하는 형태를 취하게 될 것이다(자료 12). 이런 변이

---

51) 최래옥, 「산 이동설화의 연구」, 『관악어문』 3집, 서울대 국어국문학과, 1979. 3.
　　장장식, 「설화의 금기연구」, 경희대 석사학위논문, 1984. 8.
　　강현모, 앞의 논문, 78~79쪽.

형태는 이몽학이 역적 행위의 정당성을 보이기 위하여 성장기에 성실하게 노력한 모습의 삽화를 첨가하기도 하고, 생래적으로 월등한 누이가 역적이 될 동생을 제지하지 않고 오히려 화합의 가능성을 보여주는 변이로 발전시킨다(자료 2, 5, 11). 민중들은 누이에게 벼루, 삼대, 비늘 등을 결부시켜 신성화하지만 한계성도 보여준다. 이것은 오뉘힘내기에서 승리하여 난을 일으킬 수 있도록 변이시켜야 하기 때문이다. 이 과정에서 민중들은 떠올리고 싶지 않은 난의 진행은 간략하게 구술하고, 지배자의 처벌과정을 장황하게 구술한다. 장황한 처벌과정이 항거의 의미를 지니는 것은 하나의 묘 자리를 제거하지 못했다고 하거나, 도망하여 백정의 딸이 하는 말을 듣고 살아났다는 변이의 구술에서 알 수 있다.

위에서 살펴본 이몽학 오뉘힘내기 전설의 전승 방식을 각 유형의 자료로 도식화하면 다음과 같다.

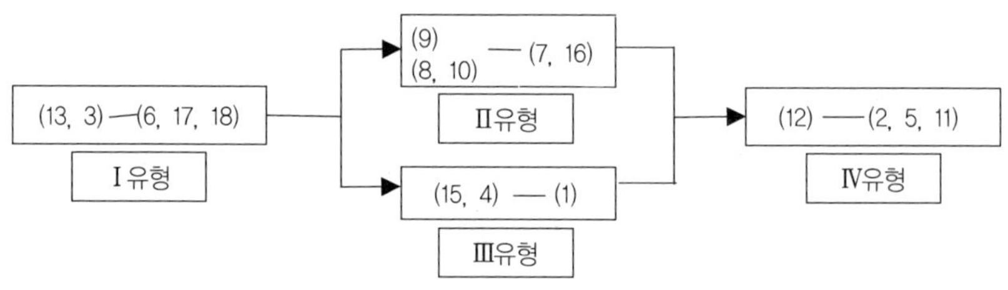

〈이몽학 오뉘힘내기 전설의 전승 방식〉

이상에서 오뉘힘내기 전설이 이몽학이란 특정인물에 결구되어 전설화한 과정을 살펴보았다. 이 과정을 일반화하여 설명하면 다음과 같다. 특정인물의 전설화에서 첫 단계는 단순히 차용한 삽화에 장소나 인물 화소를 변이하는 것으로 단순차용기라 하겠다. 다음 단계는 차용된 삽화의 내외에 주인공의 특성을 나타내는 두 가지 전승 방식이 있다. 하나는 단순한 차용 삽화의 앞이나 뒤에 해당 인물의 특성을 나타내는 것이며, 다른 하나는 차용 삽화의 내부화소를 변이시켜 인물의 특성을 나타내는 방식이다. 이를 특정인물의 특성부여기라 하겠다. 이런 방법으로 인물의 특성을 부여하는 것에 만족하지 못하고 차용한 삽화와 첨가된 삽화 사이에 인과성을 부여하는 변이형태로 인물의 특성을 보여주는 것이 있다. 다시 말해 특정인물의 특성과 허구적 진실을 보여주는데, 차용 삽화와 단편적인 일화들 간에 인과적인 의미망을 형성하는 전승 방식이다. 특히 이들의 연결 방법으로 금기모티프를 제시하기도 한다. 이런 최종의 전승 방식을 복합차용기라 하겠다.

5. 결론

이몽학은 임진왜란 기간에 반란을 일으킨 인물이다. 그런 역적임에도 불구하고 그에게 영웅성을 보여주는 설화와 더불어 오뉘힘내기 설화가 결부되어 있다. 그에 결부된 오뉘힘내기 설화의 의미를 찾아보고, 결합되는 전승 방식을 살펴보았다.

그 과정에서 일반적 오뉘힘내기(완형담)의 서사단락을 발단·전개·절정·결말·증시부 등 5단계로 나누고, 각 단락에서 이몽학이란 특정인을 결구시킨 서사전개의 변이 가능성을 찾아 보았다. 한편 이 오뉘힘내기 삽화를 내부화소의 변이로 역적일 가능성을 보여주는 경우와 오뉘힘내기 삽화 외부에 이몽학에 관한 설화가 첨가되는 경우를 고려하여 네 가지 유형으로 나누어 보았다.

이렇게 나눈 각 유형들을 살펴본 결과 다음과 같은 특징과 의미를 알 수 있었다.

Ⅰ유형인 단순결구형은 오뉘힘내기 삽화를 차용하되, 인물이나 지명 화소만 바꾼 유형으로 불특정 오뉘힘내기와 거의 다를 바가 없다. 그런데 이몽학에 관한 이야기를 못하게 했다는 점에서 이몽학과 오뉘힘내기 삽화 간에 어떤 연관성의 가능성을 보여주고 있다.

Ⅱ유형인 단순역적담결구형은 Ⅰ유형의 앞이나 뒤에 역적행위담이 결부된 형태이다. 이 유형에서는 앞이나 뒤에 역적행위담을 결부시켜 이 오뉘힘내기 삽화에서 이몽학이 실패하게 된 원인을 찾을 가능성을 보여준다. 즉 오뉘힘내기 삽화를 이몽학이란 특정인물에 결부시켜 드러내기의 역할과 역적이었던 역사적 사실을 인식한 민중의식이 나타나는 부분이다.

Ⅲ유형은 복잡결구형으로, 차용한 오뉘힘내기 삽화의 내부화소를 변이시켜 역적행위를 나타내는 유형이다. 즉 역적이었던 사실을 힘내기 삽화에 나타내면서도 그 결과를 구체적으로 제시하고 있지는 않다. 다시 말해 오뉘힘내기 삽화 내부에 역적질을 하려고 난을 일으킬 때, 누이의 제지로 힘내기 하는 과정과 결과만을 제시하고, 이몽학이 난을 일으킨 결과는 나타나있지 않다. 이것은 이몽학을 드러내려는 특성을 가지고 있음을 확실히 보여준 형태이다.

Ⅳ유형은 복잡역적담결구형으로, 차용한 오뉘힘내기 삽화의 화소변이로 역적이 될 가능성을 제시하고, 뒤에 역적행위담이 금기모티프로 연결되어 있어 사건의 인과성을 보여주고 있다. 이 유형은 앞 유형들의 복합변이형으로 이몽학을 드러내는 역할을 하는 동시에 그 한계성을 여실히 보여준다. 그렇지만 민중들은 이몽학에게 애정을 가지고 백정의 딸을 등장시켜 영원한 존재로 인식하기 위해 그를 살리기도 한다.

이 네 가지 유형의 변이양상은 다음과 같다. 불특정인의 오뉘힘내기가 특정인물로 전설화하는 전승 방식에서, 맨 처음 나타는 것은 단순하게 차용한 단순결구형(Ⅰ)이다. 단순결구형은 차츰 이몽학이란 인물의 특성을 부여하는 쪽으로 변이하게 된다. 이 방법은 두 가지로 나눌 수 있는데, 하나는 오뉘힘내기 삽화와 별개로 그 삽화의 앞이나 뒤에 역적 행위담을 첨가하는 경우이고, 다른 하나는 차용한 삽화의 내부화소를 변이시켜 역적이었음을 보여주는 경우이다. 이 때 전자는 단순역적담결구형(Ⅱ)이고 후자는 복잡결구형(Ⅲ)에 해당한다. 이 유형들은 다시 차용삽화와 첨가삽화 간에 서로 인과성을 가진 변이형태를 모색하게 된다. 이렇게 해서 변이된 유형이 복잡역적담결구형(Ⅳ)으로, 두 삽화 간의 금기모티프를 설정하여 의미의 인과성을 보여주고 있다. 이런 변이과정에서 Ⅰ형은 단순차용기라 하고, Ⅱ형과 Ⅲ형은 삽화에 특정인물의 성격을 부여하는 특성부여기라 한다. 그리고 Ⅳ형은 최종의 변이형태인 복합차용기라 한다.

이상에서 이몽학에 결구된 오뉘힘내기 삽화의 각 유형의 의미와 변이양상을 통해 전승 방식을 살펴보았다. 위에서 살핀 변이양상의 과정이 모든 설화에 상관성을 가지고 적용될 수 있다고 단정하기는 어렵다. 그러나 적용가능성을 타진하기 위해 특정인물에 결구된 여러 설화 유형을 검토함으로써 그 타당성이 확인될 수 있다고 본다.

은산별신제 배경설화의 전승 방식

1. 서론

본고는 중요무형문화제 9호인 은산별신제에 나타난 배경설화의 전승 발식을 고찰하는 것으로 목적으로 한다. 이를 위해 먼저 은산별신제가 어떻게 변형·전승되어 왔는지를 살펴볼 것이다. 이는 은산별신제의 배경설화의 전승 방식을 검토할 수 있는 계기가 된다. 즉 은산별신제에 대한 각종의 글과 연구 논저에 나타난 배경설화의 전승 양상을 검토하겠다.

충남 부여군 은산면 은산리에서 행하는 은산별신제는 언제부터 시작되었고, 어떤 역사적 경로를 거쳐 오늘날의 모습으로 전승되었는지 명확하지 않다. 이를 밝혀줄 문헌기록은 거의 보이지 않는다. 특히 은산별신제가 대규모의 제의로 모셔졌다는 기록은 조선 시대의 각종 문헌이나, 『신증동국여지승람』 및 각종 읍지 류에서 찾아볼 수 없다.[1]

현재 은산별신제의 유래담에 대한 최고의 기록은 1935년 3월 16일부

---

[1] 충청도에서 대규모 제의로는 웅천의 웅산신당제가 있다.(이능화, 「조선무속고」, 『계명』 19, 계명구락부, 1927, 65-79쪽 참조.)

터 일주일간 시행된 별신제를 현지 조사한 오사카(大坂六村)의 보고서이다.[2] 이 보고서는 별신당 앞에 모인 인파, 백마를 탄 장수, 장수기, 산성과 별신당의 전경 등의 사진 자료가 함께 실려 있다. 다음 기록은 유래설화가 없으나 별신제의 규모, 제의절차, 경비조달문제, 축문 등을 기록한 1938년에 무라야마(村山智順)의 보고서가 있다.[3] 이 보고서에는 보고서를 작성하기 40년 전인 1900년경에 매년 음력 3월 24-5일쯤에 별신제가 열렸으나 경비문제로 3년마다 치르는 행사로 바뀌었음을 보여주고 있다. 이처럼 은산별신제의 초기 보고서는 일제 시대 일인학자에 의해서 조사 작성되었다.

한국인에 의한 최초 언급은 1956년에 부여박물관장이었던 홍사준에 의해서 작성되었다.[4] 그는 은산별신제의 유래에 대해 전하면서 별신제의 행사연월일, 행사용기구류, 인원과 명칭·행사·절차를 기술한 뒤에 관련된 역사적 사실을 재해석하여 기술하고 있다. 거의 같은 시기에 조사된 것으로 충청남도지에 수록된 유래담이 있다.[5] 그리고 그보다 좀 늦은 1958년에 조사를 하였으나 1987년에 간행한 한상수의 조사 보고가 있다.[6]

은산별신제는 1965년 임동권에 의해 문화재관리국에 조사 보고되어 1966년 2월 15일에 중요무형문화재 제9호로 지정되었다. 이 자료에는 은산별신제의 유래담이 3편이 수록되었는데, 은산별신제에 대한 본격적

---

2) 大坂六村, 「恩山の別神祭」『조선』 241, 1935. 6. 84-88쪽.
3) 조선총독부, 『석존·기우·안택』, 국서간행회, 1972. 172-184쪽.
4) 홍사준, 『백제의 전설』, 통문관, 1956. 71-74쪽.
5) 충청남도, 『충청남도지』, 1965. 665쪽. 1946년도에 유수복와 유상열 님이 제보한 자료를 수록하고 있다.
6) 한상수, 『충남의 구비전승(하)』, 한국예총 충청남도지회, 1987. 비슷한 시기에 발간된 최문화의 『충남의 전설집(하)』, 충청남도 향토문화연구소, 1986.3.에 자료가 있다. 이들 자료들은 문장체로 되어 구비전승으로 연구하는 데 한계가 있다. 사용할 때는 백제를 강조하던 시기에 발간되어 조사보다 발간 시기를 기점으로 검토되어야 할 것이다.

인 연구에서 주로 인용되고 있다.[7] 그 밖의 보고 자료로는 79년도에 발간한 충청남도지에 유래담 1편이 있고,[8] 87년도에 발간한 부여군지에 수록된 자료,[9] 그리고 개인연구자들이 잡지에 수록한 자료들[10]이 있다.

은산별신제에 대한 본격적인 연구로는 이양수[11]을 비롯하여 임동권,[12] 한만영·이보형,[13] 이필영,[14] 성기영,[15] 주세형[16] 등의 연구와 종합보고서의 성격을 띤 1997년에 문화재관리국에 조사 보고한『무형문화재 예능조사 연구보고서 제249호』[17]와 1998년에 보고한『중요무형문화재 제9호 은산별신제 종합실측조사 보고서』가 있다.

은산별신제에 대한 본격적인 연구에서도 제의의 진행절차와 구성 등

---

7) 임동권, 「은산별신제」, 『무형문화재조사보고서 제8호』, 1965. =문화재관리국, 『문화재』 2 호, 1966. 12. =『한국민속학논고』, 집문당, 1971.

8) 충청남도, 『충청남도지』, 1979. 338-339쪽. 1973년 은산면 가중리 김근수님의 제공한 자료가 있다.

9) 부여군, 『부여군지』, 1987. 박계홍, 황인덕이 작성한 신앙편에 수록된 유래 자료는 4편이 있는데, 임동권의 『무형문화재조사보고서』에 있는 자료 3편과 출처가 확실하지 않은 자료 1편이 있다. 이 자료는 오사카의 유래담 2와 유사하지만 유래담 1을 제시하지 않았다는 점에서 홍사준의 자료를 변형한 것으로 추정된다.

10) 박계홍, 「백제와 오늘을 잇는 은산별신제」, 『뿌리깊은나무』 1976년 6월호, 1976, 6., 정병호의 「은산별신제」, 『공간』 17권 7호, 공간사, 1982.7., 임동권·최명희의 『한국의 굿, 은산별신제』, 열화당, 1986., 강성복의 『중요문형문화재 제9호 은산별신제』, 부여문화원, 1997. 등이 있다.

11) 이양수, 『은산별신고』, 부여향토문화연구소회, 1969.

12) 임동권, 「은산별신제」, 『한국민속학논고』, 집문당, 1971.

13) 한만영, 이보형, 「은산별신제의 음악적 연구」, 『민족음악학』 창간호, 서울대학교 음악학과, 1978.1. =『예·축제·제사(6)』 『민속학자료총서』 382, 우리마당 터, 2003.

14) 이필영, 「은산별신제」, 『비교민속학』 13집, 비교민속학회. 1996. 4. 『굿 종류(5)』, 『민속학자료총서』 382, 우리마당 터, 2003. =『예·축제·제사(4)』, 『민속학자료총서』 244, 우리마당 터, 2002. 이 자료에서 비롯된 종합적인 연구를 통하여 은산별신제 대한 최초의 단행본을 나오게 된다.(『은산별신제』, 화산문화, 2002.12).

15) 성기영, 「은산별신제의 역사적 전개와 전통 창출」, 안동대 대학원 석사학위논문, 1998

16) 주세형, 「오태석 희곡 '배마강 달밤에'에 나타난 은산별신굿의 수용양상」, 경희대 교육대학원 석사학위논문, 2004. 8.

17) 하효길·김선풍, 『중요무형문화재조사보고서』, 문화재관리국, 1997, 이중에서 김선풍 교수의 글은 「은산별신제의 민속학적 고찰」으로 『예·축제·제사(4)』, 『민속학자료총서』 244, 우리마당 터, 2002에 재수록 되어 있다.

이 중심이다. 이양수의 연구는 은산별신제에 대한 최초의 연구란 점에서, 임동권의 연구는 1965년 조사보고서를 기초로 하여 본격적이고 종합적인 연구란 점에서 의의가 있다. 특히 임동권의 연구에서 제시된 3편의 유래담은 뒤의 연구나 각종 기록의 기초자료로 활용되고 있다. 그리고 한만영·이보형의 연구는 은산별신제의 음악적인 측면에서 연구란 점에서 의의가 있다. 한편 이필영은 은산별신제의 생성 시기에 대해 유래담에 나타난 백제 말기라는 도식적인 연구가 아닌 지역의 사회경제 구조적 측면에서 제의와 유래담의 변천양상을 검토하였다. 그 결과 은산별신제는 19세기 말 이후에 오늘날 형태로 정착되었다고 보았다. 그리고 이런 논리는 성기영의 연구로 통해 이어지고 있다. 그리고 주세형의 희곡적 측면의 연구가 있다.

한편 종합보고서 성격의 <무형문화재 예능조사 연구보고서 제249호>에서 하효길은 이필영의 연구 결과에 유추된 고유마을 제사에서 장병의 위령제가 복합된 것이라며 그의 제의형태와 절차, 기능자에 대하여 검토하였다. 김선풍은 유래담을 분석하고 강릉단오제와 비교를 통하여 꿈의 의지, 별신제의 주신 문제 등을 검토한 뒤 별신제의 제일과 제의절차 및 장군축문 등을 검토하였다. 그리고 1998년에 보고한 <중요무형문화재 제9호 은산별신제 종합실측조사 보고서>에서 하효길은 1년 전의 보고서를 확대하여 별신제의 유래와 제의영역에 대해, 양종승은 무속영역의 측면을, 이병옥은 무용영역의 측면을, 이보형은 음악영역의 측면을, 그리고 박성실은 복식영역의 측면을 검토하였다.

이런 각종 기록이나 연구에도 불구하고 그 유래담의 전승양상에 대한 연구는 일천한 편이라고 하겠다. 즉 이필영의 연구서에 간략하게 언급하고 있으나 활용자료의 한계를 가지고 있고, 김선풍은 유래담의 분석을 통한 의미를 해석하였으나 구체적으로 제시하지 못하였다. 따라서 본고는 지금까지 나온 각종 기록의 나타난 은산별신제에 나타난 배경설화의 전승 양상을 고찰하고자 한다. 이에 앞서 배경설화의 변모가능성을 타진하기 위하여 은산별신제의 제의 양식의 변이양상을 살펴보겠다.

2. 은산별신제의 전개 양상

본 장은 은산별신제가 현재까지 어떻게 진행되며 형성되었는가의 역사적 전개 양상을 살펴보고자 한다. 이를 위해서는 기존의 연구 성과에 나타난 제의의 변모양상을 통해 은산별신제의 전개양상을 살펴볼 수 있다.

앞 장의 기록, 특히 무라야마의 기록을 보면, 은산별신제는 그가 보고한 당시보다 40여 년 전인 1900년대에도 매년 거행하다가 경비상의 문제로 3년에 1번씩 치르게 되었다는 것을 알 수 있다.[18] 이 보고서를 통해 은산별신제는 최소한 1900년대 이전에 존재하였음을 확인할 수 있다.

그리고 은산별신제에 대한 구체적으로 진행절차를 확인할 수 있는 것은 오사카(大板六村)에 의해서 1935년에 현지조사 보고된 자료이다. 오사카의 보고서에 의하면, 은산별신제는 1935년의 3월 16일부터 일 주일간 진행되었다. 즉 은산별신제는 3년마다 음력 2월 중에 택일하여 일 주일간 계속되었으며, 이때는 은산 부근 사람들은 물론이고 예산과 공주, 정산 등지에서 사람들이 몰려와 은산장이 인산인해를 이루었음을 알 수 있다. 또한 별신굿의 별신당은 당산성 아래에 기와집 한 칸으로 되어 있었고,[19] 당집 안의 모습은 정면에 산신 탱화가 있고. 좌우에 당제에 필

---

18) 이때 은산별신제의 제의 형태에 대한 추측이 가능하다. 이필영 교수에 의하면, 은산별신제가 산신제와 별신제의 결합된 형태라고 보았을 때, 이 시기를 전후하여 산신제에 별신제가 결합되어 내려온 것이 아닌지 고려할 있다.

19) 별신당에 놓여 있는 초석을 보고 삼 칸의 당집이었음을 추정하였다.

요한 제기들과 깃발이 놓여 있을 뿐이다. 이는 현재 당집 중앙에 신선상이 있고 그 좌우에 장군 영정이 있는 것과는 달리 없었던 것으로 보인다.[20] 이런 현상은 홍사준의 글에서도 산신령이 범을 안고 있는 족자만 언급하고 복신장군과 토진대사의 영정에 대한 언급이 없다.[21]

이런 은산별신제는 1930년대 중·후반에 걸쳐 별신제가 대규모로 모셔졌다.[22] 그런데 이렇게 규모가 커지던 은산별신제가 1940년대 전반인 일제 말기에는 치안확보·식량부족·낭비 등의 이유를 들어 관에서 허가를 내주지 않아[23] 진행될 수가 없었다. 그리고 해방 후에는 별신제를 지냈다고 하나 확실하지 않다. 다만 1947년에 기금을 모아 신신당을 중수하였다는 점으로 보아 경제적 여건으로 지내지 못했을 것으로 추정된다.

그런데 이 산신당을 중수하면서 기록한 중수기는 은산별신제의 배경설화에 상당히 변화되어 있음을 알 수 있다. 이전의 기록에서도 은산별신제의 배경설화가 백제 말기의 장군 귀실복신(鬼室福神)의 고사를 모방하여 시작되었다는 기록이 있지만,[24] 비로소 중수기의 기록에서 백제와 연관되었음을 구체적으로 보여주고 있다. 즉 "이곳 은산리는 백제 시대의 전쟁터이었고, 그 전망장졸의 원혼이 흩어지지 않아서 늘 불안하고 재앙이 뒤따랐는데, 이를 진정시키고 복을 구하기 위하여 신당을 건립하여 토지신 족자(土地神簇子)를 정면에 봉안하고 그 좌우에 고 명장의 화폭을 모시고 제사를 모셨다."고 하였다. 또한 매년 정초에 이들 신령에게 제

---

20) 오사카는 신선상 좌우에 장군상에 대한 언급이 없었던 것으로 보아 알 수 있다.

21) 은산별신제에서 막연하게 백제의 장군에 대한 추모제의 형태를 띠고 있다. 이로 보아 민중들 사이에 당시까지는 백제의식이 없었던 것인지 아니면 백제에 대한 이중적 의식이 잠재되어 나타난 것인지 구체적인 조사가 필요하다.

22) 이능화의 조선무속고나 기존의 각종 읍지에 기록되지 않은 것에서 짐작할 수 있다. 즉 이곳은 조선시대 은산역이 설치되고 시장기능이 강화되면서 별신제의 규모가 확대되었을 것으로 보인다.

23) 이필영, 앞의 책, 32-33쪽.

24) 오사카(大坂六村), 앞의 논문, 87쪽.

를 모시고, 삼 년에 한 번씩 별신대제를 모셨다고 한다. 그런데도 좌우에 모신 고 명장을 복신과 도침이라고 구체적으로 지칭하지 않았다. 이런 현상은 1956(병신)년의 장군축문에서도 조선의 장군들의 명단이 등장하지만 복신이나 토진대사가 등장하지 않았다. 그런데 1961(신축)년 장군축문에 와서 백제의 복신장군과 토진대사 외 삼천신위[25]에 대해 비로소 언급하여 은산별신제의 기원 배경설화와 같이 축문에 처음으로 등장하기 시작하였다.

이런 은산별신제는 1959년 별신제를 지낸 이후에 지방 유지들이 여러 차례 논의를 하였지만, 재원을 마련하기 어려워 중요무형문화재로 지정되기 이전까지 중단되었던 것으로 보인다.[26] 이런 은산별신제는 1966년 2월 15일에 중요무형문화재 제9호로 지정받게 되었다. 이는 1965년 10월 백제문화제가 관 주도로 바뀌면서 은산별신제가 은산별신굿으로 삼충제와 궁녀제와 함께 참가하였다가 부각되고 각광받은 데서 비롯되었다고 한다.[27] 즉 은산별신제가 '전국에 가장 큰 별신제이며, 토속적인 수호제로서의 장군제가 습합된 종합제로서 학술적 가치가 크며, 기원이 백제의 멸망과 관계되어 있어서 그 사실이 고증되는 자료가 되기 때문에 계승보존이 시급하다'고 하였다.[28]

이런 은산별신제는 공연 형식으로 처음 공개된 것이 1958년 8월에 개최된 제1회 전국민속예술경연대회의 민속놀이 부분에 은산별신굿으로 참여하였으나 수상하지 못하였다. 중요무형문화재로 지정된 이후에 전국민속경연대회에 은산별신굿으로 3차례 참여하였다. 즉 1966년 10월

---

25) 1961년 별신 장군축문, 維歲次 辛丑正月辛卯 朔十四日甲辰 恩山洞頭將軍 000 (생략) 中央 皇帝將軍 福信將軍 土進大使外 三千神位 (후략)
26) 임동권, 앞의 책, 192쪽.
27) 이양수, 앞의 논문, 8쪽.
28) 임동권, 「은산별신제」, 『무형문화재조사보고서 제8호』, 1965, 5쪽.

서울 남산야외음악당에서 개최된 제7회 대회에서 장려상을, 1968년 10월 대전공설운동장에서 개최된 9회 대회에서 문공부장관상을, 1969년 10월 대구종합경기장에서 개최된 10회 대회에서 장려상을 수상하였다.

은산별신제는 중요무형문화재로 지정된 이후에 1969년에 대제를 거행하였고, 1970년 백제문화제에 참여하였다. 수해와 재원 조달의 어려움으로 1972년과 1974년 행사를 치루지 못하였다. 그러던 은산별신제는 1976년 이후 각종 국고 및 지방비 보조금과 자체부담금을 재원으로, 격년제로 대제와 소제를 한 번도 거르지 않고 거행해 오고 있다. 즉 짝수 해에는 대제를, 홀수 해에는 소제를 규칙적으로 치러왔으며, 부여에서 행하여지는 백제문화제에 출연하여 본제 행사를 재현하고 있다.

오늘날 중요무형문화재 9호가 된 은산별신제를 유지하기 한 조직으로 사단법인 은산별신제보존회가 부여군 은산면 은산리에 설립되어 있다. 은산별신제보존회는 1977년 7월에 창립총회를 갖고, 1978년 1월 정식 설립인가를 받았다. 그리고 1986년에 중요무형문화재보유단체로 인정을 받았으며, 1990년에 국고의 지원을 받아 전승현장에 은산별신제 전수회관(137평)을 건립하고, 별신당(7.3평)을 증축하여 이어오고 있다. 그런데 이곳도 다른 농촌지역과 마찬가지로 젊은 인구의 이농현상으로 보존 전승의 위협을 받고 있는 상태라 하겠다.

3. 배경설화의 전승 방식

은산별신제는 백제가 멸망한 직후에 진행된 백제부흥운동에서 장렬하게 죽은 장졸에 대한 위령제로 성격을 지니고 있다. 구비전승 되고 있는 배경설화(유래담)에서도 별신제의의 구조와 성격과 마찬가지로 백제부흥운동에서 전몰한 장병들을 위로한다는 내용이 드러나 있다. 그런데 이런 내용이 모든 자료에 존재하는 것은 아니다. 따라서 백제 전몰장병들의 위령제 성격으로 나타난 전승양상을 구체적인 작품을 통하여 살펴보기로 하자.

우선 지금까지 조사된 은산별신제의 배경설화의 조사나 발간 연대순으로 제시하면 다음과 같다.[29]

설화1   오사카(大坂六村), 恩山노別神祭, 『조선』 241, (1935.6.) 87쪽.

설화2   오사카(大坂六村), 恩山노別神祭, 『조선』 241, (1935.6.) 87-88쪽.

설화3   충청남도, 『충청남도지(하)』 (1965) 665. (1946년 조사)

설화4   이의순, 「산신당 중수기」 (1947)

설화5   홍사준, 『백제의 전설』, (통문관, 1956.) 72-74쪽.[30]

설화6   한상수, 『충남의 구비전승(하)』 (한국예총 충청남도지회, 1987) 180-181쪽.(1950년 조사)

설화7   최문화, 『충남의 전설집(하)』 (충청남도 향토문화연구소, 1986.3) 523-525쪽.

설화8   임동권, 은산별신제, 『한국민속학논고』 (집문당, 1971) 189쪽.

설화9   임동권, 은산별신제, 『한국민속학논고』 (집문당, 1971) 189쪽.

설화10   임동권, 은산별신제, 『한국민속학논고』 (집문당, 1971) 189쪽.

설화11   한만영·이보형, 은산별신제의 음악적 연구, 『민족음악학』 창간호(서울대 음악학과, 1978.) 63쪽.

설화12   임동권·최명희, 『한국의 굿, 은산별신제』 (열화당, 1986) 75쪽.

설화13   충청남도, 『충청남도지(하)』 (1979) 338-339쪽.

설화14   박계홍, 백제와 오늘을 잇는 은산별신제, 『뿌리깊은나무』 1976년 6월호

설화15   박계홍·황인덕, 민간신앙 『부여군지』(부여군, 1987) 1041쪽.

설화16   정병호, 은산별신제 『공간』 17권 7호 (공간사, 1982,7) 121쪽.

---

29) 이필영, 김선풍, 하효길 등의 연구에서 임동권의 자료를 그대로 또는 극히 일부분 변형하여 수록하고 있다. 따라서 이들 연구에 수용한 자료들은 연구대상으로 취급하지 않았다.

30) 이 자료는 1964년에 발간된 『부여군지』에 변형되어 수록되어 있다.(769-770쪽) 자료는 조사연대가 명확하지 않지만, 별신당의 장군상에 대한 설명이 없다는 점이 오사카의 보고서와 같아 「산신당중수기」보다 앞선 시기로 보인다.

위에 제시된 은산별신제의 배경설화는 시기적으로 크게 4단계로 전승 양상을 나누어 볼 수 있다. 첫째는 초기의 일인학자에 의해 보고된 1930년 후반이다. 둘째는 『충청남도지』(65), 이희순의 「산신당중수기」, 홍사준의 조사분 등 한국인들에 의해 조사된 1950년대 이전이다. 셋째는 은산별신제가 중요무형문화제를 설정을 위한 1960년대 중반일 것이다. 그리고 넷째는 일반인에게 알려 보급을 확대한 1970년대 중반 이후로 시기가 크게 나누어진다. 은산별신제의 배경설화의 전승 방식을 작품을 통해 구체적으로 살펴보기로 하자.

1) 백제의식 잠복하기(1기)

이 시기는 초기인 1935년에 조사된 배경설화의 문면에 전몰한 백제의 장병 혹은 부흥운동 장병들을 위한 위령제라는 의식이 나타나지 않는다. 즉 설화에는 장군의 지칭이나 백제의 나라 명칭이 나타나지 않고, 추상적으로 어떤 나라의 장군으로 지칭되어 나타나 있다.

> [설화 1]
> 옛날 이 지방에는 별신이란 장군이 있었다. 언젠가 나라에 대난이 났을 때 그의 의견이 쓰여 지지 못 했다. 도리어 그는 나라 사람의 의심을 받아 죽임을 당하였다. 장군의 영혼은 악귀가 되어 적을 무찌르고 나라를 구했다. 그래서 후세에 그 나라 사람들은 장군의 위대함을 깨닫고 제사를 지내 영혼을 위로했다.

이 설화는 별신이란 장군을 진혼하다는 내용이지만, 그 나라와 장군 이름, 시기를 구체적으로 추론할 근거가 전혀 없다. 즉 별신이란 장군이 어느 시기, 어떤 나라의 장군인지 알 수가 없다.[31] 더욱이 별신제를 지내면서 읽은 병자년 장군의 축문에는 96명의 장수가 등장하고 있는데 백제의 장군 이름이 1명도 없다. 이곳에 등장하는 장군으로는 중국의 춘추전국시대부터 명에 이르는 중국의 장군이 89명이고, 조선의 장수로 임경업, 이순신, 유성룡, 김덕령, 곽재우, 이완, 장붕익 등이 등장하고 있을 뿐이다.

위 전설과 유사한 내용이 논산 지역에 전승되고 있는 「마냥바위」에 관한 전설이다. 「마냥바위」 전설에서 장군은 간신의 모함으로 낙향하여 국가를 걱정하고 있다가, 꿈에 나타난 노인이 계시와 말 한 필을 주었다. 깨어보니 말이 있어 그 말을 타고 장정들을 모아 훈련하다가 침입한 적군을 물리치고 최후에 전사하였다. 그곳에 말의 불알과 말굽 자국이 남아 있어 명명하게 되었는데 그 장수를 위해서 해마다 제사를 바쳤다는 것이다.[32]

「마냥바위」 전설과 달리 위 설화가 충신이 간신들의 참소로 죽었고, 죽은 영혼이 적을 물리친 것으로 되어 있다. 일반적으로 죽은 원혼이 등장할 때는 원한을 갚는 것으로 나타나는데, 국가를 위하여 헌신하였다는 점에서 전체적으로 앞뒤의 논리가 맞지 않는다. 이에 비하여 「마냥바위」 전설은 나름대로의 현실적이고 논리적이면서, 위 설화와 같이 장군의 위대함을 알고 제사를 지냈다는 것도 같다.

그런데 「마냥바위」 전설에서 유추하고 오사카의 보고서 내용으로 볼 때 위 설화의 별신이란 장군은 백제와 관련시킬 수 있는 가능성을 보여주고 있다. 즉 오사카는 은산별신제에 대한 유래담이 여러 가지가 전해지고 있는데, 그 중에 백제 말기의 장군 귀실복신(鬼室福神)의 고사가 전

---

31) 서울지역의 부군당에 나타난 부근신이 남성 성기에서 비롯되는데, 당집에 가서 조사하면 장군신으로 모셔졌지만 구체적으로 어느 시대 누구인지 알 수가 없다.

32) 사재동, 구비전승 『충청남도지(하)』, 충청남도, 1979. 296-297쪽. 이는 논산군의 『놀뫼의 전통』, 1981.에도 수록되어 있다.

해져 시작되었다고 소개하였다.[33] 위 이야기에서도 백제란 구체적인 나라와 장군을 지칭되지 않았지만, 이곳의 민중들 사이에는 이미 암묵적인 암시가 있을 수 있다. 왜냐하면 백제를 지칭하거나 백제 장수의 부흥운동을 드러내지 않는 것이 지배계층의 핍박을 피할 수 있는 방법의 하나이다. 예로 60-80년대까지만 해도 전라도 지방에서 우투리 전설이나 둥구리 전설의 구연이나 부여 지방에서 이몽학 전설의 구연을 꺼려하였다[34]는 점을 고려한다면, 백제란 나라 이름이나 장수를 넣는 것보다 이를 드러내지 않고 묵시적으로 행함으로써 오히려 자신들의 뜻을 관철시켜 효과적으로 별신제를 수행할 수 있었다고 하겠다.[35]

2) 백제의식 삽입하기(2기)

2기는 은산이나 부여지방 그리고 충청지역이라는 지역적 연관성을 가

---

33) 「설화 2」 오사카, 앞의 책, 87-88쪽. 이 제사의 유래에 대해 은산 지방 사람들의 설이 다양하다. 이곳은 백제 말기의 장군 귀실복신의 고사가 전하고 있다. 즉, 백제가 멸망한 직후에 백제의 유신들이 은산을 근거로 의병을 봉기하여 맹렬한 부흥운동을 일으켰다. 특히 현재 예산군 대흥면의 임존성에 근거하여 백제 왕족 귀실복신이 최고로 용감하여 나당군을 공격하여 국도(수도)를 회복하려고 도모했다. 또 일방으로는 일본에 거주하는 왕자 풍장을 맞아드려서 왕으로 삼았다. 일본의 지원군을 얻어 위세가 크게 신장했는데 왕 풍장과 간극이 생겨 드디어 사살되었다. 그런 연휴에 백제는 가장 우수한 장군을 잃게 되었고, 드디어 적이 그 승기를 타고 일거에 근거지를 공격하니 멸망의 운명을 보게 되었다. 복신의 역사적 사실로 봤을 때, 이곳 지방 사람들은 복신의 횡사에 대해 심한 비극적인 성정을 느꼈다. 이 별신제는 복신의 위령제로 칭하는 것도 무리가 아니다. 이런 의식은 무라야마의 보고서에서도 엿볼 수 있다.
34) 강현모, 『장수설화의 구조와 의미』, 역락, 2004. 26쪽.
35) 최래옥, 『한국구비전설의 연구』, 일조각, 1981. 124-130쪽. 백제설화의 해석을 위해서는 문면이 나타난 대로 해석하면 지배자적 입장에서의 해석이고, 그 저층에 깔려 있는 이면적인 의미를 해석할 때 백제설화의 의미를 정확하게 파악할 수 있다. 또 다른 예로 일제 말기에 치안확보와 식량난으로 은산별신제의 개최의 허락을 받기 위하여 일본 장수의 이름까지 장군 축문에 들어갔다는 점에서 고려할 수 있다.(임동권, 『한국민속학논고』 200쪽.)

진 사람들의 조사 자료이다. 그리고 시대적으로 배경설화에 백제란 용어나 장군의 명칭이 들어간다고 할지라도 별탈이 없었고, 지역적 의식을 부각시킨다는 사명의식을 갖기 시작한 시점이다. 따라서 2기는 배경설화의 문면에 백제의식을 삽입하여 드러내려고 시도한 시기라 하겠다. 그럼에도 불구하고 1기에 이어 아직도 은산별신제에서 백제의식을 완전하게 드러내지 못 하였다고 하겠다.

[설화 5]

1. 은산은 물론 군내에 전염병이 들어 모든 마을이 전멸할 지경이었다.
2. 90살 노인의 꿈에 5-60세의 훌륭한 장군이 흰말을 타고 나타나다.
3. 장군은 옛적 어느 나라 장수라 소개하고, 이곳이 전쟁지로 군사들이 많이 죽었는데, 나와 이들의 해골을 묻어 주면 병마를 낫게 해 주겠다 하였다.
4. 장군은 자신과 군사들이 묻힌 곳을 일러주고, 삼 년에 한 번씩 제사를 부탁하고 떠나다.
5. 노인은 동리 사람에게 꿈 이야기와 묻힌 해골을 안장할 것을 말하였다.
6. 동리 사람들은 노인의 명령대로 하고 제수를 차리고 제사를 올렸다.
7. 위령의 제사를 지낸 뒤 병은 씻은 듯 없어졌다.
8. 이 제사 이름은 별신이라 부르고 삼 년에 1차례 성대히 지내게 되었다.
9. 만일 제사를 드리지 않으면 유행병이 일어나 사람을 많이 죽었다 한다.

위 설화가 백제의식을 구체적으로 보여주지 않은 것은 초기의 비슷하다고 하겠다. 그런데 이 설화를 서술하기에 앞서 설명하는 부분에서 백제시대라는 것을 구체적으로 밝히고 있다. 따라서 설화 속에 '어느 나라 장수'라는 말은 백제의 장수라는 것을 쉽게 알 수 있다. 즉 설화만 단독으로 보았을 때는 추상적이지만, 설화 앞뒤의 설명에서 도움을 받는다면 설화 속의 의미를 구체적으로 찾아낼 수 있다.

이보다 좀 구체적으로 나타난 것이 은산별신제의 산신당중수기이다.

중수기의 중간에 보면 '은산리는 옛날 백제의 전장지니, 그 전쟁에서 죽은 장수와 병졸들의 원통하고 분한 혼백들'이라고 하여 백제와 관련되어 있음을 보여주고 있다. 그리고 양쪽 벽에 고명장의 화폭을 모시고 제사를 지냈다고 하였는데, 그 명장이 누구인지 구체적으로 알려져 있지 않다. 다만 화폭의 장수는 백제의 장수임이 분명할 것으로 보인다.

1946년도 조사한 1965년도의 『충청남도지』에 실려 있는 자료에는 백제의 장수로 등장하고 있다. 자료에는 백제가 멸망한 뒤에 병마에 시달리는 이곳에 갑옷을 입은 장군이 백마를 타고 나타나 백제의 장수임을 분명하게 드러내고 있다. 그리고 배경설화에는 별신당 안에 '산신령과 호랑이가 있는 족자 셋이 걸려 있다'고 되어 있다. 이때 족자 셋에 대한 설명이 없어 어떤 족자인지를 알 수 없지만, 오늘날 전하고 있는 양쪽의 장군 상으로 추정된다. 이처럼 백제 그리고 백제 장군의 모습으로 구체화하고 있다.

그런데 이들 자료에 대해 검토할 필요가 있다. 왜냐하면 1947년 「산신당중수기」에는 허물어져 지탱하기 어려운 형편이라 산신당을 중수하였다고 한다. 이때 산신당은 산신당이 아닌 별신당이라[36) 하였을 때 오차가 생긴다. 「산신당중수기」에는 백제와 백제 장수라는 것을 구체적으로 언급하지 않았는데, 이보다 1년 전에 조사된 충청남도지에 실린 자료에 백제라고 구체화되어 있다. 이런 현상은 『충청남도지』의 자료가 1946년에 조사되었다고 하지만, 발간 연대가 1965년이란 점, 지역의 일반 주민을 상대로 작성된 지방지란 점, 그리고 중요무형문화재 지정에 따른 역사와 관련시키려는 시대적 조류였던 점에 의해서 변형된 것으로 보인다.[37)

---

36) 이필영, 앞의 책, 33쪽. 주 26 참조.
37) 이는 오사카의 보고서나 홍사준의 자료에는 없던 장군상이 산신당중수기 이후에 나타

3) 백제의식 드러내기(3기)

은산별신제의 유래담에 대한 백제의식 드러내기는 초기의 오사카 자료 2인 「설화 2」에도 보여주고 있지만, 「설화 4」인 「산신당중수기」나 「설화 5」인 홍사준의 자료 등에서 계속되었다. 이처럼 설화 속에 백제의식을 삽입하기의 노력은 제3기인 1960년에 중반에 더욱 치열해진다. 이제 자료 속에 백제의식 삽입하기를 넘어 드러내기를 보여주고 있다. 즉 앞에서 살펴본 『충청남도지』(65)를 비롯하여 임동권의 자료들에서 찾아볼 수 있다. 특히 임동권의 자료는 보고를 통하여 중요문형문화재로서의 선택 기준이 되었을 것이다. 이때 그 기준 중에 역사성을 배제할 수 없었다. 따라서 은산별신제의 역사성을 강조하기 위하여 백제와 관련된 역사적 사실을 부각시키기에 이른 것이다.[38] 따라서 이 시대의 자료들은 백제의식 드러내기가 중심이 될 수밖에 없다.

이런 현상은 앞에서 살펴본 『충청남도지』(65)는 물론이고 임동권의 자료들에서 구체화한다. 특히 임동권의 자료는 은산별신제 연구에서 필수적으로 인용되는 배경설화로 확정되기에 이른다.

[설화 9]

옛날 은산은 역촌이었는데 청년은 17~8세면 득병하기가 일수이고 가축도 낳아서 3개월이면 죽는 일이 많았다.

어느 날 은산의 한 노인이 잠시 잠이 들었는데 꿈에 노장군이 나타나 자기는 백제의 장군인데, 나의 백골이 모처에 흩어져 있으니 잘 묻어 달라고 부탁하는 것이었다.

나고 있다는 점에서 고려된다.

38) 부여지역은 백제의 마지막 도읍이었다는 역사적 배경을 지니고 있기 때문에 민속 전반에 대해 반영되어 있다. 공동체적 민중의식의 표상으로 특히 백제의 멸망과 부흥운동에 관한 설화들이 많이 있다.

꿈에서 깬 노인은 죽은 백제장군이 원한을 풀기 위해서 승전의 흉을 내는 별신제를 지내게 되었으며 별신 할 때에 군복을 입고 승마하며 진치듯 5방 도는 까닭도 여기에 있고 산제는 매년하다 경비가 많이 드는 별신은 3년 만에 한 번씩 하기에 이르렀다고 한다.(은산리 김종대씨의 이야기)

[설화 10]

옛날 은산은 진터였다. 큰 난리가 나서 이곳에서 수많은 장병들이 전사를 했다. 마을사람들은 죽은 장병들의 영을 위안하기 위하여 별신을 지내게 되었으며 별신을 지낸 후로는 동내가 태안하고 모두 무병해서 잘 살게 되었다고 한다.(은산리 윤상봉 씨의 이야기)

위의 자료들은 임동권의 보고서에 있는 자료 3편 중에 2편이다. 보고서의 맨 앞에 있는 자료들은 앞의 1기나 2기와 같은 의식을 가지고 있는데 비하여, 위에 수록된 자료들은 백제의식을 구체적으로 드러내고 있다. 뿐만 아니라 임동권은 은산별신제가 '역사적으로 백제와 연관되어 있다'고 하였다. 이런 임동권의 주장은 뒤의 연구들이나 각종 글의 자료에서 일관되게 나타난다.[39] 더욱이 충청지역의 역사적 배경과 연관된 백제에 대한 관심이 부각되었는데, 은산별신제에도 이런 점이 반영되었고 하겠다. 그 근거로 이 지역의 향토지인 『충청남도지』(79), 『부여군지』(64, 87)에 집중적으로 나타난 있다.

이 유형의 자료들은 설화의 문면에 제시된 나라를 백제로, 그리고 그 시기를 백제부흥운동으로 설정하고 있다. 위의 자료에서는 백제로만 나

---

39) 한만영·이보형, 앞의 논문, 63쪽. 등과 같이 연구 논저에 임동권의 자료를 수용하여 검토하고 있다. 한편 명확하지 않지만 임동권의 주장은 은산별신제가 백제시대까지 올라갈 수 있다는 것처럼 보인다. 뒤의 연구에서 이 주장을 받아들여졌다는 것이 아니지만, 별신제의 역사적 배경이 백제와 연관되었다는 것을 인정하게 된다. 그리고 이필영은 은산별신제의 생성 시기를 동제에서 비롯되었다가 이 지역의 사회경제적 여건으로 백제와 관련된 별신제가 결합되었다며, 그것이 19세기 후반 혹은 20세기에 비롯되었을 것으로 보고 있다.

타나 있지만, 앞뒤에 있는 내용으로 보아 백제부흥운동기라 점을 인식할 수 있다. 왜냐하면 산신당 중수 이후에 모셔진 장군상이 복신장군과 토진대사라는 점 등이다. 특히『충청남도지』(79)에는 복신과 도침이 부흥운동을 하다가 내분으로 은산벌 싸움에서 패배하여 부흥운동이 수포로 돌아갔으며, 그들의 원한을 해결해 주는 별신제를 지냈다는 것은 앞의 언급과 같다.[40]

이처럼 설화 속에 나라는 백제, 인물은 복신장군과 토진대사로 인물을 등장시켜 백제와 관련되어 있음을 드러내고 있다.

4) 백제의식의 확장하기(4기)

70년대 중반 이후에는 확정된 은산별신제의 연구에서 배경설화에 백제의식 드러내기에 만족할 뿐만 아니라, 이 많은 일반 사람들에게 전파하려는 의식을 보여주고 있다. 이런 대표적인 것들이『충청남도지』와『부여군지』, 그리고 개인적으로 한상수의『충남의 구비전승』, 최문화의『충남의 전설집』, 그리고 박계홍의『뿌리깊은나무』나 정병호의『공간』, 임

---

40) 「설화 13」『충청남도지(79)』
　　복신은 왕족으로, 도침은 승려로 나·당 연합군에 의해서 백제가 멸망하자 임존성(지금의 대흥)과 주류성(지금의 한산)을 중심으로 백제의 부흥을 위한 항쟁을 일으키며 이를 지도하였다. 이들이 이끄는 부흥군은 한때 위세가 당당하여 여러 성을 지배하였으나 결국 내분으로 인하여 나·당 연합군의 공격을 받아 이곳 은산벌에서의 싸움을 끝으로 백제의 부흥은 수포로 돌아갔다.
　　그 후에 이 마을에는 무서운 전염병이 돌아 하루에도 수백 명씩의 사망자가 생겼는데, 동네의 한 할아버지의 꿈에 갑옷을 입은 늠름한 장수가 말을 타고 노인 앞에 나타나 "은산은 아깝게 죽은 군사들이 부모처자를 잊지 못하여 눈을 감지 못하고 있으니 군사들의 유골을 잘 정리해서 좋은 곳에 묻으면 보답으로 질병을 없애주겠다."고 하였다. 노인은 동네 사람들과 의논하여 꿈에 나타난 장수의 말대로 군사들의 유골을 잘 묻어 주고 제사를 지냈다.
　　그 후로부터 질병이 사라지고 동네가 평안하여지자, 후에 해마다 제사를 지내니 이것이 별신굿의 기원이 되었다 한다. (1973. 8. 20, 부여군 가중리 김근수 제공, 이상기 수집)

동권의 『한국의 굿, 은산별신제』 등이 있다.

이들 중에 박계홍, 정병호, 임동권의 자료들은 기존에 조사한 자료를 나름대로 재정리하여 독자들에게 읽기 쉽게 문장체로 변환하고 논리적으로 정리하였다. 이런 점에서 『충청남도지』나 『부여군지』에 나온 자료들도 마찬가지로 자료를 재정리한 수준이라고 하겠다. 그리고 한상수의 자료는 현지조사 자료를 발간된 시대적 공간에서 재정리하여 구조화 한 것으로 보이지만, 최문화의 자료는 어떤 자료를 어떻게 수용하였는지 알 수가 없다.

이 시기의 자료가 보여주는 특징은 문장체로 정리되어 있고, 기존의 자료를 중심으로 종합적이고 백제의식을 확산시키는 방향으로 서술되어 있다. 이는 은산별신제의 배경설화가 확정되면서 더 이상 크게 변모되지 않았음을 알 수 있다. 더욱이 은산별신제의 중요무형문화재로 지정되면서 지역민들에게 각인된 배경설화가 도식화되어 전승되어 왔다고 보겠다.[41)]

4. 결론

이상 부여 은산에서 거행되는 중요무형문화제 9호인 은산별신제에 나타난 배경설화의 전승양상을 고찰하여 보았다. 즉 1935년 오사카의 보고 이후에 은산별신제에 대한 언급한 많은 글들이 있었으나, 은산별신제의 제의적 측면만을 강조하였다. 그 배경설화에 대한 것은 소개하는데

---

41) 연구자는 은산별신제에 대해 2번의 조사를 실시한 바 있다. 1979년도와 1999년이다. 1979년도는 한남대 국어국문과 하기정기학술답사 때에 청양지역을 조사하는 도중에 최래옥 교수와 함께 유상열 옹을 조사하였고, 1999년에는 부여군의 지명유래를 조사하는 도중에 윤씨 할아버지를 조사하였다. 현재 테이프를 분실하여 확인할 수는 없으나, 그 설화의 내용은 앞의 언급한 내용과 유사한 것으로 여겨진다.

그치고 구체적인 연구를 거의 찾아볼 수가 없어 그 전승 방식을 고찰하였다. 앞에서 언급한 내용을 정리하면 다음과 같다.

우선 은산별신제의 제의 전개 양상을 무라야마의 보고서에 의하면, 은산별신제가 1900년에 실시하였던 것을 찾아볼 수 있다. 이 당시는 대체로 마을제의인 산신제의 형태를 띠고 매년 거행된 것으로 보인다. 이것이 별신제와 결합되면서 경비문제로 3년 한 번씩 거행된 것으로 보인다. 즉 그에 앞선 오사카의 보고서는 은산별신제를 지내는 현장조사를 통하여 1935년 별신제를 지냈음을 알 수 있으나 백제와 관련되었음을 구체적으로 드러내지 못하였다. 심지어 이 당시에 장군축문에는 96명의 장군이 등장하지만 백제의 장수는 1명도 없고, 대부분 한족의 장군이고 한국의 장수는 7명으로 조선시대의 장수가 있다. 이런 별신제가 점차 백제와 관련을 강조하면서 변화를 보이고 있는데, 그 구체적으로 나타난 시기가 1960년대 중반의 일이다. 지방적 특색을 드러내기 하면서 이곳의 역사적 배경인 백제와 결부되기에 이른다. 따라서 61년 별신제 장군축문에 와서야 복신장군과 토진대사(도침)외 삼천신위가 등장하게 된다. 이후 중요무형문화제 9호가 된 이후에 은산별신제는 공연 형식의 제의와 중요무형문화제의 전승형태로 오늘날까지 제의가 진행되고 있음을 확인할 수 있었다.

배경설화의 전승 방식을 보면 크게 4단계로 나누어진다. 우선 1기인 백제의식의 잠복하기는 주로 일인학자에 조사되었던 초기의 자료에 많이 나타난다. 이들 보고서에도 설명에서 백제의 의식을 보여주고 있으나 배경설화에는 구체적으로 나타나지 않는다. 이런 의식은 2기인 1950년이 전후의 한국인에 의해 조사된 초기 자료에 마찬가지로 이어지고 있다. 다만 2기의 자료에는 배경설화의 앞뒤에 증시부 형태로 백제의식을 보여주기 시작하고 있다. 이런 배경설화는 1960년대 들어와서 지역적 특색을 강조하면서 역사적 배경으로 백제와 결합하는 형태로 발전하게 된다. 특히 중요무형문화재의 선정의 기준 중에 역사적 전통적이란 점, 지역적 특징을 강조한 점, 그리고 지역적 향토지의 발간이란 점에서 더욱 백제의식 드러내기로 발전하기 이른다. 그 결과 은산별신제는 중요무형문화제 9호가 되었고, 특히 백제문화제와 결부되면서 배경설화에 백제의식 드러내기가 확산되기 이른다. 한편으로 이를 통하여 배경설화의 고착화 현상이 이루어져 고정화 되었다. 그리하여 4기인 1970년대 이후의 배경설화 자료에는 설화 속에 당연하게 백제의 복신장군으로 구체화하고 있다. 이런 특징은 일반 민중을 대상으로 하는 일반적 글에서 더욱 많이 나타나지만, 은산별신제 연구 논저에서도 3기에 활용하였던 자료를 그대로 차용하여 고찰하였다.

이상에서 배경설화의 전승 방식은 1930년대 중반의 백제의식 잠복하기, 1950년대 전후의 백제의식 삽입하기, 1960년대 중반의 백제의식 드러내기, 그리고 1970년대 중반 이후의 백제의식 확산하기 등으로 나누어진다. 은산별신제의 배경설화는 제의 양상의 변화에 따라 설화의 내용이 변화되었고, 백제의식을 강화하는 측면으로 전승되어 왔음을 보여주고 있다.

이런 배경설화의 전승양상의 검토는 설화의 서사구조와 의미에 대한 연구가 이루어져야 할 것이다. 뿐만 아니라 은산별신제에 나타난 문학적 성격을 구명하기 위한 작업으로 제의 중에 읽는 축문(산신제이나 장군)이나 무속의례에서 불린 무가에 대한 연구도 병행해야 할 것이다.

김덕령 전승의 장르적 전승 방식

1. 서론

　문학 장르[1]는 절대불변의 실체가 아니라 역사와 더불어 생성 발전 소멸의 과정을 계속하면서 끝임 없이 변모하고 있다. 장르의 변모는 일반적으로 담당층의 사회적 존재양식의 변화와 상응하는 양상을 나타내고 있다. 이런 점에서 본고에서는 김덕령 전승이 수용된 역사적 서사장르 간의 관계를 살펴보고자 한다.

　본고에서 김덕령 전승을 선택한 것은 그에 관련된 전승되는 서사 양상이 다양하고, 그의 생애가 인생 역정을 잘 보여주고 있기 때문이다. 김덕령에 관한 전승이 다양한 것은 그의 생애에 대한 다양한 양상과 평가에서 비롯되었을 것으로 보인다.

　우선 김덕령의 생애를 살펴보면,[2] 그는 전라도 광주 석저촌에서 한미

---

1) 장르론에 대한 연구사적 검토는 김학성의 「장르론의 반성과 전망」(『도남학보』 제6집, 도남학회, 1983.)이 있다. 이는 『國文學의 探究』(성대 출판부, 1987.)에 재 수록되어 있다.
2) 강현모, 「비극적장수의 연구」, 한양대 박사학위논문, 1994.6. 48-51쪽에서 축약함.

한 집안의 둘째 아들로 태어나 아버지를 일찍 여의고 어머니를 지성으로 섬기던 효자였다. 이런 김덕령은 임진왜란이 일어나자 형과 함께 의병을 일으켜 전주까지 갔다가 홀어머니를 모시기 위하여 귀향하여 세상에 뜻을 두지 않았다. 26세 때 어머니가 돌아가자 상중죄인이라 기병권유를 거절하였다. 담양부사 이경린, 장성현감 이귀의 천거와 관찰사 이정암의 기복종군의 요구로 초장(100일장) 장례를 마치고 검은 상복을 입고 격문을 돌려 담양에서 5,000여 명을 모집하여 기병하였다.

이런 김덕령은 권율에게 초승장(超乘將)을, 세자 광해군에게 익호장군(翼虎將軍), 조정에서 충용군(忠勇軍)이란 군호를 받았다. 그리고 작전 계획을 세우고 영남으로 진격하였으나 왜와 화의를 하려던 명나라 장수 송응창의 전투중지 령으로 제대로 싸울 수가 없었다. 이때 김덕령을 시기하는 무리가 있었고, 윤두수의 건의로 이루어진 거제도에 은거한 적을 소탕하라는 작전은 김덕령의 능력을 시험하기 위한 계략이었다. 이 작전을 성공하지 못한 김덕령은 뭇사람의 신망을 잃었고 의병활동에 대한 회의와 충효의 갈등을 느꼈다.

이후에 윤근수의 미움을 사 28세 때에 1차 국문을 당하였으나 정탁과 김응남의 노력으로 석방되었고, 30세 때에 충청도 홍산에서 일어난 이몽학의 반란에 연루되어 6차례의 혹독한 국문으로 옥사하였다. 역적의 누명을 쓰고 죽은 김덕령을 이 정암이 신원을 건의하였으나 받아들여지지 않았다. 김덕령은 현종 2년에 신원이 되어 현종 9년에 병조참의가 추증되었고, 숙종 4년에 벽진서원(碧津書院)에 배향되었으며 숙종 7년에 병조판서로 가증되고 벽진서원을 충열사로 사액되었다. 정조는 12년에 김덕령에게 충장이란 시호를 내리고, 13년에 좌찬성을 가증하였으며, 15년에 서용보에게 『충장공유사』를 간행토록하고 직접 서문을 지었다.

이런 김덕령에 관한 전승 장르를 보면 구비설화,[3] 문헌설화,[4] 고전소설,5) 전,6) 국문전기소설,7) 현대소설8) 등 다양하게 나타난다.9) 그런데 장르적 양식의 특색은 형식을 통해서 나타나고, 형식은 세계관적 양상의 차이를 드러내게 된다. 세계관은 담고 있는 내용을 통해 나타나게 되고, 내용은 취사선택할 소재 삽화의 수용 양상을 통해서 보여준다. 때문에 각 김덕령 전승에 나타나는 사용한 매체 언어, 삽화나 화소의 수용여부에 따라 서사장르 양식적 관계를 찾아낼 수 있으리라고 본다.

이런 점을 유의하면서 김덕령 전승 장르 간에 나타나는 친소 관계를 표현 매체와 수용된 삽화들의 양상을 통해서 살펴보기로 하겠다.10) 그리하여 역사적 장르간의 관계가 어떻게 나타나고 있는지 전승 방식을 검토하여 보자.

2. 장르적 변용 방식

문학의 장르는 끊임없이 변모한다. 그 장르의 생성과정을 보면, 장르

---

3) 강현모, 위의 논문, 246-249쪽에 자료의 목록이 수록되어 있음.
4) 강현모, 「김덕령 문헌설화에 나타난 영웅화의 모색과 시도」, 『비교민속학』 14집, 비교민속학회, 1997.에 사용된 자료들.
5) 강현모, 「비극적 장수설화의 연구」, 177-194쪽 참조.
6) 이민서, 「전」, 『김충장공유사』.
　　홍양호, 이종학 역, 『한국명장전』, 박영문고 30, 박영사, 1974.
7) 장도빈, 「김덕령전」, 『구활자본 고소설전접』 권19, 동서문화원, 1984.
8) 박종화, 『임진왜란』, 을유문화사, 1958(단기 4291).
9) 김덕령은 전승은 서사장르에만 존재하는 것이 아니라, 가사(한양가, 안심가, 만고명장 등)와 시조 한시에도 나타나고 있다. 여기서는 서사장르 간 관계 양상을 살펴보게 될 것이다. 심재완 편저, 『본교 역대시조전서』, 세종문화사, 1972. 1021쪽., 양주익, 『무극집』 「우감은곡 5-1」, 임기중 편저, 『필사본 역대가사문학전집』 권10, 148-152쪽., 최제우, 「안심가」, 『용담유사』(윤석산, 『용담유사연구』, 민족문화사, 1987, 218-219쪽에서 재인용).
10) 장르 간의 관계를 구명하기 위해서는 화소의 분석을 통하여 면밀하게 검토할 수 있을 것이다. 그런데 김덕령 전승의 서사 양식론적 관계 양상을 파악하기 위해서는 사용 문자의 변별이나 취사선택한 삽화의 수용 양상으로도 변별할 수 있다.

적 배아의 상태인 생성 발생기, 내재적 가능성을 실현하고 발전시켜 장르로서의 전성기 맞는 발전기, 그리고 견고한 구조적 구각(舊殼)으로 발전의 가능성과 지속적인 지지를 상실하면서 소멸되는 쇠퇴기가 있다.[11] 그런데 새로운 장르의 형성은 기존의 장르가 양식(Mode)화 되어 새로운 장르를 창출하게 된다.[12] 이때 양식이란 역사적 장르에서 추상화 된 영원하고 지속적인 시적 태도에 대응하는 것을 말한다.

장르 생성의 세 가지 요건은 장르 담당층, 형식적 구조, 의식(세계관)의 동질성이다. 즉 모든 역사적 장르는 자신의 독특한 외적인 형식구조를 갖고 특성화되는 것이며, 문학작품은 장르의 형식을 통해서만 소통이 가능하다. 여기서 장르가 특정의 형식적 장치를 갖춘다는 함은 그들 나름대로의 동질적 세계관을 표출하는 기능을 수행한다고 해석할 수 있다.[13] 그런데 역사적 장르는 특정의 사회적 형식과 결속되어 있기 때문에 사회적 형식의 변모에 따라 쉽사리 사멸하는 속성을 가지고 있다. 그렇기 때문에 특정한 문학적 형식을 갖게 된다. 이때 문학적 형식은 일상적인 언어 소통으로부터 문학을 변별하게 하는 것이다. 즉 일상의 언어보다 더욱 정제된 것으로 다양한 관습적인 유형 즉 양식, 장르, 모티프, 화제, 서술 장치, 구조의 균형, 수사, 율격 유형 등의 모든 요소를 포함한다.[14]

이와 같이 양식적 변용을 통하여 새로운 문학적 형식을 만들어 하나의 장르가 탄생하게 된다. 그렇기 때문에 장르적 구분은 유형들 사이의 단단한 경계선을 구축하여 개별 작품들을 일정한 범주로 분할하는 데에

---

11) Alastair Fowler, 「The Life and Death of Literary Forms」, New Directions in Literary Historey, Ralph Cohen ed, London : Routledge & Kegan Paul, 1974, 92쪽.
12) Alastair Fowler, 위의 논문, 93쪽.
13) Alastair Fowler, Kinds of Literature, Harvard University Press, 1982.
Ralph Cohen (ed,), New Directions in Literary Historey, London : Routledge & Kegan Paul, 1974,
14) Alastair Fowler, 앞의 논문, 78쪽.

있는 것이 아니라, 장르적 범주 자체 내의 질서와 분할 원리가 전체 체계와 개별 작품에서 일관성을 찾아내는 것이어야 한다. 즉 장르적 구분은 문학작품의 개성을 존중하고 기술적인 각도의 철학적인 원리를 제시하며, 문학 장르를 역동적이고 능동적인 실체로서 투시하여 체계화하여야 한다.15)

한편 문학사에 존재하였던 장르들은 관습적 장르이면서 동시에 역사적 장르이다. 모든 장르는 관습적 장르로서의 복합성과 역사적 장르로서의 유동성(변화성)을 규명하여야 한다.16) 특히 역사적 장르로의 이해함은 인접 장르와의 상호관련을 입체적으로 드러내면서 아울러 역동적 실체로 파악할 수 있어야 한다.

이런 점에서 다양한 장르적인 양상을 가지고 있는 김덕령의 전승을 통하여 장르간의 어떤 교섭 관계가 있는지 살펴보게 될 것이다.

3. 표현 매체의 전승 방식

한 인물에 대한 일화는 입으로 전승시킬 수도 있고, 문자로 전승시킬 수도 있다. 즉 한 인물에 관한 전승은 한 개인의 단편적인 일화들이 사람의 입을 통하여 구전되거나 양반사대부들에 의해서 문헌에 기록될 수 있다. 그리고 이런 구비설화나 야담과 일화들이 일부 호사가를 만나 전으로 입전이 될 수 있다.17) 그런데 사람의 일생을 서술한 전은 한문학의

---

15) 김학성, 앞의 책, 241-251쪽.

16) Paul Hernadi, Beyond Genre, Cornell University Press, 1972. 7쪽f.

17) 김혜숙, 「전 서사(기사) 야담의 대비적 고찰」, 『한국 판소리 고전문학연구』, 『새터 강한영교수 고희기념논총』, 아세아문화사, 1983. 607- 609쪽. 야담에서 소재를 취한다 할지라도 主人公이 실존인물임이 확인되지 않거나 틀림없이 그 인물에 관한 일화라는 확증

문학 장르로 오랜 내력과 위치를 점유하여 오다가, 한문학이 밀리자 국문 전기소설로 이어졌다.

한편 이런 전과 전기는 소설과 오랫동안 공존하면서 밀접한 관련을 맺어왔다. 특히 뒤늦게 나타난 소설은 정착하는 과정에서 전이나 기가 확보한 공신력을 이용하였기 때문에 전에서 소설로 변이가 되었다고 한다. 그리하여 전이면서 소설의 특성이나 소설이면서 전의 특성을 지닌 작품이 많이 있다. 또한 소설에도 전이라고 표방한 것, 기라고 한 것, 록이라고 한 소설도 있다. 이처럼 기존의 문학 장르에서 특이한 새로운 문학장르가 나타나게 되었다.[18]

그런데 전이라고 표방하는 소설이 나타난 현상은 전의 변질을 의미하는 것이 아니다. 이는 전이 확보한 공신력을 소설이 이용한 것이다. 그렇다고 할지라도 소설과 전이 서로 혼합된 것은 아니다. 소설이 확고한 위치를 점하자, 이제는 오히려 전이 소설적 수법을 이용하여 문학의 영역에 남아 있을 수 있는 계기를 찾아내기에 이르렀다.[19] 이런 장르적인 변이양상이 사용언어를 통하여 어떻게 나타나고 있는지 구체적으로 살펴보자.

1) 구비설화와 문헌설화

먼저 김덕령 전승에서 문자를 가지지 못한 민중들의 입장에서 만들어

이 없으면 전으로 기술될 수 없다. 또 야담적 일화를 소재로 입전하는 경우에도 그것이 가전이나 탁전이 아니 이상 전에 기술되는 서사 내용의 근본적인 主旨나 입전되는 자체는 작가의 허구적 상상력에 의하여 창조될 수 없는 것으로 보인다고 한다.

18) 조동일, 「조선후기 소설사의 전개」, 『한국소설의 이론』, 140쪽. 전만 있고 소설이 없는 시대를 중세기 문학, 전과 소설이 공존하되 소설이 열등한 위치에 있어 소설이 전이라고 표방하던 단계가 중세문학에서 근대문학으로 이행기, 전과 소설이 공존하되 전은 문학으로 의의가 격하되고 소설이 우위의 위치를 굳힌 단계를 근대문학기라고 하였다.

19) 조동일, 위의 책, 148-149쪽.

진 것이 구비설화이다. 이 구비설화는 문자를 사용하지 못하고 입으로 전승하는 구술언어를 사용하였기 때문에 변하기도 망각하기도 쉽다. 그렇지만 이런 음성언어로 전승되는 김덕령의 구비설화는 그 나름대로 김덕령의 영웅성을 부각시키면서 끊임없이 전승되어 왔다. 이런 구비설화는 김덕령의 영웅성을 부각시키고 있는데, 그 방법으로 왜적과 대결을 중심으로 전승시켜 오고 있다. 이런 전승의 방식은 김덕령의 탁월한 능력을 보여주어 그의 죽음이 지니고 있는 비극성을 강조하기 위한 일환으로 보인다.

반면에 양반들은 한자를 빌어서 김덕령에 관해 전승을 기록하고 있는데 이것이 문헌설화이다.[20] 이런 문헌설화는 이미 구비로 전승되고 있는 내용을 문헌설화 담당자들이 주관적 사상을 개입시켜 서술하였을 가능성이 높다. 그렇기 때문에 문헌설화는 개인적 창작성이 구비설화보다 훨씬 가미되어 있다. 더욱이 문헌기록은 개인문집이나 문헌자료를 집대성한 사람이 밝혀져 있어 이들의 지향의식과 관련되어 있는데, 이들은 당시의 지배계층의 사회윤리의 의식에 충실하였던 사람과 그렇지 않는 사람으로 확연하게 구분되어 있다. 따라서 그들이 모은 자료들도 그와 같은 취향이 나타날 수밖에 없었다.

2) 구비설화에서 한글매체로 전승

구비설화와 문헌설화의 전이는 새로운 장르적 양식을 수용한 담당층의 세계관에 따라 다양하게 나타나게 된다. 이들에 대해 구체적으로 살

---

20) 여기에서는 문헌설화를 한문학에서 분류하는 장르의 구체적인 하위 장르로 구분하지 않고 단지 한자로 기록된 설화라고 하여 붙였다. 따라서 그 하위 장르로 야담이나 사화, 일화 등을 포괄하는 의미에서 사용하였다.

펴보자

　우선 구비설화의 주 담당층은 사회의 기층을 이루는 민중들이다. 따라서 이들의 사고는 민중적 사고에서 출발하여 대상에 대한 무한한 가능성을 열어놓고 있다. 따라서 구비설화에는 주인공이 신이하고 탁월한 능력을 세계에 보여주고 있다. 민중들은 양반사대부들과 다른 차원의 역사의식을 가지고, 자신들의 입장에서 나름대로 역사적 진실을 말하고 있다.

　한편 당대의 지배문자를 향유하지 못한 계층들은 이런 구비설화적인 지향의식을 향유하면서 새로운 전승 형태를 발견하게 된다. 이것이 한글로 전승된 고소설이다. 고소설은 한문의 전 장르의 도움을 받아서 발전되어 왔다. 김덕령 전승에서 고소설로는 『임진록』이 있다. 『임진록』은 처음에 기록적 성격이 강한 한자로 쓰여진 국도본 『임진록』이 나왔다. 국도본은 임진왜란 기간에 일어난 사건을 편년체로 기록하여 놓아 역사로 보는 것이 더 타당할 지도 모른다. 이런 국도본은 뒤에 한글로 기록된 여러 이본 『임진록』을 만들게 되는 배경이 된다.21)

　『임진록』에서 관운장 계열에 오면, 김덕령에 관한 전승은 구비설화와 같은 가능성이 열린 능력을 보여주고 있을 뿐만 아니라, 침략한 왜구에 대해 신이한 능력을 보여주며 물리치도록 결구하고 있다. 이런 『임진록』은 왜구를 징치하려는 목적으로 변이를 보이면서 민중적 사고의 바탕에서 비롯된 무한한 가능성을 보여주고 있다. 따라서 이 『임진록』은 구성하는데 선택한 전승 소재들도 무한한 가능성을 보여주는 왜구들을 물리

---

21) 『임진록』은 국도본 계열의 경우 문헌 기록이나 전승의 소재를 선택하여 기술하고 있지만, 그 밖의 계열의 경우 구비설화에서 소재를 취사선택하고 있다. 이는 『임진록』의 초기계열의 유형은 문헌기록을 중시하였지만, 후대에 소설적인 상상력과 허구화를 통해 김덕령의 신성성을 강조하는 쪽으로 변이하였다. 이런 차이는 초기계열의 작품 담당계층이 당시의 지배위정자들을 풍자하지도 못하는 세계인식의 한계를 보여주고 있지만, 후기 관운장 계열의 『임진록』에 오면서 담당계층이 위정자들을 신랄하게 풍자하는 세계인식의 변이를 가져온 것으로 보고 있다.(임철호, 『<임진록> 연구』 정음사, 1989.)

치는 내용의 삽화들이 중심이 되고 있다.[22] 이것은 관운장 계열의『임진
록』에서 민중적 사고를 바탕으로 전승된 삽화들을 수용하여 그들 나름
대로의 역사적 진실을 보여주고자 하는 의도일 것이다.

그 다음에 김덕령에 관한 전승 중에 한글로 쓰여 진 개화기 때에 장
도빈이 창작한 국문 전기소설『김덕령전』이다. 이 국문 전기소설은 한문
학 장르인 전과 서양의 전기 성격을 띠면서 당시의 시대상황을 극복하
려는 의지가 엿보인다. 그런데 이 국문 전기소설은 작가가 역사학자이기
때문에 역사적 사실에 준거하는 자료들을 삽화로 수용하고 있다. 따라서
표현 매체가 한글로 쓰였다고 할지라도, 작가는 문헌에 수록된 삽화들을
주로 활용하고 있다.[23] 이런 점에서 국문전기 소설은 표현 매체와 달리
세계관이나 지향의식이 한자로 표현된 장르 성격을 보이고 있다.

이런 현상은 박종화의 역사소설『임진왜란』에도 나타난다. 박종화는
임진왜란이란 역사소설을 쓰면서 김덕령에 관한 소재를 주로 한문 기록
의 자료들에서 주로 찾았다.[24] 따라서 그의 작품에서 추구하는 것은 한

---

22)『임진록』은 임진왜란에 쳐들어온 왜구들에 대한 복수의 성격이 강하다. 국도본『임진록』
　　처럼 유리한 내용의 역사적 사실을 기록할 수 있는데도 불구하고 탁월하고 신성한 내
　　용으로 재구성되어 있는 것은 소설의 청자나 작가가 민중적 사고를 기초로 하고 있기
　　때문이라 하겠다.『임진록』에 나타난 삽화들을 보면, 우선 국도본 계열은 <마상입군>,
　　<홍계남과 함께 왜적 물리침>이 있다. 그리고 관운장 계열의 삽화로는 <기생과 왜장
　　조섭 죽이기>, <왜적 물리치기(술책으로 왜적 물리치기, 왜장 한복 죽이기, 왜장 북지
　　죽이기, 구름에 유진 평수길 파하기)>, <재침한 왜군에 전사>, <이여송 단맥 돕기>,
　　<이여송 군사보충 요구> 등으로 구비 전승되는 민중적 취향의 삽화들이다. 그 밖의 계
　　열들은 김덕령이 신성한 도술로 왜군을 물리치다가 원사를 하였다는 내용의 구비설화
　　와 유사한 삽화들로 이루어져 있다.
23) 강현모,「전기소설 <김덕령전>의 서사구조와 의미」,『한남어문학』19집, 한남어문학회,
　　1993.12.
24) 전기소설이나『임진왜란』이란 작품을 쓸 당시에 구비설화는 자료가 정리되어 있지 않
　　았기 때문에 손쉽게 이용하기 어려웠다. 따라서 작가들은 광주지역에서 구비설화의 자
　　료를 수집하려는 노력보다 손쉬운 문헌자료를 취사선택하였을 것으로 보인다. (강현모
　　「김덕령 전승의 현대적 수용 양상」,『비교민속학』19집, 비교민속학회, 2000.12.)

글이란 표현 매체와 달리 한자로 기록한 자료에서 소재를 찾아온 결과 지배계층이 지향하는 이념의 세계관을 드러내고 있다.

이때 작가들이 일상적으로 접하고 있는 문헌자료를 수용하여 작품을 구성하였다고 생각된다. 한편으로 작가들이 작품의 내용을 사실로 인식되고 받아들여지기를 바라는 소원에서 소재를 취사선택한 것으로 보인다.[25] 또한 장도빈과 박종화가 살았던 시대는 표현 매체로 한문이 쇠퇴하고 한글을 사용하는 계층이 중요한 독자층으로 등장하면서 한글로 표현할 수밖에 없었다.[26]

3) 문헌설화에서 한자 매체로의 전승

문헌설화의 담당층(작가이든 아니면 향유계층이던)은 한자를 알고 있는 식자층이다. 이들은 지배계층의 일원으로 당시 지배질서의 이념에 따라 기록된 역사적 사실을 충실하게 수용하려고 노력하였다. 따라서 당시의 지배계층의 윤리의식에 바탕이 된 소재의 삽화들을 문헌에 수록하였다.

이런 문헌 소재들을 취사선택한 장르적 양식으로는 한문 매체를 사용한 장르인 전으로 『충장공유사』라는 문집 속의 <전>과 『해동명장전』에 수록된 전이 있다. 전자는 왕명에 의해서 쓴 글이기 때문에 당시의 지배계층의 이념을 충실하게 반영할 수밖에 없었다. 후자는 개인의 기록이지만, 국가를 위해 노력한 우리나라의 명장들에 대한 기록이기 때문에 지배계층의 이념을 충실하게 기록한 것으로 보인다. 이들 전들은 당대의

---

25) 전기나 역사소설이란 관점에서 역사적 사실적인 소재를 바탕으로 작품을 구성해야 한다는 의식이 내재하였을 것이다.
26) 당 시대는 주권이 상실한 일제 치하의 상황이기 때문에 민족적 자각의식을 깨우치기 위하여 역사적 사실을 도입하려고 노력하였다. 그리하여 민족의 자존심을 복돋아 주려는 작가의 의식의 반영이라 하겠다.

지배계층의 일상 매체인 한자로 기술하면서 수용한 삽화들도 문헌에 기록된 삽화들을 수용하고 있다. 이런 문헌에 있는 삽화들을 차용한 것으로는 앞에서 언급한 개화기에 쓰인 국문 전기소설인 『김덕령전』, 현대에 쓰인 역사소설인 『임진왜란』이 있다.

이들 장르 양식은 모두 사실을 기초하여 기록한다는 특성을 가지고 있다. 한문 전은 전의 특성상 사실을 전제로 하여 기록하는 것이고, 국문전기 소설도 역시 전의 특성을 이어받아 사실적 기록의 성격을 가지고 있다. 그리고 현대소설인 『임진왜란』도 역사소설이란 특성상 역사적 사건이나 인물을 기록한다는 측면에서 같은 성격을 나타내고 있다. 그렇기 때문에 이들은 기록적 성격을 띤 문헌설화나 문헌기록을 중심으로 자료를 취사선택하였던 것이다.

문학 양식적 특징으로는 사실을 바탕으로 이루어진 문헌 소재의 삽화들을 취사선택하였기 때문에 그 작품적 세계관도 지배계층이 인식하는 태도와 다를 것이 별로 없다. 이들 작품 군들은 지배계층의 주자주의적 세계관에 입각하여 국가에 대한 충성을 부각하는 측면이 강조되고 있다. 그리고 『김덕령전』과 『임진왜란』은 대체로 성장기 이후의 소재를 선택하여 구성하고 있다.27) 이런 자료의 선택은 김덕령의 탁월한 능력을 드러내고자 하는 동시에 비극적으로 죽은 그의 한을 보여주고자 하는 의식 때문이라 하겠다. 선택한 소재의 시기만으로 볼 때 활동담의 삽화를 소재로 선택하였다는 것은 한글계통인 『임진록』과 비슷하다.

그런데 이들 간에도 약간의 차이를 나타내고 있다. 문자의 사용에 있어 한문을 사용하는 <전>과 국문을 사용하는 국문 전기소설 『김덕령전』

---

27) 한문 <전>의 경우에는 탄생담을 제외한 모든 문헌설화들이 취사선택되었다. 그리고 국문 전기소설 『김덕령전』과 현대소설 『임진왜란』도 성장기 이후의 삽화들을 수용하며, 작품의 중간에 회상의 방식으로 성장기의 삽화를 수용하고 있어, 성장기 이후 삽화만 수용하였다고 어렵다.

과 현대소설 『임진왜란』으로 분리된다. 그리고 서술방식에 있어서는 <전>과 『김덕령전』이 인간의 일생을 기술한다는 점에서 비슷한 반면에, 『임진왜란』은 역사소설로 어느 특정시대의 사건인 임진왜란을 배경으로 작가의 창의성을 최대로 보장하는 기술방식을 채택하고 있다. 작가의 창의성을 보장한다는 측면에서 『임진왜란』은 고대소설 『임진록』에 친연성을 가지고 있다고 하겠다.

4. 전승 삽화의 전승 방식

앞에서 관운장 계열의 『임진록』을 제외하고 각 장르의 김덕령 전승들은 대체로 문헌설화를 소재로 작품을 구성하고 있다. 각기 다른 장르에서 어떤 삽화를 어떻게 수용하고 있는지 구체적으로 살펴보도록 하자.[28]

우선 구비와 문헌 설화들은 인간 일생으로 재구하였을 때 각 시기에 해당하는 탄생담, 성장담, 활동담, 최후담 등이 총 망라되어 전승되고 있다. 여기에서 구비설화는 각각의 삽화들이 거의 독립적인 삽화로 구술되면서 서사구조를 갖추고 있다. 반면에 문헌설화는 몇 개의 삽화들이 연결되면서 독립적이기보다 단편적인 나열인 경우가 많다. 따라서 이런 검토를 하고자 할 때 구비설화든 문헌설화이든 전체적인 맥락을 파악하기 위해서는 각 성장 단계에 맞춰 삽화들을 재배열하여 재구하는 방식의 형태를 띨 수밖에 없다. 이렇게 재구하였을 때 각 삽화가 어떤 단계에 어떻게 수용되어 있는지를 살펴볼 수가 있다. 이를 통해 각 전승 장르의 작품에 수용된 삽화들을 검토하여 보고자 한다.

---

28) 각 장르의 구성 삽화는 필자가 기존 연구에서 언급하바 있어 이를 참조하여 논의를 할 것이다. 기존의 연구 목록은 참고 문헌에 제시하여 놓을 것이다.

1) 구비설화의 수용삽화

우선 구비설화는 민간에 널리 광포되어 있는 풍수삽화를 끌어들여 탄생담 이루고 있다. 이런 탄생담의 차용은 민중들이 정상적인 방법으로 현실극복의 어려움을 인식하고, 이를 해결하려는 방식에서 비롯되었다고 하겠다.

성장기의 삽화로는 <장군수 훔쳐먹기> 삽화와 <힘내기>형 삽화로 이루어져 있다. 장군수 훔쳐먹기는 탁월한 능력을 가진 김덕령이 최후에 패배할 수밖에 없는 상황이나 이유를 암시하고 있다. 이 삽화는 김덕령의 탁월한 능력과 패배할 수밖에 없는 상황을 복선화하고 있다. 그리고 <힘내기>형 삽화는 그의 탁월한 능력을 보여주면서도 결핍된 지혜를 보충해 줄 조력자인 초립동이 · 누이 · 말을 제거하게 만들어 최후에 한계를 가진 인물임을 보여준다. 이밖에 성장담은 그가 매우 빠른 인물이란 점과 효성이 지극한 인물로 설정한 것으로 <조대> 삽화나 <담양의 친구 데려오기>, <무등산 돌기> 등의 삽화들이다. 이 삽화 뒤에 부모의 상중에 출전하도록 설정되어 있다.

활동기의 삽화들은 임진왜란 때 침입한 왜적을 물리치는 능력을 발휘하는 삽화들이 집중되어 있다. 도술로 <왜군 물리치기>나 <왜장 조섭 죽이기>, <왜장 청정 물리치기>, <왜장 평수길 파하기(논개삽화)> 등이다. 덕령은 임진왜란이 일어났을 때 복상 중이어서 전쟁에 참여할 수가 없었다. 김덕령은 멀리서 전쟁을 구경하거나 아니면 몰래 전쟁에 참여하게 되었는데, 이때 탁월한 능력으로 많은 왜장들과 왜군들을 물리친다. 이런 활동담은 김덕령이란 특정인물의 특성을 부각시키고 있다.

김덕령은 신이한 도술로 왜군을 물리쳤다. 하지만 전쟁에 참여한 행위가 정부로부터 인정을 받지 않은 사적인 행위라 하여 국가에서 문제를 삼으면서 최후담으로 이동하게 된다. 국가적 위기를 극복하려고 나선 행위를 사적이라고 처벌을 받게 된 김덕령은 어떤 처벌도 감내하였다. 그런데 김덕령은 더 이상의 희망을 가질 수 없자 기복종군이 죄라며 '만고충신 김덕령'이란 현판을 요구하고 죽기로 한다. 위정자들이 이 현판을 써 주자, 김덕령은 다리 또는 겨드랑이에 난 비늘을 떼고 죽음을 청한다.

구비설화에 수용된 삽화들은 각기 독립적인 개별삽화로 존재하면서도 각 삽화를 김덕령의 일대기로 재구하면 전체적으로 인과 관계를 성립하면서 서사구조를 이루고 있다.

2) 관운장 계열의 『임진록』

구비설화의 삽화를 가장 많이 수용한 것이 관운장 계열의 『임진록』이다. 이 『임진록』에서는 조선에 구원병으로 온 이여송이 천기를 보고서 김덕령을 천거한다. 김덕령에 관한 관운장 계열의 삽화들은 활동담과 최후담만이 존재할 뿐이다.

관운장 계열 『임진록』에서 이여송에게 천거될 당시에 김덕령은 구비설화와 마찬가지로 어머니의 상중이지만, 효보다 국가를 위하여 충을 선택하였다. 김덕령이 전쟁에 참가한 활동담은 구비설화와 같이 탁월한 능력으로 왜적을 물리치는 삽화들로 이루어져 있다. <술책으로 왜적 물리치기>, <왜장 한북이나 북지 죽이기>, <구름에 유진한 왜장 평수길 파하기> 등이다.

최후담은 김덕령이 조선의 지배계층에 의해서 무자비하게 죽었다는 구비설화와 달리, 재침한 왜구에 의해서 잔인하게 죽음을 당한다. 이는 『임진록』이 국내의 사회상황을 제시하기 위한 것이 아니라 침략한 왜구에 대한 적개심을 드러내기 위해 쓰여진 서사물이기 때문이다. 결국 김덕령과 같은 탁월한 장수가 죽은 것도 왜구 때문이라 인식하고, 그를 실제로 죽인 것처럼 서술하고 있다.

한편 관운장 계열의 『임진록』에는 김덕령의 구비설화에 없는 삽화로 <이여송 단맥 돕기>, <이여송의 군사보충 요구> 삽화가 있다. 후자는 많은 군사보다 김덕령이 1인이 더 중요하다며 김덕령의 영웅성을 드러낸 반면에, 전자는 김덕령이 이여송의 단맥을 도왔다고 하여 그의 한계를 보여주고 있다. 이처럼 『임진록』에 수용된 삽화는 민중들 사이에 널리 알려진 삽화를 김덕령에게 결부시켜 전승시켰다는 점에서 구비설화와 같은 삽화의 수용 방식이라고 하겠다.

3) 문헌설화의 수용삽화

문헌설화는 구비설화 함께 김덕령이 죽은 직후부터 문자매체를 사용한 계층이 나름대로 설화화 하여 전승되었다. 따라서 구비설화와 문헌설화는 어느 것이 먼저인가보다 같은 시기에 전승자의 성격에 따른 다른 전승 방식으로 보고자 한다.

탄생담은 태몽을 이용한 탄생담이다. 이 태몽 탄생담은 구비설화의 풍수지리 탄생담과 같이 민간적 사유를 문자사용 계층에서 수용하여 전설화한 것으로 보인다. 태몽은 태어날 아기의 장래를 예견하게 한다. 그런데 이 태몽담은 호랑이가 김덕령이 태어나자 3일 있다가 대숲으로 도망갔다고 하는 것에서 구비설화와 달리 그의 한계를 보여주고 있다.

성장기의 삽화는 대개 탁월한 능력을 보여주는 2-3개의 간략한 삽화가 연결되어 있다. 이에 속하는 삽화로는 <식량 얻어오기>, <땔나무 해오기>, <높은 누각 매달리기>, <단간 방 말 돌려 나오기>, <지붕에서 다락방 누어들기>, <대나무 숲 호랑이 죽이기>, <홍수 물 건너기>,

<물고기 잡아 효도하기>, <높은 담장 넘기>, <도망가는 개 잡아먹기>, <둔갑(도술)하여 의원 데려오기>, <씨름삽화> 등이다. 이 삽화들은 김덕령의 성격을 드러내 영웅적 능력을 부각시키는 역할을 하고 있다. <충장공 유사> 등 문헌에 기록된 성장기의 삽화들은, 개인적인 능력만이 아니라 효자로서의 능력을 강조하는 구비설화와 유사한 측면도 있다.

활동기의 삽화들은 크게 두 가지로 나누어진다. 첫째는 임진왜란이 일어나기 전의 삽화로 <추노 삽화>, <산중처녀 구하기>와 임진왜란을 대비한 <장검 만들기> 삽화가 있다. 전자는 김덕령이 인정과 정의가 넘치는 능력이 있는 인물인 반면에, 후자는 능력이 있지만 한계를 가진 인물임을 보여주고 있다. 둘째는 임진왜란과 관련된 삽화들이다. 이 삽화들은 김덕령의 탁월한 능력을 부각시키는 내용이지만, 역사적 사건과 같이 간략하게 기술되어 있다.

최후담은 이몽학의 반란에 연루되어 옥고를 겪는 과정이다. 최후담 삽화로는 <제1차 체포사건>, <수레 부수기>, <철쌰 끊기>, <사형 거부하기와 죽는 이유>, <죽은 뒤에 왜군들이 좋아하기>, <의병이 일어나지 않기>, <문학적 성과> 등으로 구비설화보다 다양하다. 이들 삽화는 김덕령이 무죄임을 강조하고 있다. 김덕령은 탁월한 능력과 문학적 상상력을 가진 인물이지만, 시대를 잘못 만나 현실적 한계의 인물임을 보여주고 있다.

이상에서 문헌설화에 나타난 삽화들은 기록적인 성격이 강한 내용이 중심이 되고, 국내적이고 개인적 이적을 행하는 내용으로 구성되어 있다. 이런 문헌설화는 한자매체를 활용하였던 다른 장르의 창작자들이 자료로 수용하여 새로운 장르 유형을 창출하게 만들었다.

4) 전 장르의 수용삽화

전 장르는 표현 매체가 문헌설화와 같은 한자란 점에서 그 유사성을 발견할 수 있다. 전은 문자 표현 매체를 가진 계층이 특정인물을 사실에 부합되도록 나름대로의 인물 드러내기 방식의 문학 장르이다.

김덕령의 전에는 <충장공 유사>에 기록된 이민서의 전과 홍량호의 <해동명장전>에 수록된 전이 있다. 이 두 전은 작가에 따라 수용삽화를 배열한 구성방식에 약간의 차이가 있을 뿐 내용이 대동소이하고 수용삽화도 거의 비슷하다. 따라서 두 전에 수용된 삽화를 일생의 4단계로 나누어 살펴보도록 하겠다.

전에는 기병과 출전과정인 활동담과 반란에 연루되어 죽음에 이르는 최후담이 중심으로 되어 있다. 그리고 최후담에 속하는 사후에 대한 평가도 성장담과 대등한 분량을 점하고 있다. 다만 전에는 김덕령의 구체적인 출생담이 나타나 있지 않다.

성장담은 그의 성격을 강조하면서 어린 시절의 탁월한 능력을 보여주고 있다. 성장기의 삽화들은 <화광>, <단간 방 말 돌려나오기>, <다락방 누워들기>, <장검 휘두르기>, <둔갑>, <이귀의 천거> 등 문헌설화에 나오는 삽화들을 그대로 차용하고 있다.

활동담은 김덕령이 복상이란 가정적 사정에도 불구하고 임진왜란이란 국가적 사정 때문에 기병하는 과정이다. 기병요구는 구비설화와 전혀 다르게 태자가 요구를 하도록 기술되어 있다. 그가 기병하기 전에 세자에게 능력시범을 보이고 벼슬을 받는 것은 문헌설화와 별 차이가 없다. 전 장르는 사실을 바탕으로 쓰기 때문에 역사적 사실을 바탕으로 이루어졌다는 문헌설화들을 차용한 것이다.

출전과정도 기병과정과 같이 역사적 사실을 바탕으로 한 문헌설화를 수용하고 있다. 출전과정에 차용된 삽화들을 보면 <진격로 발표>, <최담령을 별장으로 삼음>, <왜장이 화상 그려보기>, <석저장군이라며 소진을 대전으로 재편>, <의병을 충용군에 복속>, <싸우고자 하나 조정에서 불허>, <진주에 유진> 등의 삽화들이다. 거제도 탈환작전은 출전과정에 속한다. 이민서의 전에는 이 부분이 빠져 있다.

최후담은 <제1차 체포사건>, <제2차 체포사건>이 중심이 된다. 김덕령은 이몽학의 난에 연루되어 2차례 체포를 당하는데, <체포과정에서 의연함>, <체포되어 철싹끊기>, <공초에서 모반 부정(충효 갈등)>, <최후의 죽음 선택> 삽화를 차용하고 있다. 특히 <2차 체포사건>은 김덕령의 무고함과 탁월한 능력을 유감없이 보여주고 있다.

전의 최후담에 속하는 <죽은 뒤의 평가>에서는 김덕령이 역적으로 죽음을 거부하지만, 갖은 옥고를 견디지 못하고 죽게 된다. 김덕령이 죽자 국내에서 의병이 일어나지 않았고, 왜군 동정, 그의 문학성, 그에 대한 해원에 관한 삽화를 수용하고 있다. 그리고 문헌설화에서 활동담에 속하는 <검 만들기>를 이곳에 결구시켜 구성하고 있다.

이상에서 전의 삽화들은 전적으로 문헌설화의 삽화들을 차용하고 있다. 이것은 전 작가들이 문헌설화의 향유층과 같은 계층이고, 사실을 바탕으로 쓰여 지는 장르적 특성 때문으로 보인다.

5) 전기소설 『김덕령전』의 수용삽화

국문 전기소설 『김덕령전』은 한글로 쓰여 졌다. 전기소설은 전과 기의 결합, 또는 서구 문학 장르의 영향으로 생겨난 장르이다. 그렇지만 전기소설은 인물의 일대기적 구성이란 점에서 전과 큰 차이가 없다. 다만 전기소설의 작가는 전기 작가인 동시에 역사가로 침탈한 일제에 저항 의지를 보여주고 있다.

전기소설에 차용된 삽화들의 일대기로 나누어 살펴보자. 전기소설은 전과 대등하게 구성되어 있지만, 좀 다른 특징을 보여주고 있다. 다만 구성에 활용된 삽화들은 역사적 사건을 작품의 의도에 따라 전설화하여 만들어진 것도 있다. 이는 역사가였던 작가가 역사적 사건을 작품에 쉽게 차용한 것으로 보인다.

탄생담은 전과 마찬가지로 없다. 이는 전기소설 역시 사실을 바탕으로 쓴다는 점에서 문헌이나 구비 전승되는 탄생담을 수용할 수 없었다. 성장담은 작품의 <김덕령의 출세>에 해당한다. 왜구들이 쳐들어오자 국내에서 대항하는 정발, 송상현, 리일, 신립이 중과부족으로 패배하는 과정을 보여주며, 명에 구원병을 청하게 된다. 이런 상황에 부모의 상을 당한 김덕령이 명나라 구원병의 폭력에 울분을 느껴 스스로 의병을 일으키게 된다.

활동담인 기병과정에는 기병권유와 능력시험 등 김덕령에 대한 기대를 나타내고 있다. 특히 문헌설화에서도 쉽게 볼 수 없는 <진주성 함락과 논개>는 역사적 사실을 끌어들여 김덕령이 기병할 수밖에 없었다는 상황을 제시하고 있다. 출전과정은 전의 일정과 비슷하지만, 기병하면서 권율의 행적이나 곽재우의 행적을 제시한 뒤에 김덕령이 왜구가 있는 영남지역으로 가게 된다. 그리고 이때 왜적들의 대비나 의병혁파, 거제도 탈환 작전 등이 기술되어 있는데, 문헌설화나 전과 큰 차이가 없다.

최후담 역시 전과 비슷한 삽화를 수용하고 있다. <제1차 체포사건>, <제2차 체포사건과 심문과정>, 그리고 전의 사후평가에 해당하는 삽화들인 <죽음의 평가와 가게의 상황>, <해원> 등이 포함되어 있다. 이 전기소설에서도 중심적인 것은 제2차 체포와 심문 과정이라 하겠다. 문헌설화와 인물명이나 역할이 조금씩 차이가 있지만, 그 의미는 일치하고 있다.

위에서 국문 전기소설은 전이나 문헌설화에서 삽화들을 수용한 것은 사실을 바탕으로 기록한다는 전과 유사한 문학적 장르 양상의 측면에서 비롯된 것으로 보인다.

6) 박종화 『임진왜란』의 수용삽화

박종화의 『임진왜란』은 임진왜란이란 역사적 사건을 중심 소재로 쓴 역사소설이다. 『임진왜란』은 외적의 침략에 대한 민족적 울분 속에서 숭고한 승리를 쟁취하려는 욕구에서 지어진 소설이기 때문에, 김덕령은 이런 욕구를 해결할 능력 있는 인물로 등장하고 있다. 따라서 『임진왜란』에 수용된 김덕령 전승은 탁월한 능력을 보여주는 활동담과 최후담이 중심으로 이루어져 있다.

『임진왜란』에는 문헌자료에 기록된 삽화들이 중심 소재로 차용되었다. 이는 역사소설이라는 측면에서 역사적 사료를 통하여 제재를 취하는 것이 수월하였기 때문으로 보인다. 또한 작가가 작품을 쓸 당시는 구비문학에 대한 편견으로 자료를 선택하는 데 어려움이 있었을 뿐만 아니라, 구비자료를 얻기가 수월하지 않았기 때문이다.

『임진왜란』에는 탄생담이 없고, 회상의 방식으로 성장담 삽화를 수용하고 있다. 즉 『임진왜란』에는 기병과정에서 김덕령의 능력을 보여주기 위해 성장과정의 능력으로 <철퇴>, <지붕넘기>, <말을 타고 단칸 방 들어가기>, <겨드랑이에 난 날개>, <대숲의 호랑이 잡기>, 친구인 장성현감의 이귀 <칭찬> 등의 문헌자료를 수용하고 있다.

『임진왜란』에서는 기병과정인 활동담에서 시작된다. 도입부분은 역사적으로 있었을 가능성이 있지만, 문헌기록에서 구체적으로 찾아볼 수 없다. 이 도입 삽화의 공간은 작가의 상상력이 당시의 역사적 상황과 결부하여 창조한 공간이다. 극심한 기근에 의한 사회상은 왜적의 침입 전쟁으로 더욱 참혹하게 서술되어 있다. 또한 최담령이 구원병 명나라 군사들의 오만방자함에 민족적 울분을 느끼고 기병을 요구하는 것도 문헌설화와 다르다. 김덕령이 전쟁에 참가하는 것도 명나라 장수의 천거로 이루어진다는 구비설화와 다르다. 그리고 『임진왜란』에는 기병한 김덕령에게 익호장군과 충용장군의 제수를 능력시험 앞에 배치되어 있는데, 작가가 수용한 소재 삽화를 잘못 배열한 것으로 보인다. 즉 작위를 받은 김덕령이 윤근수의 청으로 세자에게 능력시험을 보였다고 한 것도, 그가 세자 앞에서 탁월한 능력을 보이고 돌아와 정식으로 기병하였다는 문헌설화와 다르다. 『임진왜란』에서는 미리 기병을 하였기 때문에 능력시험을 보인 뒤에 곧바로 진주로 진격하여 활동하였고, 각 도의 의병을 혁파하여 충용군에 복속시켰다.

거제도 탈환작전도 윤곽은 문헌과 비슷하다. 구체적인 구성과정을 보면, 문헌설화에는 거제도 탈환에 대한 개괄적인 면만 설명하고 있는데, 『임진왜란』에는 작가의 세계관과 관련되어 구체화·형상화시켜 많이 변화시켰다. 그리고 『임진왜란』에는 문헌설화나 전, 국문 전기소설과 달리 김덕령이 탁월한 능력으로 많은 전공을 세운 것으로 설정하고 있다.

『임진왜란』의 최후담도 문헌설화의 삽화를 수용하여 <제1차 체포사건>과 <제2차 체포사건>을 중심으로 구성하고 있지만, 작가는 소설이란 작품성을 갖도록 인과성을 구체화하여 보여주고 있다. 따라서 문헌에 단편적이고 개괄적인 내용들이 『임진왜란』에서 구체적인 내용으로 드러내고 있다. 『임진왜란』에서는 <제1차 체포사건>을 종 아들인 장쇠를 윤근수가 내놓지 않자, 김덕령이 장쇠 아비를 타살하였다고 설정하였다. 그리고 문헌설화에서 각편으로 독립된 <제1차 체포사건>이 <제2차 체

포사건>에 연관성을 갖도록 구성하고 있다. 그렇지만 <제2차 체포사건>도 김덕령이 무죄라는 것, 탁월한 능력으로 친국을 당하면서도 굽히지 않았던 불굴의 정신을 가졌다는 내용은 문헌설화와 큰 차이가 없다. 다만 김덕령을 윤근수의 사감으로 옥사시켰다고 구체화하였고, 당시 위정자들의 역할을 조금씩 다르게 표현하고 있다.

이처럼 『임진왜란』은 작가의 사유(생각)를 최대한 보장하는 소설이다. 따라서 수용이 편리한 문헌설화나 전, 국문전기소설에서 소재를 차용하였다고 하였더라도, 작가 나름의 세계관으로 작품세계를 구체화시키고 인과적으로 구성시켜 놓았다.

5. 서사적 장르 간의 전승 방식

김덕령 삽화에 관한 전승 방식은 크게 구비설화의 소재를 위주로 취사선택한 장르적 양식과 문헌설화의 소재를 취사선택한 장르적 양식으로 구분될 수 있다.[29] 이때 두 전승 양식에는 크게 사용한 표현 매체와 수용된 삽화를 통해 담당층의 세계관적인 차이를 보여주면서 서로 다른 장르적 양식으로 전이 발전되어 왔다.

지금까지 발견된 김덕령에 관한 서사전승의 장르적 관계를 크게 표현 매체와 수용한 소재 삽화들의 취사선택이란 점에서 검토하였다.

---

29) 여기에서 현존하는 구비설화가 다른 장르보다 먼저 생겨났다고 말할 수는 없다. 다만 억울하게 죽은 김덕령에 대해 입으로 전승되면서 구비전설이 생겨났을 것이고, 이런 초기의 구비설화가 기록자의 주관이 개입되면서 문자로 기록하는 문헌설화로 정착되었을 것이다. 그런데 문헌에 기록된 초기의 구비설화는 고정불변이 되어 변하지 않는데 비하여, 현존하는 일부의 구비설화는 김덕령이 신원이 되었다는 시대의 변모에 따라 그의 탁월한 능력을 신성화하는데 제한을 받지 않고 구술한 것으로 보인다.

우선 장르적 양식의 양쪽 극단에 구비설화와 문헌설화가 존재하는 것으로 볼 수 있다. 그리고 국도본『임진록』을 제외한 한글로 기록된 고소설인『임진록』은 소재를 구비설화에서 취사선택하여 구비문학 담당층과 같은 세계관을 가지고 작품을 이루고 있어 구비설화와 가장 가까운 장르적 인접성을 가지고 있다. 현대소설인『임진왜란』은 역사소설이란 장르적 성격과 시대적 배경으로 인하여 문헌에 전승되는 소재를 취사선택하여 지배계층의 세계관을 가진 점에서 구비설화보다는 문헌설화에 가깝게 치우쳐 있다고 하겠으나, 작가의 창의성을 강조하는 점에서 한문으로 기록된 소재를 수용한 장르 중에서 가장 구비설화에 접근하고 있다.

그리고 김덕령의 다른 전승 장르들은 구비설화보다 문헌설화에 가까운 장르적 인접성을 가지고 있다. 우선 국도본『임진록』은 문헌 기록적 삽화를 나열한 성격을 가지고 있어 문헌설화에 가장 가까운 인접성을 가지고 있다. 그 다음이 김덕령의 일대기를 기록한 성격의 한문 전들과 국문 전기소설인『김덕령전』은 장르적 성격과 작가적인 성향으로 인하여 문헌에 기록된 소재들을 취사선택하여 문헌설화의 담당층과 같은 세계관을 향유한다고 하겠다. 이중에서 전 장르가 기록의 성격이 강한데 비하여, 국문 전기소설은 국가적인 재건의 이념을 강하게 표출하는 창의성을 강조하고 있다고 하겠다.

따라서 국문 전기소설인『김덕령전』이 현대소설『임진왜란』과 가깝다. 그리고 한문의 전은 문헌설화에 가까운 쪽으로 치우쳐 있다. 다만 그 단순한 기록적 성격의 국도본『임진록』보다는 창의성이 강조되었다. 이상의 각각의 김덕령의 서사 전승들의 장르적 관계에 대해 도표로 그려보면 다음과 같다.

구비설화   임진록   임진왜란   김덕령전   한문전   임진록   문헌설화
(관운장)   (국도)

〈김덕령 전승의 장르 간 친소 관계〉

6. 결론

　문학 작품은 역사와 더불어 생성 발전 소멸의 과정을 겪으면서 끊임없이 변모하고 있다. 장르의 변모는 담당층의 사회적 존재양식의 변화와 상응하는 양상으로 나타내게 된다. 이런 점에서 다양한 장르적 전승을 보여주는 김덕령 전승에 나타난 장르간의 관계 양상을 살펴보았다.

　김덕령이란 한 역사적 인물에게 다양한 장르의 전승물이 있다. 즉 김덕령의 전승을 수용한 장르로는 구비설화, 문헌설화, 고전소설, 가사, 시조, 한시, 전, 국문 전기소설, 현대 역사소설 등 다양하다. 이는 김덕령을 통하여 각기 나름대로의 세계를 창출하려는 의지의 시도로 보인다. 본고에서는 서사장르의 전승양상을 검토하였다.

　전승의 장르를 표현 매체에 의해서 양상을 살펴보면, 먼저 전승 방식이 구비전승인가 아니면 문자전승인가로 나누어진다. 구비전승은 문자를 사용할 수 없던 민중들이 입에서 입으로 전승된 것이고, 문헌전승은 당대의 지배계층이 자신의 표현 욕구를 문자로 전승시킨 것이다. 따라서 이들 전승들은 담당층의 사회적 양상과 성격에 따라 수용삽화의 내용이 다르다. 구비전승 담담층은 사회의 기층을 이루는 민중들로, 논리성을 떠나 무한한 가능성을 열린 탁월한 능력을 대상으로 하고 있다. 반면에

문자전승 담당층은 지배계층의 일원으로, 지배계층의 질서와 윤리의식에 따라 역사적 사실을 충실하게 수용하려고 하였다.

구비전승은 중세에 기층문화를 이어받은 한글전승으로 변이되는데, 민중적 세계관을 수용한 『임진록』에서 엿볼 수 있다. 같은 한글전승이라고 하더라도 국문 전기소설 『김덕령전』이나 현대 역사소설 『임진왜란』과 같은 근대 이후의 작품들은 주 계층이 한글을 사용하고, 또 역사적 사실을 소재로 수용하는 장르적 특성에 따라 문자전승의 영향을 받았다. 즉 『김덕령전』이나 『임진왜란』은 일제침략기란 시대적 상황에서 민족인식과 계몽을 위한 지배계층의 세계관과 지향의식을 보여주고 있다. 그리고 사실을 바탕으로 이루어진 문학 장르란 특징 때문에 표현방식과 달이 문헌적 소재를 취하여 지배계층의 주자주의적 세계관에 입각한 국가관을 강조하고 있다고 하겠다.

한편 문자전승은 지배계층의 일원으로 그들의 질서와 윤리의식에 따른 삽화들을 충실하게 수용하고 있다. 이런 의식은 한문으로 쓰여 진 '전' 장르에 전승되었다. 그리고 개화 이후에 문학의 주담당층이 한글을 향유하면서 한글로 수록된 장르에도 영향을 미치게 된다. 즉 앞에 언급한 국문 전기소설이나 현대 역사소설에 나타난다. 이들은 양식적 특징이 사실을 바탕으로 이루어진 문학 장르란 표현매체와 달리 문헌적 소재를 취하고 있다. 이에 따라 지배계층의 주자주의적인 세계관에 입각한 국가관을 강조하게 되었다. 다만 후대의 현대 역사소설이 소설이란 장르적 특성 때문에 허구적인 『임진록』과 같은 창의성을 강조하고 있어 장르간의 친연성을 밝혔다.

이런 서사 장르들 간의 친연성은 앞장에서 각 서사 장르에 수용된 소재삽화들을 통하여 그 구체적인 양상을 살펴보았다. 이곳에서 살펴본 결과는 표현 매체의 양상과 일치하는 삽화의 수용양상을 보여주면서 그 장르간의 친연성을 보여주고 있다.

이 연구는 서사 장르의 관계를 김덕령 전승이란 한 인물전승을 통해 검토하였다는 점에서 그 의의가 있다. 그런데 이런 시도의 타당성을 검토하기 위해서는 다양한 장르 양상을 보여주는 다른 인물전승을 검토함으로 그 의의를 강조할 수 있을 것이다.

우즈벡 고려인의 구비설화 전승 방식

1. 서론

본장은 소련 연방의 한 공화국이었다가 1991년 자치국가로 독립한 우즈벡에 거주하는 고려인들 사이에 구전되는 설화의 전승 방식에 관한 연구이다.[1] 우즈벡으로 한정한 것은 중앙아시아의 독립국가 중에 고려인들이 가장 많이 살고, 집단적 거주지역인 깔호즈가 집중적으로 형성되어 있어 조사의 용이성과 광범위한 전승의 가능성에서 비롯하였다.

문학에 대한 연구로는 김필영 교수의 『중앙아시아 고려인 문학사』가 1937년 이후에 창작된 작품을 중심으로 다루었다.[2] 국사편찬위원회와 한양대 한국학연구소에서 편찬한 『정추교수채록 소비에트시대 고려인의 노래』란 민요집 3권 중, 1권 1부에 우즈벡의 수도에서 채록된 민요가 수록되어 있다.[3] 서경대 이복규 교수의 『중앙아시아 고려인의 구전설화』

---

[1] 고려인들이 중앙아시아에서 집단거주 한 것은 1937년에 스탈린에 의해 강제 이주된 것이 직접적인 이유이지만, 그 이전부터 이곳에 고려인 정착하게 되었다.

[2] 김필영, 『소비에트 중앙아시아 고려인 문학사』, 강남대학교출판부, 2004.

[3] 국사편찬위원회 한양대한국학연구소 편, 『정추교수채록 소비에트시대 고려인의 노래』

는 카자흐스탄에서 현지 조사한 자료 61편과 김 아나똘리라는 고려인이 옛날에 우즈벡 타쉬켄트 주의 뽈리따즈(황만금 농장)에서 조사하여 정리한 자료 29편과 저자를 직접 만나 조사한 1편 등으로 총 90편을 수록하였다. 이 중에 우즈벡의 자료는 정리한 자료를 인정하면 30편 정도가 조사되었다고 하겠다.[4] 사회주의 체재에서 독립한 지 21년째인 우즈벡에 거주하는 고려인과 관련된 구비설화 문학에 관한 연구는 전혀 없다고 하겠다.[5]

본고는 우즈벡 고려인의 구비설화에 대한 전승 방식의 연구로, 현재 전승되는 우즈벡 고려인의 구비설화가 어떠한 과정으로 전승되어 왔는가를 살펴보게 될 것이다. 일반적으로 구비설화의 전승 방식은 입으로 구전된다고 생각한다. 심지어 중앙아시아 고려인들과 같이 본향과 전통 문화가 단절되고 왕래조차 할 수 없는 상황에서는 더욱 구전되었을 것으로 여겨왔다. 그런데 조사한 결과는 우즈벡 고려인의 구비설화에 대한 전승 방식이 그렇지 않았다는 사실이다.

우즈벡에서 조사된 구비설화의 전승 방식은 크게 3가지로 나누어 살펴볼 수 있다. 구비문학의 전통적인 전래방식은 구술을 통한 전승 방식이 가장 기본이 될 것이다. 우즈벡에서 조사한 전승 방식으로는 이외는 책을 통한 방식, 연극이나 영화를 통한 방식이 더 있었다. 이들에 대해 항목을 나누어 구체적으로 살펴볼 것이다.

논의의 대상으로 삼고 있는 자료는 2009년 4월 20일부터 7월 21일까지에서 약 20일간에 거쳐 우즈벡 타쉬켄트 시와 주의 일부 지역에서 조사한 구비설화 208편과 그에 대한 설명적 진술과 일반적 진술을 토대로 분석할 예정이다.

1-2-3, 한양대학교출판부, 2005.12.
4) 이복규, 『중앙아시아 고려인의 구전설화』 집문당, 2008.6.
5) 문학 특히 민속 문학에 대한 연구는 찾아볼 수 없다. 다만 최근에 디아스포라의 문학에 관한 연구가 성행하고 있으나, 현대문학을 중심으로 이루어지고 있다.

2. 전통적인 구술 전승 방식

옛날이야기의 전통적인 전승 방식은 입에서 입으로 전승시키는 것이다. 이야기의 가장 일반적인 전승 방식으로는 부모나 할아버지(할머니)에게서 자손에게, 동네사람에게서 동네사람으로, 지나던 나그네나 전문적인 이야기꾼에서 마을 사람들에게 전승되었다.

우즈벡 고려인들의 이야기에도 이런 전통적인 구술방식으로 많이 전승되어 왔음을 보여주고 있다. 제보자 중에 많은 이야기를 구술한 신 아나톨리 페뜨로비치는 아버지에게 이야기를 들었다고 한다. 그는 이야기뿐만 아니라 민속에 대해서도 아버지에게 많은 것들을 들었다고 하였다. 이처럼 부모에게서 자식에게 전승되는 것이 가장 일반적이라 하겠다. 그가 구술한 <삼국지연의의 이야기>나 <남편을 위기를 구한 여장수 종혜>, 아버지와 함께 경험하면서 들었다는 <마약귀신>이 전통적인 구술 방식에 의해 전승된 유형이라고 하겠다.

[조사자 : 선생님. 저기 그 아버지한테서 그 삼국지 이야기를 말로 들었어요? 책으로 들었어요, 말?] 말~. [조사자 : 말? 말로 들었어요? 삼국지 이야기 중에 제일 기억나는 일이 무엇이었어요?]
김병화마을 노인회관, 신 아나톨리 뻬뜨로비치(77, 남) 2009. 7. 9.

아버지가 말하면 그때는 재미있고 정말인가, 정말 그런 것 봤다고 그런다. 옛날 영감들이 서로 봤다고 한다. 그런데 이것을 손주들에게 하면 믿지 않는다.(웃음) 옛날에 옛말이 있으나, 오늘날 영화 등이 있어 별로 중요성 없어졌다.
김병화농장 노인회관, 신 아나톨리 뻬뜨로비치(77, 남) 2009. 4. 22.

[조사자 : 그럼 그런 재밌는 얘기를 대개 어디서 주로 들으셨어요? 그 재밌는 얘기를 책에서 보셨어요? 돌 이야기 말고 구슬 이야기 말고, 다른

재밌는 얘기들을.] 그전에는 내 원동 있을 때, 열두 살에 들어왔거든. 열두 살에 들어와서 거기는 열두 살에. 어 그러니깐 열두 살에 들어왔으니까, 할일이 없어서 사람들 손으로 모두, 영감들 모두 젊은 사람들도 모두 다 나와 들으니까다, 그래 그 얘기 하는 거 이해 못 해, 한 명이 이해 못 하면, 다른 말 뭐라고 할 필요 없지.

타쉬켄트시 자택, 허 세르게이(86, 남) 2009. 4. 25.

칭찬해야겠네. [조사자 : 머 그런 이야기는 없어요?] 어 몰라. 얘기 없어. 머 요새는 어떤 얘기는 듣기 좋게 하고 그래야지 듣는 사람이 좋게. [조사자 : 아유 잘 하시는데요] 저 심 이완 얘기 잘 하거든. [조사자 : 아프시데요 할아버지도 잘 하시는 거예요] 아니 심 이완 한 번 만나보지. …<중략>… 기 동생 있는데 갔다 왔나 보네. 어 얘기 잘 하는데, 재밌게 얘기 해

타쉬켄트주 시온고마을 자택, 이봉선(76, 남) 2009. 7. 13.

위와 같이 옛날이야기는 입에서 입으로 전승되어 왔음을 보여주고 있다. 세 번째 인용문의 구술자는 이번 조사에서 옛날이야기를 많이 구술하여 주지 않았지만, 부인에 의하면 남편이 아프기 전에 이야기를 아주 눈물이 날 정도로 재미있게 구술하였다고 한다.[6] 구술자 자신도 이야기를 많이 듣기도 하고 책을 보기도 하였으며, 전기수로서 역할을 할 정도 구술에도 자신감을 나타내고 있었다. 넷째 예문에서 제보자는 처음 만난 조사자에게 심 이완(이반)을 마을의 탁월한 이야기꾼으로 소개하였다, 이것은 심 이반이 여러 차례 구술하여 마을에서 그의 능력이 널리 소문이 났기 때문이라 하겠다. 사실 조사자들은 7월 8일에 심 이반을 조사하기 위해 왔다가 동생이 있는 카자흐스탄에 갔기 때문에 새로운 제보자로 혼 부르기를 한다는 넷째 진술의 제보자를 찾게 된 것이다. 따라서 조사

---

6) "내 하는 건 재미없게 이야기 한단 말이여. [조사자 : 아냐 재미있어.] 할아버지 얘기할 적에는 눈물이 나게 그렇게 얘기 한단 말이여." 타쉬켄트시 자택, 최 알렉산드로(81, 여) 2009. 4. 25. 구술.

자들도 심 이반이 청중을 휘어잡은 정도로 구술능력이 뛰어난 이야기꾼임을 알고 있었다.

우즈벡에서 옛날이야기가 전기수나 전문적인 이야기꾼을 통해 전승되었을 가능성을 보여주고 있다.[7] 실제로 위의 허 세르게이의 진술을 살펴보면 그가 훌륭한 이야기꾼, 즉 전기수의 역할을 하였다고 짐작할 수 있다.

> 그래 여길 들어와서, 여길 들어와서 37년도에 여길 들어왔지. 그래 여길 들어와서 그냥 고려 말을 했지. 그러니깐 지심을 매니까, 안깐들이 그 지심 매지. 그런데 그 소리 이해하지. 그러니깐 그 듣던 얘기 중에 하지. 책으론 못 봤지. 그저 그런 고려 이야기책이 없지.
>
> 타쉬켄트시 자택, 허 세르게이(86, 남) 2009. 4. 25.

> 그래 내 고려 말 얘기를 하지. 그런다면은 도 모다 들었지. 그래 얘기를 듣지 뭐. 그 다음에 여기서는 그 목화 뜯지. 그러니까 우리는 싹 다 그 대학생들 모다서 목화를 또 뚜드리야지. 그래 거기 가서, 한데 가서 다 잘 지내니깐 자지 뭐. 그 여자가 한 짝이 있고, 여기에 있고 또 거기 가서 또 얘기를 하지.(웃음) [청중 : 목화를 따던 얘기.] 목화를. 그 다음에 또 뜯으면서리 내 이야기를 할데면, 또 이 사람을 와서는 나를 또 할라고 지나간 뒤에는 하내 새끼를 놓지. 그래 내 말 하다니까, 그래 그냥 나를 딱 막아준단 말이여. …<중략>…
> [조사자 : 근데 할아버지 그 목화밭에 가서 이야기를 해주면 사람들이, 목화 따는 사람들이 할아버지의 몫으로 3키로씩 줬어요?] (러시아어) [통역 : 그러니까 이 할아버지가.] 내 하면서리 잘 못 뜯지. 아 거기를 저 노르마지여, 한 사람이. [통역 : 기준이 있어요] [조사자 : 어 그러니까.] 그런데 나는 모다나지. 나는 말을 하다니까 일람키로 나지. 그래 이 사람들이 날 쫌 도와주지, 모다. [조사자 : 아니 할아버지가 달라 그랬어? 그 사람들이 그냥 스스로?] 자빌로 주지. [조사자 : 자비로 줘? 이야기가 재밌

---

7) 이복규, 앞의 책, 39-42쪽.

어서?] 이야기를 잘 못해.(웃음)

타쉬켄트시 자택, 허 세르게이(86, 남) 2009. 4. 25.

위의 진술들은 1937년도 이주 이후의 농장생활이나 1945-8년도 중앙아시아 대학생들이 목화밭으로 노력동원의 상황에 대한 진술이다. 노력동원에 대해 말하는 과정에서 이야기꾼에 대한 진술을 보여주고 있다. 제보자에 의하면 12살 때에 연해주에서 이곳 중앙아시아로 이주하였기 때문에 자신은 고려 말을 아주 잘 하였고, 이야기를 많이 들었다고 한다. 또 고려 글로 쓰인 책들도 보았다고 한다.

앞 예화는 이주 초기의 농장의 상황을 나타내고 있다. 제보자는 이야기를 구술하는 과정에 대한 것으로, 이주 초기에는 고려 글로 된 책이 없었기 때문에 이야기를 입으로 전승시키는 전통적 방식으로 진행할 수밖에 없음을 드러내고 있다. 따라서 이 상황에서 이야기를 잘 하는 사람, 고려 말을 재미있게 할 수 있는 사람들이 인기가 높을 수밖에 없었을 것이다. 옛날에는 이야기를 하면 눈물이 날 정도로 흥미진진하게 구술하였다는 부인의 말에 의하면, 제보자가 주장한 진정한 이야기꾼이었음을 증명하는 것이라 하겠다.

뒤 예화는 이야기 값을 받은 아마추어 이야기꾼, 전기수로서의 모습을 보여주고 있다. 전기수는 한가한 겨울에 농촌을 돌아다니면서 이야기 품값을 받는 것이 일반적이지만, 제보자는 목화농사가 한창인 무렵에 농촌으로 노력봉사를 가서 노동력의 일부를 변제받았다. 목화 따기의 노력봉사에 동원되면 남녀 대학생들이 함께 머물게 된다. 당시는 T.V도 없기 때문에 밤이나 낮이나 이야기가 전승될 수밖에 없는 공간이었다. 전기도 없던 시절이어서 밤을 무료하게 보내야 하였다. 제보자는 남녀가 방을 나누어 자야 되기 때문에 중간에서 이야기를 구술하게 된다. 이야기를 구술 도중에 피곤한 청자들이 먼저 잠이 들기도 하였다고 한다.8) 이렇게 이야기를 구술한 결과 얻을 수 있는 것은 전문적인 이야기꾼이 얻는 것에 비하면 형편이 없지만, 이야기꾼 자신의 작업량을 다른 사람들이 나누어 대신하여 주거나 일정량을 걷어 주었다고 한다.9)

이야기판을 연상시켜 주는 내용의 구술도 있다. 구술자가 자신이 어릴 때라고 하니. 이 내용은 중앙아시아로 이주한 직후에 이루어진 고려인들의 이야기판 정황을 알려주는 내용이라 하겠다.

그것 옛말이지. [조사자 : 옛말. 그런 옛말 못 들어보셨어요?] 옛말 못 듣고 그런 말 들었지. [조사자 : 어떻게 되는데요?] 우리 큰아바이랑 여기 이전에는 얘기나 잘 한 분들이 있었지요. [청중2 : 그랴.] 그래 노친이 어디 얻지 못 해. 우리 넷째 큰아바이는 무스기 일을 했는가 하면 전책, 싹이 옛말이나 그런 걸 보면 다 껴서, 전책이래서, 그러면 노인들이, 동네 노인들이, "들으러 갈까." 하고. 이렇게 몇 분만 오시기로 해서, 오기만 하면, 우리 넷째 큰아바이 그 정리를 해서 말로,

그래 우리 한국 책을 이리 읽다나니 재미 있지. 그런데, "으~ 이~." 이렇게 읽지. [조사자 : 그렇게 읽었어요?] 예. "소위~ 문을." 읽어 베푸네니, 어떤 사람은 알아듣도록 그래. [조사자 : 그런데 가서 그것도 했을 것 아닙니까?] 이런 것. 이렇게 하기로 하고 전책을. [조사자 : 그 할아버지 이름, 큰아버지는 어떻게 돼요] 네. 우리 넷째 큰아바이, 큰아버지 그랬지. 우리 넷째 큰아바이 이 한문도 하고, 그래 이기 그, 그 정자관이도 한문 다 알아요. [조사자 : 그, 그때 큰아버지가 어떻게 읽으딥까? 이~. 어떻게

---

8) 시온고의 심 이반 할아버지의 말씀에도 같은 내용이 나온다. 다른 곳에서 모여 농장 일을 하게 되면, 무료한 밤 시간을 보내기 위해 이야기를 구술하게 된다. 그러면 이야기 중간에 청자들이 잠이 들어 화자만 최후까지 남아 있게 된다고 한다.

9) 이복규, 앞의 책, 39-41쪽. 황인덕 교수의 주장을 인용하여 이야기꾼들은 이야기 대가로 동전을 주거나 주인이 노자 돈을 주기도 하였다고 한다. 또 일정한 사례를 받아 배부른 말에 달려 있는 썰매를 타고 떠났는데, 그곳에 쌀, 김치가 담겨있는 통, 냉동생선, 고기가 들어있는 냄비, 잡은 새, 그 밖에 가장 좋은, 농부들이 평소에 먹는 음식물을 가득 싣고 떠났다고 한다. 이에 비하면 인용문의 제보자는 작업할 때 일정한 목표량을 채워 주는 정도였다.

하는가 한 번.] 아니.(웃음) 무슨 말을 하면,

"아, 나, 브라다 더." 타이 한 글자 보며. [조사자 : 타임 한 글자 보며.] 한 글자씩 보며 그래, [조사자 : 그때 혹시 옆에서 들어 보셨어요, 이야기 내용?] 그 전에는 그런 것 어찌 들어 겠소. 그것 어찌 듣겠소. 큰아바지 있는데 그저, [청취불능] [청중 : 회관에 돌아오면 그저, 식사 같이 하는 노인들 이렇게 불러놓으면 식사, 점심 식사,] 그러고 담배 피우면 내촘에 딱 초담배 피우지. 초담배 피우면서 그래도 울 어머니 까닭 말씀 없지.

[조사자 : 아니 그런데, 그때 그 어르신들이랑 점심 때 되면 밥상을 그 손주랑 같이 먹었어요?] 아니 못 먹었지. [조사자 : 손님상 따로 하고] 아이 우리 따로 저 짝에 정지에 있고, 큰아바이들은 고방에 앉아서 화롯불이 놓고, 저 우리 아매랑 척 들어가 앉아선 무릎을 꿇으면서, 또 아버이 그 상 다 뺄 때까지 앉아 있어야지. 그 다음에 그 상 물려선 내 오고.] [청중2 : 먼저 아바이 먼저 드시고] 먼저 대충 치우고, 그 다음 우리 젊은 사람들 우리 먹었지.] [청중1 : 네 그러러니. 그런데 옛날에는 며느리들 정말 시집살이 했지. 그래 지금은 코 자유롭지. 지금 여자들은, 한국에도 그렇지, 지금 여자들은 그전 법이 있었는디. 그래 싹 이러고 싹 그런게 쏘련 없는디.]

[조사자 : 큰아버지 친구들이 모여서 이야기 거리 읽고 놀고, 그리고 밥 대접 받고] 네. 그렇지. [조사자 : 그런데 거기에 들어가지도 못하고 밖에 있고. 젊은 사람들은 어린 아들은 거기 못 가고.] 어린 아들이 그것, 노인들이 그런 것 뭐 말을 알아들어야 그, 그 이바지라 하면 옛말이지 뭐. 옛말. 옛말. 그 전책에다 써 놓고, 그 이른(읽은)데, 그것 뭐 밖앗에서 들은 것. [조사자 : 혹시 그래도 큰아버지한테 들었던 옛말 기억나는 건 있어요?] 아이. [조사자 : 하나도 없어요? 그 가만히 생각해 보아요?] 내 우리 큰아바이 전책을 다 태왔지. 사망 날 때.

타쉬켄트주 뽈리따즈 조루트밀라 식당. 황 안드레이(70, 남) 2009. 7. 14.

위 내용은 직업적인 전기수는 아니지만, 전문적인 이야기꾼의 모습을 보여주고 있다. 주인공은 이야기를 구술하기 위하여 재미있는 내용을 책으로 엮어 놓으며, 정자관을 쓰고 이야기를 구술하였다는 점으로 강독사의 역할로 여겨진다. 그런데 이야기를 듣기 위하여 오는 사람들에게 오히려 음식을 대접하면서 이야기를 구술하였다는 모습을 보면, 전통적인 사랑방의 구실을 보여주고 있다. 중앙아시아 고려인들은 이주 초기에 이야기판을 벌려 이야기를 하거나 책을 읽으면서 여가를 즐긴 것으로 보인다.

이상에서 이야기판의 중심은 전통적인 전래방식인 입에서 입으로 전승하였으며, 더욱이 노동의 어려움과 고통을 극복하기 위하여 노동 현장에서 이야기가 구술되었음을 알 수 있다. 노동 현장에서 이야기가 전승되었기 때문에 책이 필요 없는 가장 일반적인 구술전승일 수밖에 없다. 이처럼 우즈벡에서의 가장 보편적인 이야기 전승 방식은 구술을 통한 방식이며, 대부분의 작품들이 이에 속하는 것으로 보인다. 설화가 구술 전승되면서 전문적인 이야기꾼들이 생겨나게 되었는데, 이들 이야기꾼들은 책을 통해 다양한 소재를 얻었던 것으로 보인다.

3. 책을 통한 전승 방식

옛날이야기의 전래 방식으로 책을 통한 전승 방식이 있다. 책을 통한 전래 방식은 고전문학 작품들이 많이 등장하고 있다. 이런 고전문학의 작품이 설화화의 전승 방식은 책뿐만 아니라 뒤에서 언급할 연극이나 영화로도 전승되어 왔다. 이는 책의 소재가 기본적인 흥행성이 보장되기 때문이다.

책을 통해 전승되었다는 과정을 보면, 김병화 농장의 신 아나톨리 페뜨로비치는 이야기를 대부분 아버지에게 들었다고 주장하였다. 그럼에도 불구하고 <저승 갔다 온 이야기>를 구술할 때는 책에서 이야기를 알게 되었음을 암시하고 있다.

    [조사자 : 그러니까 옛날에 욕심 많이 부려가지고. 죽어서 구렁이가 되었다는 이야기는 없습니까?] 어. 아 그거 옛말로. 그런 얘기, 얘기는 못 듣고, 그건 책에 난다. 무도교라는 게 죽은 영혼이 사람이 에 혼이 그렇게 내, 나간 그런 말은 들었지. 딱 그 구렁이 된다든지 그, 그 구렁이 될 수 있고, 새도 될 수 있고 그렇지.
      김병화농장 노인회관, 신 아나톨리 뻬뜨로비치(77, 남) 2009. 7. 10.

위와 같이 제보자는 옛말이라 하면서도 이야기로 듣지 못하고 책에서 보았다고 한다. 그는 무도교에서 사람이 죽으면 새나 구렁이 등이 된다는 말을 들었다고 진술하고 있다. 위 인용문의 진술 의미가 무엇인지 명확하게 확인할 수는 없지만, 무도교에 대해 엮어진 책을 보았고, 책의 내용들을 보았거나 입으로 전해 들었을 것으로 파악할 수 있다.

책을 통해 이야기가 전승하였을 가능성을 보여주는 현상은 앞에서 이봉선이 '이야기를 잘 한다'고 소개하였던 심 이반의 경우에서 확인할 수 있다. 이봉선은 조사자가 여러 가지 민담 대해 묻자, '그런 이야기는 심 이완이 잘 해'라고 말하였다. 이 진술의 의미는 심 이반이 구술하는 이야기들이 입으로 전승되는 유형으로 인식하고 있는 듯하다. 그런데 당사자인 심 이반은 자신이 구술한 이야기들을 입으로 전해 들었다기보다 책에서 보았다고 진술하고 있다.

    [조사자 : 할아버지 분들이나 할머니께서는 그러면은 어렸을 적에 들었던 옛날이야기 중에 홍길동이라든가 이런 사람 이야기 기억 하십니까? 들어보신 기억 있습니까? 이런 사람.] [청중 : 없어요.] [조사자 : 할머니도 없으셔요? 할아버지는 홍길동이란 사람이란 이야기를 들어 보셨어요?] 책, 책, 책으로 있어요 [조사자 : 아 책으로 보셨어요?] 이전에 책 있었지.

[조사자 : 혹시 아버지가 장님인 딸 효녀 딸 이름 기억하세요?] 심청, [조사자 : 심청.] 심청전, 그 다음에 춘향전. [조사자 : 그것을 이야기로 들으셨어요?] 나는 책이서 봤어. [조사자 : 책으로 보셨어요?] [청중 : (러시아어) 책으로, 책인지 내가 본 거 같애, 연극으로.] 활동사진 그걸 뭐라 해? [통역 : 극장에서 공연 보셨데요.] [조사자 : 아 연극. 영화로 연극으로 보셨구나?] 책도 나와.

타쉬켄트주 시온고마을, 심 이반(82, 남) 2009. 4. 21.

[조사자2 : 저희가 조사하는 게 그런 말도 안 되는 그런 이야기 들으러 온 거에요] (러시아어) 놀부 흘부라는 책이 있었대, 놀부와 흘부란 게. 놀부란 짜니 부인, (러시아어) [통역 : 형제들이 있었대요. 놀부 형이고.] [조사자 : 흥부가 동생이고.] 아 네. 동생이고. [조사자 : 그것을 이야기책으로 들으셨 거예요?] 연극으로 했어. 연극도 보고 책도 거기 있어서.(청중들도 동의)

타쉬켄트주 시온고마을, 심 이반(82, 남) 2009. 4. 21.

우리 잘 기억해. [조사자 : 그때 해 줄 이야기.] 내가 무슨 이야기를 했다 했는디까니. 우리 조선 책이 있는데, 조선 책이. 그것 내게 심청이라는 그 이야기는 내가 한 것 같어. 자기 딸이 아버지를 눈을. 손을. 소련 글로 그런 이야기. 내가.

타쉬켄트주 시온고마을, 심이반(82, 남) 2009. 7. 13.

위의 예문들은 심 이반이 이야기를 구술하기 앞이나 뒤에서 책을 통하여 이야기를 알게 되었다고 잔술하고 있다. 그런데 제보자가 책에서 보았다는 이야기들 대부분이 고전문학 작품들이다.10) 이런 고전문학 작품의 이야기를 책으로 보았다는 것은 심 이반만 아니라 많은 제보자들이나 청중들이 말하는 공통적인 특징이라 하겠다.

---

10) 국내의 조사에서 고전작품이 이야기로 전승되는 경우가 있다.(강재철, 『김포의 설화』, 김포문화원, 1999.) 그렇지만 대부분 전해 들었다고 하면서 구술하는데, 우즈벡에서는 유난히 책, 연극이나 영화로 보았다고 한다.

우즈벡에서 고전문학 작품들이 발간된 것은 이주 후에 어느 정도 시간이 지나서 이루어졌다.11) 우즈벡 고려인들은 어느 정도 생존의 공포에서 벗어나, 새로운 희망을 생겨나고 삶이 충만해지면서 책이 발간되기 시작한 것으로 보인다. 책의 발간은 이곳에 거주하는 민족의식이 강한 주민들에게 의해서 자치적으로 발간하였거나 중앙아시아에 거주하는 고려인들을 위한 북한의 지원에 의해서 이루어진 것으로 보인다. 고려인들이 보여준 책들은 러시아의 모스크바에서 발간하였거나 카자흐스탄의 알마타에서 발간한 것들이 대부분이었다.

책으로 발간되어 전승되고 있는 고전문학 작품들은 우즈벡을 위시한 중앙아시아 고려인들의 일반적 정서로 보인다. 책이 발간된 곳이 모스크바나 알마타에서 발간되었지만, 대부분 이곳의 주민들을 대상으로 엮어진 책으로 보인다. 이런 고전문학 작품들이 이곳 중앙아시아 고려인들의 민족적 정서를 대변할 수 있는 작품들로 여겨진다. 왜냐하면 책으로 보았다는 제보자들의 진술에서 작품이 한정되어 있다는 점에서 확인할 수 있다.

> [조사자 : 그 춘향전 이야기는 어떻게 되요, 춘향이요] 춘향이 그건, 춘향 허고 그 이 도령하고 오월 단오 날 그 추천(그네) 뛰면서 만났지. 그 어떻게 머 책이 있는디, 그건 잘 말할 줄 몰라서 재미없어.
> [조사자 : 흥부 놀부는요?] 흥부 놀부도 그거 형제간이. 그것 하나는 흥부는 그 욕심쟁이, 놀부는 그거 착해. 그래 그거 얘기를 하자면 바뻐, 그 책을 보고서리. [조사자 : 해 주세요] 책을 보면 그 얘기하지. 그저 얘기하면 바쁘다고, 아직. 그 전이 얘기. 옴팡 또 얘기할 줄을 모르지. 어떤 사람은 이거 말을 잘하는 사람들은 그 얘기를 재밌게 하고 듣기 좋게 하는데, 우리는 그런 게 없지. 그저 대강대강, 그저 계속 대강 말하고. 그게 심

---

11) 설화집이나 소설집들은 대체로 54년 이후에 1970년 사이에 엮어진 것들로 러시아어 된 것과 고려글로 된 것이 있었다.

청전이나 책은 있지.
　　　　타쉬켄트주 시온고마을 자택, 이봉선(76, 남) 2009. 7. 13.

　위의 인용문에서도 앞에 언급하였던 고전문학 작품들이 등장하고 있다. 이 제보자는 일반적인 중앙아시아 고려인들과 달리 1950년대 북한에서 연해주로 이주하였다가 1960년대에 이곳으로 들어온 고려인이다. 그런 제보자가 가지고 있던 책도 북한에서 발간한 것이 아닌 모스크바나 알마타에서 발간한 것이었다. 이로 볼 때 이런 고전작품들이 이곳 중앙아시아 고려인들의 민족적 정서에 부합하는 내용으로 이루어져 있어, 이를 쉽게 수용할 수 있었던 것 같다.

　책으로 전승된 것 중에 고전문학 작품이 아닌 자료도 보인다. 일반적인 민담의 경우도 책을 통해 전승되는 경우가 보이고 있다.

　　아니 옆집 사람 [조사자 : 옆집 사람이예요] 옆집 사람. 그냥. [조사자 : 마음씨 나쁜 사람.] 예. 네. 좀. [조사자 : 부자인데.] 원래 부자인데, 나중에 보니까 이쪽 집에서 막 갑자기 부자 되니까 부러워가지고. 배가 아파가지고. 그래 어떻게 되었는가 가서 한 번 보니까, 그 제비 낚아서, 언제 그 제비 잡았죠. 부러 다리도 부러뜨리고 또 치료해 주고. [청중(딸) : 우즈벡 책에 나왔어요.] [조사자 : 아 그게 우즈벡 책에 나온다?] 네. 책에, 그게 책에 그런 게 있어.
　　　　타쉬켄트주 이오크 마을, 석 그리샤 그레고리(53, 남) 2008. 4. 23.

　　(나무꾼과 선녀의 유도과정) 선녀가 내려 와, 일곱 선녀가 내려오는 거야. 그거는. [조사자 : 그건 어떻게 되는 거예요?] 그건 재미나게, 소설책에 있었어요.
　　　　타쉬켄트주 시온고마을 자택, 이봉선(76, 남) 2009. 7. 8.

　　(홍범도에 대해 묻자) 그 분이 대한 얘기는 책에서 그저 봤는데, 그렇게 얘기를 할 수가 없어. [조사자 : 아는 대로 말해 주세요?] 싹 잊어 버렸어.

> 말을 못 해, 싹 잊어버렸어요. 그 사람들은 무수히 아무리 해도 살지.
> 타쉬켄트시 자택, 최 알렉산드레아(81, 여) 2009. 7. 12.

위의 첫 번째 예문은 이오크에서 살고 있는 고려인 3세에게 들은 내용이다. 석 그리샤 그레고리는 흥부와 놀부의 이야기가 우리나라의 이야기가 아니라 우즈벡 교과서에 있어 우즈벡의 이야기로 인식하고 있다. 이 이야기가 실제로 우즈벡의 교과서에 있었는지를 알 수 없지만, 부모나 동네 어른들에게 옛날이야기로 듣기보다 책을 통해 고려인에게 전승되고 있음을 보여주고 있다.

두 번째 예문에서 제보자 이봉선은 나무꾼과 선녀 이야기가 재미있는 소설책에 있다 하여, 책을 통해 전승되었음을 보여주고 있다. 심 이반도 마찬가지인데, 그가 구술한 내용을 보면 주인공의 이름이 사샤와 나타샤라고 러시아 이름으로 바뀌어져 있다. 러시아에서도 이 이야기가 전승되고 있는 것으로 보이는데, 구술하는 중간에 러시아어를 섞어 구술하고 있어, 재미있게 엮어졌다는 책도 러시아어로 된 것을 본 것인지 아니며 고려글로 된 것을 보았는지 알 수 없다. 왜냐하면 심 이반이 가지고 있는 책은 고려글로 된 것과 러시아어 된 것이 있었다.[12]

세 번째 인용문은 개화기 이후 독립운동을 하였던 홍범도에 관한 전승이다. 홍범도는 이곳에서 홍봉도라고도 불리고 있는데, 러시아 연해주를 중심으로 독립운동을 전개한 사회주의 계열의 독립 운동가이다. 그는 1920년 6월 청산리 전투에 이어 벌어진 봉오동 전투에서 탁월한 능력을 보였는데, 나중에 중앙아시아 지역으로 이동하여 그곳에서 죽은 인물이다. 홍범도에 관한 이야기는 구비전승 되는 경우도 있지만, 책이나 영화

---

12) 고려인 사이에 전승되는 구비설화를 조사할 때, 전승배경을 명확하게 조사하지 않으면 이야기의 전승과정을 제대로 파악하지 못하게 될 수도 있다.

로 만들어진 것을 보았다고 한다. 일제에 대항한 인물의 일화를 책으로 엮어 독립운동을 고취시키던 흔적들을 남겨놓았을 것으로 보인다. 따라서 고려인들은 새로운 인물들에 대해 책으로 엮어서 전승시켰을 가능성을 보여주고 있다[13]고 하겠다.

한편 이주 초기 혹은 원동에 있을 때, 민담형 이야기들이 책을 통해 전승되었을 가능성을 보여주는 조사된 일화가 있다. 제보자는 전문적인 이야기꾼으로 자부심이 강하였던 허 세르게이로, 자신이 구술한 이야기의 소재를 얻게 되는 과정을 자세하게 제시하여 주었다. 그 진술이 좀 길지만 그대로 다 실으면 다음과 같다.

그전에 오학년 오학년에서 내 조선 글 읽을 때 오학년 오학년이야. (러시아어) 고려 글로 그게 아무래 북조선에서 보낸 책이지, 또또시. 또또시. 또도시. [통역 : 또도시란 책이 있었는데요.] 또또시. 그런 책이 있었어. 그 얘기 그렇게 또또시, 또또시, [조사자 : 똑도시.] (러시아어) 얘기를 하는게, 그런게 지금 뉘기 쓴 거 그것 내 잘 모르겠씀다. 요새 사람. 그것 번역하면, 고려 사람 고려 말로 번역한 것. 그, 그 저 (러시아어) 그것 내 다 알았어. 또도시.(웃음)

또도시. 똑도시 그런 거인네. [조사자 : 수수잡기 아닌가? 러시아 사람이예요?] [통역 : 또도시라고, 똑도시 그러니까 그 책 이름이예요. 그 책은 북한에서 와서, 여기 고려인이 번역까지 했었어요. 그러니까 러시아말로 번역까지 했었어요. 러시아말로 했던 것을 다 외우신 거예요. (청중의 말 이야기와 관련 없어 생략) 그걸 러시아말로 번역을 했죠? 그 북한 책을?] (러시아어)(제목에 대한 담화 생략) [청중 : 시방 모르지, 몰라요.]

[조사자 : 그러니까 그걸 보셨어요? 또또시라는 책을? 러시아말로 보셨어요? 북한 책 말로 보셨어요?] 고려 말로. [조사자 : 아, 고려 말로 보셨어요?] 고려 말로. 그리야 감정이 있지. [조사자 : 미적 구역에, 그런데 할아

---

13) 탄쉬켄트주 김병화농장, 김 니골라이 벤허노비치, 2009. 4. 22. 구술, 「김 알렉산드라의 죽음」이란 자료를 통해 새로운 인물을 제시하고 있다.

버지는 고려 말로 보셨다?] 고려 말을 그리지. 고려 말을 쓸어야. [조사자 : 근데 그 안에 이야기가 많이 들어 있었어요?] [청중2 : 많이 있었겠지 뭐.] [조사자 : 책 속에 옛말이 많았어?] (러시아어) 그런 책이 있었어. [조사자 : 그게 이야기 하나가 쭉 돼 있었어?] 한내, 하내 그 얘기, 그 많이 이렇게 있었지. 듣고 보니까. [조사자 : 이야기 하나요? 이야기 쭉 길게 돼 있어?] 그렇지 뭐. [조사자 : 그걸 다 외웠어? 머리에다 다 기억을 했어?] 머리에다 들어 있어.

타쉬켄트시 자택, 허 세르게이(84, 남) 2009. 4. 25.

또도시란 책은 원래 북한에서 보내온 고려글로 되어 있는 민담집인 것 같다. 그런데 또도시라는 이 책은 유명하였던지 아니면 재미가 있었기 때문인지 이곳에서 번역하였을 가능성을 보여주고 있다. 제보자는 이 책의 러시아어로 된 것도 고려 말로 된 것도 함께 읽었다고 한다. 그런데 이야기의 맛은 고려 말로 이루어진 것이 제격이라고 하는 것으로 보아 고려인들의 정서를 잘 표현되어 있었던 것 같다. 이런 진술은 이야기의 전승에서 책이 중요한 전승통로이었음을 밝혀주는 것이라 하겠다.

4. 연극이나 영화를 통한 전승 방식

우즈벡 고려인의 구비설화는 전승 방식으로 연극이나 영화가 중요한 하나의 전승 통로이었다. 연극이나 영화를 통해 전승되는 자료들은 앞에서 언급한 바와 마찬가지로 고전문학 작품이 구비전승 되는 경우가 대부분이다. 실제로 고전문학 작품이 책을 통해 전승되기도 하지만, 사람들에게 깊은 심금을 심어주어 전승시킨 것이 연극과 영화임을 보여주고 있다. 연극이나 영화를 통해 구비전승 되고 있는 양상을 살펴보자.

그전에 또 짜들도 와서 놀도 하고. [조사자 : 연극?] 응. 연극. [조사자 : 연극이라고 해?] 응. 연극 그것 와 놀다니 내 기억하지. [조사자 : 아 홍길동전을 그런 것을 했다고? 연극을 했다고?] 응. 연극 했지. [조사자 : 홍길동전 했고, 또 뭐야?] 홍길동전도 연극 놀았지. 춘향전도 연극 놀았지. 심청전도 연극 놀았지. 그리고, [조사자 : 또 흥부놀부는?] 흥부놀부도 연극 놀았지. [조사자 : 오 그럼 그것은, 거북이 토끼 이야기는?] 그것은 없었어.
타쉬켄트주 구이치르치크 자택, 문 리사(76, 여) 2009. 7. 11.

(흥부와 놀부에 대해) [조사자 : 그것을 이야기책으로 들으신 거예요?] 연극으로 했어. 연극도 보고 책도 거기 있어서. (청중들도 동의) [조사자 : 연극으로 봤지. 그런 것을 보면서 형제간에 우애하고 살아라를 그렇게.]
타쉬켄트주 시온고마을, 심 이반(82, 남) 2009. 4. 21.

[조사자 : 흥부놀부 이야기 아세요?] 연극하면서 놀았다. 어렸을 적이 아니라 39년도에 놀았다. 그 후에도 놀았다.(Tape 뒷면에) [조사자 : 심청전 이야기 연극으로 했어요?] 춘향전 심청전 연극으로 다하고 홍길동도 하고 장화홍련이, 아 전우치.
타쉬켄트주 김병화농장, 김 니콜라이 벤허노비치(79, 남) 2009. 4. 22

[조사자 : 콩쥐 애기 같은 거 전혀 모르죠. 어머님은 그거 연극으로 보셨대요. 그거 카작에 있었어요. 우즈벡에도 있었대요.] 예, 그런데 연극 이제는 없어졌어요.
타쉬켄트주 이오크 마을, 석 그리샤 그레고리(53, 남) 2008. 4. 23.

위의 예문들은 현재 구전되고 있는 옛날이야기가 연극을 통해 전승되고 있음을 보여주고 있다. 그 과정은 대개 고전문학 작품을 연극으로 꾸며서 보여준 것이 이야기로 전승되어 온 것이다. 즉 연극으로 상연된 내용들은 대부분 책으로 엮어서 제공되었던 작품과 거의 비슷하다. 연극으로 공연된 작품들을 보면 홍길동전, 춘향전, 심청전, 흥부전이 중심이고, 이밖에 장화 홍련, 전우치전 같은 작품도 공연되었다 한다.

이런 연극은 1960년도 중반까지 활발하게 공연되었다가 텔레비전과
영화가 등장하면서 그 기능이 약화된 것으로 보인다. 이는 네 번째 예문
의 제보자 진술에서 확인할 수 있다. 53세인 제보자는 '어머니가 연극을
보았다지만, 자신은 제대로 보지 못하고, 이제 없어졌다'고 한다. 이처럼
연극은 1~2세대에게 옛날이야기 전승의 매우 중요한 통로였음을 알 수
있다.

> [조사자 : 그건 우즈벡에서 보셨어요? 본인들끼리 하신 거예요? 그 까작
> 연극 배우들이 와서 한 거예요? 춘향전도 연극으로 보셨고 그 춘향전, 홍
> 부놀부, 심청전은, 물에 빠져 죽은 그래서 자기 아버지.] 아 그것도 아찌
> 사치. 그것도 인제 와서 그 연극에서 다 놀았지. [조사자 : 연극에서 다 놀
> 았어요.]
> 타쉬켄트주 김병화농장, 신 아나톨리 페뜨로비치(77, 남) 2009. 7. 9.

이런 연극단은 어떻게 생겼는지에 대해 간략하게 언급한 진술이 있다.
연극단은 마을 자체적으로 만든 것[14]이 아니라 지금의 카자흐스탄을 중
심으로 고려인 연극단이 형성되었다고 한다. 카자흐스탄의 수도였던 알
마타에도 있었지만, 실제로 우즈벡과 가까운 지점인 크즐오르다에서 연
극단은 물론 영화도 촬영하였다고 한다. 고려인 사회에서 연극단원이 되
는 것은 당시에 큰 영광으로 여겼으며, 지금도 이곳에서 활동하였던 명
배우들에 대해 널리 회자되고 있다. 김병화 농장에 살고 있는 한 제보자
는 자신과 남편이 까작 연극단의 일원 활동하였다고 한다. 또 공산당원
출신이었던 최 불라지미르는 자신이 연극단원이 될 수 없어 영사기를
돌리는 점원으로 취직하였다고 할 정도이다.[15] 뿐만 아니라 뽈리따즈인

---

14) 일부 제보자들의 진술은 마을에서 자체의 연극단을 구성하여 자체적으로 공연하였으며,
　　다른 마을과 경연대회 같은 것도 있었다고 한다.
15) 이오크의 최 브라지미르는 자신의 모습이 배우로 활동하기 적당하지 못하여, 배우 같은

황만금 마을에서는 자체적인 연극단을 구성하여 인근 마을에 가서 공연을 하였던 것으로 보인다. 연극단의 자동차를 운전하였던 황 안드레아(71, 남)에 의하면, 1950년대 황만금에서 구성한 연극단은 카자흐스탄의 연극단만큼은 아니지만, 자신이 운전하여 인근 마을로 공연을 다녔음을 강조하였다.

한편 연극단이 구성될 수 있는 것은 경제적 여건이 호전되었기 때문으로 보인다. 공산주의 사회에서 연극단을 구성한 것은 경제력 이익을 얻기 위한 것은 아니지만, 지방에 순회공연을 가면 그곳의 협동농장에서 호구지책과 약간의 노잣돈을 지급할 수 있을 만큼 경제력이 바탕이 되었기 때문에 가능하였다. 그리고 고려인들은 고려인 배우를 통해 연극의 시각적 효과와 고려 말에서 느끼는 향수를 바탕으로 이야기의 전승을 가슴 속에서 전하게 되었던 것으로 보인다. 특히 고려인들의 고전문학 작품에 대해 구술하는 것은 연극을 통해 더욱 뚜렷하게 기억하고 있었다고 하겠다.

> 그것 무스. 무스기던가, 눈물 짜내며 우리 연극을 보지 않았오. [통역 : 춘향전?] 춘향전에. 추양전에 그거 저 스카스카는 어떤지 모르는, 고려 말. 그것 우리 들었지. 듣고, 그래 그 그렁 기모란 것 배우지 않아오. 그것 보면은 우리 쪼금 안다 말이여.
>
> 타쉬켄트주 시온고 마을, 이 나타샤(73, 여) 2009. 4. 21.

> [조사자 : 할머니, 그런 연극 보면서 처녀 때 봤잖아? 춘향이의 이런 연극 보면서 마음이 어땠어? 그런 것 보면] 마음이 어떻겠어? 그져 그 맞아 대고, 낭기 몽댕에 다 끊어지더라고 맞아댕게 아깝지. 가슴이 아프지. [조사자 : 울었어.] 아프지. 그 다음에 마감에 가서 그 사람이 도련 벼슬하잖고 오니 그게 반가운 거지. [조사자 : 반갑지.] 그 사람이 큰, 큰데 앉아서

느낌을 갖게 위하여 영사기를 돌리는 점원이 되었다고 한다.

그 여자는 맨 야투루 그게 반가운 게지. 어 그때는. [조사자 : 막 박수 치고 그랬어?] 그래. 그랬지. 박수 쳤지. [조사자 : 좋다고] 고생 다 했다고. [조사자 : 잘 되었다고.] 응. [조사자 : 남 잘 되었다고] 감옥이 지워져서 그것 그래, 그 남편을 생각하고, 그저 자꾸 울며서리 말해 주던 그런 일이 넘치니 기차지. 그저 칼 목에다 메고서리, 그래서 그것도 들지 못 해서 머리 보듯이 들고서리 그런 것. [조사자 : 그것 보면 막 울어. 할머니도] 연극을 우리 다 울었지요. [조사자 : 그것 보면서.] 응. 다 울었지. [조사자 : 춘향이, 춘향이.] 언니가, 춘향이 아까바 다 울었지요. 이 그 안에서 싹, '히히히 희희희' 이 밖에 아니 나요. 크럭크럼 더듬 내어, 크락크럼 한다고, 그저 돌아앉으며 싹 '히히히 희희희' 이런 소리 나요.
타쉬켄트주 구이치르치크 자택, 문 리사(76, 여) 2009. 4. 24.

위와 같이 춘향전에서는 춘향이가 남자를 위해 매가 다 끊어지도록 맞는 모습, 감옥에서 큰 칼을 차고 고개를 들지도 못하는 모습 등을 보고 가슴 아파하고, 끝에 벼슬하고 와서 만났을 때 반가운 일이라 박수를 쳤다고 한다. 연극을 보는 과정에서는 그런 감정을 죽여야 하기 때문에 큰 소리로 울지 못하고 "히히히, 희희희, 크럭크럭"거리며 다 울었다고 한다. 인용문과 같이 감정이 복받쳐 울고 박수를 쳤다는 것은 고려인들의 향수에 맞아떨어졌기 때문에 가능한 일이라 하겠다.

한편, 남자 제보자들은 고전 작품을 보면서 슬프기는 하지만 울지 않았다고 한다. 제보자는 장길산이나 홍길동 같은 인물들을 왜 잡아다가 죽여야 하는지 반문하면서, 고전작품의 저자가 스님이라고 생각하였다. 왜냐하면 이런 작품들은 거룩한 의미를 가지고 있는데, 거룩한 의미를 가진 작품을 쓴 사람들은 중(스님)이었다는 것이다. 그 작품을 쓴 스님의 이름이 잘리어 현재 이름 없이 전승된다고 여기고 있다.

　(심청전, 춘향전, 홍길동전, 흥부놀부)[조사자 : 연극으로 봐서 알고 있어. 그때 어떤게 가장 재밌었어?] [청중 : 조선 사람 다 춘향전 심청전이

제일 재밌어.] [조사자 : 왜 재밌었어?] [통역 : 그냥 재밌었대요.] [조사자 : 심청이가 불쌍했어요?] 예, 불쌍했죠. 아버지. [조사자 : 그래서 심청이 볼 때 많이 울었어요?] 슬프긴 했지만. [조사자 : 슬프긴 했지만 울지는 않았어요?]

　　[통역 : 연속극 장길산 어째하여 그 사람이 붙잡아 가서 죽이느냐? 그 사람을 잡아다가 죽이느냐. 그 사람이 그런 거 붙들어 가면.] [조사자 : 우리도 이해가 안 돼.] 어째 거는 왜 그렇게 되냐. 그렇게 죽이면 되냐, 그 사람이. [조사자 : 홍길동이도 그랬잖아? 홍길동이도 막 그랬잖아.] 응. 그 사람은 막 왜 붙들려가고 그러잖아.

　　춘향전이가? 그거 작가가 없어. [조사자 : 아. 예예 작가가 없어요.] 그 전에는 짤렸을 거다. 중들이 써서 뿌렸을 거다. 심청전 춘향전 모두 중들이 썼어. 그게 말해서 가장 거룩한 사람들이 썼을 거다.

타쉬켄트주 이오크 마을, 남 안드레이(84, 남) 2008. 4. 23.

이와 같이 고전문학 작품을 연극으로 보여줌으로써 이곳 고려인들의 이야기 전승을 더욱 풍요롭게 하였음을 보여주고 있다. 이런 의식은 조사한 거의 모든 지역에서 비슷하게 나타나고 있었다.

한편 영화는 이야기 전승에 활력소로 등장하고 있다. 영화의 경우는 고전극도 있지만 민담이나 새로운 주인공들의 등장하고 있다. 영화에 등장하는 이야기들을 보면 다음과 같다.

　　그래서 꿈 깨고서, 아들이 와서 그 활을 가지고서 보니까다, 그 용이 둘이 거기서 싸움을 해. 그러니까다 밑으로 쏙 들어가는데, 재기 애비 비껴서 대체로 가서 쐈지. 쏴니까다 그 박달천이 쌀(살)에 맞나서, 그래서 그 놈의 용이, 박달천이 그래서 그 마당에서 아흔아홉 구비 이래 돌아서, 이 조선에 그 피를 흘리고 죽었어. 그 영감들 그, 그 피 시방 도처에 시빨간 데로 있다고. 아 그렇게서 영화이지.

타쉬켄트주 김병화농장, 신 아나톨리 페뜨로비치(77, 남) 2009. 4. 22.

그래 있긴. 그래 저기 로그하우데. 일로 전쟁 때. 그 홍범도 그 무사미 그 영화로 놀았다. 영화께 좀 했다, 스타들은 그래가지고 그것 놀 적에, 그때 와서 홍범도 죽었고. 홍범도 부인네 있어. 그래 우리 고린도 있을 때 거기 모이는디 거기 살았지.

타쉬켄트주 김병화농장, 이 알렉세이 니콜라이(85, 남) 2009. 4. 22

그건(고려장이 없으진 유래) 내 어디에선 봤는가 하면, 내 결혼 필림 봤지, 사진에서. [조사자 : 사진이요?] 활동사진 내 봤지. 영화로 겨우 봤는데 일본에서. …<중략>… [조사자 : 비디오요?] 앙. 그이지. 그것 배우는디 갔을 거여. 그런 것 한 번 봤지. [조사자 : 그 일본어로 되어 있어요?] 아니. [조사자 : 일본어로?] 어. 일본, 일본 사람들이 그랬지. 그래. [조사자 : 아 우리도 그랬으니까.] 아, 옛날에 글쎄, 우리네도 그랬지.

타쉬켄트주 시온고마을 자택, 이봉선(76, 남) 2009. 7. 13.

[조사자 : 할머니 옛날에 영화 많이 봤다고 했지?] 응. [조사자 : 영화 심청전이니, 심청이 영화도 보고 춘향이 영화도 봤다고 했죠! 그 본 영화 생각나는 게 뭐뭐 봤어요?] 아, 심. 심청아, 심청전. 그거 어 사또 찾아서 눈 멀어서 그 그런 것. [조사자 : 아버지 눈 멀어서.] 응. [조사자 : 할머니 영화 심청이, 춘향이 밖에 못 봤어? 또 본 영화가 뭐야?] 홍길동화. 홍길동화. 그거는 아.

타쉬켄트주 구이치르치크 자택, 문 리사(76, 여) 2009. 7. 11.

위의 예문과 같이 영화에 등장하는 이야기도 고전작품이 많이 등장하고 있다. 하지만 영화는 연극과 달리 고려장이 없어진 유래담, 홍범도 등과 같은 새로운 인물이 등장하는 것을 만들었다. 이처럼 영화는 새로운 인물을 등장시켜 이야기 전승을 확장시키고 있다. 다른 예로 백설희란 새로운 인물을 등장시키고 시대상을 연해주로 설정한 영화 이야기인 백설희는 계모담이다.16) 영화는 백설희를 통해 계모담의 이야기 전승을

---

16) 타쉬켄트주 구이치르치크 자택, 문 리사(76, 여) 2009. 7. 11. 구술.

확장시킨 것이라고 하겠다.

5. 전승 방식의 변천 과정

본장에서는 구비설화의 전승 방식으로 살펴본 전통적인 구술 전승 방식, 책의 통한 전승 방식, 연극이나 영화를 통한 전승 방식 등 세 가지의 방식이 어떠한 변화 양상을 보이는 살펴보고자 한다.

초기의 구비설화 전승 방식은 전통적인 구술에 의한 방식으로 진행된 것으로 보인다. 이주 초기에 구비설화의 소재는 원동에 있을 때 들었던 이야기를 가지고 고달프고 고통스러운 노동현장의 삶을 해소하거나 극복하고자 하였을 것이다. 그리하여 고려인들은 계속되는 죽음과 같은 생존적인 고생의 삶에서도 소일거리나 즐거움을 추구할 수 있었다. 그런 과정에서 많은 사람들은 원동에서 들었던 구비설화를 점차 잊어가게 되었다. 그러면서 전문적인 이야기꾼이나 구연력이 뛰어난 구술자에 의해 노동현장이나 휴식시간을 이용하여 쾌락성이 가장 우선시 되는 이야기의 구술이 지속될 수 있었다. 이때 구술 대상은 노동현장에서 함께하는 동반적이고 동료적 관계에서 전승되었을 뿐이다. 따라서 이야기의 전승 방식은 전통적인 구술에 의한 전승 방식이었지만, 전승 대상은 사회적 구조 속에서 부모자식이나 조손(할아버지와 손자)간에 전승되는 것이 거의 불가능하였다.

한편 우즈벡 고려인의 구비설화가 전통적인 구술 방식의 전승에서는 전기수와 같은 전문적인 이야기꾼이 존재하였을 가능성을 보여주고 있다. 전문적인 이야기꾼들은 이주 초기에 생존을 위한 죽음과 고통을 감내하는 노동현장에서 이야기를 통해 고려인들에게 희망과 안락을 주었다. 노동현장에서는 그런 전문적인 이야기꾼들이 상상력을 통해 희망을 심어주었지만, 생존을 위한 현실적 삶은 죽음과 같은 고통이 계속되었다. 연속된 고통의 삶 현장에서는 이야기를 계속 전승하기에 무리가 있었다. 더욱이 반복적인 이야기의 구술로 흥미를 상실하면서 점차 구비설화의 소재가 사라졌을 것이다.[17] 그리고 전문적인 이야기꾼들은 이야기 소재의 빈곤을 느끼게 되었을 것이다.

고려인들은 노력의 결과로 지속될 것 같은 죽음의 고통에서 벗어나 이주 땅에서 새로운 희망과 가치를 발견하게 된다. 고려인들은 세계2차 대전이 끝나고 생활에서 어느 정도 경제적 안정을 찾게 되자, 민족적 향수를 그리워 할 수 있을 정도의 정신적 여유도 갖게 되었다. 더욱이 2세에 대한 민족적 향수를 심어주어야 할 필요성이 제기되었다. 그런데 지금까지 구술되어온 설화는 민족적 향수를 전할 수 있는 원천 소재가 거의 없었다. 기존의 전통적인 구술 전승에서 사용되는 소재는 식상하였을 뿐만 아니라 민족적 향수를 전하는 것과 관계가 멀어, 소재의 한계를 인식하고 새로운 소재의 발굴이 필요하였다. 따라서 전문적인 이야기꾼들은 새로운 소재를 책에서 찾아낸 것으로 보인다. 당시 새롭게 각성한 고려인 선각자들은 민족적 향수를 전할 수 있는 소재를 책으로 엮었다. 전문적인 이야기꾼들은 이를 소재로 활용하여 입으로 전승시켰을 것으로 보인다. 그런 유형의 제보자들은 많은 이야기를 책에서 보았다고 진술하고 있다.[18]

---

17) 고려인들에게 노동현장에서 이야기를 구술하였느냐고 물으면 있다고 하면서도, 집에 와서 아이들에게 이야기를 한 적은 별로 없는 것으로 보인다. 왜냐하면 고려인들은 꼭 두새벽에 일을 나가서 밤 10시나 되어 집안에 들어왔다고 한다. 이런 점에서 아이들과 이야기할 시간이 사실상 없었다고 하겠다.

18) 제보자로 구연력이 뛰어나 심 이반이나 전문적 이야기꾼에 가까운 허 세르게이의 진술에서 그 가능성이 높아 보인다.

그런데 책의 발간은 한계를 가질 수밖에 없다. 고려 글자에 대한 인쇄술의 한계와 러시아어를 사용하는 지역적 한계를 가진 고려인들은 자신들에게 주어진 여건의 한계 안에서만 가능한 일이었다. 경제성과 흥미성을 전제로 할 때 원향의 고전문학 작품이나 이미 널리 알려진 민담적 성격, 특히 세계성을 가진 작품들을 중심으로 엮어질 가능성이 보인다.

한편 고려인들은 책으로 민족적 정서를 드러내는데 한계를 느끼고 시각적으로 보여줄 수 있는 방법을 모색하게 된다. 이것이 바로 연극이나 영화이다. 그 당시는 아직 T.V가 나오지 않아 시각적 효과를 보여줄 있는 것이 연극과 영화이었다. 그런데 이런 연극과 영화도 민족적 정서에 합일된 내용을 보여주기 위해서 이미 알려진 작품이 중심이 되어, 결국 책과 대동소이한 소재가 중심이 되었다.

이상에서 구비설화의 전승 방식은 입으로 전승되는 것이 보편적이나, 우즈벡을 중심으로 하는 중앙아시아에서는 이주과정의 고통스런 삶과 사회적 구조로 전승이 끊겨 3, 4세대로 이어지지 못하고, 1세대와 2세대의 중심으로 동반적 관계에서 전승되어온 것으로 보인다. 그런 전승도 한계를 가지면서 새로운 소재가 필요하여 등장한 것이 책이고, 이를 시청각적 효과를 발휘하도록 발전시킨 것이 연극과 영화로 보인다. 따라서 책을 통한 전승 방식과 연극이나 영화를 통한 전승 방식은 서로 보완적인 존재로 볼 수 있다. 다만 영화가 연극보다 새로운 인물과 주제를 개발하여 고전문학 작품과 함께 구비설화의 전승력을 확산시키고 증대시켜 온 것으로 추정할 수 있다.

6. 결론

본고는 우즈벡 고려인의 구비설화 전승 방식에 대한 탐색을 목적으로 하였다. 우즈벡 고려인의 구비설화 전승 방식에 대해 구술한 설화나 배경에 대한 제보자들의 진술을 바탕으로 검토하였다.

구비설화의 전승 방식은 입에서 입으로 전승되는 구술 전승이 일반적으로 인식되어 왔다. 국내에서 구비설화는 대개가 입에서 입으로 전승되어 왔을 뿐이고, 일부자료만 책을 통해 설화화 하는 경우가 있다. 그런데 우즈벡 고려인의 구비설화도 전통적인 구술 전승 방식이 일반적이지만 책, 연극이나 영화를 통해 전승되었다는 경우가 유독 눈에 많이 띄었다. 따라서 우즈벡 고려인의 구비설화 전승방식을 3가지로 나누어 살펴보았다.

첫째, 입으로 전하는 전통적인 구술 전승 방식이다. 많은 이야기들이 이 부류에 속하는데, 아버지에서 자식으로, 동네사람에서 동네사람으로, 전문적이거나 직업적인 이야기꾼에서 동네사람으로 전승되는 방식이다. 이곳의 전문적이거나 직업적인 이야기꾼들은 전기수의 역할을 수행하였는데, 그들은 책을 통해 이야기의 소재를 얻어 전승을 확장시켜 왔다.

둘째, 책을 통한 전승 방식이다. 이곳 제보자들은, 특히 구연력이 뛰어난 제보자들일수록 이야기를 구술할 때 책을 통해 이야기의 소재를 얻었다고 주장하고 있다. 실제로 이야기를 구술하였던 제보자들은 집에 고전문학 작품들이나 민담을 엮어 만든 이야기책이 있었다. 다만 우즈벡이란 특수한 공간에 사는 고려인들은 러시아어나 우즈벡어로 된 책이 소재의 원천으로 등장하기도 하였다.

셋째, 연극이나 영화를 통한 전승 방식이다. 연극이나 영화를 통해 전승되는 이야기는 책을 통해 전승되는 고전문학 작품이 대부분이었다. 연극이나 영화를 통한 전승은 기본적인 경제적 바탕으로 이룬 1950년대 후반 이후이다. 굶주림을 극복하고 윤택한 삶을 그리던 고려인들은 고려말로 구성한 연극이나 영화의 순회공연를 통해 자신들의 민족적 향수를 느끼며 공유하였다. 이런 연극이나 영화의 주제들이 구비설화의 전승을 확대시켜 오늘날까지 전승되고 있다.

우즈벡 고려인의 구비설화 전승 방식은 전통적인 구술 방식이 처음에 이주의 노동현장에서 전승되다가 쇠퇴하였다. 뒤에 희망과 새로운 목표를 찾은 고려인들은 민족적 정서를 향유하기 위한 소재를 구하기가 어렵게 되자 책으로 엮어서 발간한 것으로 보인다. 이를 시각적의 효과를 보여주는 연극이나 영화로 발전시켜온 것은 그 이후로 여겨진다. 연극이나 영화는 이야기의 전승력을 확장하고 증대시킨 것으로 보인다.

우즈벡 고려인들 사회에서 이와 같은 전승 방식이 뚜렷하게 부각된 것은 중앙아시아 고려인 사회의 일반적인 현상인지, 그 이유는 무엇인지 이들의 사회적 의미를 검토할 필요가 있다.

인물전승에 나타난 사건의 수용 방식

비극적 장수설화를 중심으로

1. 서론

문학 작품은 현실을 반영한다.[1] 이때 작품은 현실을 그대로 반영하는 것이 아니라 작가(전승자)에 의해 새로운 모습으로 형상화 된다. 그렇기 때문에 작품에 사실이 어떻게 수용되어 있는가를 밝히는 작업도 중요하다. 따라서 작품에 수용된 내용에서 사실과 허구의 관계를 파악하는 작업을 통해 작가(전승자)가 이야기를 하는 이유와 의도적 주제를 찾아낼 수 있다.

문학작품은 완전한 사실만으로, 그렇다고 완전한 허구만으로 이루어지지는 않는다.[2] 서사구조의 내용이 사실을 사실같이 이야기하거나 거짓을 거짓같이 이야기 할 때, 사람(독자)은 그것에서 아무런 감흥을 받지

---

1) Vladimir J. Propp. 「Forklore and Reality in Theory and History of Folklore」, ed., Anatoly Liberman, trans. Ariadna Y. Martin and Richard Martin and several others.(Minnesota Univ, 1984. 38쪽.
2) 임재해, 「존재론적 구조로 본 설화갈래론」, 『한국·일본의 설화연구』, 인하대출판부, 1987.

못한다. 따라서 작품은 사실과 허구가 서로 적절하게 얽혀져 있을 때 독자의 흥미를 자아내게 한다. 이때 작품(이야기)은 사실이나 허구 중 어느 한쪽에 더 큰 비중을 두거나, 둘 다 같은 비중을 두고 이루어질 수 있다.[3)

한 작품에서 표현되는 어떤 사건의 수용 양상을 보면, 역사적 사건을 그대로 수용한 경우, 허구적 내용을 수용한 경우, 그리고 이 둘을 비슷하고 적절하게 수용하는 경우로 나누어질 것이다.

첫째, 역사적 사건을 그대로 차용하면서 간략하고 흥미 요소로 허구적 요소를 가미하는 서사물인 경우에는 전승자에게 허구적 요소를 역사적 사실로 인식하게 만든다. 이 유형의 작품은 문학적 요소로 작용하는 허구적 요소가 흥미를 유발시키면서 명백한 역사적인 사실을 바탕으로, 역사적 사실의 보존이나 역사의 이해를 증진시키는 데 도모한다.[4)

둘째, 허구적 내용을 중심 내용으로 수용하면서도 일상(역사)적인 사건이나 일화를 가미한 서사물인 경우에는 독자에게 이를 꾸며낸 거짓으로 인식하게 만든다. 이 유형의 작품에서는 역사적 사건이 실제 존재하였던 사실 여부나 관심의 대상이 되지 않는 상징성을 띨 뿐이다. 다시 말해 작품 속에 내재한 현실은 역사적 사실 여부와 별로 관련을 갖지 못한 흥미 위주로 꾸며져 있지만, 인간적인 진실한 삶이 지향하는 모습을 보여 준다.

셋째, 역사적 사실과 허구적 내용이 비슷한 비중으로 적절하게 꾸며져

---

3) 조동일, 『인물전설의 의미와 기능』, 영남대 민족문화연구소, 1979.
　　　　, 『동학성립과 이야기』, 홍성사, 1981.
　유영대, 「설화와 역사인식」, 고려대 석사학위논문, 1981.
　임철호, 『설화와 민중의 역사의식』, 집문당, 1989.
4) 이런 방식의 문학작품은 역사의 내용조차 변모시킬 수 있다. <삼국지>는 중국의 정통의 역사서와 다른 데도 불구하고, 조선시대에 이를 참고하여 과거시험의 답안을 작성하였다는 일화에서 알 수 있다.

수용된 서사물인 경우에는 전승자에게 이를 사실로 인식하게 만든다. 이 유형의 작품은 대부분 역사적 사실을 근간으로 하여 내용이 허구적으로 윤색되어 있는데, 허구적인 내용조차 사실로 받아들여지도록 되어 있다. 이때 허구적 요소는 사람들에게 흥미를 효과적으로 촉발시켜 세상을 새롭게 바라보도록 시각을 열어주는 문학적 효과를 낳고 있다.

본고에서는 비극적 영웅담에 나타난 전승에 담긴 역사적 사건과 허구적 수용양상을 살펴보고자 한다. 영웅담의 인물들이 역사적 인물이란 점에서 역사적 사실을 근간으로 수용하고 있으면서도 허구적 내용을 수용하고 있다고 하겠다. 그런데 그 수용양상은 비극적 영웅담의 유형이 따라 다르게 나타나고 있다. 역사적 사건의 내용이 비교적 정확하게 기록된 관군의 장수에 관한 전승은, 역사적 사건이 근간을 이루고 있으면서도 내용에는 신이한 허구성을 많이 수용하였으며, 전승의 증거물은 거의 제시하지 않았다. 반면 반란의 장수에 관한 전승은 역사적 사건의 기록이 별로 존재하지 않아 그에 관한 전승은 허구적인 내용이 주를 이루면서도 이를 사실로 받아들이기 위하여 사건의 내용이 사실로 인식할 수 있는 내용이거나 증거물을 구체적으로 제시하고 있는 것이 특색이다.

이런 점에서 본고는 비극적 영웅담에 나타난 사건의 수용 양상을 3가지 측면에서 검토하고자 한다. 첫째는 역사적 사건의 수용, 둘째는 행위에 대한 인식의 정도, 셋째는 증거물의 제시 여부 등이다.

2. 역사적 사건의 수용

본장은 전승의 내용이 특정의 역사적 사건의 수용에 관련된 문제를 다룰 것이다. 어떤 인물에 관한 전승의 내용이 구성상 구체적인 역사적 사실을 중요한 요소로 수용하고 있는가 하면 역사적 사실과는 별로 관계없는 내용을 수용하는 경우가 있다.

전자는 누구나 아는 일반화된 역사적 사실을 기본 골격으로 유지하기 때문에 전승에서 사건의 내용을 뒤바꿀 수 없다. 많은 허구적 요소를 차용하여 결구한다고 하여도 역사적 사실의 기본 골격이 유지되어 거짓 진술로 받아들이지 못하게 만든다. 따라서 전승과정에서 상상력이 제한되고, 기본적인 역사적 사실의 요소가 허구의 요소를 사실로 끌어들여 전승되는 사건을 사실로 인식하게 만든다.

반면 후자는 명백하게 부각된 역사적 사실을 수용하지 않고 일반적으로 알려진 사실을 반영하여 그 전승 인물에게 새로운 특징을 부여한다. 이런 전승은 전승자들에게 구체적으로 부각된 역사적 사건이 없거나 미미하여, 특정한 역사적 사건과 관련시켜 내용을 구성할 수가 없을 때 이루어진다. 전승에 수용된 사건의 내용은 실제로 있었다고 하지만, 허구적 요소가 강화되면서 구심력을 잃고 그 전승 형태를 지탱하지 못하고 변모하게 된다. 따라서 특정한 역사적 사건과 관련이 없는 허구적인 사건을 구성 내용에 수용하여 마음껏 상상력을 발휘하게 된다.

1) 비역사적 사건의 수용(이몽학의 전승)

이몽학은 역사적으로 서울의 천얼 출신으로 부여 홍산 지방에 모속관으로 와 있다가 한현과 함께 반란을 일으켜서 한때 그 위세를 떨쳤으나 청양 근처에서 부하에게 죽음을 당하고 만다. 이몽학의 전승은 막연한 역사적 사실을 전승에 수용하고 있기 때문에 사건들이 허구적인 원심력으로 인하여 이야기 전체의 내용이 다양한 변이를 보이게 된다.

1. 이몽학은 부여 홍산(은산) 근처 산천의 정기를 받고 태어났다.
2. 어릴 때 남면에 있는 훌륭한 선생에게 배우다가 신이성을 드러내 쫓겨났다.
3. 무술공부와 힘내기(오뉘,치마대)에서 승리하고, 이적을 행하여 능력 있는 인물이 되었다.
4. 백성을 위협하여 난을 일으킨 그는 삽시간에 홍산 인근의 군현을 점령하였다.
5. 홍주성을 치려다가 밤에 부하에게 죽었다.
6. 정부군은 후에 이몽학의 묘소와 집터를 파가저택하였다.

그의 출생지를 보면, 사실이나 문헌기록은 서울로 되어 있는데 구비전승에서는 부여 홍산 출신으로 되어 있다. 그리고 전승의 내용은 이몽학이 이곳에서 반란을 일으켜 죽기 이전의 사건 이야기들이 중심을 이루고 있는데, 대부분 역사적 사건과 관련 없는 허구적 사실들이다.[5]

이몽학 전승에서 비교적 역사적 사실을 다룬 반란에 관련된 삽화들을 살펴보자. 이몽학이 반란을 일으키기 위하여 백성들을 수합하는 과정을 보면 다음과 같다.

0 이몽학이 반심을 품고 백성들을 끌어 모은 뒤에 호미를 쭉쭉 뻗쳐 창을 만들고, 이로 백성을 억압하고 눌러서 난을 일으켰다.(자료 25)
0 이몽학이 여름에 수백 명이 모여서 두레질로 논을 맬 적에 일 없이 호미만 댕기며 쭉쭉 뻐드려서 창을 만들고 백성을 억압하여 반란을 일으켰다.(자료 16)
0 이몽학은 사람들이 따르지 않자 살포라는 농기구를 공중에 던져서 창처럼 땅에 꽂을 수 있는 무기를 만들었다.(자료 31)

---

5) 이는 전승자의 입장에서 다시 검토되어야 할 사항이다. 전승자들은 이몽학이 이곳 출신이란 증거로 모종터, 파구터, 오뉘힘내기의 성 쌓기 증거물로 보았을 때 확실하게 인지하고 있다고 하겠다.

이 삽화들은 이몽학이 홍산에서 반란을 일으키자 많은 백성들이 동조하고 따랐다는 역사적 사실을 반영하고 있다. 그런데 이몽학이 강제로 반란 세력을 모은 것으로 되어 있다. 이로써 관은 이몽학의 반란이 민심과 유리된 것이라 설명하고, 민중들은 관으로부터 받을 억압을 무마하면서도 "잘하면 반역을 하여 성공할 수 있을지도 모른다"는 이면적인 의식을 내포하고 있다고 하겠다.

> 이몽학은 홍산에서 난을 일으켜 홍산현을 혁파하고, 임천, 정산, 청양, 대흥을 차례로 점령하였다. 홍주성을 점령하려다가 홍가신의 꾀에 넘어간 부하한테 죽었다.

위 삽화에서 이몽학이 홍산에서 반란을 일으켜 홍주성까지 쳐 올라갔다가 홍주목사 홍가신에게 패하여 부하에게 죽었다는 것은 역사적 사실과 일치한다. 이처럼 난의 진행과정 줄거리는 역사적 사실과 일치하지만, 그 사이사이의 대부분들은 허구적 요소로 이루어져 있다.

난을 일으키기 전에 누나가 제시한 금기 "삼년 있다 일어나거라"(자료 3), "구룡산에 누렁소가 일어나거든"(자료 25), "설강 밑에 심어 논 메밀꽃이 피거든"(자료 5) 등은 사실이 아닌 허구이다. 그리고 이몽학이 죽게 된 사건도 홍주성을 점령하지 못하고 부하에게 죽었다는 것은 사실이지만, 그 이유가 자신의 능력과 부하들에게 휴식을 주기 위해서라고 한 것은 이몽학의 영웅성을 드러내기 위한 허구이다.

이런 허구적 요소는 죽음과정에서 전승자의 의식을 드러내면서 확대되어 나타난다. 즉 죽었다는 사실만 일치할 뿐 그에 대한 원망과 성공하지 못한 것에 대한 아쉬움을 나타내기 위하여 허구적 요소가 가미된 것이다.

2) 역사와 비역사의 결구(김덕령의 전승)

김덕령에 대한 전승의 내용을 재구하면 다음과 같다.

1. 김덕령은 무등산 근처의 천하제일 명당의 지기를 받고 미천한 집안에서 태어났다.
2. 훌륭한 선생에게 배우다가 신이성을 드러내 쫓겨나게 되었다.
3. 무술공부를 하고 힘내기(씨름, 오뉘힘내기, 치마대)에서 승리하였다. 이때 치마대 전설에서의 잘못을 후회하였다.
4. 임진왜란이 일어나 탁월한 능력을(왜군물리치기, 기생과 함께 조섭 죽이기, 왜장퇴치하기) 보였다.
5. 위정자들이 그를 역적으로 몰아 죽이려고 하였다.
6. 김덕령은 '만고충신 김덕령'이란 현판을 요구하고 스스로 죽었다.

위에서 김덕령이 일생을 무등산에서 살았다는 것, 뚜렷한 선생이 없다는 것, 왜군을 물리치기 위하여 기병하였다는 것, 그리고 역적으로 몰려 죽었다가 뒤에 신원되었다는 것 등은 사실이다. 이처럼 김덕령 전승의 전체적인 내용은 역사적인 사실을 근간으로 약간 허구적으로 변용시키고 있지만, 구체적인 내용에 들어가면 역사적 사건보다 허구적인 요소가 중심으로 전개되어 있다.

김덕령의 탄생담을 보면, 김덕령의 집안이 미천하였다는 것과 광주 무등산에서 탄생하였다는 것은 역사적 사실이다. 그러나 무등산에 중국 지관이 찾은 명당을 훔쳐 썼다거나, 김덕령의 가문이 이야기처럼 아주 미천한 집안이었다거나, 누이보다 늦게 나서 세상에 둘째의 능력자라는 것 등은 실제로 있을 가능성은 있지만 어느 문헌기록에도 보이지 않는 비역사적 허구일 가능성이 높다.

김덕령의 성장기 삽화들도 역사적 사실의 차용보다 비역사적 삽화를 차용하여 구연하고 있다. 역사적 사실로는 김덕령이 증조부 사촌공과 성혼의 제자라는 사실만 확인할 수 있다. 그리고 그의 학습에 관계된 구비 삽화인 <장군수 훔쳐먹기>처럼 동굴 안에 방아독과 절구대로 이루어진 장군수가 있다는 것과 일본 장군이 불덩어리로 변해 왔다는 것 등은 실제로 일어날 수 없는 허구적 사실이다.

힘내기 삽화를 보면, 김덕령이 광주 무등산에 살았다는 역사적 사실을 차용하였을 뿐, 김덕령이 어릴 때 상 씨름판에 나가서 우승을 하였고, 누나가 남복을 하고 김덕령과 씨름을 하여 이겼으며, 김덕령이 뛰어난 말을 얻었다는 등6)은 실제의 역사적 사건 여부를 확인할 수가 없다. 또한 힘내기에서 하루 안에 도포를 지었다거나 무등산을 세 바퀴 돌았다는 것 등은 비역사적 사실을 수용한 구성이다. 그러나 이들 삽화에서는 김덕령이 무등산에 살았다는 역사적 사실로 인하여 그의 전승에서 허구적인 사건들이 사실로 받아들이도록 제어되고 있다.

김덕령의 활동담은 허구적인 내용이 중심이 되어 그의 초월적인 비범성을 드러낸다. 역사적으로 김덕령은 이귀와 이 정암의 천거로 의병장이 되자 5,000여 의병이 모여, 왜구들을 물리치기 위하여 경상도 진주에 주둔하였다. 이때 김덕령의 명성 때문에 왜적들은 작은 진을 모아 큰 진을 만들고 대항하지 않았다는 것은 역사적 사실이다.

그런데 <왜군 물리치기>에서는 김덕령이 신이한 능력을 발휘하는 허구적인 내용을 수용하고 있다. 뿐만 아니라 김덕령이 철원에 살았다는 것, 왜병을 물리쳤다는 것 등 대부분은 허구적 사실이 중심이 되어 구연되고 있다.7)

---

6) 문헌에 일부 사항이 기록되어 있지만, 그것조차도 역사적 사실로 받아들이기는 어려울 정도로 설화화 되어 있다.
7) 이런 전승의 양상은 임진록의 영향으로 고려될 수 있다.

또 기생과 함께한 <왜장 조섭 죽이기> 삽화는 역사서에 평양의 김응서가 행한 일로 기록되어 있다. 그런데 이 삽화는 역사적 사실보다 허구적 사실을 더 많이 차용하고 있다. 이여송이 김덕령을 천거한 것, 고향이 고령으로 된 것, 왜장 조섭이 몸에 비늘이 있다는 것, 칼로 목을 잘랐을 때 목이 다시 붙는다는 것, 이여송이 김덕령을 두려워하여 죽였다는 것 등은 비역사적 사실이다. <왜장 퇴치하기> 삽화에서도 역사적 사실을 찾아볼 수 없다. 다만 김덕령이 진주로 진군하였을 때 왜군들이 소진(小陣)을 모아 대진을 만들었다는 기록만 있을 뿐이다. 이런 역사적 사실만을 차용하여 실제로는 존재하지 않는 비역사적 사건이 허구적 진술로 이루어져 있다.

김덕령의 최후에 관한 삽화는 김덕령이 모친의 상을 당하고 칩거하고 있을 때, 이귀·이 정암의 천거로 기복종군 하였다가 위정자들에게 억울한 누명을 쓰고 비극적으로 죽었다는 역사적 사실을 담고 있다. 그 밖의 자세한 내용은 대부분 비역사적 사실을 수용하고 있다. 왜군을 물리쳤다는 소문 때문에 역적으로 몰려 죽었다는 것은 전쟁에 참가하였다는 역사적 사실을 변형한 것이며, 6차례의 혹독한 형벌을 견디었다는 것을, 총·칼·활·매·능지처참·불을 사용하여도 죽지 않았다고 한 것이나, 김덕령이 죽은 뒤에 만고충신이란 현판을 파괴하지 못했다는 것도 비역사적 사실일 수밖에 없다. 여기에는 설화적 진실인 민심이 숨겨져 있다.

3) 역사적 사실의 수용(임경업의 전승)

임경업은 병자호란을 중심으로, 친명배청의 뜻을 가지고 활동하였던 인물이다. 그는 심기원의 역모사건에 연루되어 탁월한 능력을 발휘하지 못하고 억울하게 죽었다. 이런 임경업에 관한 구비전승을 그의 일생으로 재구하여 제시하면 다음과 같다.

1. 임경업은 충북 충주(원주)에서 훌륭한 명당의 지기를 받았으나, 미천한 집안에서 거동도 못하는 불구의 아이로 태어났다.
2. 선생(훌륭한?)에게 공부를 하다가 이별하게 되었다.
3. 부인의 도움을 받아 선정을 하고, 처녀 창귀의 도움을 거절하였다.
4. 중국을 상대로 탁월한 능력을 발휘하였다.
5. 국내에 돌아와 김자점에게 억울하게 죽었다.
6. 후에 서해 도서 지방의 신이 되었다.

임경업 전승을 전체적으로 보면, 충주 혹은 원주에서 태어난 것, 낙안이나 북쪽의 성 쌓기에서 백성들을 아끼었다는 것, 중국과 당당하게 싸웠을 뿐만 아니라 민족적 자존심을 지켰다는 것, 그리고 국내에 돌아와 억울하게 옥사하였다는 것 등은 역사적 사실이다. 그에 관한 전승은 역사적 사실을 김덕령의 전승보다 더 많이 수용하고, 구체적 사건을 배경으로 이루어지고 있다는 점이 다르다.

임경업의 탄생담은 신분이 대체로 중인이나 미천한 출신으로 풍수지리설을 차용하여 구연되고 있다. 그런데 원주 혹은 충주에서 태어났다는 역사적 사실에 바탕을 두고 있기 때문에, 비역사적 사실을 수용한 전승의 다른 부분이 의미의 허구적 지향을 제어하여 전체적인 전승 내용을 역사적 사실로 받아들이도록 하고 있다.

문헌기록에 의하면 충주를 중심으로 무업을 수련하였다는 성장담은 역사적 사실과 일치한다. 그렇지만 그 밖의 삽화들은 허구를 차용하여 구연하고 있다. 학습 관련 삽화는 독보선생과 관련된 것도 있지만 등장하는 선생들이 임경업의 능력을 파악하지 못하였고, 임경업도 그 선생을 떠남으로 지혜 결핍을 가져왔다는 것은 비역사적 사실의 수용이다. 13

살까지 일어나지 못한 임경업이 갑자기 상씨름판에 나가 송아지를 탔다
는 탁월한 능력을 드러내기 위한 수단이었던 <씨름> 삽화도 임경업의
성장기 중에서 가장 이른 시기에 결구되어 있는 비역사적 사실이다.

그런데 성장기의 삽화들은 그의 연보에 독보8) 선생을 만나 속리산의
문장대나 경업대에서 열심히 공부하여 장군이 되었다는 역사적 사실에
바탕을 두고 있어 학습 활동이 허구로 결합되었음에도 사실로 인식되고
있다. 설화에서는 임경업의 탁월성을 강조하기 위하여 한미한 양반층인
임경업 가문의 신분이 더욱 낮은 계층으로 허구화되어 있고, 어린 나이
로 결구되어 있다.

활동기 삽화에서 병자호란 전후의 중국과 관계 삽화는 역사적 사실에
속하고, 그 밖의 삽화들은 비역사적 사실로 구성되어 있다. 또한 역사적
사실이라도 그 표면적 사건만이 역사에 속하고, 그 이면은 임경업의 탁
월한 능력을 드러내려는 민중적 의식을 함축하고 있는 허구적 결구로
이루어져 있다.

임경업이 장돌뱅이로 다니다가 처녀 창귀의 인도로 방안에 들어온 호
랑이를 잡았다는 것은 민담적 성격의 허구로 보인다. 그런데 끝에 임경
업이 저지른 결정적인 실수 3가지의 역사적 사실을 수용하여 허구적 지
향을 제어하고 있다. 그리고 낙안군수 시절의 이야기는 그가 낙안군수를
역임하였고, 그곳에서 선정을 하였다는 사실을 수용하고 있다.9) 그런데
마누라의 도움으로 한자 자구를 해석하여 선정하였다는 것은 비역사적
사실의 수용으로 보인다.

---

8) 조선 인조 때의 중으로 초명은 중헐(中歇)이다. 묘향산에서 불도를 닦다가 병자호란이 일
   어난 후 명·청을 왕래하면서 공을 세웠다. 그는 명나라에 건너가 장군 심세괴와 그를
   이은 홍승주 밑에서 청나라를 정탐하였다. 뒤에 임경업 밑에서 명나라를 왕래하다가 북
   경에 잡혀 있었다. 뒤에 돌아왔으나 간신의 모함을 받아 울산으로 귀양을 갔다.
9) 낙안의 향토문화제 행사에서 그를 위한 향토굿을 행하고 있다는 점에서 확인할 수 있다.

민족적 영웅으로 확장시켜 주는 삽화는 임경업이 명청 교체기란 중국 대륙의 국제적 관계와 삼전도 치욕의 역사적 사건을 해결하도록 허구적으로 구성되어 있다. 즉 임경업이 의주부윤으로 있을 때 조선이 명에 대한 사대주의 사고로 병자호란이란 청의 침입을 당한 것, 삼전도의 조약으로 왕자·궁녀들·백성들이 포로로 많이 끌려간 것, 임경업이 요추의 퇴로를 차단하였던 것, 그가 명나라에 갔다가 청나라의 포로가 되어 오랫동안 청나라에 머물렀던 것, 세자 대군이 인질에서 풀려 나왔다는 것 등은 역사적 사실이다.

그러나 임경업이 의주부윤이 된 것은 역사적 사실이지만, 박씨 부인의 추천으로 병자호란 전에 중국에 가서 공을 세웠다는 것이나[10] 박씨 부인에 의해 이시제의 천거로 의주부윤이 되어다는 것도 역사에 없다. 그리고 퇴각하는 중국장수와 담판하였다는 것, 직접 청나라로 들어가서 조선 사람들을 빼앗아 왔다는 것, 청나라 임금이 부마로 삼으려고 하였다는 것, 왕자와 인질을 모두 데리고 만주 땅을 할양을 받아가지고 왔다는 것 등도 역사와는 다른 허구의 사실이다. 이처럼 임경업의 활동담은 역사적 사실을 바탕으로 비역사적 사실을 수용함으로써 그의 탁월한 능력들이 역사적 사실로 받아들여지도록 구성되어 있다.

임경업은 청나라로 압송 도중에 탈출, 명나라에 입국해 활동하다가 포로가 되어 청에 억류되어 있었으나 조선에서 일어난 심기원의 역모 사건에 연루되어 죽었다. 그런데 최후담에서는 임경업이 중국으로 망명하는 과정이 연평도의 당신(堂神)된 유래 삽화, 국내에 들어오는 과정, 그리고 최후에 김자점에게 죽었다[11]는 등 허구적 사건을 수용하여 전승되고

---

10) 이 내용은 <박씨전>의 내용이 설화된 것으로 보인다. 한편 <박씨전>은 <임경업전>의 속편이니 자매편으로 보는 견해도 있다.

11) 김자점에 죽었다는 것은 숭명배청에 젖어있던 일파에 의해서 실제 역사적 사건으로 인식되기도 하였다.

있다.

최후에 관한 전승에서는 세자대군이 나온 뒤에 임경업이 국내로 돌아왔다는 점만 역사적 사실과 일치할 뿐이다. 즉 임경업은 조선정부의 요청으로 압송되었는데, 스스로 나오다가 압록강에서 김자점에게 압송되었다는 점, 반역의 죄로 임금이 직접 옥을 담당하였는데도 임금에게 알리지 않았다는 점, 세자대군이 임경업을 찾았고 임경업이 감옥을 뛰쳐나와 임금을 알현하였다는 점, 옥사하였는데도 김자점의 일파에게 맞아 죽었다는 점, 임경업의 자제에게 김자점을 처치하고 간을 꺼내 제사하게 하였다는 점, 사람들이 그의 살을 점점이 돌려냈다는 점 등은 모두 역사와 관계가 없는 허구이다.

임경업이 중국으로 압송 도중에 중국으로 탈출하는 과정에서 연평도를 지난 것은 사실인지 알 수 없지만, 연평도에서 물을 발견하고 조기를 잡아 부식을 얻었다는 것은 기록에 없는 비역사적 사실이다. 또한 후일담도 대체로 역사적 사실과 다른 허구적 사실이 수용된 구성이다.

3. 행위에 대한 인식 정도

여기서는 전승의 내용에서 드러난 행위가 실제로 일어날 수 있는 일인가, 아니면 실현 불가능한 것인가에 대해 검토하고자 한다. 전승되는 작품은 전승자가 자신의 일상적인 인식의 세계를 담아 사실로 받아들이기도 하고, 신이한 내용을 담아 기이함을 보여 새로운 세계로의 지향성을 보여주기도 한다. 때문에 사건 행위의 이야기를 어떻게 받아들일 수 있는가에 따라 사실과 허구의 관계를 고찰할 수 있다.

행위에 대한 인식은 신이하고 기인한 내용을 차용하여 결구할수록 현

실적인 측면이 약화되고, 일상적이고 실현 가능한 내용을 수용하여 결구
할수록 현실적인 측면이 강화된다. 전승에 나타난 행위는 신이함을 드러
낸 것, 신이성에 근접한 것, 신이성이 없는 것 등으로 나누어 인식할 수
있다. 먼저 전승자들은 신이한 내용의 행위가 많이 수용되면 현실적으로
존재할 수 없다고 보고, 사실로 믿지도 않는다. 따라서 전승의 내용이
신이한 사건이나 행위로 점철될 때 전승자들은 그것을 거짓말로 인식하
여 흥미를 잃게 된다. 반면에 전승의 내용이 사실적이고 현실적으로 가
능한 일상적 행위나 사건으로만 구성하면, 그 서사의 내용을 실제로 인
식하게 되지만 역시 흥미를 잃게 될 것이다. 이런 점에서 신이한 것과
일상적인 것을 적절하게 결합하여 작품을 구성할 때에 주인공 인물의
비범함이나 내용의 신이한 행위를 사실로 받아들여, 세계에 대한 새로운
시각을 제시하게 된다.

1) 이몽학의 전승

이몽학의 전승은 대부분 일상적인 인식이 가능한 행위들을 삽화에 수
용하여 사실성을 높이면서 신이성을 보여주고 있다.

탄생담은 보면, 이몽학은 고소설이나 전설의 주인공처럼 천상의 인물
이 아니다. 또한 비홍산이란 지방 산천의 기상과 결부되었거나 태몽에
결부되어 있지만, 신이한 탄생이라기보다는 누구나가 생각할 수 있는 일
상적으로 가능한 사건이다.[12]

성장기의 삽화를 보면, 문헌에는 이몽학의 성질이 흉악하고 교활하다
고 하였다. 그런데 전승자는 이것을 믿지 않고 성실한 인간임을 보여주

---

12) 일부 논자들은 탄생담 자체를 신이하다고 하는데, 과거에 태몽은 누구나 꾸었던 내용이
    다. 따라서 태몽이 지닌 상징을 가지고 신이성을 검토하여야 한다.

고 있다. 민중들은 이몽학이 훌륭한 장수가 되기 위하여 열심히 노력한 결과 그 장소가 400년이 지난 지금도 선연하게 남아 있다고 한다. 이몽학이 훌륭한 인물이 되기 위해 열심히 노력하였음을 보여주고 있어, 이 또한 일상적인 인식의 범주에서 가능한 일이라고 볼 수 있다.

<홍수 물건너기>에서 아침에 일찍 오고 저녁에 늦게 갔다는 이야기는 가능성이 있는 행위로 성실함을 보여주는 대목이다. 아래 삽화에서 이몽학이 남면으로 공부하러 다녔는지는 알 수 없지만, 홍산에서 남면에 가려면 펄을 건너야 하는 것과 홍수가 나면 펄이 물에 잠긴다는 것은 사실이다. 그리고 이몽학의 신이성을 발견한 선생이 떠났다는 것은 실제로 가능성이 있는 행위의 반영이라 할 수 있다.

> 이몽학은 어릴 때(홍산에 살았는데) 펄을 건너 (남면에)공부하러 다녔다. 홍수가 나면 펄이 바다가 되어 건너올 수 없는데, 가장 일찍 도착하여 이상하게 여겼다. 몽학이 집에 돌아갈 때, 선생이 몰래 따라가 보니 버들잎을 던지며 건너갔다. 이 장면을 본 선생은 이튿날 몽학에게 더 가르칠 자신이 없으니 다른 선생에게 공부하라고 해서 그 선생을 떠난다.

반면에 위 삽화에 나타난 행위는 신이성을 띠고 있다. 홍수가 난 물위를 나뭇잎이나 메밀대를 타고 건너가고, 가랑잎으로 요술을 부려 배를 만들고, 나막신을 신은 평상시 상태 그대로 물을 건넌 것 등은 평범한 능력으로는 엄두도 내지 못할 신이한 행위이다. 이런 행위는 실현할 가능성이 없는 요소로 보아야 할 것이다.

이몽학이 행한 이적을 보면, 인간의 용기·지혜·노력에 의해서 획득할 수 있는 것과 신이한 요소 두 가지로 나누어진다. 이몽학이 풍수에 능통하여 조상의 신체를 조각내어 이곳저곳에 묻었다거나, 훌륭한 인물이 나오지 못하도록 혈을 잘랐다거나, 호미와 살포로 무기를 만들었다는 것 등은 좀 과장이기는 하지만 실현가능성이 있는 행위로 받아들여질 수 있다. 반면에 일반인이 들지도 못할 바위덩어리를 오리 밖으로 던졌다거나, 명주 한 필이나 새끼 서른 발을 달고 달리면 땅에 닿지 않았다는 것은 힘이 세고 날렵하다는 것을 나타내는 상징성을 띠고 있지만, 실제로는 일어나기 어려운 과장된 행위로 신이성을 보여주기 위한 것이다. 또한 묻은 무덤을 파보니 검은 소가 앞발을 들고서 일어서려고 하였다는 것도 실현 가능성이 없는 신이성을 드러내기 위한 행위로 보여 진다.

그리고 힘내기형 전설의 <초립동이> 삽화에서 이몽학의 행위는 양반들이 자기보다 약한 백성들을 수탈하는 과정을 견주어 생각할 때 그 행위를 사실로 받아들일 수 있다. 그런데 장사인 이몽학이 초립동이에게 말총으로 한 대를 맞고 힘을 쓰지 못하였다는 사실은 일상적인 인식의 범위를 벗어난 행위로 인식된다.

<치마대> 삽화에서 이몽학이 얻은 말이 용마라든가, 활을 쏘고 화살을 받았다든가 하는 것은 아무리 확대 해석한다고 할지라도 실현가능성이 없는 행위로 허구적인 결과이다.

<오뉘힘내기> 삽화도 가정사에 결정권이 없는 어머니 밑에 오누이간의 쟁탈전이나 누이가 동생에게 아량을 베풀어 패배하는 것, 어머니의 부당한 개입 등은 충분히 일어날 가능성이 있는 행위로 일상적인 인식의 범주에 속한다. 그런데 하루나절에 성을 쌓거나 서울을 걸어갔다 왔다는 것은 실제로 실현 불가능한 행위로 여겨진다.

<파구터> 삽화에서 역적의 집이나 묘 자리를 파헤치는 것은 반란을 일으킨 자에 대해 징계하기 위한 실제의 사건이다. 그리고 파구 터를 다 만들려고 하였지만 오직 하나만을 파괴하지 못한 묘 자리가 있다는 것도 사실로 받아들일 수 있다. 그런데 묘 터를 파보니, 아버지가 소가 되어 앞발을 들고 막 일어서려 하였다거나 세운 남매 탑에 남매상이 뚜렷

하게 나타났다는 행위는 실제로 일어날 수 없거나 존재할 수 없는 신이
한 인식의 범주에 속하는 요소이다.

2) 김덕령의 전승

김덕령의 구비탄생담은 문헌의 <호랑이 태몽> 삽화와 달리 <묘 자
리 얻기> 삽화와 결구되어 있다. 이 삽화에는 땅속에 달걀을 묻은 후에
그곳에서 닭이 홰를 치며 울었다는 사실을 제외하고 풍수지리설과 관련
된 일상적인 인식의 범주에 해당하는 행위가 중심이다. 가난한 김덕령의
부친 집에 중국 명사가 온 것, 그 명사가 달걀을 달라고 했을 때 주고받
는 장면, 김덕령의 부친이 명사의 뒤를 몰래 쫓아가서 명당을 빼앗은 것,
그리고 김덕령의 부친이 이장 중에 실수하였다는 것 등은 다 일상적인
인식의 범주에 속하는 행위로 볼 수 있다. 이는 김덕령이 묘 자리에 의
해 탄생하였다는 전승자의 의도로 보인다. 이런 결구 속에 신이성을 함
축시켜 명당의 발복으로 태어날 아이의 장래를 예고하고 있다.

학습에 관한 삽화에서 좀 과장이기는 하지만 8(10)년을 공부시키려고
하였는데 6년 만에 무불통지하였다는 것은 사실의 행위로 인식할 수 있
다. 그리고 밤마다 선생이 나간다거나 석굴로 들어갔다든가, 삼백 근 짜
리 철퇴로 왜장을 죽였다는 것도 사실로 받아들일 수 있는 인식의 범주
이다. 그렇지만 축지법의 사용이나 왜장이 불이 되어 건너왔다는 등의
행위는 일상적인 인식의 범주를 넘어선 신이성을 띤다.

힘내기 삽화에 나타난 행위들은 일상적인 인식의 범주에 속하는 요소
가 주를 이룬다. 어린 나이로 상 씨름판에 나가 소를 타 오고, 남복한 누
나가 힘자랑 하는 동생을 이겨버렸으며, 동생을 위해 달았던 옷고름을
떼어 놓는 것 등은 사실로 받아들일 수 있는 행위이다. 이렇게 사실로

받아들일 수 있는 인식의 범주에 속하는 행위를 바탕으로 무등산 세 바퀴 돌기와 도포 한 벌 짓기, 날아다니는 용마로 날아가는 화살을 잡았다는 것 등 일상적인 행위로 받아들일 수 없는 신이한 일을 결구시켰다.

따라서 김덕령의 학습삽화와 힘내기 삽화는 일상적인 행위로 인식할 범주를 바탕으로 신이성을 결구하여 전체적인 이야기가 사실적인 행위로 인식하도록 구성하여 사실성을 강화시키고 있다.

그밖의 성장기에 관한 김덕령의 전승은 영웅성을 부각하는 방법으로 빠름을 강조하고 있다. 구체적으로 친구 데려오기, 호랑이에 잡혀간 사람 구해오기, 부모에게 효성스러움을 나타내는 조대 삽화 등은 일상적인 범주에서 생각할 수 없는 행위를 들어 신이성을 강조한 허구로 인식된다.

김덕령의 활동담에 관련된 전승들은 일상적 인식의 범주에서 사실로 인정할 수 있는 행위를 바탕으로 하여 신이성을 드러내는 허구적 구성을 이루고 있다.

일상적인 인식의 범주에서 사실로 받아들일 수 있는 것으로는, <왜군 물리치기> 삽화에서 김덕령이 철원에 살았다는 것은 구연자의 잘못으로 여길 수 있는 문제이고, 服喪 중이어서 어머니가 전쟁에 참가하지 못하도록 한 행위가 있다. 그리고 <왜장 조섭 죽이기> 삽화에서는 좀 과장되기는 하였지만, 이여송이 조선 장수의 도움을 받기 위하여 천거하였다는 것, 호장으로 있었던 지방의 기생과 애인관계를 맺어 생긴 일화들, 기생 황월이 왜놈과 피를 섞었다며 목을 베려한 것, 탁월한 능력을 가진 인물을 시기하여 죽였다는 것 등의 행위가 이에 속할 것이다.

그런데 <왜군 물리치기> 삽화에서 김덕령이 왜구들의 머리에 둘러맨 끈이나 모자를 걷어오거나, 살상도 하지 않고 무기를 전부 빼앗아 왔다는 행위, <왜장 조섭 죽이기> 삽화에서 이여송이 김덕령을 찾아갔다는 것, 조섭이 방울로 진을 설치하였다는 것, 조섭을 죽이는 장면, <왜장

퇴치하기> 삽화에서 왜장이 구름에 진을 친 것을 물리쳤다거나, 왜장 청정이 나뭇잎으로 군사를 만들었다거나, 이여송·김덕령·평수길이 전부 도술로 싸웠다고 하는 것, 청정이 죽어서 새가 되어 날아가다가 이여송의 화살에 맞아 죽었다는 것, 평수길이 도술을 부려 하늘에서 진을 쳤다는 것, 최종에 하늘로 올라가서 싸웠다는 것 등은 전부 일상적 인식의 범주로는 받아들일 수 없는 행위이다.

이처럼 활동담도 일상적인 인식의 범주에 속하는 행위를 중심으로 구성하면서 신이성을 강조한 내용을 결구시켜 놓아 실제적인 사건임을 강조하는 역할을 하고 있다.

김덕령 최후담의 내용은 국가적 위난에 처한 충과 효의 갈등을 보여주고 있다. 국가를 위한 충과 개인적 가정적 윤리를 다하기 위한 효와의 갈등은 일상적 인식의 범주에서 실제로 가능한 행위이다. 그런데 김덕령이 죽게 되었을 때 어떠한 방법으로도 죽이지 못하였다는 것, 다리(겨드랑이) 밑의 비늘을 떼고 죽었다는 것, 비(현판)를 없애지 못하였다는 것 등은 일상적인 사실로 인식할 수 없는 신이한 내용이다.

3) 임경업의 전승

풍수지리설을 차용한 탄생담은 일상적인 인식의 범주에 속하는 내용으로 구성되어 있다. 역사적 사실을 증명할 수 없기 때문에 일상적 인식의 범주에 속하는 내용으로 구성하여 사실로 받아들이도록 구연하고 있다. 임경업의 부친이 명당을 얻을 때, 일상적인 보은의 대가 또는 이웃의 관계로 얻고, 보통사람들이 생각하는 정도의 명당 기대치를 보이고 있다. 그리고 잘못된 상황에서도 운명론에 입각하여 받아들이는 평범한 사고로 결구하고 있다. 그런데 명당을 지키면서 주어진 금기의 파괴로 일어난 학의 날개 부러짐, 노루가 뛰어나감, 세 마리의 금붕어 중 두 마리가 죽고 남은 것마저 실명, 뒤집어 있던 거북을 바로 놓고 묻음 등은 풍수지리와 관련하여 그 상징 의미는 신이성을 보여주고 있다.

성장기의 삽화는 일상적인 인식의 범주에 속하는 내용의 행위들이 주류를 이루면서 신이성을 삽입하는 식으로 구성되어 있다. 힘내기의 씨름 삽화를 보면, 임경업은 13살이 되도록 글을 읽지 않았다는 것, 씨름대회에서 모든 장사를 물리치고 송아지를 탔다는 것, 어린 임경업에게 패배한 사람들이 송아지를 빼앗으러 왔다는 것, 그리고 어머니가 송아지를 돌려주라고 하여 팔아서 나누어 주었다는 것 등은 다 일상적 인식의 범주에서 일어날 수 있는 행위들이다. 그런데 쫓아오는 사람을 피하여 송아지를 옆에 끼고 큰 강을 건넜다는 것은 일상인으로 할 수 없는 신이한 능력이라 하겠다.

학습활동에 관한 삽화는 임경업이 독보 선생에게 공부하였던 속리산 문장대나 경업대에 관련된 지명 전설에 연결되어 있다. 이 삽화에서 무업에 관련된 것만 관심을 갖고 노력하였다는 것, 공부하러 가는 도중에 활쏘기 연습을 하여 백발백중 하였다는 것 등은 일상적인 인식의 범주에 속한다. 그런데 문장대에서 공부할 때 큰 바위가 두 쪽으로 갈라졌다는 것, 500여 미터를 한 번에 뛰었다는 것, 산신에게 도움을 받았다는 것 등은 일상적인 인식의 영역을 넘어선 신이한 행위로 전승자들은 허구로 인식할 수 있다.

부당한 횡포에 저항하는 삽화들은 앞부분에 일상적인 인식의 범주의 행위들로 결구하고, 중간에 신이성을 삽입한 다음, 끝에 역사적인 사실을 삽입하여 전체적인 내용을 사실로 받아들이도록 되어 있다. <이웃양반의 수탈 제거> 삽화에서 임경업의 집안은 미천하기 때문에 장사를 하였을 것이고, 돈을 벌었을 때 양반에게 수탈을 당했을 것이다. 그래서 임경업이 큰돌로 통로를 막아 잠시 양반의 수탈을 막았다는 것도 일상적인 인식의 범주에서 가능한 행위로 받아들일 수 있다. <재상가 무덤 파내기> 삽화에서는 서울의 재상가가 명당을 얻고 주변을 정리하였다는 것, 그 인근의 미천한 사람들 묘소를 파헤쳤다는 것, 피해를 당한 임경업 부친이 슬퍼만 하였다는 것, 젊은 임경업이 해결하려고 재상 댁의 조상 묘지를 파헤쳐 시신을 감추고 서울 재상가를 찾아갔다는 것 등도 일상적인 사고의 범주에 속한다.

그런데 전자의 삽화에서 경업이 수탈 양반집 행랑채가 부서질 정도로 큰 대추나무를 뽑았다는 것이나 후자의 삽화에서 재상가를 찾아간 임경업의 다리에서 번개 불과 같은 광채가 비치고, 초석자리 밑의 구들을 구멍 내고, 눈으로 기둥을 흘기니 번개가 번쩍하여 기둥이 타버렸다는 것 등은 일상인이 할 수 없는 신이한 능력을 나타내기 위한 허구적 발상이라고 하겠다.

임경업의 활동담은 역사적 사건을 바탕에 깔고 있지만, 세밀한 부분들을 비역사적 사실에서 일상적 인식의 범주를 넘어선 신이한 행위들을 수용하고 있다.

<처녀 창귀>와 <낙안군수 시절 선정 베풀기> 삽화는 민담적 사고를 끌어들이고 있으나 전혀 다른 인식의 차원에서 이루어지고 있다. 전자의 삽화에서 처녀 창귀가 잡아먹힐 사람에게 호랑이를 인도하는 행위를 보았다든가, 처녀 창귀와 이야기를 나누었다는 것 등은 일상적인 인식의 범주를 넘어선 행위이다. 그런데 후자의 삽화에서는 자신을 놀려 먹으려는 고을 육방관속들에게 '일 년 자란 수수 대를 품안에 넣으라'고 한 것, 훌륭한 관원을 기다리며 자식을 죽이지 않기 위해 이면과 내면에 의미의 차이를 유언으로 써 제시한 소지 사건, 고민할 때 마누라의 조언으로 해결하는 등도 일상적 인식의 범주에서 실제로 가능한 행위들이다.

임경업을 민족적 영웅으로 확장시킨 청과 대결양상에 관한 삽화들을 보면, 퇴각하는 청의 주력부대와 담판하고, 중국장수가 제시한 조선왕의 항서를 보고 칼을 부러뜨리며 3년을 기약한 것은 의주부윤이란 직책으로 당연히 행해야 할 행위이다. 그런데 중국 명나라에서 요청한 장수감으로 지방의 만호 임경업을 규중의 박씨 부인이 남편 이시백에게 천거하였던 점, 중국의 장수감이 없어 임경업을 특용하였다는 것, 탁월한 능력을 보여 전쟁에서 명성을 날렸다는 것, 청에 단독으로 가서 조선 사람을 빼앗아 오고, 보화를 얻고 조선 포로까지 데려온 것, 빼앗긴 옥새를 찾아오거나 혁혁한 공을 세운 것, 중국의 천자가 사위를 삼으려고 한 것, 중국 왕과 담판에서 승리하여 인질을 모두 데려오고 만주 땅까지 할양받은 것 등은 일상적 인식의 범주에서 사실을 벗어난 행위들이다.

이처럼 탁월을 능력을 나타내기 위해 신이한 내용을 차용하였지만 전체적인 내용은 일상적인 인식의 범주에서 일어날 수 있는 행위로 받아들일 수 있다. 이런 현상은 역사적 사건을 바탕에 깔고 있기 때문이다. 일상적 인식의 범주를 넘어선 신이성을 삽입한다고 할지라도 역사적 사실이 그 내용의 허구적 지향을 사실로 받아들이도록 제어하고 있다.

임경업의 최후담도 역사적 사건의 허구적 수용을 바탕으로 이루어져 있다. 호국의 사신이 임경업을 전송하러 압록강까지 나왔다는 것, 김자점이 임금의 허락도 없이 어명을 사용하거나 임금을 속였다는 것, 임경업의 자제에게 김자점을 내주어 복수하도록 만들고, 평민들이 그 시신의 살을 점점이 떼어냈다는 것은 여건에 따라 불가능하거나 가능한 행위이다. 이는 신이성과 일상성이 함축된 이중적 표현을 사용하여 이야기의 사실성을 확보하여 임경업의 능력의 신이성과 죽음의 비극성을 강조하기 위한 인식의 작용이라 하겠다.

堂神(연평도, 서해도서)이 된 삽화에서 임경업은 조선의 치욕을 씻고 청

을 멸하고자 압송 도중 탈출, 명나라로 건너가는 도중에 연평도 근해에
서 고기와 물을 구하여 당신으로 모셔지게 되었다. 임경업이 연평도 근
해에서 떨어진 부식과 식수를 해결하고 명에 들어간 사실은 일상적으로
가능한 일이다. 이런 행위는 일상적인 행위이지만 생산을 전제로 하기
때문에 신적인 기능을 가진 것으로 여겨 이곳의 어업신이나 당신이 된다.

그리고 후일담에서 김자점의 역적 행위를 젖을 묻혀 알아내게 공책에
적어 놓고, 당신으로 모셔진 임경업의 사당 주변에서 나무를 베려던 일
본 뱃사공을 꼼짝 못하게 하였으며, 사당을 헐려는 일본 경찰서장이 포
기하도록 만들었다. 이런 결구는 이곳의 어업신이나 당신이란 사실에서
연유된 일상적인 범주를 벗어난 허구적 사실의 수용이라고 하겠다.

4. 증거물의 제시 방식

본장에서는 전승에 나타난 증거물의 제시 방식을 검토하고자 한다. 사
실의 허구적 수용양상을 증거물의 유무와 구체성으로 검토할 수 있을
것이다.

전승자는 자신의 구연 내용에 따라 구체적인 지명·지형지물·유적·
유물 등을 증거물로 제시하기도 하고, 광범위하고 포괄적인 증거물을 제
시하는가 하면, 증거물을 제시하지 않고 전승을 구술하기도 한다. 이때
전승은 증거물이 있는가 없는가에 따라 내용의 사실성과 허구성을 구명
하기도 한다. 때문에 전승자는 자신이 구연한 내용이 사실임을 주장하려
고 증거물을 제시한다.13) 이런 증거물은 전승 공간을 통해 내용이 사실

---

13) 대부분의 <구비문학 개설>이나 <민속학 개설>에서는 이를 언급하고 있다. 뿐만 아니
   라 현장 조사에서도 구연자가 사실임을 증명하는 방법으로 구체적인 증거물을 제시하

임을 확인하고 증명하기 위한 설정인 동시에 청자나 향유자에게 사실로 받아들이도록 하여 구전을 촉진시키는 역할을 한다.

증거물의 제시는 구체적일수록 전승의 사실성이 강화되고, 포괄적인 증거물일수록 사실성이 약화된다.[14) 증거물은 허구성이 강한 내용조차도 사실로 받아들이도록 포용성을 발휘하여, 사실적 요소가 허구적 요소를 끌어들여 전승자가 의도한 의미가 쉽게 나타나도록 하는 효과를 가져 온다. 따라서 전승에 나타난 허구적 요소를 제어하고 그 내용의 허구적 지향을 막는다.

이런 의미에서 증거물을 제시한 전승은 그렇지 못한 전승보다 견고한 구조를 지탱한다. 그리고 증거물은 전승의 내용에 사실의 신빙성을 높여주는 역할을 한다. 즉 증거물을 제시하여 구술한 전승은 전승자들에게 사실로 받아들이게 하고, 증거물의 제시가 없이 구술한 전승은 신빙성보다는 흥미나 재미를 제공한다. 따라서 전승자들은 전승에서 구체적인 역사적 인물로 부각되지 못한 인물에 대한 허구적 지향을 막아주는 요소로 증거물을 선택한다. 그리하여 증거물은 주인공을 그 지역에서 활동한 구체적 실체로 부각시켜 활발하게 전승시키는 역할을 한다.[15)

1) 구체적인 증거물 제시(이몽학의 전승)

이몽학의 전승은 역사적 사실이 별로 없기 때문에 구연된 이야기가

는 경우가 매우 많다.

14) 포괄적인 증거물이라 할지라도 앞의 역사적 사건이나 현실적으로 가능한 개연성이 높은 행위들을 수용한 전승은 오히려 구체적인 증거물보다 광범위한 사실성을 획득하게 된다. 그리하여 광범위한 지역의 전승자들에게 사실로 인정받게 된다.

15) 이것이 전승 인물이 특정 지역을 중심으로 전승되고 있는 까닭이다. 특히 반역이나 민란의 비극적인 인물들은 더욱 지역성을 띨 수밖에 없을 것이다.

사실임을 강조하기 위해 구체적인 증거물을 제시하는 경우가 많다. 이몽학 전승에서는 증거물이 없이 단순하게 구술하는 것보다 이곳의 지명이나 구체적인 증거물을 제시하여 구술하는 경우가 많다.

이몽학의 탄생담은 이몽학이 이곳 홍산 사람임을 증명하려는 듯이 이곳의 구체적인 지명과 관련되어 있다. 전승자들은 이몽학을 홍산 지방의 정신적 지주인 비홍산에 의탁하거나 홍산 지역의 지명과 관련된 탄생담을 구술하여 이곳 출신이 확실하다고 주장하고 있다. 반면에 증거물이 없는 태몽 탄생담은 어느 지방에서도 가능하기 때문에 허구적 요소로 작용할 수 있다.

<홍수 물 건너기> 삽화에서도 단순하게 서당의 선생에게 공부하러 다녔다고 하지 않고, 구체적인 이곳의 지명을 들어서 구연하여 이야기의 구조와 내용을 견고하게 만드는 역할을 수행하고 있다. 그리고 모종터도 구체적인 증거물을 들어서 이곳에서 행하여진 사실임을 부각시키려고 하였다.

이몽학의 이적에 관한 삽화에서도 힘에 관련된 것으로 부여지방의 지명인 망계에 있는 큰 바위라든가, 논 가운데 있는 바윗덩어리를 들었다고 구체적인 증거물을 제시하는데, 날랜 장사라는 삽화의 내용은 구체적인 증거물을 제시하지 않고 구술할 수밖에 없다. 지혜에 관계된 삽화에도 이곳저곳에 조상의 신체를 묻었다고 할 뿐 구체적인 증거물을 제시하지 않았다.16) 따라서 이들 삽화는 일상적 인식의 범주에 속하는 행위이지만, 사실로의 지향보다 허구로의 지향을 보이고 있다.

<힘내기> 삽화에서도 <초립동이와 대결> 삽화나 <치마대> 삽화는

---

16) 조 씨 명당 터와 같은 것은 구체적인 증거물이라고 하겠다. 그리고 파구터로 연못이 된 곳이 묘지 터라고 할 수 있다. 그런데 이것은 파구터 삽화의 증거물로 구체적일 수 있지만, 묘 자리의 이야기로는 일상적인 증거물에 불과하다.

구체적인 증거물이 없이 일반적으로 구술되어 있다.17) 이들 삽화는 이야기 전개상 구체적인 증거물을 제시할 수가 없는 구조를 가지고 있다. 반면에 <힘내기> 삽화는 은산의 형제바위라는 구체적인 증거물을 가지고 이야기가 전승되고 있다. 특히 부여지방의 <오뉘힘내기>는 불특정의 <오뉘힘내기> 전승보다 이몽학에 결구된 전승물이 더 많다.18) 이는 증거물이 이야기를 사실성으로 이끌고 가서, 이야기 내용과 구조의 견고화를 이루기 때문이다.

이몽학의 최후담은 역사적 사실을 중심으로 허구되어 있어 구체적인 증거물이 필요가 없으나, 그가 죽은 뒤에 그의 가옥과 묘 자리를 파가저택 하였다는 <파구터> 삽화는 분명한 사실임을 증명하기 위하여 이곳의 연못을 증거물로 제시하고 있다. 그런데 파구터를 당하지 않은 묘 자리나 남매 탑에 대해서는 구체적인 증거물을 제시하지 않음으로 그들이 향유하는 의식을 드러내는 데 용이하도록 허구화되어 있다.

2) 포괄적인 증거물 제시(김덕령의 전승)

김덕령 전승의 탄생담에서는 풍수지리설과 관련되어 있으면서도 증거물이 구체적이지 못하고 막연한 장소로 나타난다. 즉 탄생담의 증거물은 조상의 묘를 찾아본다면 구체적인 장소를 찾을 수 있으나, 전승의 특징상 구체적인 증거물이 아니라 무등산에 있는 명당이란 광범위한 증거물을 제시하고 있다. 이 삽화는 포괄적인 증거물 제시로 구연되고 있지만, 증거물 없이 단순하게 구연되는 것보다 사실적으로 받아들일 수 있는

---

17) 모종터는 말을 타고 훈련하였다는 점에서 치마대 삽화의 구체적인 증거물로 볼 수 있다.
18) 부여지방에서 조사된 <오뉘힘내기>는 이몽학에게 결구된 것이 대부분이고 불특정 인물의 <오뉘힘내기>는 4-5편이 있다.

여건을 마련하고 있다.

학습담에는 구체적인 증거물을 찾을 수 없는 단순 구술의 성격을 보여준다. 그가 배웠다는 장소나 선생 이름, 장군수가 있는 구체적인 장소, 서울의 어떤 김 정승, 그리고 왜구장수와 싸웠다는 삼백 근 짜리 철퇴 등은 증거물로 있지 않다. 이 삽화들은 구체적인 증거물에 의해 구연되기 보다는 민담적 형식에 의해 이루어진 증거물 없는 단순한 구술이라 하겠다.

김덕령의 <힘내기> 삽화에서도 구체적인 증거물이기 보다는 포괄적인 증거물로 이루어져 있다. 김덕령이 씨름판에 참석한 것은 그의 성장지인 光州라는 포괄적인 증거물로 이루어져 있고, <오뉘힘내기>에서도 무등산 돌기와 도포 짓기도 무등산이 증거물에 포함될 수 있다. 그리고 <치마대> 삽화에서는 김덕령이 광주 벌에서 말을 얻었고, 이곳에서 말과 시합을 한 것으로 추정될 뿐 구체적인 장소를 증거물로 제시하고 있지 않았다. 그리고 무등산 세 바퀴 돌기, 친구 데려오기, 호랑이 잡혀간 사람 구하기도 광범위한 증거물을 제시하여 구술하고 있다. 반면에 효성이 지극하였다는 삽화는 화순지방의 조대(照臺)란 구체적인 지명과 관련되어 있다.

활동담들은 증거물을 거의 찾을 수 없는 단순한 구술 형태를 띠고 있다. 민담과 같이 김덕령이 살고 있는 곳을 철원 또는 고령으로, 그가 싸웠던 장소는 북쪽에서 시작하여 남쪽으로 이동한 것으로 되어 있다.[19] 그런데 이는 증거물로 보다는 홍미를 돋우고, 김덕령의 탁월한 능력을 강조하기 위한 민담적인 장소의 제시로 증거물이 아니다.

최후담에 대한 증거물의 제시 여부를 보면, 구체적인 증거물이기보다

---

19) 철원이나 고령이 된 것은 임진록의 영향으로 보이며, 싸움터가 북쪽에서 남쪽으로 이동한 것은 임진왜란 진행 과정에 따른 민간적 사고에 기인한 것으로 보인다.

일상적이고 광범위한 증거물을 제시하고 있다. 김덕령은 위정자들의 독선과 아집으로 6차례의 고문을 받고 죽은 뒤 200여년 후에 신원되어 충신이 되었다는 것이 증거물이다.

3) 증거물의 제시 없음(임경업의 전승)

풍수지리설과 관련된 임경업의 탄생담은 구체적인 장소가 아닌 미지칭의 장소를 증거물로 삼고 있다. 억지로 찾는다면 임경업 할아버지의 산소가 구체적인 증거물이 되겠지만, 이야기에는 일상적인 장소로 나타난다. 지역도 어느 지역이란 개념보다 광포전설의 성격을 지닌다. 이처럼 탄생담의 증거물이 구체적인 특정물이 아닌 광포성을 띤 것은 그에 대한 상세한 기록으로 증거물을 제시할 필요성을 느끼지 못하였기 때문이다.

성장담에는 그가 공부를 하였다는 문장대나 경업대, 그리고 삼초대 등 구체적인 증거물이 제시된다. 성장담에 나타난 특징을 보면, 증거물이 구체적인 삽화는 내용이 신이성을 중심으로 구연되어 있고, 증거물이 구체적이지 못한 광포성 삽화는 내용이 일상적 인식의 범주에 속한다.

<힘내기형> 삽화 중에서 <아기장수>와 <치마대> 삽화는 그가 성장한 곳과 다른 경북지역의 자료로 구체적인 증거물을 가지고 있으나, 실제로 임경업과 관련을 맺고 있다할 수 없다. 그리고 <씨름> 삽화는 구체적인 증거물을 가지지 못하고 큰 강을 건넜다는 일상적인 증거물로 이루어져 있다. 이 삽화가 구체적인 증거물이 아닌 일상적인 증거물을 채택한 것은 내용의 대부분이 일상적인 인식의 범주에 속하고 있어 증거의 제시가 없다 할지라도 사실로 받아들일 수 있다고 믿기 때문이다.

부당한 횡포에 대한 저항 삽화도 일상적 증거물을 가진 민담적인 내

용을 임경업 전승에 차용한 것이다. 이웃양반의 수탈이라는 것도 구체적인 증거물이 없다. 임경업이 어릴 때 부친이 돈을 벌었다는 면에서 충주 지역으로 설정할 수 있으나, 어떤 지역이라도 가능한 내용의 삽화이다. 또한 <재상가의 무덤 파내기> 삽화도 조상 무덤의 위치를 파악하면 구체적인 증거가 되겠지만, 일상적인 민담 형태로 구연되어 있다. 성장기의 삽화에 구체적인 증거물이 채택되지 않은 이유는 그의 전승을 민담화 시키려는 의도라기보다 역사적 사실과 일상적인 인식의 범주를 바탕으로 하기 때문으로 볼 수 있다. 이는 구체적인 증거물이 없다 할지라도 이야기 내용의 허구적 지향을 제어하기 때문이다.

임경업의 활동담도 증거물이 없는 단순구술이 많다. 우선 활동담 유형은 증거물을 가질 수 없는 내용으로 이루어져 있다. 장돌뱅이로 호랑이를 잡았다는 것, 낙안군수 시절 소지를 받았다는 것은 구체적인 증거물을 가질 수가 없다. 그리고 민족적 영웅으로 부각되는 중국과 대립 갈등을 나타내는 삽화들도 역사적 사실을 바탕으로 하고 있기 때문에 구체적인 증거물이 존재하지 않은 상징적인 것이다. 이는 그의 능력이 신이함을 나타내기 위하여 증거물이 구체적이기 보다 포괄적으로 나타낼 수밖에 없다. 즉 세자와 대군이 돌아왔다는 것, 세자가 벼루를 맞고 죽었다는 것, 많은 포로가 돌아왔다는 것 등은 임경업이 실제로 행한 일이 아니지만, 그의 전승에 결구되어 상징적 증거물로의 역할을 하고 있다. 여기에 증거물은 내용의 구체화로 인하여 능력의 신이화를 제어하기 때문에 생략하고 민담의 경향으로 변화된다.

임경업 최후담은 역사적 사실을 바탕으로 구체적인 증거물이 없다. 후일담은 연평도와 서해 도서의 신당에 모셔진 당신으로 구체적인 증거물을 가진다. 임경업의 죽음은 역사적 사실을 바탕으로 이루어져 증거물이 필요하지 않았다. 그리고 최후담에서는 죽음의 비극성을 강조하기 위하여 상대역을 왜소화 시켜야 하며, 그런 증거물을 설정할 필요성이 없었을 것이다.

한편 후일담인 당신으로의 역할은 구체적인 증거물이 있다. 이 후일담은 죽은 임경업의 신이한 능력이 존재함을 보여주기 위해 구체적인 증거물이 필요하다. 그렇기 때문에 후일담은 연평도, 조기(어획량)와 해상안전, 그리고 당집이라는 구체적인 증거물을 설정하여 이야기의 진실성을 획득하고 있다.

5. 결론

이상으로 세 인물의 전승에 나타난 경험적 사실의 수용 양상을 살펴보았다. 여기에서 그 내용을 역사적 사건의 수용, 행위에 대한 인식의 정도, 증거물의 제시 여부의 측면으로 나누어 살펴보았다.

역사적 사건의 수용에서 이몽학 전승에서는 반란에 대한 역사적 사건을 제외하고는 대부분 비역사적 사실을 수용하고 있음을 알 수 있다. 김덕령은 그가 광주에서 태어났다는 성장기와 기복종군해서 억울하게 죽었다는 역사적 사실 위에 그의 초월적 능력을 나타내기 위하여 풍수지리 탄생담, 성장담, 활동담 등 비역사적인 사실을 재구하고 있다. 그리고 임경업 전승은 전체적인 줄거리는 역사적 사실을 바탕으로 이루어지고 있으나 부분적인 내용은 허구적 요소로 구성되어 있다. 이에 의하면 이몽학<김덕령<임경업 순으로 역사적 사실을 많이 수용하고 있음을 알 수 있다.

행위에 대한 인식의 정도는 제시된 행위가 전승자가 인식하는 정도가 일상적인 것인지 아니면 신이한 것인지에 대한 판단에 관한 것이다. 이몽학의 전승은 비역사적 사건의 행위가 많아 신이성을 나타내기보다는 일상적 인식의 범주에 속하는 행위들로 이루어져 있다. 김덕령 전승에서는 행위가 일상적인 것과 신이한 것이 적절하게 결구되어 있는데, 성장담과 활동기 삽화들은 신이한 내용을 차용하여 그의 능력을 부각시키고 있다. 임경업 전승의 행위는 대체로 신이한 행위의 내용이 강조되어 있지만 역사적 사건을 배경으로 설정되어 있기 때문에 허구화로 인식하는 것을 제어하고 있다. 전승에 드러난 행위의 개연성에서 사실로 받아들일 수 있는 것은 이몽학>김덕령>임경업 순이다.

증거물의 제시 여부에서는 증거물에 의해 그 전승의 내용이 사실과 허구로 인식될 수 있다. 이몽학 전승의 경우는 대체로 전승의 내용이 사실이기를 주장하고 원하기 때문에 구체적인 증거물을 제시하고 있다. 김덕령에 수용된 전승들은 역사적 사건에다 허구적 요소를 결합하고 있어, 의미의 허구화의 지향을 방지하기 위하여 구체적 증거물보다 포괄적인 증거물의 제시가 많다. 그리고 임경업의 전승에서는 비역사적 사건을 수용한 성장기 이전의 삽화에서 구체적인 증거물이 제시되고 있지만, 대부분은 그에 관한 나머지 전승에서 역사적 사건을 배경으로 허구적으로 구성되어 있으며, 광포전설이나 민담적 취향을 띠고 있어 증거물 제시의 필요성이 없다.

이상에서 전설에서 사실적 요소가 허구적 의미 지향을 제어하거나, 허구적 요소가 사실적 의미 지향을 제어하여 두 요소 사이에 갈등을 초래하여 창작욕구, 보상과 희망 욕구를 효과적으로 상승시키는 효과를 얻고 있음을 살펴보았다. 이때 허구적 요소는 자유롭게 상상력을 펴지만 신빙성을 약화시키고, 사실적 요소는 상상력을 제어하는 대신에 신빙성을 강화시킨다. 그래서 이 두 요소 사이에 갈등을 초래하지 못하고 어느 한쪽으로 지향하게 되면 이런 창작욕구나 보상과 희망 요구를 감소시키게 된다. 전승자들은 허구적 요소만을 강화시키면 전승의 내용을 사실로 믿지 못하거나 받아들이지 못한다. 반면에 사실적 요소만을 강화시키면 세계에 새로운 시각을 제시하지도 흥미를 유발하지도 못한다. 이런 두 가지 양상은 전승자들의 관심에서 멀어져 도태되고 만다. 따라서 비극적 영웅담은 사실과 허구가 적절히 결합되어 전승자에게 사실로 인식되면서 흥미를 유발시켜 전승되고 있음을 알 수 있다.

부여지방의 힘내기 전설의 전승 방식

1. 서론

구비전설에는 오뉘힘내기, 치마대, 초립동이 삽화 등 힘내기와 관련된 다양한 삽화가 있다. 이런 힘내기 유형에 관한 기존의 연구들을 보면, 오뉘힘내기를 중심으로 다양한 변이양상이나 서사적 의미를 천착하는 일이 주 대상이었으며, 치마대 전설이나 초립동이 전설 등이 오뉘힘내기의 변이양상으로 취급하여 고찰되어 왔다.[1] 그리고 힘내기 전설의 의미를 광포한 불특정인물을 대상으로 한 작품을 해석하여 왔다. 그런데 이 유형의 의미와 내용은 어떤 특정인물에 결합되었을 때 수용된 의미가 보다 구체적으로 드러나고 있다.

광포되어 있는 불특정인물 전설이 어떤 특정인물에게 결합시킨 것은 구술자가 그 인물을 통해 세상에 바라고 있는 무엇인가를 구체적으로 추구하고 있기 때문이라 하겠다. 이에 대해서는 필자가 오뉘힘내기를 고

---

1) 강현모, 「이몽학의 오뉘힘내기 전설고」, 『한양어문연구』 6집, 한양어문연구회, 1988.12. 79-81쪽에 힘내기 형 전설의 연구사가 기술되어 있다.

찰하는 과정에서 언급한 바가 있다.[2] 민중들은 특정을 인물을 통하여 현실의 불합리 사항을 제거하여 보다 나은 일상생활을 보장받기 원한다. 따라서 어떤 특정인물이 일상적인 통념의 차원을 넘어 현실을 개조한 의지를 보여 주면, 그 인물을 전설화하게 된다.

그런데 특정 인물을 전설화할 때는 새롭게 전설을 창조하는 것이 아니라, 이미 전승되고 있는 설화적 유형에 받아들여 전승하게 된다. 그렇지만 민중들은 설화의 유형을 단순하게 차용만 하는 것이 아니라, 나름대로의 특정인물의 특성과 관련되어 전설화하게 된다. 그리하여 유형 속에 내포되어 있는 어떤 의미를 전설화 하면서 특정 인물을 부각시킬 수 이 방향과 관련되어 전승시키고 있다. 다시 말해 설화를 차용하는 방식은 처음에 단순하게 지명·인명을 차용하여 설화화 하면서, 점차 그 인물의 실제 행위나 특성과 연관된 내용이 첨부되면서 복잡한 구성을 이루게 된다.

역적이었던 인물에 대해 관찬 사서나 지배층 문헌에는 반역사적 반민족적 패륜아로 기록되었다 할지라도, 민중들은 지배층과 다른 시각으로 받아 들였다. 그럼에도 불구하고 민중들은 특정 인물을 전설화 할 때에. 그 인물의 역사적 사실의 한계를 제시하게 된다. 따라서 민중들은 기존의 설화적 전승유형을 토대로 전설화 하면서도, 그 특정인물의 성격이나 특성을 드러내면서 그 설화의 의미를 좀 다르게 제시하고 있다.[3]

본고는 이런 관점에서 부여지방의 힘내기 유형인 치마대. 초립동이, 오뉘힘내기 삽화 등 기존의 설화적 유형을 이몽학에 어떻게 관련시켜 전설화하는지 그 방식에 관심을 가지고 있다. 그리하여 이몽학에 관련된

---

2) 강현모, 앞의 논문.

3) 천혜숙, 「전설의 신화적 성격에 관한 연구」, 계명대 대학원 박사학위논문, 1987. 104-105
쪽. 강현모, 「이몽학 설화의 연구」, 『한국학논집』 13집, 한양대 한국학연구소, 1988.2.
54-55쪽.

26편의 힘내기 형 설화 자료를 중심으로 전승 방식과 수용의미를 살펴보고자 한다.

2. 초립동이형 전설

초립동이형 설화는 힘내기 전설 중에서 이몽학이 패배한 사실을 나타낸 설화이다. 설화 중에 장사라고 자부하였던 이몽학은 초립동이에게 패배를 당하고 만다. 여기에서 민중들은 이몽학이 지혜 없음을 풍자하고 있다.[4] 다시 말해 민중들은 힘으로만 모든 것을 해결하려는 이몽학을 패배시키고 있다. 지혜가 없거나 혜안을 갖지 못하였던 이몽학이 초립동이에게 패배 당하는 것을 당연시 하였다.

> 이몽학이 힘이 장사여서 씨름판에 나가면 항상 이겼는데 하루는 조그만 초립동이 하고 씨름을 했는데 냅다 지고 말았다. 그 초립동이가 자기 누나였다는 것이지요. 누나가 초립동이로 변신하여 힘만 믿고 까불어대는 동생을 혼내주기 위하여 일부러 한 것이지요. 이몽학이 천안까지 쳐들어 올라갔는데 청의노졸에게 걸려서 죽었다는 글을 읽은 것 같아요[5].

이 전설의 의미를 보면 오뉘힘내기의 변이유형에 속한다. 초립동이로 변장한 누나는 씨름판에 등장하여 늘 이긴다는 자부심으로 까불어 대는 동생을 혼내주고 있다. 또 이몽학에 관련된 설화에는 오뉘힘내기가 끝나고 난을 일으켜 천안까지 쳐 올라갔다가 청의노졸(靑衣老卒)에 걸려서 죽

---

4) 강현모, 위의 논문, 75쪽. 이몽학이 지혜 없음은 지켜야 될 금기의 파괴에 있다고 하겠다. 즉 그는 금기의 파괴로 지혜를 얻을 기회가 상실하였다. 그리하여 무사적 힘은 왕성하게 성장하는 데 비하여 지혜적인 측면은 부당 시 하고 무시당하여 난에서 참패하고 만다.
5) 윤재근, 「이몽학설화고」, 『한국문학연구』, 『청파 서남춘교수 화갑기념논문』, 창문각, 1985, 382쪽.

었다고 되어 있다.

여기에서 말하는 초립동이나 청의노졸의 의미 속성은 무엇일까.

우선 초립동이는 완전하게 성숙되지 않은 자, 미숙한 자, 순수한 자, 가능성이 있는 자 등의 의미를 가지고 있다.[6] 완전하게 성숙하지 않은 순수하고 미숙한 초립동이를 등장시켜 욕심이 많고 까불어대는 이몽학을 물리치게 한다. 또 이몽학은 자신이 장사라 믿어 가냘프고 연약하게 보이는 초립동이를 자세히 관찰하지 않고 깔보고 씨름에 임하여 지고 만다. 그런 후에도 정신을 못 차리고 난을 일으켰다가 청의노졸에게 잡혀 죽음을 당하였다.

그런데 난을 일으켜 잠시나마 호서 일원을 장악했던 이몽학은 큰 인물이 되었다고 할 수 있다. 그런 이몽학이 보잘 것 없는 청의노졸에게 죽음을 당하였다는 것은 비극적인 일이다. 여기에서 청의노졸의 의미는 세력이 없는 자, 힘이 없는 자, 별 볼 일 없는 자, 미천한 자, 끝나가는 자, 사라지는 자 등의 의미를 지니고 있다.[7] 이몽학은 커다란 희망과 꿈을 가지고 난을 일으켰다가 대등한 상대 세력에 패배하여도 억울한데, 청의노졸에게 죽었다는 것은 비극적인 일이다.

민중들은 이몽학이 청의노졸에게 패배를 당한 것을 미련하기 때문이라고 말하고 있다. 이때 미련하다는 지혜가 부족하고 혜안이 없음을 상징한다. 한편으로는 역사적 사실에 입각하여 이몽학이 홍주성에서 패배

---

6) 초립동이란 작은 아이를 가리키는 점에서 위와 같이 고려할 수 있다.

7) 청의노졸에서 청의란 옷의 의미는 동양에서 낮은 계층이 입었던 옷이다. 즉 고위층으로 갈수록 황색 계통의 옷을 입었음은 민속학과 역사학의 연구에서 살펴볼 수 있다. 이런 측면에서 청의를 입은 노졸은 낮은 계층으로 인식된다. 한편 역사적인 사료로 백제시대의 복식의 색깔을 보면, 6좌평 16품으로 관제를 정비하여 6품 이상은 자색(자색)을 입고 은활로 관을 장식하며, 11품 이상은 비색(비색)을 입고 16품 이상은 청색(청색)을 입게 하였다(삼국사기 「백제본기」 고이왕 27년조). 이런 점에서 청의노졸이란 낮은 계층의 늙은 병사를 의미한다고 하겠다.

하고 난 뒤에 그의 막료한테 죽은 것을 상징할 수도 있다. 이몽학은 그의 비장이었던 김경창에게 죽은 것으로 되어 있다. 보잘것없는 청의노졸은 바로 그 비장을 가리킨다. 이몽학에 비하여 비장은 별 볼 일 없는 존재인 동시에, 자신의 상관을 배반한 존재이다. 이때 지혜 없음은 부하를 제대로 다루지 못하였음을 나타내는 것이 된다. 또 이는 이몽학이 일을 진행시킴에 있어 강압적인 방법을 사용하였음도 상징하고 있다.

자료를 살피면서 검토하여 보자.

설화에는 이몽학이 미련한 것으로 나타난다. 한 설화에서 이몽학은 총각시절에 자기 앞에서 누구든지 말을 내려 걸어가도록 하였다[8]고 한다. 이렇게 말하는 민중들은 이런 행위가 독선적이고 지혜가 없음을 폭로하기 위하여 초립동이를, 그것도 작은 초립동이를 등장시켜 부당성을 폭로하고 있다. 이런 결구는 민중들 자신들이 받아온 부당한 대우를 개선하기 위하여 이몽학에 동조하였는데, 오히려 이몽학에게 부당한 대우를 받게 된다. 그래서 초립동이를 등장시켜 누구나 해야 하는 행위인 말을 내려가지 않게 하였다. 독선적인 규격성을 만든 이몽학은 그 규격성을 지키게 하기 위하여 초립동이에게 제재를 행하려 한다. 이몽학이 나쁜 놈이라고 호령하자, 초립동이는 말총 하나로 이몽학을 때려서 힘을 못 쓰게 하였다. 이런 삽화의 차용은 이몽학이 장사란 것만 믿고 세상의 순리와 도리를 살펴보지 못하고 큰소리를 치다가, 오히려 초립동이의 말총 하나에 당한 것처럼 보잘 것 없는 것에 당하였음을 보여준다.

여기에서 초립동이와 이몽학의 대결은 힘의 대결이 아니다. 이들의 대결은 지혜의 대결이요 혜안의 대결이다. 설화에서는 힘의 대결에서도 초립동이가 우위를 지키게 하기 위하여 외면의 모습을 산신의 변신이라고

---

8) 문헌기록들은 이몽학의 성격을 남에게 손가락질 당하고, 불량배들과 어울려 행패로 일과를 삼았다고 한다(『홍주의 얼』, 홍주교육청).

하여 타당성을 추구하고 있다. 이런 결구는 이몽학이 구상하고 행하였던 일이 민중들에게 확실한 지지를 확보하지 못한 허망한 일이란 상징적인 표현의 설화적 장치라 하겠다. 즉 산신이었던 초립동이에게 제재를 가한 것은 산신의 의미가 한 지방민의 상징적 존재9)라 고려할 때, 지방민에 대한 횡포를 의미한다. 그래서 산신의 협조를 얻지 못한 이몽학은 거세될 수밖에 없는 존재임을 나타낸다. 또한 산신으로 상징되는 지방민의 동의를 얻지 못한 행위는 미친 짓이요 그릇된 것이라고 민중들이 인식하고 있다.

이때 산신이 변장한 초립동이의 등장은 어떠한 의미를 가지고 있을까? 민중들은 설화 속에 단순하게 이몽학을 제재하기 위해 초립동이를 등장시킨 것이 아니다. 여기에서 초립동이에 대한 이몽학의 행위는 선택의 의미를 지니고 있다. 이몽학이 나타난 초립동이를 어떻게 대우하느냐에 따라서 그의 미래 운명이 결정된다고 하겠다. 이때 초립동이의 의미는 아직 성숙하지 못한 시기를 상징한다.10) 초립동이와 이몽학의 만남은 산소를 파봤더니 송아지가 앞발이 일어섰는데 뒷발이 그대로 있드라는 것에서 송아지가 일어서기를 바랐던 것11)처럼 때를 만나지 못하였음을 나타낸다. 민중들은 그들의 의식 속에 무덤 속의 송아지가 일어났을 때와 같은 상태에서 이몽학과 초립동이가 만나기를 기대하였다. 이런 만남

---

9) 최래옥, 「한국산신의 성격변화」, 『향토문화연구』 창간호, 원광대 향토문화연구소, 1978. 산신은 한 지방의 중심에 있는 산의 주인이다. 산신의 의미는 한 지방의 민중의식에 내재하는 어떤 방향성을 상징적으로 표현한 것이다. 지리산 산신은 호남지방의 민중의식을 대변한다고 설화인들이 인식하였다는 것이다. 한편 이몽학의 반란에는 부여 지방민의 호응이 대단하였던 것 같다(선조실록 29년 6월조). 이몽학은 난을 일으킨 초기에 부여지방민의 지지를 받았으나, 그의 외적인 힘의 상징적 허구성에 민중들이 등을 돌렸던 것 같다.
10) 초립동이은 이몽학과 만남의 시간이 성숙되지 못하였음을 상징한다. 즉 초립동이는 씨름판에서 날뛰는 이몽학을 제재하여 수련해야함을 보여 주었다.
11) 윤재근, 앞의 논문, 381쪽. <자료 17번>.

이었다면 초립동이는 이몽학에게 협조 관계를 유지하게 되었을 것이다. 초립동이는 이몽학의 새로운 구원자요 지원자로 부조리한 현실의 개조에 힘쓰는 자로 변모하였을 것이다.[12] 민중들은 이몽학이 그런 협조자를 알아보는 혜안과 지혜도 갖지 못해 기회를 상실한 것으로 결구시켜 놓고 있다. 이런 결구는 이몽학이 난을 일으켜 실패한 역사적 사실의 한계를 인식한 민중들의 설화적 장치이기도 하다.

한편 이몽학의 난은 반란임에도 불구하고 혁명이라 말하고 있다. 혁명이란 유교적 통념에서는 천명(天命)의 교체라고 보았다. 이점을 유의할 때 이몽학이 난을 일으킨 시기는 혁명적인 의식이 민중의식에 전제되어 있음을 고려할 수 있다.[13] 그러면서 그 시기가 완숙되지 못하였다. 그래서 화자들은 혁명이라고 말하고 있는 설화에서도 혁명의 기치를 이룰 완숙한 단계의 시기에 이루지 않았음을 나타내고 있다.

초립동이로 변한 누이가 등장하는 설화를 보면, 시기가 되지 못한 상태에서 난을 일으키려 하자 누나가 때가 이르지 않았으니 참으라고 제지를 한다. 이 설화는 미 완숙된 상황의 상태에서 난을 일으킨 이몽학에 대한 안타까움을 나타낸 설화라 하겠다. 민중들은 씨름판에서 승리에 도취되어 자만심에 빠져있는 이몽학에게 혁명이 성숙한 단계에 이르기까

---

12) 최래옥, 「아기장사 전설의 연구」, 『한국민속학』 11집, 민속학회, 1979. 「아기장사 설화」에서는 아기장사가 죽고 난 후에 용마가 나타난다. 이는 영웅과 사건의 불일치라 생각할 수 있다. 민중영웅 성을 고려하면 이몽학의 경우는 초립동이와 불일치시켜 좌절할 수밖에 없음을 보여주고 있다. 그런데 <아기장사 설화>에서는 만남의 시간이 불일치하는데 비하여 이몽학의 경우는 만났음에도 불구하고 이몽학이 용마를 알아보는 혜안을 가지지 못함으로 불일치하게 되어 구원자나 지원자로서 협력을 받을 수 없었다. 이런 결구는 민중들의 안타까움을 나타낸 표현이라 하겠다.

13) 예로 임진왜란과 관계된 설화 중 구원 나온 이여송은 조선 국왕이 임금의 기상이 못되어서 왕이 되려고 꿈꾸다가 망신당한 설화라든가, 또는 왕의 기상이 못되어 본국으로 돌아가려할 때 선조가 신하의 말을 듣고 항아리에 들어가 울어서 임금의 목소리가 나자 임진란에 참여하였다는 점이다.

지 더욱 적극적으로 말리지 못한 누이의 행동에도 아쉬움을 느끼고 있다. 즉 민중들은 누이가 적극적으로 말려서 송아지가 완전하게 일어선 다음에 일을 시작하도록 하기를 기대하였다. 송아지가 완전하게 일어선 다음에 일을 시작하였다면 성공하였을텐데 송아지가 반쯤만 일어선 상태라고 한 의미는 그렇지 못한 현실에 대한 역설적인 문학적 표출방법이다. 이런 결구는 이몽학의 난이 평정된 이후에 자의였던 타의였던 이 반란에 가입하였던 이곳 홍산 지방민에 대한 관의 횡포14)를 인내하기 위한 한 방법이었다고 하겠다. 즉 문학적 표출방법을 통해 관의 횡포에 반항하거나 설화의 표면적 표출을 통해 관의 의지에 따르는 것과 같이 하여 자신들의 삶에 대한 애착을 나타내고 있는 것으로 보인다.

　이상 초립동이가 등장하는 힘내기 전설에서는 이몽학이 부정적 존재로 인식되고 있다. 이는 이몽학이 영웅으로서 지니고 있어야 할 지혜의 부족에 기인한다. 이몽학은 지혜의 부족으로 겸손함도 없고, 독선적이고, 경직성을 가진 조급한 인간으로 부각되어 있다. 성장기에 지켜야 할 금기의 파괴를 설화화하여 이몽학의 난이 실패할 수밖에 없었다15)고 한다면 이 초립동이 전설은 성장담에 연속된 행위라고 하겠다.

3. 치마대형 전설

　영웅에게 명마를 얻는 일은 매우 중요하다. 영웅은 명마를 이용하여

---

14) 윤재근, 앞의 논문, 373쪽, 379쪽, 380쪽, <자료> 참조.
　　강현모, 「이몽학설화의 연구」, 54쪽.
15) 강현모, 위의 논문, 66-70쪽. 이몽학이 <홍수 물 건너기 설화>에서 보여준 금기의 파괴는 이몽학이 습득해야 할 지혜적 측면이 결핍하게 된다. 민중들은 난을 일으켰을 때, 이몽학이 실패할 수밖에 없는 요인으로 작용하였다고 인식하고 있다.

행동반경을 확장시키고 민첩한 활동을 가능하게 하기 때문이다. 이런 점에서 이몽학에 관련된 전설을 살펴보자.

우선 치마대형 전설의 경개를 보면 다음과 같다.

이몽학이 수련할 때에 명마가 있었는데 굉장이 아끼었다. 한 번은 말하고 시험하고자 하여 화살을 쏘고서 말을 타고 달려가 보면 꼭 맞게 왔다. 그런데 하루는 활을 쏘고서 말을 타고 달려가서 기다리는데 화살이 안 왔다. 그래서 말의 목을 치고 나니 그때야 화살이 도착하였다.

이 전설은 단독으로 떼어서 본다면 별다른 의미가 없다. 반면에 이몽학과 결구된 전체에 대한 한 부분으로 인식하고 파악할 때, 새로운 수용 의미를 가진다.

민중들은 이 전설을 구술하면서 명마를 영특한 말이라고 한다. 심지어 용마라고도 한다. 용마란 용(龍)과 말이 결합한 의미16)라고 볼 때 아기장사 설화에 나오는 용마와 같은 의미 속성을 가진다. 아기장사 설화에 나온 용마는 아기장사가 태어나 그 신성성이 부모에게 발각되어 죽음을 당하고, 다시 관군에게 2차 죽음을 당한 뒤에야 비로소 나타난다. 용마는 출현시기가 아기장사와의 불일치로 쓰임을 당할 주인도 만나지 못하고 물에 빠져 죽고 만다. 아기장사 설화에서 아기장사가 용마를 얻었다면 민중의 영웅이 되어 자아를 획득할 수 있었다. 하지만 아기장사는 용마와의 만남 그 자체의 기회를 얻지 못하고 좌절하고 말았다. 이에 비하여 이몽학에 결합된 설화에서는 주인공 이몽학이 용마를 만났음에도 불구하고 그 용마를 알아보지 못하여 죽였다.17) 치마대 전설에서의 이몽학

---

16) 최래옥, 『한국구비전설의 연구』, 일조각, 1981. 164쪽.
17) 일반적(불특정인물)인 치마대 전설 중에서 민중들은 주인공이 타고 다니는 말을 용마로 인식하지 않는다. 그런데 이몽학이 타고 다닌 말을 용마로 지칭하고 있다. 이몽학은 민중들이 인식하고 있는 용마를 얻었으면서도 인식하지 못하였다. 특히 이몽학은 말을 몹

은 용마를 알아보지 못하여 자아실현의 기회를 상실하고 말았다. 자아실현의 불가능(실패)을 인식한 민중들은 역사와 결합시켜서 난에 실패한 이몽학을 무리 없이 설명하고 있다.

자료를 중심으로 보면, 이몽학은 매우 아끼던 말임에도 불구하고 한 번 늦자, '이놈의 말이 늙어서 못 쓰겠다'[18]며 죽여 버렸다고 한다. 일반적인 치마대 전설에서는 명마의 주인이 착각으로 명마를 죽이는 것으로 되어 있으나, 이몽학의 전설에서는 한 번 늦었다고 죽인다.[19] 이는 이몽학의 성격이 어떤 규격성을 가지며 무자비하고 포악함을 보여주고 있다.[20] 이 결구는 이몽학이 난을 일으켜 실패한 역적이었다는 역사적 사실을 인식한데서 이루어진 설화적 장치이다. 이몽학은 화살을 쏘고서 그것을 따르지 못하는 말은 자신의 일을 수행하는 데 힘을 줄 수 없다고 인식하였던 것 같다. 민중들은 이몽학이 그런 말은 늙어서 못 쓰겠다며 제거시켜 용마의 도움을 받을 기회를 상실케 하여 난이 실패할 수밖에 없음을 당연시 하였다.

치마대 전설의 말이 용마로서 의미 속성은 화살을 쏘고도 달려가서 받았던 말, 화살보다 빨리 달릴 수 있는 말, 날아다닐 수 있는 말 등이다. 용마를 가진 이몽학이란 표현은 민중의식에 존재하는 은근한 영웅기대 심리를 나타낸다. 이몽학이란 소리만 하여도 잡아가고 정치적 보복을 당하였던 시절에, 이몽학을 장군이라고 하거나 하늘을 날아다닐 수 있는 용마를 가졌다고 하는 데 어떤 의도가 있다. 이는 관의 보복을 당하더라도 자아실현의 기회를 회상하면서 현실적 시련을 견디어 나아가려는 문

시 사랑하였지만 부주의와 사려깊게 관찰하지 못하여 용마를 잃고 만다.
18) 윤재근, 앞의 논문, 377쪽. <자료 9> 참조.
19) 치마대 전설의 대부분은 늦었기 때문에 죽인다. 죽일 때 대부분은 늦은 것으로 착각하였다는 데 비하여, 이 자료에는 늦게 왔다고 되어 있다.
20) 윤재근, 앞의 논문, 382쪽.

학적 표출이라 하겠다. 표현은 반란의 현실을 체험하고 인식하는 지방민들의 의식에 대한 보상적 차원에서 고려된다.

좀 자세하게 살펴보면, 민중들은 기대하였던 이몽학의 거사[21]가 패배로 끝나자 그 원인으로 시기의 부적절성과 이몽학에게 책임을 전가하는 표상적인 표현을 쓰고 있다. 즉 이몽학이 용마를 알아보지 못하고 죽였다고 한 점에서 추측할 수 있다. 용마를 죽이는 장면의 자료를 보면,[22] 화살보다 더 빨리 나르면 더 아끼고 사랑한다고 말하였던 이몽학은 그 말이 훌륭한 용마임을 알아보지 못하였다. 용마는 이몽학에 사랑을 받고자 자신의 기량을 최대로 발휘하여 화살보다 먼저 도착하였다. 그런데도 이몽학은 '네가 화살보다 먼저 왔을 것 같지가 않고 너는 마땅히 죽어야 한다'며 칼을 뽑았다. 이에 용마는 자신을 알아보지 못한 주인의 한계를 인식하고 '자기의 목을 치라고 하면서 꼬리로 목을 탁탁 치드래요.'의 구술처럼 죽음을 선택하고 있다. 이는 능력을 알아주지 못하는 현실의 시대적 상황을 풍자인 동시에 이몽학 난이 시대상황과 불일치를 이뤄 실패할 수밖에 없다는 인식을 표출한 것이라 하겠다.

이 설화에서 이몽학은 자신의 영달을 위해 어떠한 행위도 자행하는 자비심 없는 인물로 부각되어 있다. 이는 표면적 현상이고, 내면적으로 이몽학과 함께 몰락한 이 지방민들에 대한 관의 억압이란 현실적 처지를 제시한 것이라 하겠다. 이몽학이 난을 일으킬 당시는 외침이란 시대적 불안감과 극심한 가뭄과 위정자들의 수탈로 민중들이 생활이 극도로 피폐하였다. 이런 상황에서 민중들은 자신들과 호흡을 같이하고, 부지런하게 수련하며 하늘을 나는 용마를 가진 이몽학에게 대단한 기대를 가

---

21) 「선조실록」 29년 7월 기록에 보면, 이몽학의 난에 수많은 민중들의 합세로 일시에 세력이 커져 호서 일원을 장악되었다. 이 기록에서 민중의 욕구가 어떠한가를 짐작하게 한다. 이런 점에서 반란이라 하지 않고 거사라고도 할 수 있다.
22) 윤재근, 앞의 논문, 375-376쪽. <자료 6> 참조.

졌다. 역적이었던 이몽학을 장군이라 칭한 점에서 알 수 있다. 이 유형의 설화가 관에 의하여 이루어진 설화[23]라면 장군이라고 하지 않았을 것이다. 설사 관에서 만들어 유포한 것이라 할지라도 민중의식에 잠재하는 영웅기대 심리에 부합되어 설화인들 사이에 유포된 것으로 추측된다. 즉 민중들은 전승된 치마대 전설을 이몽학에 결합시킴으로써 현실적으로 가해오는 위정자들의 압제를 무마시키고, 또 다른 영웅의 출현을 기대하는 반대급부적인 효과를 나타낸다.

이몽학의 문헌기록에는 서울의 천비 소생이라는 데도 불구하고, 구비전설에서는 서울의 천비 소생이란 말을 어디에도 찾아볼 수 없다. 치마대 전설에서도 이몽학이란 인물화소가 이곳 홍산현을 중심으로 한 지명과 결합되어 전승되고 있다. 민중들이 이몽학을 꺼려하였다면 설화의 구술에서는 이몽학을 문헌기록과 같이 다른 지방에서 태어났고, 성장기의 훈련장소도 이곳이 아닌 다른 지방으로 설정하여 결구하였을 것이다. 이몽학이 이곳 출신이 아니란 위안을 통하여 현실적으로 가해오는 압제를 무마시키려 노력하였을 것 같다.[24] 그런데 이곳에서 전승된 설화에는 그렇게 하지 않았다. 이것은 다른 지방 출신이라 하고 받는 위안보다도 이곳 출신으로 결구하여 구술한 설화에서 받는 심리적 보상이 더욱 컸기 때문이라고 여겨진다.

치마대 전설 유형에서 이몽학이 이미 얻은 용마를 알아보지 못하도록 설정한 것은 그가 난을 일으켜 실패한 역사적 사실을 인식한 의식의 한계를 나타낸 것이다.[25] 민중들은 난의 실패라는 역사적 사실을 생생하게

---

23) 윤재근, 앞의 논문, 382-383쪽.
24) 예로 일본의 고려 현을 들 수 있다. 고려현은 조선 사람들로 이루어진 마을이다. 그들은 한국이 조상 국인데도 조선에 대해 철저하게 배타적이고 일본인으로 행세하려고 한다는 것이다. 즉 이곳은 한국 사람이 방문하였을 때 일본인의 마을보다 더욱 심하게 배척한다는 것이다.

인식하여 이몽학을 영웅화하는 데 한계를 느끼게 된다. 그러면서도 아기 장사 설화처럼 아기장사와 용마가 만남의 시간을 불일치시켜 철저한 좌절감을 느끼게 하는 것과 다른 것으로 인식하였다. 즉 아기장사는 거사를 시도하여 보지도 못하고 좌절되었는 데 반하여, 이몽학은 시도한 뒤 실패하였다는 점을 예리하게 인식한 설화적 장치이다. 그리하여 이몽학을 용마도 알아보지 못하는 혜안을 가지지 못한 자, 조급하게 서두르는 자, 사랑하지 못하는 무자비한 자로 형상화시키고 있다.

한편 민중들은 이몽학이 말을 달려 목표지점에 우뚝 섯을 때 화살을 볼 수 없었다면 주위를 살펴 화살을 찾아보고 죽여도 되었을 것이란 아쉬움을 남기고 있다.26) 만약 이몽학이 그렇게 하였다면 용마를 간직하였을 것이고 반란도 성공하였을 것이다. 그랬다면 민중들은 보다 나은 생활을 영위할 기대도 할 수 있었다. 또한 민중들은 자신들에게 가해오는 외부(관)의 압력에 좌절하지 않고 새로운 영웅, 아기장사와 같이 철저하게 좌절한 영웅이 아니라 어떤 난관도 극복하는 영웅을 기대하고 있다. 이처럼 치마대 전설은 일을 새로 시도하는 영웅에 대한 기대를 상징적으로 나타내고 있다.

4. 오뉘힘내기형 전설

이몽학 오뉘힘내기 전설은 다양한 변이양상이 나타난다. 전국적인 분포를 보이는 오뉘힘내기가 역적이었던 이몽학에게 결합된 것은 흥미 있

---

25) 조동일, 『동학성립과 이야기』, 홍성사, 1981, 177-217쪽.
26) 윤재근, 앞의 논문, 376쪽. <자료 6> 참조. 구술의 마지막에 이몽학의 말이 (용말)이었지유 라고 말하는 의미는 이몽학이 좀 사려 깊게 주위를 살펴보았다면 용마를 얻었을 것이라는 아쉬운 기대심리를 보이고 있다.

는 일이다. 이것은 아마도 이 전설이 지닌 비극성과 잔인성에 기인한다고 하겠다. 이 점을 인식한 민중들은 이몽학과 결합시키는 과정에서 실패한 영웅의 모습을 보여주고자 하였던 것 같다.[27]

이몽학 오뉘힘내기 전설의 유형은 오뉘힘내기 삽화에 역적화소나 특징삽화가 결구되어 있는지의 여부에 따라 1유형인 단순결구형, 2유형인 단순역적담결구형, 3유형인 복잡결구형, 4유형인 복잡역적담결구형 등 4가지로 구분할 수 있다.[28] 4가지 유형의 변모양상을 보면 다음과 같다.[29]

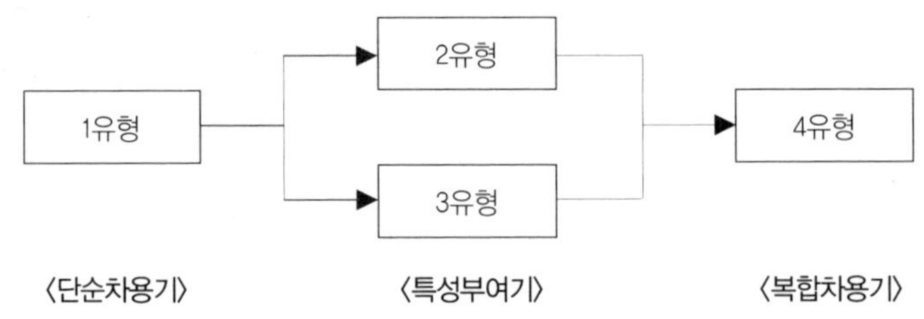

이몽학이란 특정인물에게 결합된 오뉘힘내기의 변이과정을 도표화하면 위와 같다. 불특정인에 관한 전설이 특정인물에 결구되면 특정인물의 특징을 나타내는 화소나 주변삽화를 연결시키는 과정이 나타난다. 이때 가장 단순한 경우로는 지명이나 인물 화소가 이몽학과 부여지방으로 바뀌고, 결과 증시물도 부여지방의 증거물로 바뀐다. 이것이 1유형이다. 다음의 단계로 결과나 증시부에 특정인물의 활동담이 첨가되거나 전개부분과 결말부분에 특정인물의 활동담을 화소로 결구된다. 즉 결과나 증시부에 이몽학의 역적 행위담이 첨가되거나 전개와 결말이 이몽학 오뉘힘내기의 동기나 결과가 역적활동을 하기 위한 것이란 특정인물의 특징을

---

27) 구체적으로 언급한 것은 필자의 「이몽학 오뉘힘내기 전설고」가 있다.
28) 강현모, 위의 논문, 90-109쪽.
29) 강현모, 위의 논문, 109-114쪽.

보여주게 된다. 이것이 2유형과 3유형으로 특정인물이 결구된 전설의 의미와 특성을 부여하게 된다. 그리고 결말부분이 변이의 확대를 통해 특정인물 활동담이 결합되어 있다. 즉 2유형과 3유형이 복합적으로 결합되어 결말부분 변이의 확대 양상을 통해 이몽학의 활동담이나 최후담이 결합되게 된다.

지금까지 수집된 자료를 통하여 이몽학 오뉘힘내기를 재구하면 다음과 같이 6단락으로 나눌 수 있다.[30]

1. 신이한 탄생의 이몽학은 매우 열심히 노력하였다.
2. 그는 부여 주위(홍산 은산)의 주변에서 홀어머니 밑에 누이와 함께 성장하였다.
3. 공존할 수 없는 누이와 어느 날 내기를 하였다.
4. 어머니는 아들 이몽학이 이기게 할 욕심으로 누이를 방해하였다.
5. 이긴 이몽학은 누이가 제시한 금기를 지키지 않고 난을 일으킨다.
6. 난을 일으킨 이몽학은 참패하고 파가저택을 당한다.

위 단락에서 1은 도입부에 해당한다. 1단락에서 앞서 일반적으로 이몽학 오뉘힘내기나 지명에 관한 도입부(증시물)가 나타나야 하지만 대체로 생략되는 경우가 많다.[31] 그래서 이몽학의 신이한 탄생이나 노력 이야기를 도입부로 설정하였다. 그런데 1단락에서 신이한 탄생담은 대체

---

30) 강현모, 위의 논문, 82-83쪽. <주 15-17> 참조 오뉘힘내기 전설은 단계를 3-6단계로 나눌 수 있다. 그런데 일반적으로 오뉘힘내기는 5단계의 서사구조 단락으로 나눌 수 있다. 1.오뉘의 대립 갈등이 야기될 수 있는 상황을 나타낸 발단부분 2.힘내기란 대립이 갈등으로 전개되는 전개부분 3.힘내기의 갈등 투쟁이 어머니의 부당한 개입으로 승리가 바뀌는 절정부분 4.내기의 결과를 알리는 결말부분 5.그리고 힘내기 한 증거를 나타낸 증시부로 나누어진다. 본문에 제시한 자료는 실제로 존재하지 않는 재구한 자료이다. 다만 현존하는 자료를 총망라하여 추출할 수 있는 단락소를 제시한 것이다.

31) 강현모, 「신거무 전설의 연구」, 『한국학논집』 16집, 한국학연구소, 1989. 95쪽. <주 13> 참조.

로 오뉘힘내기 삽화의 앞에 나오지만, 그의 노력담은 5-6단락 뒤에 나오는 경우도 있다. 그리고 2단락은 발단, 3단락은 전개, 4단락은 절정, 5단락은 결말, 그리고 6단락은 결말 부분으로 확대된 결말이라고 할 수 있다. 즉 6단락은 이몽학의 활동담이나 최후담에 관한 부분으로 오뉘힘내기 삽화보다 양이 많을 때도 있다.

이몽학 오뉘힘내기 전설의 변이양상과 의미를 구체적으로 살펴보자.

이몽학의 탄생담은 부여지방의 비홍산 정기로 태어났다거나 꿈에 학을 보고 났다고 한다.[32] 그중에서 비홍산의 정기를 받고 태어났다고 하는 것은 비홍산이 부여의 대표적인 산으로 정신적 지주임을 상징하겠다.[33] 그리고 학을 보았다는 것은 이몽학의 탄생이 고매함을 나타낸 것이다. 그런데 오뉘힘내기에 직접 연관된 탄생담은 한편 밖에 없다. 그리고 신이한 탄생이란 것도 이몽학 남매가 특이한 장수였다는 점에서 추측된다.

이몽학의 한계를 인식한 탄생담도 있다. 즉 오뉘힘내기에 결합된 탄생담은 이몽학이 난을 일으켜 실패한 역사적 한계를 인식한 결구라 하겠다.

> 이몽핵이는 날 적에 이몽핵이 아버지가 꿈에 하늘서 북을 타 구서 치구 네려오놔서 낳구우, 이몽핵이 뉘 날 적이는 북을 치구 타구서 올라갔다 네려갔다 허구서 낳거든? 그런디 이몽핵이 뉘가 휘낀(훨씬) 낫어. - (중략)- 그래 몽핵이 뉘 날 적이는 몽핵이 아버지가 하늘서 꿈이 북을 타구서 치구 올라갔다 네려갔다, 타구서 이러면서 낳구, 몽핵이 날 적이는 치구 네러오기 뺵이 못했어. 그렇기때미 크은 사람 노릇을 못했지. 역루 몰렸지. 그래 올라갔으면사 한 번 이렇게 되는디…[34]

---

32) 강현모, 「이몽학 설화의 연구」, 63-65쪽.
33) 최래옥, 「산 이동 설화의 연구」, 『관악어문』 3집, 서울대 국문과, 1979.
　　강현모, 위의 논문, 65쪽.
34) 『한국구비문학대계』 4-5, 694-697쪽, 「홍산면 설화 11」.

　앞에서는 이몽학이 누이보다 생래적으로 못한 능력을 가지고 태어났음을 보여준다. 꿈에 천상을 왕복하고 난 누이에 비하여 이몽학은 누이의 반에 해당하는 능력의 소유자로 상징화 되어 있다. 이 탄생담의 결구는 오뉘힘내기에서 생래적으로 월등한 누이와의 대립 갈등의 양상을 화해로 승화시키지 못한 이몽학이 최후에 패배할 수밖에 없음을 상징적으로 보여주고 있다.

　이몽학은 능력이 생래적으로 누이의 반만도 못하지만 어린 시절에 열심히 노력한 인물로 나타난다. 열심히 노력하였다는 삽화는 힘내기 삽화의 앞이나 뒤에 붙어 있다. 이런 결구의 차이는 오뉘힘내기 삽화와의 의미의 지속성을 보여주며 민중의식을 반영하고 있다. 이 삽화가 앞에 붙는 경우는 이몽학이 성실하게 노력한 인물로 묘사되길 바란 것이고, 뒤에 붙은 경우는 그 노력이 난을 일으키기 위한 광란과 같은 짓이라는 의도인 것 같다. 전자는 생래적으로 누이보다 못한 이몽학이 열심이 노력한 결과 누이와 대등한 대결을 할 수 있는 인물이 되었다는 것이다. 결구는 이몽학이 좀 더 사려 깊게 생각하고 행동하였다면 하는 안타까움을 보여준다. 반면에 후자는 이몽학의 노력이 반란을 일으키기 위한 수작이다. 그 결과 이몽학이 오뉘힘내기와 같이 비열하게 승리하였고, 깊이 사고하지 않는 인물이었다는 설화인들의 의식을 나타내고 있다.

　발단부분은 불특정인의 오뉘힘내기에서 이몽학이란 특정인물의 오뉘힘내기로 바뀔 때 이몽학이란 인물화소와 그가 활동한 부여지방(은산·홍산)이란 지명화소가 등장하게 된다. 특정인물의 인물, 지명화소로 결구된 오뉘힘내기 전설은 힘의 불균형을 지적하기보다 특정인물을 부각시키려는 의도를 보여주고 있다. 즉 이몽학이란 인물을 부여라는 특수성의 오뉘힘내기 삽화에 수용하여 부각시키려는 의도라 볼 수 있다.

　이몽학이 성장한 곳을 보면, 문헌에는 서울의 서류라고 하는 데 비하여 이곳의 전설에는 부여지방의 근교인 비홍산이나 은산에서 홀어머니 밑에 누이와 자란 것으로 되어 있다.[35] 이몽학에 관한 이야기조차 꺼려하였던 점을 고려하면 이곳 출신이 아니라는 문헌이 있는 데도 불구하고 비홍산 주변을 성장지로 결구시킨 것은 이곳 민중들의 의식을 나타낸 것이라 하겠다. 즉 민중들은 영웅으로서 성공하지 못하였지만, 자신들과 유사한 삶을 살아온 이몽학을 통해 잠재되었던 의식세계를 드러내 보였다.

이몽학은 부여지방에서 홀어미 밑에 누이와 함께 성장하였다. 홀어미란 의미는 이몽학과 누이와의 갈등을 통제할 수 없는 상황을 나타낸 것과 관계가 없는 듯하다.[36] 이몽학의 어머니는 오뉘 사이의 갈등을 중재하기보다 야기하는 인물이다. 그리고 내기가 끝날 때에 어머니가 등장하지 않는 것은 어머니의 등장이 임의적이기 때문이다. 이야기 속의 홀어미는 오뉘 사이의 갈등양상에 따라서 존재하는 것이 아니라 이몽학을 생존시키기 위하여 존재하고 있다. 이몽학이 존재하도록 하는 것은 이몽학이 끝까지 존재해야할 어떤 충분한 이유가 있다. 또 그것이 충족되도록 어떤 난관도 겪어내야 한다. 이런 결구는 주인공에 대해 드러내기 역할을 담당한 것이다.[37] 주인공을 드러내기 위해서는 주인공의 특성에 손상이 가지 않도록 해야 한다. 그래서 홀어미 밑에 오뉘가 성장하도록 결구시켜 놓았다.

홀어머니가 장수 오뉘의 갈등을 완전하게 이해하는 설화도 있다[38].

---

35) 강현모, 「이몽학 설화의 연구」, 81쪽, <주 45> 참조. 파가저택은 반란을 일으킨 당사자의 본가를 한다는 점에서 볼 때, 홍산 지역의 파구터 전설은 이몽학이 이곳 출신이라고 할 수 있다.
36) 현길언, 「힘내기형 전설의 구조와 그 의미」, 656-658쪽. 이몽학의 경우에 어머니는 중재를 위한 것이 아니라 이몽학이 살아남도록 하는데 있다.
37) 천혜숙, 「전설의 신화적 성격에 관한 연구」, 103-110쪽.
38) 윤재근, 「이몽학설화고」, 374쪽, <자료 3> 참조.

그 어머니를 천재라고 한 것은 어머니가 오뉘 사이의 갈등을 이해하였을 뿐 아니라 이몽학을 통해 새로운 세계를 구축하려는 의식을 보여준다. 그런데 발단부분에서 천재 어머니를 절정부분에서 평범한 어머니로 바꾼다. 이것은 이몽학이 실패한 사실을 용이하게 설명하고자 하는 민중들의 의도이다.

홀어미 밑에서 성장한 오뉘 장사의 갈등은 사건을 암시한다. 암시된 사건이 표상적으로 드러나는 것은 내기의 과정인 3단락 전개부분이다. 전개부분은 처음에 불특정한 인물의 오뉘힘내기처럼 일상적이나, 변이과정을 통해 이몽학이란 인물의 행위(행적)과 성격을 나타내면서 오뉘간의 내기 원인이 분명하고 명확하게 드러내게 된다. 다시 말해 처음에는 단순하게 역적인 사실의 나열에서 뒤에는 난을 일으키며 역적행위를 자행하려는 이몽학과 적절한 시기까지 지연시키려는 누이와의 갈등이 나타난다.

전개 부분은 오뉘간의 격렬한 대립이 갈등으로 발전하면서 거부와 수용의 절박성을 내포한다.[39] 전설의 의미가 이몽학에 결구되면서 거부와 수용보다는 이몽학에 대해 드러내기 역할을 수행하고 있다. 즉 이몽학이 세상에 이름이 날 정도로 장사이며 선생으로서[40]의 영웅성과 훌륭한 점을 보여주고 있다. 그리고 오뉘간의 갈등은 이몽학이 누이를 이기도록 예정되어 있지만, 결핍요소를 설정시키고 있다. 그 결핍요소는 생래적으로 월등한 누이와 화합할 수 없도록 하는 것이다.

오뉘 갈등의 필연적 결과는 이몽학을 드러내기 위한 것이면서도 협동과 화합을 거절하고 독선적인 우위만 유지하려는 인간으로서의 한계성을 나타낸다. 즉 화합을 도모하는 누이를 죽이고 난을 일으켜 최후에 실

---

39) 현길언, 앞의 논문, 657쪽.
40) 윤재근, 위의 논문, 374쪽, <자료 3> 참조.

패하도록 결구하고 있다. 이는 오뉘힘내기 삽화를 차용하여 이몽학이 난을 일으켜 실패한 역사적 사실의 한계성을 용이하게 설명하면서 주인공의 드러내기 역할을 수용할 수 있기 때문이다. 그렇지만 이몽학의 드러내기 역할에는 한계가 있다.

민중의식에는 이몽학과 누이와의 내기가 내기로 그칠 것이 아니라 화합의 차원으로 승화되길 바라고 있다. 그런데 이몽학은 자기보다 똑똑한 누이를 이용할 계기를 버리고 자신만이 최상의 존재이기를 바라기 때문에 어떤 타협이나 아량을 가지지 못하였다. 즉 이몽학은 왕 노릇을 하기 위하여 자기보다 똑똑한 누이와 내기를 제시하는 데 비하여, 누이는 이몽학이 왕이 되려고 하는 것을 방지하거나 늦추기 위하여 내기를 제시한다. 이때 동생이 잘되기를 바라는 누이는 내기를 통해 이몽학에게 협조할 가능성을 제시하고 있다. 그래서 이몽학이 왕이 되지 못 한다거나 좀 참으라고 한 것처럼 협조할 수 있는 인물이었다. 이러한 성격을 잘 나타낸 것이 절정부분이다.

절정 부분은 생래적으로 월등한 누이가 부당한 어머니의 개입으로 패배하는 내용이다. 특정. 불특정 인물 삽화의 이 부분에서 생래적으로 월등한 누이는 내기 중에도 혈육의 정으로 동생과 협력할 방법을 모색한다. 이몽학은 누이의 호의를 받아들이지 못하고 거절하며 타협의 가능성을 배제한다. 더욱이 어머니의 부당한 개입은 협조의 기회를 상실하게 한다. 그리하여 이몽학은 일시적인 승리로 이름을 날리게 되었다. 불특정인의 경우에는 비윤리적 사회실정을 드러내는 데 반하여, 이몽학의 경우에는 그의 행적이나 특성을 드러내는 역할을 수행하고 있다. 그런데 불특정인 경우는 일반적으로 여기에서 변이양상이 끝나게 되지만, 이몽학(특정인물)의 경우는 여기서 끝나지 않고 새로운 패배 즉 처절한 멸망에 이르게 될 가능성을 복선화시키고 있다.

이몽학 오뉘힘내기 내기과정의 변이를 보면, 첫 단계는 이몽학과 누이가 대등한 관계에서 이루어지기도 한다. 그 다음으로 어머니의 개입이 있으나 그 개입이 임의적인 것으로 간주되고 있다. 그 다음 어머니를 천재라고 하였다가 일상적인 어머니로 변모시키면서 힘내기에 개입시키고 있다. 이때 어머니의 개입은 임의적이다. 임의적이란 것은 어머니의 개입이 있든 없든 간에 이몽학이 승리하도록 되어 있고, 내기과정이 끝나면서 등장하지 않기 때문이다. 이것은 이몽학이 어머니의 개입 없이 누이에게 패배하였다면 그가 반란을 일으키지 못하였거나 난을 일으켜 성공하도록 결말지어야 한다.41) 이럴 때 역사적 사실을 왜곡하여야할 문제가 제기된다. 이것을 막기 위해 어머니의 필연적으로 등장하고, 개입의 성격은 임의적인 것이 된다. 즉 민중들의 의식에는 어머니의 개입으로 이몽학이 누이의 협조를 얻지 못하게 하여 난을 일으켰을 때 실패하도록 한다. 이런 결구는 이몽학의 영웅성을 흠내지 않고서도 그가 일으킨 난이 그의 성격이나 시기의 부적절로 실패하였음을 보여줄 수 있기 때문이다.

어머니를 천재라 하였다가 일상인으로 변모시킨 것은 매우 흥미 있는 일이다. 천재의 어머니라면 이몽학이 난을 일으킬 것도, 난이 실패할 경우에 집안이 삼족의 멸문과 파가저택 될 것도 알았을 것이다. 천재 어머니가 난을 일으킬 이몽학의 편을 들었다는 것은 민중의식의 반영이라고 하겠다. 당시의 민중들은 이몽학의 편을 들어서 난에 실패할지라도 피폐하고 기아선상에 허덕이던 삶을 개선하고 싶었다. 그래서 어머니를 천재로서 개입시키지만 역사적 사실의 한계를 인식하고 있기 때문에 일상적

---

41) 이몽학은 패배하였다면 내기로 죽었거나, 누이의 아량으로 살아남고, 또한 누이의 도움으로 난을 일으키면 성공하였을 것이다. 어머니의 개입의 설정은 이몽학이 누이의 도움을 받지 못하도록 하는 것이다. 그리하여 역사적 사실에 입각한 서사전개를 이룰 수 있기 때문이다.

인 평범한 인물로 변모시킨다. 이렇게 볼 때 이몽학의 어머니는 아기장사의 어머니보다 더 자아실현을 위한 적극적인 면을 보여주고 있다.[42]

그런데 천재 어머니를 일상적인 어머니로 환치시킨 것은 이몽학의 난의 책임이 민중들에게 돌아오는 것을 방지하고, 한편으로 이몽학을 자신들의 구원자로 확신하기에 부족한 인간이었음을 보여준다. 이몽학의 어머니가 훌륭한 사람으로 세상의 모두 일을 알고 있다면, 이몽학을 잘 지도하였거나 적절한 시기를 택하도록 설득하였을 것이다. 그렇지만 민중의식에는 난이 실패로 끝난 상황에서 어머니의 인도와 자신들의 협조가 난의 계기가 되었다면, 책임이 자신들에게 돌아올지도 모른다고 인식하고 있다. 그래서 어머니의 성격을 변모시킨다. 이와 같이 어머니 성격의 변모는 체재개혁을 위한 의지실현의 기저에 흐르는 불신이 복선화되어 나타나고 있다.

결말부분은 일반적인 불특정인의 경우에 부당한 어머니의 개입으로 누이가 패배하고 일가족이 몰락하지만, 특정인물의 경우에 누이만 몰락한 것으로 나타난다. 이것은 특정인물이 힘내기에서 승리하여야만 활동 상황을 구연할 수 있기 때문이다. 이몽학의 경우도 스스로 선택한 누이만 몰락하고 있다. 어머니의 개입은 오뉘간에 화합과 결합하지 못하도록 방해하는데 있어 서사의 끝부분에 등장하지 않는 임의적이다. 이런 변이는 이몽학이 최후에 패배한 이유를 제시하여 이몽학의 영웅성과 비범성에 손상을 주지 않고 드러내기 하려는 의식의 소산이라 하겠다.

이몽학 힘내기 결말부분의 경우, 결말의 변이과정도 오뉘 대결에서 서로 지지 않으려는 처절한 싸움이 노출된다. 이 단계에서는 이몽학의 드러내기 역할에만 충실하다가 역사적 사실조차 왜곡한 것을 생각하지 못

---

42) 강현모, 「이몽학 오뉘힘내기 전설 고」, 103쪽.

하는 경우도 있다. 그리고 훌륭한 누이이지만 열심이 노력한 이몽학에게 당하지 못하였다는 것이다. 설화인들은 이런 변이로 이몽학을 나타내는 데 적절하지 못하다는 것을 알고 누이를 아량이 있는 인물로 변이시켰다. 그래서 내기의 결과를 누이의 자업자득이란 삽화가 나타나기도 한다.

누이는 어머니의 개입을 보고 험난한 꼴을 보고 싶지도 않다고 한다. 이것은 누이가 이몽학을 도와준다 할지라도 난에 성공할 가능성이 희박함을 나타낸다. 민중들은 열심이 합심하여도 성공할 가능성이 희박한 이몽학의 난에 동조하기보다 일찍 포기하여 버렸음을 나타냈다.43)

이몽학의 누이가 죽는 장면에는 신이성이 보인다. 그 신이성은 마치 김덕령의 죽음 장면과 유사하다. 누이의 죽음 장면에 등장하는 벼루·삼대·비늘은 중요한 상징의미를 가진다. 벼루는 문자와 결부되었으니 지혜와 관련된 것이요, 삼대는 어린이의 활쏘기 놀이에 사용되는 활이나 창의 대용이기에 무사적인 면에 관련되어 있다. 그리고 비늘은 벼루나 삼대를 이길 수 있는 보호막 구실을 한다.44) 이런 3가지 물건은 누이의 죽음으로 이몽학이 얻을 수 있는 지혜와 무사적 힘이 제거되었을 의미한다.

누이는 어머니의 개입으로 동생에게 패배하지만 동생이 잘 되기를 바라는 마음에서 금기를 제시하고 있다. 금기는 실현 가능성이 있는 것이 많다45). 누이가 준 금기로는 때를 기다리라는 것과 수신할 필요성이 있다. 그렇지만 조급하고 무자비한 이몽학은 누이의 금기를 면밀하게 검토

---

43) 어머니를 천재라고 하였다가 평범한 어머니라고 한 것과 같다. 이런 결구는 실패한 역사적 사실에 기인한 전설의 수용양상이라고 하겠다.

44) 강현모, 앞의 논문, 104-105쪽.

45) 누이가 제시한 금기 중에는 부정적인 경우도 있다. 즉 살강 밑에 메밀을 심어서 싹이 나면 거사를 시작하라는 것이다. 그렇지만 누이가 제시한 금기에는 이런 것보다 긍정적인 것이 더 많다.

하지도 않고 난을 일으킨다. 그 결과는 이미 뻔하다. 즉 협조할 누이의 상실과 금기의 파괴는 이몽학의 거사를 지저분한 일이라고 한다.

이몽학은 힘내기의 승리로 일을 시도하지만 힘내기의 승리가 부당한 것이고, 금기모티프를 파괴하였기 때문에 패배하게 된다. 새로 일을 시도하여 패배하는 것은 결말변이의 연장선상에 놓인다. 이몽학 힘내기전설의 결말부분은 힘내기 삽화의 끝인 동시에 반란을 일으키는 원인에 해당한다. 결말변이의 이몽학 일화들은 기승전결의 구성을 갖춘 독립된 설화처럼 분량의 확대와 의미의 변이를 보이고 있다. 그리고 반란의 일화를 오뉘힘내기삽화 다음에 구술하는 것은 반란 실패의 원인을 용이하게 설명할 수 있기 때문이다. 그런데 결말은 역사적 사실조차 변모시키고 있어 의미변이의 심각성을 보여주기도 한다. 이런 변이양상은 이몽학의 드러내기를 통해 민중의 기대심리를 나타낸 것이라 하겠다.

6단락은 이몽학이 난을 일으킨 과정이다. 이몽학의 역적담은 오뉘힘내기 삽화 앞에 놓이는 경우와 뒤에 놓이는 경우가 있다. 조사할 때 이몽학에 관해 물으면 먼저 역적행위를 말하고, 구체적으로 물었을 때 오뉘힘내기 삽화를 구술한다. 이점에서 이몽학에 대한 민중의식은 표상적이고 1차적으로 역적이고, 내면적이고 2차적으로 영웅적 성격이었다.

이몽학의 역적담은 그의 거사를 지저분한 일이라고 한다. 이는 누이와 타협이나 화합을 이루지 못하였다는 점과 누이가 죽으면서 제시한 금기를 파괴한 데 있는 것 같다. 이몽학이 누이가 제시한 금기를 충실하게 수행하였다면 난이 실패하지도, 이곳 민중들에게 반란 지역민으로서의 오명도 남기지 않았을 것이라는 의식이 반영되어 있다. 새로운 질서에 의한 광명의 세계가 되었을 기대감을 보여준다.

구술된 역적담으로 이몽학에 대한 부정적 인식을 알 수 있다. 그렇지만 처벌과정에서 이몽학의 사적이 많다는 점, 지리를 잘 알아서 부모의 시체를 여러 곳에 묻었다고 하는 점, 그 시체의 효력을 볼 가능성이 있었다고 한 점에서 아쉬움을 보여준다. 그리고 묘 자리를 파내고 불 지르며 화약으로 폭파시켰다는 처벌과정은 강자인 지배자들의 무모성과 잔인성을 나타내며, 그 이면에 새로운 질서를 구축할 인물의 등장을 요구하고 있다. 또 이몽학을 살려서 도망치게 결구하기도 하는데, 이런 허구화는 이몽학이 반란에 실패하여 실제로 죽었다고 할지라도 민중들의 정신적 지도자로서 영원하게 존재하기를 바라는 마음을 나타내고 있다.

5. 힘내기형 전설의 수용의미의 특징

이몽학의 힘내기형 전설의 의미는 불완전한 이몽학을 완전한 모습으로 변모시키려는 민중의식의 반영이다. 즉 이몽학이 자아실현을 위한 행위로 거사(반란)를 일으켰을 때, 스스로 완전한 영웅적 단계를 이룰 수 없기 때문에 도움을 받을 인물이 필요하였다. 그것을 초립동이형·치마대형·오뉘힘내기형에 결구시켜 설명하고 있다. 이몽학은 힘내기 삽화에서 필요한 요소를 제공받지 못하고 난을 일으킨 것이 최후에 실패하는 결정적인 원인이었다.

이에 대해 구체적으로 살펴보자.

초립동이형에서 이몽학은 불완전에서 완전한 모습으로 변모하기 위해서 초립동이로 등장하는 누이와 산신의 도움이 필요하다. 씨름판에서 이길 자가 없다고 자만심에 빠진 이몽학에게 누이가 나타나 씨름을 이겨 경고한다. 이몽학은 누나의 경고를 인식하지 못하고 난을 일으켜 하찮은 청의노졸에게 잡혀죽는다. 다음으로 산신의 변형인 초립동이도 이몽학의 무모성을 가르쳐 주고 있다. 이 가르침은 세상의 일이 힘만으로 되는 것이 아니라 지혜와 사랑이 필요함을 말하고 있다. 산신 초립동이는 가장 왕성하고 거만한 이몽학을 한 오라기의 털로 때려 힘을 못 쓰게 만들었다.

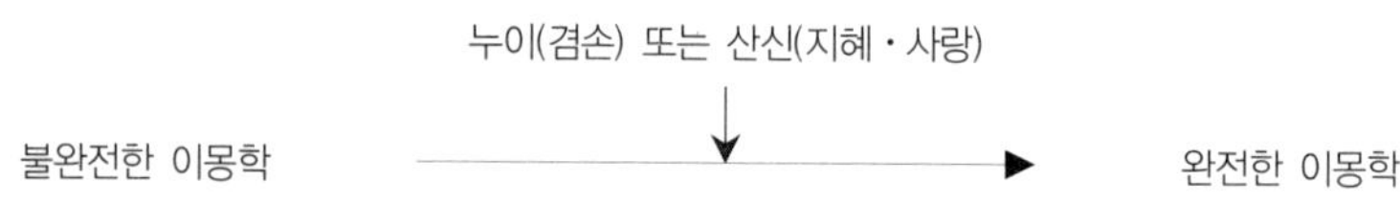

이몽학은 초립동이형 설화에서 협조자로 변장하고 등장한 누이나 산신의 도움을 인식하지 못하였다. 이들의 등장은 이몽학에게 부족한 겸손과 지혜와 사랑을 보충해 주어 완벽한 이몽학을 만들 수 있었다. 그렇지만 이몽학은 지녀야 할 덕목을 획득하지 못하고, 산신이 상징하는 지방민의 협조도 받지 못하고 말았다. 그리하여 민중들은 거사를 일으킨 이몽학이 실패할 수밖에 없는 요인을 찾아내고 있다.

치마대형에서는 이몽학이 가진 훌륭한 말을 용마라고 한다. 이몽학은 용마를 획득하였지만 알아보지 못하여 상실한다. 이것은 아기장사가 죽은 뒤에 나타난 용마와 차이가 있다. 아기장사에서는 아기장사와 용마의 출현의 시기 불일치로 용마를 사용할 기회가 없지만, 이몽학의 경우는 이몽학의 성격적 결함 때문에 사용하지 못한 것으로 나타난다. 치마대형에서는 이몽학이 사랑하는 마음이 있다거나 서두르지 않고 주위를 살펴볼 수 있는 아량을 가졌다면 용마를 잃지 않았을 것이다. 그랬다면 최후의 거사에 무사적인 힘을 강화시켜 주는 요소로 작용하였을 것이다. 무사적 힘의 강화는 이몽학의 활동반경이 확대되어 초립동이형 설화에서 청의노졸에게 죽음을 당하지 않았을 것이다.

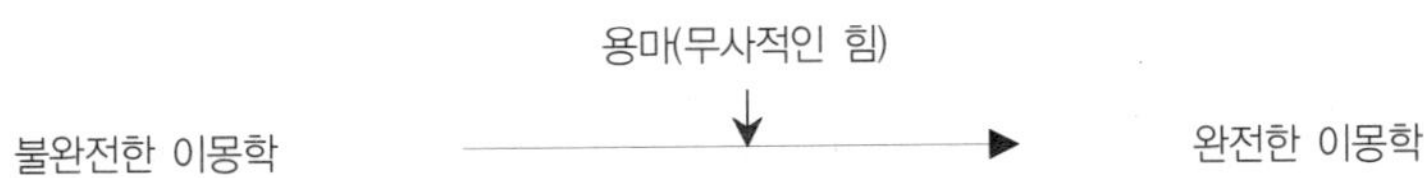

치마대형 전설에서 이몽학은 용마의 도움으로 불완전한 모습에서 완전한 영웅적 모습으로 변모될 수 있다. 그런데 이몽학은 혜안을 가지지 못하여 무사적 측면의 힘을 보강해 줄 이미 획득한 협조자인 용마를 알아보지 못하고 잃어버리게 된다. 그래서 이몽학은 불완전한 존재로 남겨져 최후에 실패할 수밖에 없도록 결구시킨다.

오뉘힘내기형에서는 이몽학이 거사(반란)를 일으키기 직전에 내기를 하는 경우를 보여준다. 오뉘힘내기에서 누이는 지혜와 무사적 힘을 상징하고 있다. 이 누이와 화합하였다면 이몽학은 지혜와 무사적인 힘을 획득할 수 있었다. 이몽학은 생래적으로 월등한 능력을 지닌 누이의 협조를 받아야만 완전한 영웅적 모습의 인간으로 거사에 성공할 수 있었다. 오뉘힘내기에서 누이는 이몽학에게 적극적으로 협조자로서 동생에게 화합하고 협조하려고 하는데 비하여, 이몽학은 누이의 협조를 거부하였다. 누이와의 화합과 협조의 가능성은 어머니의 개입으로 이몽학이 이김으로 상실하여 버렸다. 누이의 협조는 여기에 그치지 않고 정신적인 협조로 죽으면서 금기를 제시한다. 부당한 패배를 당하면서 죽는 누이가 제시하는 금기는 이몽학이 완전한 인간이 되기를 바라기 때문이다. 이런 의미에서 금기는 누나의 또 다른 협조자 역할을 수행하고 있다. 이몽학은 누이의 협조나 누이가 제시한 금기를 성실하게 이행하였다면 무사적인 힘과 지혜의 획득이 가능하였다.

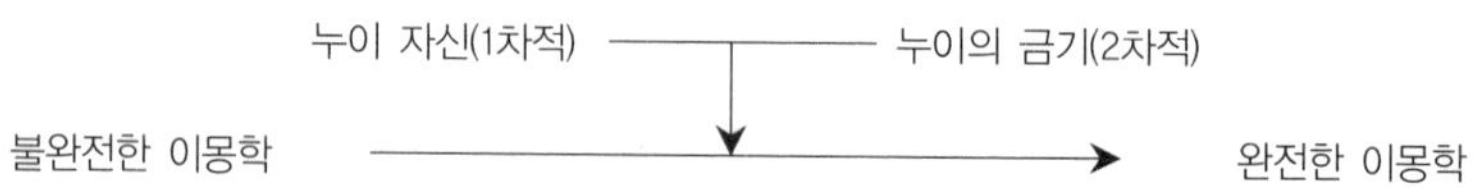

　　이몽학이 두 번이나 협조자의 도움을 받을 기회를 상실함으로써 영원히 불완전한 인간으로 남게 된다. 그리하여 힘내기에 결구되어 있는 거사(반란)을 일으켰을 때 절대적으로 도움이 필요한 누이를 제거하였기 때문에 결핍요소가 되어 몰락하게 된다. 오뉘힘내기에서 누이의 상실은 앞의 초립동이나 치마대형 전설과는 달리 이몽학이 완전한 인간이 될 수 있는 마지막 협조자 가능자였기 때문에 몰락과 연관시킨 것이다.

　　이상에서 이몽학의 힘내기형 전설인 초립동이 · 치마대 · 오뉘힘내기 등의 삽화는 불완전한 이몽학을 완전한 이몽학으로 변모시키기 위하여 협조 가능자의 필요성을 제시하고 있다. 즉 이몽학은 거사에 활용할 인물이나 민심 획득이 필요하였다. 이런 인물이나 상징적 의미를 옆에서 얻을 수 있는데도 불구하고 성격적 결함 때문에 잃어버리게 되었다.

　　이몽학의 힘내기 전설에서 협조 가능자들을 이몽학과 유리시킨 결구는 이몽학이 반란을 일으켜 실패하였다는 역사적 사실의 한계에 기인하는 것 같다. 이몽학이 협조 가능자의 도움을 받아 완전한 인간으로 성장하였다면, 이몽학이 거사에 실패하였다는 설명이 곤란하거나 실패한 역사적 사실을 성공하였다고 왜곡시켜야 한다. 민중들은 이몽학이 반란에 실패하여 몰락한 사실을 용이하게 설명하려는 설화적 장치로 힘내기형 전설과 결구시켰다. 그리하여 민중들은 민중적 영웅의 모습을 기대하였던 이몽학이 성격적 결함을 가진 자, 시대와의 불일치한 자로 실패하였음을 드러내 보이고 있다. 즉 힘내기형 삽화를 차용하여 이몽학의 성장기에 충족하지 못한 결핍요소를 드러내어, 그 결핍요소가 최후에 실패하게 되는 중요한 요인임을 보여주고 있다. 반면에 민중들은 이런 결과를 통해 기대하는 민중적 영웅의 모습으로 민중들의 취지에 부합하고 민중들을 위하는 이몽학과는 다른 인물이기를 바라는 의도를 들어내고 있다.

6. 결론

광포전설인 힘내기형 전설이 특정지역의 특정인물에 결합된 양상에 나타난 수용의미를 살펴보았다. 즉 임진왜란이란 민족적 수난기에 부여지방에서 반란을 일으킨 이몽학이란 인물에 결구된 양상을 검토하여 보았다. 이때 광포전설의 불특정인물을 대상으로 나타나는 의미와 좀 차이를 보이고 있다. 불특정인물의 경우는 수용된 의미가 일반적. 개략적. 불확실하게 파악되는 데 반하여, 이몽학이란 특정인물에 결구되면서 결구된 특정인물을 행적과 특성에 결합되어 보다 구체적이고 특수적인 의미를 파악할 수 있다. 그리고 전설의 수용의미나 양상도 이몽학이란 특정인물의 성격을 부여하고 드러내려는 양상으로 변이하고 있었다.

지금까지 논의한 이몽학 힘내기형 전설에 투영된 의미를 앞에서 요약언급하였기에 생략하기로 하겠다. 다만 광포전설인 힘내기형 전설이 이몽학이란 특정인물에 결구된 양상을 통해 불특정인물의 전설이 특정인물의 전설이 변이될 때 그 특정인물의 드러내기와 성격을 부여하는 의미를 확인할 수 있다. 그런데 힘내기형 전설이 특정인물에 결합된 예로는 이몽학 이외도 김덕령이나 정여립 등이 있다. 본고의 논지를 보강하기 위하여 불특정인물의 광포전설이 여러 특정인물에 결합되는 양상을 검토함으로 입증될 수 있다. 또한 전설의 의미를 사회학적, 심리학적, 민속학적 검토가 필요하다.

제 2 부

전승에 나타난 **인물**의 **성격**

신거무 전설에 나타난 인물의 성격

1. 서론

신거무 전설은 장성군 남면 승가리 마을을 배경으로 전승되고 있는 지역 전설로, 신분적으로 미천한 이방 신거무란 사람을 전설화한 것이다.

신거무 전설의 등장인물은 신거무와 당대 문명을 떨친 송순(宋純, 혹은 정승), 그리고 그 아들(자원한 원)이다. 이들은 처음에 신거무와 자원한 원(자제)이 대립에서 갈등으로 변모되고, 다음에 신거무의 원귀와 송순이 대립 갈등에서 화해의 차원으로 승화시키고 있다.

이 전설에 등장하는 신거무는 후백제 견훤의 아들 신검(神劍)과 관련되어 있다는 설에서 역사적 의미를 찾아 볼 수 있다.[1] 이곳 승가리를 신거무라고 하는데, 신검의 이름에서 나왔다고 한다. 특히 전설에서는 주인공 이방이 죽어서 거무가 되었다고 한다. 신거무에서 거무가 왕을 상징한다고 볼 때[2] 후백제의 신검과 관련지을 수도 있다. 신검은 아버지를

---

1) 『長城郡誌』, 장성군, 1982. 899-900쪽.
2) 박지홍, 「구지가연구」, 『국어국문학』16호, 국어국문학회, 1957. 6-8쪽.

몰아내고(유폐시키고) 왕이 되기는 하였지만, 얼마 되지 않아서 견훤을 앞세운 고려에 멸망당한다. 이 전설은 이곳의 주민들이 신검을 백제가 멸망한 뒤에도 왕으로 인식하고 살아갔던 것을 전설화하여 보여준 것이라 하겠다. 다른 지역에서 전승되는 이와 유사한 전설에서는 죽은 뒤 혼이나 귀신으로 나타나는 점[3]에서도 확인된다. 그런데 신거무 전설에서만 이방이 죽은 뒤에 그 원귀가 거무로 등장하는 데 주목해야 한다. 그리고 이곳 장성 지역은 고려와 치열한 세력 싸움을 하였던 백제 세력권이다.[4]

한편 이 전설에 등장하는 인물이 송순과 그 외아들이란 점과, 이 마을(승가리)이 생긴 유래가 400년 전인 조선 중기에 형성된 마을로 추정된다는 점[5]에서 사회사적 의미를 찾아 볼 수 있다. 즉 전설의 표면적인 서술에 따라 의미를 해석할 때, 신분적 질서에 의한 반상간의 대립을 나타낸다고 하겠다. 이와 같이 사회적 의미를 지닌 설화로는 다른 지역에서 발견된 전승 자료에서도 찾을 수 있다.[6]

이런 점에서 신거무 전설은 역사적으로 후백제와 고려와의 세력다툼을 보여준 반면, 사회사적 측면에서는 조선조에 들어서면서 고려의 지방호족(地方豪族)이 이방으로 전락하는 과정이나 피지배 계층과 양반 지배 계층 간의 대립 양상으로 검토될 수 있다.

이기문, 『국어사개론』, 탑출판사, 1976. 36-38쪽. 백제어에는 어말모음을 보존하는 경향이 있는 듯하다. 거무가 왕을 상징하는 것은 전우치 설화에서도 엿볼 수 있다.
3) <산청 오일봉 전설>이나 <정수암과 활빈도> 전설은 신거무장 전설과 유사하다. 그런데 이들의 자료에서는 주인공이 죽어서 원귀나 영혼이 되었다고 하지만 결코 거무가 되었다는 자료는 찾아볼 수 없다. (자료는 주6 참조)
4) 『長城郡誌』, 157. 900쪽.
5) 위의 책, 899쪽.
6) 『대계』(이후 『한국구비문학대계』를 지칭함) 5-1, 205-210쪽. <아전 살던 이인 오일봉> 『대계』 8-3, 47-48쪽. <산청 오일봉 제말 제 타고 간다>, 『대계』 8-3, 96쪽. <산청 오일봉>. 『대계』 8-3, 734쪽. <산청 오일봉>. 『내 고장 전통 가꾸기(의령군편)』, 216-217쪽. <정수암과 활빈도>

본고는 학계에 보고된 구비자료[7]와 현지 조사자료[8]를 중심으로 전설의 구성, 등장인물의 성격을 중심으로 살펴보겠다. 전설의 구성을 비교적 내용이 완벽한 자료를 단락으로 나누어 제시하여 그 과정을 살피고, 인물의 성격은 전설에서 역동적 인물인 신거무·원·아버지(송순)의 성격을 살필 것이다.

2. 전설의 구성

본장에서는 전설의 구성을 알아보기 위해 이 전설의 서사 과정을 단락별로 나누어 제시하면 다음과 같다.

1. 신거무장 터에 관한 전설이 있다.
2. 진원 고을의 원으로 오면 죽어서 부임할 사람이 없다.
3. 한 사람(송 면앙정)의 자제가 자원한다.

---

7) 이 자료는 1982년 『대계 (장성군편)』 자료를 수집하였을 때 조사된 것이다. 즉 한양대 최래옥 교수와 한남대 김태균 교수의 지도 아래 한남대 국문과와 국어교육학과에 재학 중인 조사팀에서 수집한 것으로 『대계 (장성군편)』에 수록하지 못하고 테이프로 보관하던 것을 정리한 것이다. 단, 아래 자료 번호는 본문 중에서 사용되는 자료번호와 동일하다.
<자료 1> 진원면 선적2구 1982.1.12. 김천만(73, 남)
<자료 2> 황룡면 이곡리　1982.1.14. 김원중(83, 남)
<자료 3> 황룡면 금호리　　　　　공길수(61, 남)
<자료 4> 남　면 수목리　　　　　이상규(48, 남)
<자료 5> 남　면 분향리　　　　　김순임(77, 여)
<자료 6> 진원면 진원리　　　　　　？
8) 학계에 보고된 자료로는 한국구비문학대계 6-8에 1982. 1. 12-14일에 조사한 4편과 장성군지에 1편이 있다.
<자료 7> 6-8, 851-856쪽. 진원면 진원리 김창현(46, 남)　　　<신거무장터 유래>
<자료 8> 6-8, 868-869쪽. 진원면 진원리 변기섭(86, 남)　　　<신거무장의 유래>
<자료 9> 6-8, 158-161쪽. 북하면 쌍웅리, 최봉수(55, 남)　　　<신거무의 원한>
<자료10> 6-8, 625-629쪽. 삼계면 죽림리 1982.1.12일 김귀남(68, 남) <신거무 전설>
<자료11> 장성군지, 771쪽. <신거무장 전설>

   4. 송 면앙정이 자제에게 주의를 준다.(진원 고을에 가면 신거무를 조심하라.)

   5. 부임한 첫날 저녁에 원귀가 나타나서 원한을 호소하다.(원귀삽화)

   6. 원이 신거무를 잡아다가 무조건 때려죽이다.

   7. 신거무는 절통하여 거무가 되어 원을 죽이다.

   8. 자식이 죽어 상여로 운상하여 온다고 하여도 면앙정은 바둑만 두다.

   9. 면앙정은 상여에서 아들의 시신을 꺼내어 회초리로 때리다.

  10. 면앙정의 처사를 보고 신거무는 장(場)을 세워달라고 소원을 말하고 물러가다.

  11. 신거무장을 초장에 파한다.(속담 신거무장 파하듯이)9)

위 예화와 같이 단락화 하면 총 11단락으로 나눌 수 있다. 1단락은 증거물을 제시한 도입, 2단락은 발단, 3-6단락은 전개, 7-8단락은 위기, 9단락은 절정, 10단락은 결말, 11단락은 증거물 또는 증거상황을 제시하는 증시부이다. 이중에서 전설의 서사구조를 파악하기 위해서는 2-10단락을 중심으로 고찰해야 할 것이다. 즉 2-7단락은 신거무와 부임한 원과 대립양상을 보인 반면에, 8-10단락은 신거무와 자원한 원의 아버지(면앙정)와 대립양상을 보여주고 있다. 전자는 대립양상을 갈등으로 발전시켜 파탄을 이루게 한다. 이에 비하여 후자는 타협을 통해 파탄에 이른 대립을 새로운 화합의 차원으로 승화시키고 있다.

위 단락 중에서 6단락까지만 놓고 볼 때는 원귀형 공안설화라고 할 수 있다.10) 즉 원귀가 등장하여 자신의 부당한 죽음을 소원하고, 능력 있는 원이 부임하여 원귀의 소원을 해결하였다고 간주할 수 있다. 그런데 부녀자 농락이나 부당한 일을 저지른 신거무는 자신의 죄를 뉘우치지 않고 오히려 원통절통 하여 원귀(거무)가 되어 원을 죽이고, 심지어 그

---

9) <자료 1>.

10) 강현모, 「공안설화 연구」, 한양대 석사학위논문, 1986.6. 69-74쪽.

가족을 죽이려고 하였다. 여기에서 이 전설은 원귀의 원한을 갚아준 원이 훌륭하게 성장되어야 하는데, 오히려 죽음을 당하는 점에서 원귀형 설화로 볼 수 없다. 그리고 신거무장 전설에서 이런 원귀삽화가 들어있는 자료는 3편 밖에 없다. 이런 점에서 원귀삽화는 신거무장 전설의 의미를 호도하기 위하거나 의미를 변화시키고자 삽입된 삽화로 추측할 수 있다.

이제 각 단락별로 의미와 구성상의 특징을 살펴보자.

1단락은 증거물의 제시이다. 이 증거물의 제시는 전설이 향유층에서 전해지게 된 경우로, 보다 확실한 사실임을 보여주기 위한 증표이다.[11] 이 단락은 신거무장 전설의 구술을 위한 도입단락 구실을 한다. 이 부분은 실제로 현지조사 때 조사자들이 제보자에게 유도하는 조사 과정이기 때문에 녹음 상 생략되고, 자료 기록에도 생략된다.[12] 이 점을 고려할 때 1단락의 증거물 제시는 전설의 구술을 위한 도입 역할을 수행한다.

2단락은 발단단락으로 진원고을 원으로 부임하면 죽게 되어, 올 사람이 없다. 부임하여 온 원이 죽게 되는 것은 두 가지 형태이다. 하나는 이 단락 뒤에 원귀삽화를 삽입시켜 원귀의 출현으로 원을 죽게 하는 아량형 전설 형태로 결구되어 있다. 다른 하나는 이 단락 앞에서 부임하는 원이 특출한 신거무와 대결에서 죽음을 당하는 형태이다. 어떻든 진원고을은 원으로 부임하면 죽게 되자, 부임할 원이 없어 폐쇄될 위기에 놓인다. 이때 자원할 원이 필요한데 이것이 3단락이다.

---

11) 강현모, 「이몽학의 오뉘힘내기 전설고」, 『한양어문연구』 6집, 한양대 한양어문연구회 1988.12. 87쪽.

12) 현지조사를 할 때, 자료 수집을 위해 조사자가 미리 숙지하고 현장에 간다. 전설을 유도할 때 조사자가 미리 말하게 되어 제보자는 생략하는 경우가 많다. 또는 제보자에게 자료를 듣기까지는 많은 시간이 걸리기 때문에 녹음기를 끈 상태에서 유도하게 된다. 유도 중에 갑자기 구술하게 되어 녹음되지 않고, 조사자가 자료에 복원하지 않는 경우도 있다.

위 예시한 자료에는 없지만 2단락 앞에서 구술된 신거무에 대한 자료는 이 전설의 의미를 다양하게 해석할 수 있는 계기를 마련해 주고 있다. 신거무의 능력이나 행위[13]의 진술은 그와 대립 양상을 보이는 상대에 대해 갈등이나 화해를 주도하게 된다. 이처럼 신거무의 능력이나 행위의 구술은 2단락과 밀접한 관련성을 제시하고자 하는 의도이다. 2단락에서 주체가 신거무가 된다.

전개단락인 3-6단락을 살펴보자. 전개단락의 주체는 자원하는 원이다. 자원한 원은 자신의 담력만 믿고 이방인 신거무를 죽임으로써 대립 양상의 해소가 아니라 오히려 갈등으로 발전시키고 있다.

3단락에서 진원 고을은 부임해 올 원이 없었기 때문에 폐쇄될 위기를 맞게 되었다. 진원고을 원으로 가는 것은 고난을 뜻하며, 일반적으로 고난 받기를 꺼려했기 때문에 부임하려는 원이 없었다. 이런 폐쇄 위기의 상황에 놓인 고을은 원을 지원자로 충당하게 되는데, 이 전설에도 마찬가지이다. 이때 면앙정의 아들이 자원한다. 원귀 설화는 대부분 지원자가 하층민이거나 떠돌이, 부랑자, 한량 층으로 되어 있다.[14] 이 전설에서는 면앙정의 자제나 정승의 아들이 자원하고 있다. 그리고 자원자의 의식도 원귀설화와 다르다. 원귀설화에서는 원으로 가서 한 번 출세해 보자는데 비하여, 이곳에서는 정승의 아들로 책임의식을 가지고 자원한다. 이 3단락은 원귀삽화가 등장하는 자료나 신거무의 능력이 특출하여 원을 괴롭히거나 해치게 될 때 등장하는 단락이다.

4단락은 부임하는 원에게 아버지가 주의를 주는 단락이다. 이 단락이

---

13) 신거무장 전설의 자료에 신거무의 능력이나 행위에 대해 구체적으로 제시한 경우는 없다. 특출한 신거무의 능력은 자원한 원의 아버지가 그 아들을 경계하는 말이나 죽어서 운상되어 온 아들의 시신을 때리면서 혼내는 말에 잘 나타나 있다.

14) 원귀형 설화의 자료를 볼 때 지원자가 부귀한 가문의 자제가 아니고, 미천하고 보잘 것 없는 사람이 원으로 자원하는 경우가 일반적이다.

표면적으로 사건 발생 이전에 나타난다. 이 단락에서 주의는 금기모티프로 제시하면서 설화 의미에 심각성을 제기하고 있다. 금기모티프의 제시는 7-10단락과 자연스럽게 의미를 상통시킨다. 자식의 죽음은 아버지의 경고성 금기모티프를 무시하고 파괴한 당연한 결과이다. 심지어 그 대가로 가족까지 멸족 당할 운명에 놓이게 된다. 이것은 신거무의 능력을 강조하기 위한 결구이다. 이런 4단락은 9단락에서 아버지가 죽은 아들을 혼낼 때를 고려하면 모든 자료에 잠재되어 있다고 하겠다.[15] 이 단락은 자식이 신거무를 조심하라는 주의를 지키지 못하여 발생한 사건임을 알 수 있다.

이 점에서 4단락은 바로 뒤의 5단락이 첨가된 단락임을 추측하게 만든다. 왜냐하면 신거무를 조심하라는 부모의 주의는 원귀삽화와 의미의 일관성을 보여주지 못하고 있기 때문이다.

5단락은 아랑형 원귀설화에서 보여주는 형태의 삽화로[16] 전체적인 구성에서 의미의 일관성을 가지지 못하고 있다. 2단락에서 원이 죽은 이유가 원귀의 출현으로 보았을 때 어느 정도 타당한 듯이 보이지만, 7단락에서 원이 죽게 되는 이유로 타당하지 못하기 때문이다. 다른 자료에서는 원이 원귀 때문이 아니라 신거무에게 죽을 수도 있다.[17] 이 전설에서 원은 신거무에게 억울하게 죽은 사람의 원귀가 출현하여 호소한 원한을 풀어주었다면 죽을 이유가 없다. 원의 행위는 정당하고 올바른 것이기

---

15) 아버지가 진원고을에 자원한 아들의 부임을 만류하는 자료에는 직접 나타나 있고 그밖의 자료에서는 부임하였다가 죽은 뒤 상여로 운상되어 온 9단락에 나타난다. 9단락은 이 전설의 모든 자료에 나타나 있음으로 4단락의 의미적 존재는 자료 모두에 나타나 있다고 하겠다.

16) 김대숙, 「아랑형 전설 연구」, 이화여대 교육대학원 석사학위논문, 1981.
    강현모, 「공안설화연구」, 70-74쪽.

17) <자료 11>에서는 신거무가 사회에 대한 환멸을 느끼고 난폭해졌다며, 원이 부임하는 그날 저녁에 죽인다고 구술하고 있다.

때문이다. 그런데 그 정당한 행위에 대한 신거무가 반발하는 것은 무엇을 설명하고자 하는 민중들의 의식을 함축되어 있는 것으로 추측할 수 있다.

이런 점에서 5단락은 어떤 의미를 호도하기 위해서거나 역사적 의미를 상실하면서 사회사적 의미를 보강하는 쪽으로 변화시키려는 시도인 것 같다. 5단락이 빠졌을 때도 전체적 문맥의 일관성이 상실하지 않는다. 따라서 5단락이 빠진 자료들이 이 전설 유형의 원형에 가까운 형태라고 추측된다. 그리하면 신거무와 부임한 원의 능력의 대결의 모습을 보여주게 된다. 여기에서 신거무의 능력은 내면적이고 지역적·내부적인데 비하여, 부임하는 원의 능력은 외면적이고 중앙적·외부적인 힘을 가지고 있다.[18] 즉 지역(내부)과 중앙(외부)의 대결 상황이 5단락의 첨가로 약화되어 있다.

6단락은 자원한 원이 신거무를 처치하는 것으로 <자료 5>를 제외한 모든 자료에 나타난다. 원이 신거무를 처치하는 내용에는 차이가 있다. 즉 원귀삽화(5단락)가 삽입된 자료에서는 억울하게 죽어 원귀가 된 여자를 죽인 범인으로 처치한다. 원귀삽화가 없는 자료에서는 신거무가 똑똑해서 죽였다고 하거나(자료 6, 8, 10), 원인을 제시하지 않고 그저 죽였다(자료 3)고 한다. 이 단락에서 원은 신거무를 죽임으로 사건을 해결하는 것이 아니라 오히려 위기의 국면에 접어들게 된다. 그리하여 부임한 원과 신거무의 대결이 절정에 이른다. 이 절정에서 중앙적·표피적·외부적·권력층인 원이 지방적·내면적·내부적인 이방 신거무를 죽인다. 이를 다른 측면에서 보면, 외부에서 들어온 외래적 힘이 토착적이고 지

---

18) 신거무는 본래 이곳의 고을 출신이란 점에서 지역과 지역민의 상징이라 할 수 있고, 원은 외부에서 파견되어 들어온다는 점에서 이 지역이나 지역민과 관계가 없는 외부·외면·중앙·침입의 세력으로 상징할 수 있다.(이에 대해 다음 장에서 자세하게 다루겠다.)

방적인 힘을 흡수하는 형태라고 할 수 있다. 이 단락에서 원이 신거무를 죽인 것은 표상적인 의미로 토착적이고 지역적인 힘이 패한 것처럼 보이지만, 내면에서 패하지 않았다는 것을 7단락에서 보여주고 있다.

7단락은 신거무가 원에게 죽은 뒤에 원통하여 거무나 귀신이 되어 복수를 하는 단락이다. 이 단락은 신거무 전설의 구성에서 위기 단락으로, 신거무와 부임한 원의 갈등 양상이 원의 아버지와 대립 양상으로 변이된다. 이 단락에서 이방이었던 신거무가 죽어서 거무가 되었다는 점은 중요한 서사적 의미를 내포하고 있다. 특히 거무가 왕을 상징한다면 역사적 의미를 함축하고 있다. 이 전설에서 이방과 원의 대립양상은 반상의 대립이 아니라, 외래 침입자로 상징되는 원과 토착적인 세력의 상징인 이방의 대립양상이다. 이런 역사적 의미를 함축하였다면, 이 단락은 침입 세력에 의해 함락을 당하였다고 할지라도 정신적·내부적인 항쟁을 나타내는 민중들의 의식을 설화화한 것이라 하겠다.

8단락은 신거무에게 죽은 원이 본가로 돌아가는 과정이다. 이 운상 과정을 단순하게 제시하는 자료가 있는가 하면(자료 2, 3, 4, 6, 9, 10), 이 사건의 해결자인 면앙정 또는 정승의 심정을 적나라하게 표출한 것도 있다(자료 1, 7, 8, 11). 특히 독자이기 때문에 진원고을에 가는 것을 만류하였다가 듣지 않아 보냈을 때, 죽어서 돌아온 아들을 보고 당대의 유학자로서 이름이 높았던 면앙정의 슬픔은 어떠하였겠는가? 자신 이후로 조상봉사가 끊어졌다고 생각을 하면 가슴이 찢어질 것이다. 그런데도 그는 마음을 겉으로 표출하지 못하고 속으로만 고뇌하고 있다. 그것은 시대적·사회적 상황의 한 단면을 풍자하기 위한 단락인지도 모른다. 겉으로 표출하지 않지만 자식을 잃은 부모의 마음은 같거나 더 심하다고 말하고 있다. 면앙정은 외면적으로 나타낸 어머니의 슬픔보다 심각한 슬픔을 가지고 있다. 그런데 심각한 슬픔조차 표출할 수 없었던 것은 시대적·

사회적으로 지배하였던 유교적 정신의 단순한 반영만이 아니라, 환경적 여건에 따라 설명되어야 한다. 즉 면앙정은 자신이 슬픔을 표출하면 아들과 갈등을 초래한 신거무와 갈등 해소가 불가능한 상황을 인식하였다. 후대의 민중들은 그런 상황까지 인식한 면앙정의 깊은 심사를 높이 평가하였는지 모른다.

죽은 원을 운상해 오는 상여에는 신거무의 원귀가 따라오고 있었다. 신거무는 원귀가 되어 자신을 죽인 원 하나만 죽인 것으로 만족하지 못하고, 그의 가족을 몰살하기 위해서 상여 앞이나 위에서 춤추고, 또는 시체 속에 들어가서 따라왔다. 신거무와 죽은 원과 갈등은 신거무와 해결자로 등장하는 면앙정과 대결로 전이되어 나타난다. 이 대결 과정에서 어머니로 대표하는 자들은 사건의 외면적 사실에 입각하여 행동하고 있다. 반면에 면앙정은 사건의 내면적 사실을 인식하고 심사숙고한 뒤에 그에 걸맞도록 행동을 한다.

9단락은 이 전설의 절정단락이다. 이 단락은 내면적으로 신거무와 면앙정과 대결인데 비하여, 외면적으로 면앙정과 죽은 아들과 대립양상으로 보이고 있다. 전체적으로 보면 면앙정과 죽은 아들이 합하여 신거무와 대립하는 양상이다. 면앙정은 이 대립양상을 화합의 차원으로 승화시키려고 노력하였다. 면앙정은 상여 앞에 나타난 신거무의 원귀를 보고 그와의 대립을 피하기 위해 사랑하였던 아들의 시신을 때린다. 죽은 자식을 혼내는 과정은 죽은 아들에게 지배당하였던 신거무로 대표되는 지역적 토착세력의 반항에 대한 무마책을 상징적으로 나타낸 것이다.[19]

10단락은 신거무가 면앙정의 처사를 보고서 장을 세워 달라 소원하고

---

19) 일반적으로 죽은 사람은 예우를 하고 있다. 아무리 나쁜 사람이라도 죽은 자에게는 욕하지 않았다. 한 예로 조선조 당파 싸움이 극심하였을지라도 다른 당파 사람이 죽었다고 문상을 가지 않았다면 유학자로서 행세할 수 없었다고 한다. 이런 점에서 볼 때 죽은 아들을 혼낸다는 것은 어떤 절박한 상황을 나타내는 것이라 하겠다.

물러나는 결말부분이다. 신거무는 자신을 죽인 원의 가족을 몰살하려고 상여를 따라 올라왔으나, 죽은 아들을 회초리로 때리며 혼내는 면앙정의 처사에 감복하여 뜻을 꺾고 만다. 신거무는 면앙정이 자신의 훌륭한 점을 알고 아들을 경계시켰지만, 듣지 않아 자신을 죽인 불행한 사태가 발생한 것을 알았다. 그리고 면앙정과 같은 정승이라면 자신과 갈등을 해소할 능력이 있다고 믿었다. 그래서 신거무는 면앙정 앞에 나타나서 자신의 뜻을 꺾는 대신에 신거무장을 세워달라고 말한다. 시장(市場)이란 사람들이 모일 수 있는 장소이다. 시장은 사람들이 물건을 교환하는 동시에, 의견이나 정보의 교환 장소로 구실한다. '시장을 세워 달라'는 신거무의 주장은 상당한 함축적인 의미를 가지고 있다.

한편 이 단락에서 장을 세워달라는 것은 신거무와 면앙정의 대립 양상을 살펴볼 수 있다. 이때 신거무나 면앙정은 어느 쪽이든지 상대편에 굽히고 들어가야 한다. 그때 누가 굽히고 들어가느냐 따라서 대결의 우위를 결정한다고 보겠다. 일반적으로 면앙정이 우세하거나(자료 1, 3, 4, 5, 6, 7), 대등한 입장에서 갈등을 해소하고 있다(자료 2, 8). 반면에 신거무가 우세한 것으로 표출한 경우도 있다(자료 9, 10). 표면적으로 면앙정이 우세한 것으로 나타난 것일지라도, 내용상으로 대등한 입장 또는 신거무가 우세한 것으로 나타난다. 대립 양상의 해소는 신거무가 죽은 원의 가족을 몰살시켜려는 생각을 멈추게 해야 한다. 신거무는 이것을 결정하기 때문에 그가 우세하다고 하겠다. 그런데 후대에 양반체제가 확고해지고 상놈은 양반보다 못하다는 이데올로기적 사고에 의해 신거무가 양반에게 굽히는 장면으로 표현된 것 같다.

11단락은 이 전설이 신거무장 유래담의 성격을 가지게 하는 증시부 단락이다. 이 단락은 신거무의 소원으로 신거무장을 설치하였으나, 시장이 일찍 파하게 된 이유를 설명하고 있다. '맨 마지막 가는 사람이 죽는다'는 말의 의미는 이곳의 시장기능이 축소되어야 할 어떤 사정을 상징하고 있는 것 같다. 시장이 의견과 정보 교환 장소라고 할 때, 시장의 기능이 오래 지속된다면 의견과 정보가 충분하게 교환될 수 있다. 이런 정보 교환의 역할을 방지하고 단결된 힘의 결집을 분쇄하기 위해 시장의 기능을 약화시킬 필요가 있었다. 그래서 금기모티프를 제공하여 시장의 기능을 약화시켜 쉽게 파하도록 하는 성과를 노렸던 것 같다. 그리고 그 가해자를 신거무라고 하여 이중적 효과를 노릴 수 있었다.

3. 등장인물의 성격

신거무 전설에는 역동적 인물 3명과 다수의 불특정 인물이 등장한다. 역동적 인물로는 신거무·원·자원한 원의 아버지가 있다. 그밖에 자원한 원의 어머니와 신거무한테 죽은 여자의 원혼이 설화의 각편에 따라 나타나기도, 안 나타나기도 한다. 그런데 여자의 원혼이나 자원한 원의 어머니는 주요 인물의 성격을 강조하기 위하여 등장한 부수적 인물이다. 본장에서는 이야기 전편에 걸쳐 등장하는 신거무와 자원한 원 및 그의 아버지를 대상으로 살펴보기로 하겠다.

역동적 인물 3인의 등장은 보면, 설화의 전개 과정에서 신거무는 두루 나타난 반면에 자원한 원과 그의 아버지는 부분적으로 나타난다. 자원한 원은 전반부에 나타나 죽음으로 역할을 마치고, 뒷부분은 아버지가 나타나 그 원의 역할을 수행한다. 다시 말해 전반부는 신거무와 자원한 원과 대립·각등 양상이 나타나고, 후반부는 자원한 원의 아버지가 나타나 신거무와 아들의 갈등을 해소하는 화해의 양상으로 나타나 있다. 이에 대하여 각 인물을 중심으로 살펴보자.

1) 신거무

신거무는 전설의 가장 핵심적인 인물이다. 그는 장성에서 태어났으며, 양반들이 함부로 다룰 수 없는 걸출한 인물이다. 신거무의 출중함은 긍정적 측면과 부정적 측면으로 나누어지는데, 부정적 측면으로 보는 것이 긍정적 측면보다 후대에 형성된 것으로 간주하고자 한다.

우선 신거무는 전설 구연자들에게 후백제 견훤의 아들로 인식되고 있다. 그리고 신거무가 고려적 사람이란 구술에서도 견훤의 아들과 관련하여 생각할 여지를 마련하고 있다(자료 4). 민중은 신거무를 그분이라고 지칭하면서 '영리하고 천재인데 양반의 자손이 아니라'고 구연하고 있다. 여기에서 문제는 똘똘하고 영리한데 양반의 자손이 아니란 점이다. 신거무는 양반 사회란 한계 상황에서 관료에 진출할 수 없어 그의 능력을 충분히 발휘하지 못하는 한을 가지게 된다.

신거무의 탄생담을 보면 다음과 같다.

> 고산리 동네 머리에서 살던 어느 노부부가 밤낮을 가리지 않고 치성을 드렸다. 100일 치성 후에 태기가 있어 아들을 낳았는데 이 경사를 즐거워하는 부모와 더불어 모든 사람들이 똑같은 경악의 소리를 질렀다.⋯⋯사람다운 아이가 아니라 괴물이나 다름없는 것이었다. 사람의 형태지만 위에는 독기서린 거무 모양이니 입을 벌린 채 놀라지 않을 수 없다. (자료 11)

신거무에 대한 탄생담은 이 자료 밖에 없다. 그런데 이 자료에는 아들을 낳기 위하여 정성을 들여 난 것이 괴물이라고 하였다. 즉 태어난 것은 형태가 사람이지만 얼굴 모양이 독기서린 거미 형태라고 하였다. 이런 아들을 난 부모의 심정은 경악을 금치 못하였다. 그런데 거미란 괴물은 신이한 능력을 상징화한 것이다. 이런 예로 구렁덩덩신선비나 박씨전 등 변신모티프 서사물에서 볼 수 있듯이 능력의 잠재화를 표출하였다고 생각할 수 있다.

신거무는 사람의 형태에다 얼굴만 독기서린 거무 모양이었다. 이것은 신거무란 사람의 능력이 거미의 상징적 의미의 능력을 가지고 있음을 말한다. 거무는 거미에 대한 전라도와 충청도 지방의 방언이다. 이 때 거미는 "검이·곰·검·굼(神)"이라고 유추할 수 있다. 검은 단군 왕검(王劍)의 검의 의미와 상통한다. 또 가락국기 신화에 나타난 구지가의 내용에서 찾아지는 검의 의미와 일맥상통한다. 거무는 왕을 상징하는 검에서 변이된 형태의 단어이다.

왕의 상징적 존재인 거무가 태어나면서부터 독기서린 형태였다는 점은 중요한 의미가 있다. 뜻대로 될 거미는 독기가 서릴 필요가 없다. 또 배부른 거미는 자기의 음식물을 얻기 위하여 독기를 가질 필요가 없다. 독기가 서렸다 하는 것은 자기의 뜻대로 일을 이루지 못한 존재이다. 또는 자기의 일을 방해하는 인물에 대항하는 존재이다. 이런 점에서 태어날 때 독기서린 거미와 같다는 점은 신거무의 미래가 뜻대로 되지 않거나 또 방해받을 것임을 나타낸다. 이것은 신거무의 미래를 상징화한 것이다.

신거무는 독기서린 거무의 형태로 태어났지만 능력이 특출한 천재나 출중한 인물로 묘사되고 있다.

> 비상하고 괴상한 신거무는 어렸을 때부터 굉장히 힘이 세어 장수라는 별칭을 받았으며 또한 아이들과 놀 때는 항상 대장 노릇을 하였다. 이에 무서움을 느낀 아이들은 신거무와 놀지도 않았으니 신거무는 외톨박이가 됨에 그는 사회에 환멸을 느끼고 난폭해지기 시작했다. 젊은 청년이 되어서는 말로 표현할 수 없을 만큼 행패가 심해졌다. (자료 11)

신거무는 어려서부터 장수의 기질이 있었다. 그는 아이들과 놀 때 항상 대장 노릇을 하였다. 이것은 강감찬 장군의 어린 시절과 일치한다. 그가 대장 노릇을 할만 해서 했다면 훌륭한 장군으로 성장하였을 것이다. 그런데 아이들은 그가 힘이 센 이유로 놀지 않았다고 한다. 이것은 어떤 상징성을 보여주고 있다. 다른 아이들과 화합하지 못한 것은 그 종말이 순탄하지 못함을 보여준다. 다른 자료에서는 이것을 신분의 차별로 간주하도록 이루어졌다. 즉 신거무는 그 집안이 이방 출신으로 되어 있다. 민중들은 이방 출신인 인물의 훌륭한 성장을 받아들일 수 없는 상황을 아이들이 놀지 않았다고 표현이다.

신거무는 아이들과 격리되어 성장되어야 하기에 사회에 대한 환멸을 느끼었다고 기술되어 있다. 이것은 자신의 능력을 활용할 수 없는 사회 현실을 직시하였을 때 그렇게 느낄 것이다. 자신의 능력을 발휘할 수 없을 때 그것을 표출할 수 있는 방법은 자포자기를 하거나 난폭해지는 것이다. 이 때 자포자기는 자기 능력의 한계를 통감하고 그 해결책을 찾지 못한 것이다. 반면에 난폭해지는 것은 자신의 능력 한계를 인식하지 않고, 현실을 비 순리적으로 극복하려고 하는 점이다. 이런 점에서 난폭해진다는 것은 자신의 능력을 과신할 때 나타난다.

신거무는 이방이었지만 특이한 인물이었음이 설화 전편에 나타나 있다.

> 그때 이방으로 있던 사람이 신거무예요. 그때 당시에 진원골 이방으로 있던 사람이 신거무인 디, 신거무란 사람이 어떤 사람이냐 하믄 아주 기골이 장대할 뿐 아니라 아는 것이 많고 그랬다고 그래요. 근디 양반들도 오면 사정없이 농락을 하고 근디 신분이 낮차워서 거시기를 못하죠. 신거무에게 원들이 감히 이방을 함부로 못했답디다. 그렇게 신거무가 건출하니 잘 났는 디 …. (자료 7)

> 아전 아전여. 어떻게 이놈이 똘똘허고 그러든지, (자료 3)

　　신거무는 사실 발레(본래)의 인물이 봉출해 가지고 어떤 현감이 오든지 과회 엎지를 못했다는 그런 말이 있어요. (자료 8)

　　고려 때에 고려 사람이여.… 그 사람이 성은 신가고 이름은 거뮈여. 그런게 성은 이름은 한 자지… 그런게 그 분이 참 영리 했드래요. 에 영리하고 인제 천재인 디 그 사람이 양반의 집은 자손이 아니여. (자료 4).

　　신거무란 분네가 그전에 그골 아전이여. 아전. 이 저 이방으로 있었어 이방, 신거무가 그 고을에 가서 그 사람이 이방으로 있는디, 이방이라도 이방 질을 해 먹어도 참 출제하고 똑똑하든가 보라. 에 그러더니 스풋(서뿔리) 이냥 약한 원님이 내려와 봤은들, 그런 이방 그들한테 신거무한테 도저히 당할 수가 없어. 요놈이 이냥, 그 그것 까짓것 그냥 원님이 그리 등장하면은 처첨 죽일헐만한 능률이 있다 이거여. (자료 10)

위에서 신거무은 신분이 이방이지만 그의 능력이 부임하는 양반의 원보다 특출한 점을 보여주고 있다. 이방이었던 신거무는 영리하고 봉출하며, 기골이 장대하여 양반들을 농락하여도 그의 상관인 원들조차 어찌할 수 없다. 이처럼 능력이 출중하여 많은 가능성을 가진 신거무는 그것을 표출할(발휘할) 기회가 없자 포악해진 것이다(자료 11). 또 "그는 과거를 못 하니께 참 나쁜 질로 나왔어. 역적으로"(자료 4)에서도 알 수 있다.

　신거무의 능력이 출중함은 지원한 원의 아버지 밑에서도 찾아 볼 수 있다. 진원 지방의 원으로 가면 죽게 될 때 자원하는 것을 만류하는 아버지의 말이나, 부임하여 신거무에게 죽어 돌아온 자식을 혼낼 때 신거무의 능력이 대단함을 알 수 있다. 아버지가 그의 능력이 대단하다고 자식에게 주지시켰음에도 불구하고 자식이 아버지의 말을 듣지 않았다. 이것은 자원한 원도 자신의 능력을 믿고 자원하였기 때문에, 당대에 명망이 있던 아버지가 경계하였던 신거무를 조심하라는 말을 듣지 않았다. 심지어 아버지는 자원을 만류하여도 듣지 않은 자식을 보고 죽은 자식이라고 생각했다(자료 11). 이런 점에서 신거무의 능력이 출중함을 알 수 있다.

신거무는 그의 능력을 발휘할 기회가 필요하고, 그의 능력 발휘는 신분적 한계로 인하여 지배층의 눈에는 포악한 것으로 보였다. 더욱 지배층들은 신거무가 포악성을 가진 인물로 보이도록 설화를 변모시켰다. 그런데 그가 포악하게 괴롭혔던 대상은 원이나 양반집 처자들로 대개 외부에서 들어온 인물들이다.

신거무는 반상 대립의 대표적 인물이었다.

> 신거무가 무서운 놈이여. 그때 우리가 그 신작이 상놈이었거든. 그렇게 등 반다시 조선은 상놈들이 정승살이를 많이 나, 신경질이나 있은 게 정승들이 이렇게…. (자료 3)

> 진원 골을 살러온 사람마다 그 사람이 회(해)를 쳐. 치다싶이 혀. …에 신거무란 사람이 회를 쳐. … 김 정승 아들이. 그래 와서 각시허고 잠을 잔 게 그 사람이 나타나 갖고는 딱 그 사람이 해칠라고 그러거든요. 그런게 마 참 힘도 좋고 무술도 좋든만요 그 사람이. (자료 4)

> 또 하나의 소름끼치는 일은 ?이 부임해 오기만 하면 언제나 그 날 저녁에 죽여버리는 것이었다. …신거무가 그렇게 무서운 악마와 같다는 소문이 꼬리를 물고 퍼지게 되었다. (자료 11)

신거무는 상놈이었기에 양반과 심각한 대립 양상이 나타난다. 이는 당대의 사회현실에서 자신의 출중한 능력을 발휘할 수 없다는 인식에서 비롯된다. 그리하여 당대 현실을 지배하는 양반 계층에 대한 반감과 저항을 극대화시켜 나타낸 것이다. 특히 항상 자신의 공유한 공간적 배경에 유입된 인물이 자신의 능력을 가로 막는다면 더욱 심각한 양상으로 나타내고 있다. 신거무가 내부인에게 행한 포악한 면을 일반적이고 포괄적으로 서술하고 있는 반면, 외부에서 유입된 세력에 대한 대립 양상은 직접적이고 구체적으로 묘사되어 있다. 대립양상에서 유입된 세력을 철저하게 부인하고 있다. 신거무를 부정한 인물로 보이게 하는 원귀 사건에 있어서도 신거무에게 피해를 입은 대상은 원의 딸인 양반집 규수로 되어 있고, 부임한 원만을 피해 입힌다는 점에서 드러난다. 이런 양상을 보여주는 것은 이 전설이 반상의 대립양상을 보여주고 있을 뿐만이 아니라 토착세력과 외부 세력의 다툼을 나타내고 있다.

신거무는 토착세력인 동시에 상민의 대표자이다. 초기에는 신거무가 힘이 있어 외부세력을 물리쳤으나, 점차 강성해진 외부세력이 등장하여 점령하자 이를 신거무가 죽었다고 표현하였다. 신거무가 죽었다는 것은 외부 세력에 의해 토착세력이 점령당한 것을 상징화 한 것으로 생각된다. 신거무의 죽음은 육체적(肉體的) 죽음으로 나타낸다. 신거무가 죽어서 거무가 되었다는 것은, 거무를 왕의 상징으로 볼 때 왕에 해당한 존재의 죽음을 나타낸 것이다. 즉 이곳의 지도자이며 영도자의 죽음을 나타낸다. 민중의식에는 신거무가 육체적으로 죽었지만, 정신적으로는 거미란 상징적 존재로서 영원히 인식되었다고 하겠다.

영원한 상징적 존재였던 신거무에 대한 부정적 측면도 찾아볼 수 있다. 신거무의 부정적 측면을 보여주는 것은 대부분 원귀삽화가 첨가된 자료이다. 여기에서 반상의 대립 혹은 내부인과 외부인의 대립양상으로 볼 때, 부정적으로 구술한 것도 다르게 해석할 수 있다. 신거무의 부정적 구술은 정당한 대립에서 패배한 자에게 지워지는 책임을 그렇게 나타냈다고 하겠다.

신거무가 자신의 외모로 외톨이가 되자 사회에 환멸을 느껴 난폭해지기 시작하였다고 한다(자료 11). 그런데 어려서 놀 때 아이들의 대장 노릇을 하였다는데, 괴팍한 성격의 소유자가 아니라면 외모와 상관없이 계속적인 관계를 유지하였을 것이다. 이점에서 그가 외톨이로 된 것은 그의 출중한 능력이 당대의 지배층에게 경시되고 핍박을 받았기 때문이다. 민중들은 지배층의 핍박이나 경원에서 벗어나려는 그의 행동을 당대의 지배층의 시각을 의식하여 부정적으로 구술한 것 같다.

한편 원귀삽화가 전체적 연결 의미의 모순점이 있다는 것을 이미 살펴보았다. 즉 원귀삽화의 첨가는 서사 문맥상의 의미의 혼란을 일으키고 있다. 신거무에게 부당하게 농락당하길 거부하여 죽은 여자 원귀의 원한을 풀어준 원이 신거무에게 죽음을 당하는 것은 어떠한 관계로 설명할 수 있을까? 단순한 원귀설화라고는 볼 수 없는 것이다. 원귀삽화의 첨가는 아마도 신거무에게 피해를 입히기 위해 신거무가 부정적 인간임을 부각시키려는 의도라 여겨진다.

신거무에 대한 부정적 측면의 구술은 이곳 민중들의 자율적인 의식의 표출이라기보다는 그것을 이용하려는 지배층의 이념을 개진시키거나 민중 자신의 의도를 은밀하게 노출시킨 것으로 인식하여야 한다. 원귀삽화의 첨가는 지배계층에 반발하였던 신거무를 거무로 인식하는 이곳의 민중에게 남의 아녀자나 농락하는 파렴치하고 악마적이며 남을 괴롭히는 존재로 보여 주고자 하였다.

신거무는 출중한 면과 부정적인 측면의 양면성을 가진 복수심이 매우 강한 인물이다. 그는 원귀가 되어 자신을 죽인(무조건 타살) 원을 죽이고, 그 가족까지 몰살시키려고 본가까지 갔던 인물이다. 심지어 그가 잘못한 것으로 구술된 원귀삽화가 있는 자료에서조차 범행에 따라 처벌되었음에도 불구하고 죽자마자 바로 거무·닭·귀신의 원귀가 되어 나타난다. 원귀가 된 신거무는 자신을 죽인 원의 부자지(불알)을 물어 죽인다. 불알은 종족본능을 위한 주체이다. 이 부자지를 물어 죽인 것은 복수심의 강함을 표현한 것이다. 이것은 그 원의 종족을 말살하고 싶은 심정을 상징적으로 보여 주었다.

복수심의 발로는 잘못으로 인한 단순한 처벌에서 생겨난 것이 아니라, 보다 심각한 삶의 존재방식의 대립양상에서 비롯된다고 생각된다. 신거무의 복수심은 자신을 죽인 원에 한정하지 않고 원의 가족에까지 미친다. 신거무는 복수를 하기 위하여 상여의 앞이나 위 심지어 시체의 몸속에 붙어서 원의 본가에 간다. 신거무가 복수하러 가는 마음의 즐거움은 칼을 들고 춤을 추면서 팔로강산 가듯이 간다고 표현하였다. 다시 말해 그 가족에까지 복수하고자 하는 것은 강한 복수심의 표현인 동시에 부당성의 근원을 해결하겠다는 의식을 보여주었다.

신거무는 복수심이 강하였지만 도리를 지키고 자책하는 사람에게는 관대한 아량이 있다. 그는 송순이 자식을 혼내는 장면을 보고 그 가족까지 멸망시키려던 복수심을 버리고 그에게 인사를 한다. 이처럼 신거무는 책임감이 있고 자신의 도리를 다하는 사람에게 인간의 도리로 대하였던 인물이다. 이것은 신거무가 포악하였다는 말과 일치하지 않는다. 신거무가 포악하고 무식하며 도리를 모르는 인물이었다면 송순의 어떠한 태도에도 자신을 죽인 원의 가족을 몰살하기 위한 뜻을 관철시켰을 것이다. 그런데 송순이 상여에서 죽은 자식을 꺼내 회초리로 때리며 혼내는 모습에 감복하여 송순에게 잘못을 빌었다고 한다. 일부 자료에는 자식을 혼내는 송순이 신거무에게 빌었다고 한다(자료 8, 9, 10). 신거무의 원귀가 무서워 자식을 혼낸 것이라면 송순이 빌었다는 것이 사실이라고 하겠다. 신거무는 송순의 행위로 어느 정도 감화된 상태에서 송순이 빌었기에 쾌히 응낙하였다는 것이 맞다. 이런 상황의 이야기 중심의 비중이 신거무에서 송순에게 옮겨지고 높아지면서 송순을 의젓한 양반상으로 묘사하였던 것 같다. 그리하여 신거무가 무서워 자식을 혼낸 송순은 가만히 있고, 신거무가 송순에게 비는 것으로 변이되어 전승된 것 같다.

어쨌든 신거무는 송순의 행위에 그 가족을 몰살하려는 생각을 그만두고, '시장을 설치해 달라'고 소원하고 물러난다. 이것은 신거무가 포악하고 복수심만 강한 사람이 아니라 도리를 알고 포용할 줄 알았던 인물임을 드러내고 있다.

이상에서 신거무는 이방으로 자질이 특출하였던 인물이다. 그는 이곳에 부임하는 원보다 지혜와 용기가 있었다. 신거무는 신이한 탄생담을 가지고 있었으며 어릴 적에는 장수적 기질을 지녔다. 이런 신거무는 반상대립의 차원에서 상민의 대표적인 인물이다. 이것이 역사적 의미를 가질 때는 토착적·내부적인 세력의 상징적 존재로 인식되고 있다. 즉 신거무는 내부적·토착적 세력으로 자신에게 해를 입힌 외부세력·이주세력에 강한 복수심을 지닌 존재이기도 하다.

2) 부임하는 원

진원 고을로 부임하는 원에 대하여 살펴보자. 부임한 원은 신거무와 갈등을 야기하고 심화시키고 있다. 그런데 전설에서 부임하는 원은 두 가지 유형으로 나눌 수 있다. 하나는 부임하는 첫날밤에 죽은 원이고, 다른 하나는 부임하는 원이 죽는다는 소문을 듣고 해결하고자 자원하는 원이다. 전자는 자신의 본분을 다하지 못한 자이고, 후자는 본분을 다하는 것으로 나타난다.

우선 부임하던 첫날 저녁에 죽은 원에 대해 알아보자. 이런 원은 실제로 부임하는 첫날에 죽은 것이 아니라 부임 초에 관장의 능력이 없음을 나타내고 있다. 민중들은 백성들을 위해 일할 능력이 없는 관장이기에 전설 속에 이방을 고을의 대표적 인물로 설정하여 대항시켰다. 그리하여 고을을 위해 능력이 없는 관장을 이방이 죽인 것으로 표출하고 있는 것 같다.

　　진원 골을 살러온 사람마다 그 사람이 회(해)를 쳐. 치다시피 혀. …그
래 온 사람마다 그대로 죽고 죽고 헌게, (자료 4)

　　그런게 원이 거시기 가서 살 사람이 읎고. 원을 부임헐라치면 그날 저
녁에 죽어. (자료 9)

　　이냥 약한 원님이 내려와 봤은들, …그놈한테 쩔쩔매다 못해서 이렇게
행실을 다허고 당허고 헌다…. (자료 10)

　　또 하나의 소름끼치는 일은 현감이 부임해 오기만 하면 언제나 그 날
저녁에 죽여 버리는 것이었다. 이에 두려움과 공포 때문에 감히 현감으로
내려올 사람이 없었다. 신거무가 그렇게 무서운 악마와 같다는 소문이 꼬
리를 물고 퍼지게 되었다. (자료 11)

　　부임한 원은 관장으로서의 역할을 다하지 못하고 이방인 신거무에게
농락을 당하거나 죽임을 당하고 만다. 이것은 신거무의 능력이 특이하기
때문에 일어났다. 이때 신거무의 능력이란 신거무 개인의 능력일 수 있
다. 그런데 관료조직이 가장 잘된 조선 중기에 이방이 원을 농락할 수
있을까? 하는 문제이다. 이 신거무란 이방은 이곳 민중들의 힘을 나타내
는 주체라고 하겠다. 부임하는 원은 이곳 민중들의 뜻과 마음을 이해하
지도 못하고, 알고 있다고 할지라도 행동으로 실천할 수 없는 원을 나타
낸다. 이곳의 민중들은 그런 원을 있어도 없는 것과 같은 존재라 인식하
고 있다. 즉 이런 원은 죽은 원과 같이 무용한 존재이므로 죽었다고 표
현하였다.

　　위 예문들을 보면, 이방인 신거무가 부임한 원에게 해를 끼치거나 죽
였다고 한다. 여기에서 원귀삽화가 없는 자료의 부임하는 원은 원귀 삽

화가 있는 자료에 나오는 무능한 원과 다른 양상을 보여주고 있다. 원귀 삽화가 나오는 원은 무능력한 원이기에 죽음을 당하지만 원귀삽화가 없는 전설의 원은 외부에서 들어온 원이기에 죽음을 당한다. 이 둘이 원으로 부임한다는 것은 외부에서 들어온다는 면에서 같다. 그렇지만 원귀삽화에서 죽은 원은 신거무가 아닌 원귀에게 죽음을 당한다. 즉 관장으로 자기 직분을 수행할 수 없는 무능한 인물이기에 죽음을 당하고 만다. 그런데 원귀삽화가 들어있지 않은 자료에서는 부임하는 외부인이기에 죽음을 당한다. 이는 원귀의 원환을 풀어준 원이 신거무한테 죽음을 당한다는 점에서 유추할 수 있다. 특히 <자료 11>처럼 신거무는 부임하는 첫날밤에 원을 죽여 버린다. 그러므로 원으로 부임하는 것이 두렵고 공포스럽다. 이것은 침략자의 상징인 원과 토착민의 상징인 신거무 간의 갈등으로 볼 때, 부임하는 초기에 원을 죽였다는 것은 토착민들이 방어하였다고 볼 수 있다. 즉 외부인의 침입을 막는데 지방 토착민의 성공을 상징화한 것이라 하겠다.

둘째, 부임하는 초기에 원이 죽는다는 소문을 듣고 자원하는 원에 대해 알아보자. 죽는다는 소문에도 자원한다는 것은 먼저 용기가 있음을 보여준다. 이런 용기는 어떤 일을 수행하는 힘의 원동력이 된다. 그리고 과단성이 있다는 것을 내포한다. 즉 자원한다는 것은 어떤 일을 해결하는 용기와 과단성을 가지고 있는 자임을 보여준다. 그런데 이 설화에 나타난 자원한 원의 성격에서는 상대와 화합할 수 있는 유연성을 가지지 못하였다. 그 이유는 아버지가 부임하기 전에 간곡하게 타일렀건만 아버지의 말을 듣지 않았다. 그의 유연하지 못한 면을 자료를 통하여 살펴보면 다음과 같다.

(말을 듣고) 신거무를 인자 잡아다가 무조건(음성을 높여) 후드려. 무조

건 후드려. 무조건 허고 그래. 무조건 허고, 죽을 것이 아니여. (자료 1)

처녀가 가르쳐 준대로 어디를 파보니까, 시체가 나옹게로 신거무를 당
장 잡아서 목을 베어다고 하드만요. (자료 7)

'내려가든불로(내려간 즉시) 그냥 처참을 허려니' 허고 내려갔어. … 이
놈이 부모 말도 안 들고, 아 관장이 고집이 섰던가 거기를 내려와 갖고는
신거무 이방을 불러서 거기해 갖고는 매를 쳐서 죽여 버렸어. 그냥 얼매
나 매를 때렸던가 신거무가 죽어 버렸당게. 죽어 버링게. (자료 10)

그래 사령들 싹 불러서는 그 사람을 그날적이(그날 저녁에) 잡아 죽였
어요. (자료 4)

그래 이놈을 한 번 잡아다가 이놈을 그냥 타살해버렸어. 때려 죽여 버
렸어. 아 그런게 이놈이 낮으면서도 꿈적을 해야 하는데 항복 않거든. 그
냥 인자 그냥 때려 죽여 버렸어. 타살해버렸어. (자료 6)

오신 즉시로 신거무를 위협을 해 가지고 물고를 냈다. (자료 8)

자원한 원은 부임하기 전에 아버지한테 받았던 경고성 주의를 전혀
고려하지 않고 행동하였다. 자원한 원은 자신의 담력과 능력만을 믿고
자신의 정의감만을 고집하였다. 위의 예문처럼 신거무를 처치하고 말았
다. 자원한 원은 부임하자마자 혹은 원귀의 말을 듣자마자, 또 이유도
없이 신거무를 죽인다. 이처럼 급속히 처단하여 신거무에게 반성이나 변
명할 기회를 주지 않았다. 이와 같은 행동을 유발한 것은 자신의 뜻이
정의라고 믿으며 그것만을 위하고 다른 것과 타협하지 못하는 성격 때
문이다. 그런 강직성이 죽음을 자초하고 만다.

자신의 뜻을 굽히지 않고 굳게 지킨 것은 자원한 원이 스스로 똑똑하
다 믿었기 때문이다. "이 사람이 참 건장하고 뱃장이 좋고 그랬다고 그

러드만요. 그래서 자원해서 갔는디, 절대 가지 말라고 만류했다가"(자료 7)라는 점에서 알 수 있다. 다시 말해 부친이 절대로 가지 말라고 부탁하였음에도 불구하고 자원한 것은 자신만이 그런 일을 해결할 수 있다는 자부심에서 나타난 행동이다.

이 전설에서 자원한 원의 성격은 아랑의 전설에 자원한 원과는 다르다. 첫째, 신분적인 차이가 있다. 아랑의 전설에 등장하는 원은 다양한 반면에 신거무 전설에 등장하는 원은 송 면앙정의 아들이거나 정승의 아들로 나타난다. 즉 아랑의 전설에 등장하는 자원한 원은 대체로 신분이 미천하거나 한량들인데 비하여 이 전설의 원은 고귀한 신분이었다. 둘째, 아랑의 전설에서 자원한 원은 사건을 해결하여 미래가 보장되는데, 신거무 전설에 등장한 원은 사건의 해결로 죽음을 당하게 된다. 즉 억울하게 죽은 원귀의 원한을 풀어준 원은 능력이 있다는 점에서 미래를 보장해 주어야 당연하다. 그런데도 이 전설에서는 원은 억울한 원혼의 원한을 풀어 주었음에도 죽음을 당한다. 이는 신거무 전설에 원귀 삽화를 삽입시켜 원귀설화와 같은 의미를 내포시키려고 하였으나, 다른 의미가 함축되어 있다. 즉 신거무 전설은 원귀삽화가 삽입되었다고 해도 원귀 설화와 다른 유형임을 보여준다고 하겠다.

이상에서 진원 고을 원의 두 가지 유형을 살펴보았다. 즉 부임하여 죽은 원은 그 특성을 파악하기 힘들고 신거무와 대립양상도 잠재되어 있다. 반면에 자원한 원의 유형은 신거무와 대립 양상을 발전시켜 갈등을 초래시키고 있다. 자원한 원은 아버지의 협력도 거부하고 독단적 행동으로 죽음을 당하게 된다.

그러면 서사전개의 전반부에 중심이 되는 자원한 원에 대하여 좀 더 알아보자.

자원한 원의 성격을 보면 강직하다. 불의가 행하여진다는 말을 듣고 아버지의 경고나 자제하라는 부탁도 무시하면서 독단적인 행동을 취한다. 이 독단적인 행동은 '대의'라는 명분으로 유발된다. 그런데 아버지는 그를 독자라는 측면에서(자료1, 11) 자원하여 부임하는 것을 만류한다. 즉 아들은 "필시 가면, 신거무한테 죽을 것인데 너는 우리 집 가문을 이을 독자가 아니냐? 안 된다"라는 아버지의 청을 듣고 성장기에 아버지가 늘 가르쳤던 대의를 들어 항변하는 것이다. 다시 말해 아들은 "젊은이로서 자기의 일만 생각하고 대의를 희생시켜서야 되겠습니까! 아버님"라고 거절한다. 이런 자식의 말에 아버지는 어쩔 수 없이 침묵만 지켜야 했다. 아버지의 강력히 만류하는 청을 듣지 않았던 것은 독자이었기에 자기 중심적 사고를 가지고, 애민 정신이란 대의명분에서 발로된 것 같다.

다른 자료에서는 침묵 끝에 자원한 아들에게 부임 후 행동의 주의를 준다.

> "니가 정히 그랬다고 하믄 밑에 있는 노복들을 잘 다스리고 강제로는 하지 말고 잘 다스려라." (자료 7)

> "너 그 땅에 내려가거든 신거무란 그 이방을 니가 잘 대위(대우)를 해야 지, 대우를 안 하고 그 사람을 벌을 주다가는 니가 도리어 선, 선불을 맞을 것인 게로 조심해라." (자료 10)

이 주의들은 금기 모티브인 것도 있고 단순한 부탁이나 경고도 있다. 이런 아버지의 말은 신거무에 대해 유화책을 사용하라는 지시이다. 여기에서 세상의 일은 강한 힘으로 해결할 수도 있지만, 힘을 유하게 사용하여 화해하며 해결하는 길도 있다는 것을 보여주고 있다. 이런 아버지의 유화책이 당시의 실정에는 더욱 타당하였다. 자원한 원이 아버지의 지시를 듣고 화해하며 새로운 길을 모색하였다면 죽음을 면할 수 있었다.

자원한 원은 평민의 마음을 이해하고 사랑할 줄 알지만, 상대에 대한 아량이나 타협이 부족한 인물이다. 그는 신거무가 백성에게 피해를 많이 끼친다거나, 용인을 잘 해먹고, 착취를 해먹고 이런다(자료 10)는 소문 때문에 자원한다. 또 귀신과 대화를 통해 백성의 마음을 이해하고 사랑하며 용기가 있음을 보여주고 있다. 즉 자원한 원은 용기와 사랑하는 마음이 있으나 어떤 일의 진실된 내면을 파악하지 못한 인물이다. 그런데 원귀삽화가 첨가된 자료 중에 자원한 원이 신거무의 범행을 철저하게 조사하여 처리하는 것도 있다(자료 2, 7). 이런 자료에서는 그가 세밀한 일면을 가지고 있지만, 일의 내면적인 의미 속성을 파악하지 못하는 측면도 있음을 보여준다. 아들은 아버지가 진원 골에 가는 것을 만류했지만 거절하고, 또 부임해서 할 행동을 간곡하게 부탁하였음에도 타협과 아량을 보이지 못한 인물이다. 이런 자식에 대한 아버지의 분노는 다음과 같다.

> "니는 운명을 글로먹은 거여. 애비 말을 거역허고, 내 가서 신거무를 조심허라 허지 않혔어." (자료 1)

> "너 이놈 신거무 같은 사람을 갖다가 죽였으니 너도 죽어야 마땅하다. 이놈 매를 맞아라." (자료 2)

> "이놈의 자식아. 불로 꽉 꼬실라 버리겠다마는 이놈의 자식 죽은 놈이라 못한다." (자료 3)

아버지는 만류해도 듣지 않은 자식에게 경계하여 보냈다. 경계하여 보내면서도 자식이 이미 죽을 것으로 알고 사지에 보내기도 한다. 위의 예문들은 이런 아버지의 마음을 이해하지 못하고 자원하여 죽은 자식에 대한 아버지의 항변이다. 심지어 자식이 죽은 것이 마땅하다고 여기는 자료도 있다. 아버지의 이와 같은 심정은 표면적으로 자식이 항변하는 대의명분에 대항할 수 없다. 대의명분에 따라 행동한 원이 죽은 것은 아마도 대의명분의 허구성이나 자식이 부모의 말을 따르지 않은 죄 때문일지도 모른다. 이처럼 아버지가 상대에 관용을 베풀라고 했음에도 그렇게 하지 못한 원은 죽음을 당하고 만다.

자원한 원은 참을성이 부족한 인물이다. 신거무를 처치한 자원한 원은 대부분 3일 이내에 죽는다. 이는 신거무를 처치하였다는 자만심에 빠져 새로운 사건의 해결에 민첩하지 못한 것을 풍자한 것 같다. 즉 가장 중요한 사건을 해결하여 명성과 신망을 얻은 것으로 만족하고, 다른 사건을 해결하지 않아 백성들에게 그 존재가치를 상실한 것을 말한다.

자원한 원이 죽은 것은 신거무를 처치하여 화평해지려 할 때에 신거무의 원귀에게 죽는다. 어떤 자료는 신거무를 죽이고 난 후에 잔치를 벌이다가 술에 만취하였을 때 신거무의 원귀에게 죽는다. 이는 사건을 처리하고 난후에 그 일이 잘못 처리되지 않았는지 확인하고 경계하여야 함에도 불구하고 그렇지 못한 것을 풍자한 것 같다. 더욱 <자료 9>에서는 자원한 원이 부임하려고 할 때 아버지가 경계를 한다. 즉 부임한 후에 3일 동안에 모든 준비를 갖추어 방안에서 도배를 하고 기다리란 금기를 제시한다. 그런데 원은 방안에 들어가 이틀을 잘 기다리다가 3일째 문구멍을 뚫고 밖을 내다본 뒤, 막 눕자마자 신거무한테 죽었다. 이처럼 아버지가 제시한 금기를 제대로 지킬 수 있는 참을성이 부족한 인물이다.

다음으로 자원한 원은 준비성이 부족한 인물이다. 신거무가 죽어가면서 "사흘 안에 죽으면 내, 내가 너를 죽인 줄 알아라."(자료 10)고 말한다. 즉 아버지의 경고와 신거무의 원한의 소리를 들었다면 사흘 동안 지닐 준비를 해야 하였다. <자료 9>에서처럼 방안에 모든 준비를 마치고 안에서 도배를 한다든가 죽은 귀신을 물리칠 방법을 강구해야 하는데도, "니가 이미 죽은 놈이다. 무슨 용맹이 있느냐?"하고 아무런 준비가 없었다. 이렇게 자원한 원은 죽음을 자초하고 말았다.

이상에서 진원 고을의 원은 부임한 원과 자원한 원으로 나누어진다. 여기에서 자원한 원은 갈등을 초래하여 서사전개에 핵심적인 역할을 함으로 중시되고 있다. 그런데 자원한 원의 성격은 다른 원귀설화의 자원한 원과 성격이 다르다. 그리고 이 자원한 원은 스스로의 대의명분과 훌륭한 점 즉 강직성과 백성을 사랑하고 이해하는 마음이 있지만, 상대에 대한 포용성이 부족하고 참을성과 준비성이 부족한 인물이었다. 또 자원한 원은 외부에서 들어온다는 점에서 외부세력·이주세력·침입세력·파견세력·하위그룹·부하의 의미를 가진다.

3) 원의 아버지(송 면앙정)

원의 아버지는(이후 대표적인 인물이 송순이므로 송순이라 지칭함) 작품 후반부에 등장하여 갈등을 화해의 측면으로 조장하고 해결하는 인물이다. 이 인문은 작품의 전반부에 나타나는 경우(자료 1, 7, 9, 10, 11)도 있으나 후반부에 나타나는 것이 대부분이다. 송순은 신거무와 대립 양상의 측면에서 부임한 자식의 역할을 이어 계속적인 대립상황을 이루고 있다. 이를 이분법적 대립 양상을 고려하면 부임한 자식과 아버지는 한 묶음이 되어 신거무에 대항하는 형태를 띠고 있다.

송순은 신거무와 부임한 자식과 갈등을 해소하고 화합의 차원으로 승화시키고 있다. 그런데 송순은 외면적으로 신거무와 부임한 자식과 중립적인 입장에서 갈등을 해소하고 내면적으로 자식의 편을 들어 신거무를 기만하고 사건의 종말을 맺게 한다. 즉 송순은 이런 계책으로 안위를 위하고 갈등을 화합의 차원으로 승화시키고 있다.

전설 속에 나타난 송순이란 인물에 대해 살펴보자.

송순은 도인으로써 지인지감의 능력을 가진 사람이다. 그는 신거무의 능력에 대한 소문을 실제로 인정하였던 인물이다. 그는 또 귀신의 정체를 인식하고 확인할 수 있고 능력도 가지고 있다. 이를 실제 생활을 바탕으로 살펴보면 전자는 자신에게 반대되는 세력이나 실체를 인식하고 인정할 수 있는 포용함을 표시하였다. 그리고 후자는 상대와의 괴리 현상을 인식하고 해결할 수 있는 능력을 나타낸다. 이처럼 송순은 지인지감의 능력이 있고 귀신의 정체를 파악하고 있지만, 그 사건을 직접 해결하지 못하는 한계를 가진 인물이다.

송순은 귀신의 정체를 파악하고 미래의 일을 예견한 인물이다. 송순이 아들의 부임을 만류한 것은 자식이 그곳에 부임하였을 때 죽음을 예견하였기 때문이다. 자신의 만류를 듣지 않고 부임하는 아들을 보고, "죽은 아들이라 단념하고 있는데"(자료 11)라며 기다리고 있는데 아들의 부음을 전한다. 그는 아들을 운상하여온 상여를 살펴보고, 상여 앞이나 위에 나타난 신거무의 원혼을 알아차린다. 그 원혼은 다른 사람에게는 보이지 않고 송순에게만 보였다. 이것은 송순이 남보다 뛰어난 훌륭한 인물임을 보여주고 있다. 민중들은 이런 훌륭한 인물을 술객이었다고 말한다. 민중들은 송순이 정통 유학자임에도 불구하고 귀신과 겨루기를 승리로 이끌 수 있는 능력과 도술을 가진 인물로 보고, 나아가 미래를 예견할 수 있는 인물로 보았다. 도인 송순은 사지와 같은 신거무가 있는 진원 고을에 자식이 부임하는 것을 꺼려하였다.

송순은 일반적인 부모처럼 자애심이 있는 인물이다. 나라의 재상을 지냈고 당대의 명성이 있던 유학자 송순이 아들의 진원고을의 원님으로 부임을 막는 것은 정의(대의)보다 부자로서의 인륜이 앞선 행동이다. 송순은 유학자이지만 인류의 보편적인 애비로서 자식을 사랑하고 있다. 설화에서 부임하는 원은 송순의 외아들인 독자(자료 11)로 등장한다. 송순은

"너는 우리 집 독자로서 가문을 이을 독자가 아니냐?"라고 완강하게 버티며 아들이 부임하는 것을 적극 만류하였다. 송순은 이렇게 완강하게 버티다가, 자식이 "젊은 사람이 자기 일만을 생각하고 대의를 희생시켜서야 되겠습니까?"라는 반문에 아무 말도 하지 못했다. 이것은 더 이상 만류를 하지 못 했다는 말이다. 그래도 부임하기 직전에 조심하라고 경계를 하였다.

송순이 자식을 경계한 것은 자식에게 금기를 제시한 <자료 7>이나 <자료 10>에 잘 나타나 있다. 자식에게 부임하여 처신할 방법을 제시하여 주었다. 그런데 금기는 파괴될 것을 전제로 한다고 볼 때, 송순은 부임하는 자식과 신거무의 대립이 있고, 더 나아가 갈등을 초래하여 죽음을 예견하였다. 신거무의 복수가 예견될 때, 자식의 도리 즉 부자간의 도리보다 새로운 관계의 정립이 필요하였다. 왜냐하면 송순은 신거무의 원혼이 자식만 아니라 자신의 가문까지 몰살시키려고 올 것을 예상하여야 하기 때문이다.

송순은 세심한 성격의 소유자이다. 신거무의 복수를 대비하는데 세심하게 준비하였다. 그는 들려오는 소문과 정황을 분석하여 사실임을 인지하고 자원하여 가는 것을 만류할 정도이다. 또 자식이 그의 만류에도 불구하고 자원하자, 부임하여 대응 방법을 세심하게 제시하고 있다. 송순은 자식에게 부임한 곳에서 노복들을 잘 다스리고 무사한 것을 연락하라 하며, 그 연락 방법으로 북을 울리기로 약속하는 점에서도 면모를 엿볼 수 있다(자료 7). 송순의 세심함은 자식을 죽인 신거무의 원귀가 자신의 가문을 몰살시키러 왔을 때 귀신을 몰아내는 방법이라든가, 물러가겠다고 약속한 귀신에게 해를 끼치지 않겠다는 다짐을 받는 장면(자료 4)에서 가장 잘 나타나 있다.

이런 송순의 세심함은 침착함으로 나타나기도 한다. 송순의 침착함은 바둑 두기 삽화가 첨가된 자료에 잘 나타난다. 자원한 원이 만류하는 말을 듣지 않고 죽은 자식이기(자료 11) 때문에 미웠을 것이다. 송순은 죽은 자식을 생각하면 "마음에 저어할망정" 지혜로서 모면하고자 침착하게 노력하였다. 송순은 마음의 동요를 막고자 바둑을 두었다. 바둑을 두다가 주변의 사람들이 야단이어서 문을 열고 나와 보니 신거무의 원귀가 있었다고 하거나(자료 7), 이미 알고서 바둑을 두었다고 한다(자료 8). 이런 송순의 심정을 보다 심각한 형태로 발전시킨 것이 <자료 1, 4, 11> 등이다.

우선 <자료 4>에서는 바둑을 두지 않지만 바둑 두는 자료에 나타난 것과 같은 심정을 보여 주었다. 송순은 신거무한테 죽은 자식이 왔음에도 슬퍼할 수 없는 심정을 표출하고 있다. 송순은 아내에게 "왜 우냐"고 물으면서도, 울지 못하는 심정을 요강에다 토한 피가 천지가 되었다고 한다. 송순은 어떤 사정으로 겉으로 울지 못 하여도 그 심정이 섞는 모습을 보여준다. 송순이 울지 못하는 것은 상여를 따라 온 신거무의 원귀가 자신의 가문을 해치려고 하기 때문이다. 그리하여 송순은 자신의 슬픈 감정을 신거무의 원귀에게 보이지 않기 위하여 바둑을 둔 것이다. 이 바둑 두기는 송순의 예지와 그의 세심한 배려를 통한 침착성을 보여주고 있다.

바둑을 두는 송순의 심정을 더욱 잘 나타낸 것이 <자료 1>과 <자료 11>이다. <자료 1>에서 송순은 자식이 죽어 돌아오니까 '그 시도록 원통한 마음 때문에 바둑을 둔다'고 한다. 송순은 아무 것도 안하고 그대로 있었다면 비통한 심정으로는 침착하고·지혜롭고·예지가 있는 행동을 할 수 없기에 바둑을 둔다. 그런 일을 아는 송순은 '속은 니(어머니) 까짓 것보다 더 마음이 상하였기 때문에 토한 피가 수건에 하나 가득되었다'고 한다. 이를 좀 더 부연한 것이 <자료 11>이다. 이곳에서는 울고 불고하는 아내보다도 울지 못하는 송순 자신이 자식을 사랑하는 마음이 강하다는 것을 보여주고 있다. 즉 송순은 자식을 아내보다 더 사랑하고 있지만 신거무의 원귀가 복수하러 따라온 상황에서 자신의 기분대로 처리할 수 없었다. 최악의 상황에서 울기보다 그에 대처할 방도를 강구하는 침착한 행동이 필요하였다. 송순은 침착함으로 신거무의 원혼을 퇴치한다. 송순은 울음 섞인 부부간의 대화에서도 체통을 지키기 위하여 노력하나 내면의 슬픔은 명주 베를 핏덩이로 적실 정도로 심각한 형태로 나타난다.

바둑 두기는 내면적 슬픔을 나타내는 데 그치지만, 귀신 퇴치는 내면적 슬픔을 감추고 외면적으로 자식을 징계해야 하기 때문에 슬픔의 강도가 더 높다. 송순은 슬픔을 감추고 어떤 일을 강구하는 강인성을 가진 인물이다. 특히 강인성은 송순이 죽은 자식을 회초리로 때리면서 신거무의 원귀를 물리치는 장면에 잘 나타나 있다.

자료 전편에 나타난 신거무의 원귀 물리치기는 이 전설 유형의 특징적인 의미를 함축하고 있다. 그런데 귀신 물리치기는 송순의 지혜와 세심한 배려, 강인성에서 가능하였다. 신거무의 원귀 물리치기는 송순의 성격과 능력을 보여주고자 한 의도이다. 귀신 물리치기에서 송순의 해결은 외부인으로 진원고을에 자원한 아들과 토착적 세력인 신거무의 잔존 세력 간의 갈등을 해소한 것을 말한다. 그리하여 송순은 이곳에 평화를 가져오도록 한 능력의 소유자로 보여 지고 있다. 송순의 노력으로 사건이 해결되고 새로운 화합을 가능하게 하였다.

귀신 물리치기에서 송순의 성격은 이중성을 보여주고 있다. 즉 사랑하는 자식의 죽음을 슬퍼하면서도 그런 마음을 표현하지 못하는 인물이다. 송순은 자신의 가문을 위하여 죽은 자식을 때리는 행위도 서슴없이 자행한다. 특히 원귀삽화가 삽입된 자료에서 그 아들이 정당한 행위를 했음에도 불구하고 부당한 행위로 죽은 신거무의 원귀를 편들고 있다. 그의 행동은 오직 가문을 구출하기 위한 것이라 볼 때, 도학자적인 면모에 적합하지 못하다. 이는 신거무의 원귀를 물리치기 위한 송순의 침착성이나 강인성을 강조하기 위한 결구에만 집착한 까닭이다. 송순이 이런 태도를 보인 것은 그 설화의 원형적 의미와 결합을 시도하였으나 적절하게 결합되지 못하였기 때문이다.

해결자 송순이 신거무의 원귀를 대하는 태도를 보자. 양반인 송순은 죽은 아들을 회초리로 때리면서 이방이었던 신거무의 원귀와 타협을 시도한다. 타협을 시도하는 방법으로 송순의 태도는 두 가지로 나타난다. 하나는 양반으로서의 체통을 유지하기 위하여 신거무한테 반말로 대하며 위압적인 언행을 하는 경우고, 다른 하나는 철저하게 신거무에게 의존하여 타협을 시도하는 경우이다. 서사전개의 진행으로 보면 후자가 더 논리적이라고 하겠다. 신거무의 원귀에게 고압적이고 위압적인 행위를 하는 것은 그가 무서워 자식을 혼내는 상황에서 실제로 존재할 수 없다. 처지가 곤란한 존재와 타협하기 위해서는 죽은 자식을 어느 정도 혼낸 다음에 원귀에게 부탁하는 형식을 취하였을 것이다. 이런 것이 양반 사회가 확고하게 체제를 구축하면서 송순이 신거무의 원귀보다 우위에 있는 형태로 나타났다고 보겠다.

이상에서 자원한 원의 아버지로는 송순이 대표적이다. 송순은 외면적으로 신거무와 자원한 자식의 중립적 입장에서 갈등을 해소하지만, 내면적으로 자식의 편이 되어 신거무를 기만하여 사건의 종말을 맺게 한다. 민중들은 이런 송순에 대하여 지인지감 할 수 있는 능력을 가졌고, 미래를 예견하며 일상적인 부모와 같은 자애심을 가진 인물로 보았다. 또 세심하고·침착하며·강인성·준비성·참을성을 갖춘 인물인 동시에 유자로서의 이중성을 가진 인물이다. 이런 송순은 사건의 종말을 가져오게 하는 해결자로서의 역할을 수행한다. 그러면서도 겉으로 드러내지 않는 신거무의 적대세력이며 아들의 상위세력이다.

4. 결론

신거무 전설은 장성 지역에 한정되어 전승되는 설화이다. 이 전설은 역사성과 사회성을 가진 의미의 이중성을 함축하고 있다. 이중성의 의미를 가진 신거무 전설을 전설의 구성, 등장인물의 성격을 중심으로 살펴보았다.

전설의 구성은 수집된 자료 중에서 가장 완벽한 자료를 중심으로 다루었다. 즉 전설의 구성을 고찰할 자료를 11단락으로 나누어 예시하였다. 이 예시 자료를 중심으로 단락 간의 관계를 고찰하면서 이 자료에 나타나지 않는 부분을 단락 사이에 첨가하여 살펴보았다. 신거무 전설의 구성은 7단계로 볼 수 있다. 도입(증시물), 발단, 전개, 위기, 절정, 결말, 증시부로 구분하여 각 구성 단계에 소속된 단락의 상호관계를 살펴보았다.

신거무 전설의 구성은 도입부와 증시부를 제외한 서사단락을 볼 때 전반에는 신거무와 자원한 원(혹은 부임한 원)의 대립 갈등양상이, 후반부에는 신거무의 원귀와 자원한 원의 아버지(면앙정)의 대립양상으로 전이되어 갈등을 해소하고 화해의 방향으로 설정되어 있다. 한편 제 5단락은 원귀삽화의 단락으로, 전체적 의미의 모순을 낳게 하는 점에서 첨가단락으로 설정하여 보았다.

등장인물의 성격은 신거무 전설의 대립양상을 주체적 존재로 심화시키거나 해소하는 역동적 인물인 신거무, 원(부임 또 자원), 자원한 원의 아버지로 나누어 살펴보았다. 그리하여 이들 인물에 대해 전설에 나타난 성격과 상징적 의미를 살펴보았다.

신거무는 전설의 주인공으로 이방이란 미천한 신분이지만 특출한 인물이었다. 신거무에 대한 평가는 긍정적 측면과 부정적 측면으로 나누어지는데, 전자에서 출발하였으나, 모략의 필요성으로 후자가 생긴 것으로 추측된다. 신거무는 육방관속의 우두머리인 이방이란 점에서 미천하고 평민적·지역적·토착적·내부적 인물로 상징될 수 있다.

원은 부임한 무능한 원과 소명감과 책임감을 가진 자원한 원으로 나누어진다. 이 중에 갈등의 주체인 자원한 원을 중심으로 보면, 높은 집안의 자제로 사명감과 책임의식을 가진 인물이다. 그는 독자로서 독단성을 가지고 있지만, 참을성과 준비성이 부족한 인물이다. 원은 중앙에서 파견된다는 점에서 양반적·지배층·고귀함·중앙적·외래이입적·외면적·파견세력의 상징성을 가진다.

자원한 원의 아버지는 대개 송순으로 나타난다. 송순은 세심성·준비성·예지성·참을성·강인성을 갖춘 인물이지만, 유자적인 이중성을 가진 인물이다. 그는 자원한 아들과 신거무의 첨예한 갈등 대립을 해소하여 화합의 차원으로 끌어올리는 역할을 담당한다. 아버지는 겉으로 드러내지 않는 신거무의 적대세력이며 아들의 상위세력이다. 이런 점에서 중앙집권층·자원한 원의 상관·상위그룹·유화책을 사용할 수 있는 인물의 상징을 가지고 있다.

이상에서 신거무 전설에 대해 구성과 인물의 성격에 대해 살펴보았다. 신거무 전설을 정확하게 이해하기 위해서는 보다 많은 자료가 수집되어야 한다. 그리하여 신거무에 대한 민중의식을 살펴보고, 그 자료에 나타난 신거무의 영웅담적 성격 규명, 역사적 사회적 배경을 구체적으로 확인할 필요가 있다. 또 이 전설이 송순에 결합된 배경, 자원한 원과 아버지의 관계에서 후백제의 신검과 견훤 부자와의 관련성 등은 앞으로 검토되어야 할 사항이다.

〈성재 전설〉의 전승 배경과 등장인물의 특성

1. 서론

　본고는 금산군 제원면에 있는 천내강 갯터에 있는 조그만 성재란 지명에 결부되어 전승되는 자료를 〈성재 전설〉이라 하고, 이 전설의 전승 배경과 등장인물의 특성에 검토하는 것을 목적으로 한다.

　우선 금산 지역의 지리적 특징을 살펴보면, 금산 지역은 삼남(경상도·전라도·충청도)이 만나는 지리적 전략적 중요한 거점으로, 삼국시대부터 이곳을 차지하기 위한 치열한 싸움이 일어났던 곳이다.[1] 따라서 임진왜란 때도 이곳을 차지하기 위한 치열한 싸움이 일어났다.

　임진왜란을 일으킨 왜군들은 도성인 한양에 입성하는 것을 중요하게 여겨, 경상도 지역을 거쳐 단기간에 서울에 입성하였을 뿐만 아니라 평양성을 유린하는 데까지 성공하였다. 하지만 왜군들은 전라도 지방을 비

---

1) 김균태·강현모, 『새내 유역의 구비설화』, 금산문화원, 2005.12. 김균태·강현모, 『금강 본류 유역의 구비설화 1』, 금산문화원, 2005.12. 강현모, 「백제의 저항설화 연구」, 『비교민속학』 20집, 비교민속학회, 2001.2. 309-311쪽. 금산 지역에 전승되고 있는 자료들에서 확인할 수 있다.

롯한 후방 지역을 제대로 장악하지 못하여, 후방에 건재한 전라도의 관군과 활발하게 일어난 의병세력의 공격으로 양동작전의 위협을 처했고 전쟁물자 수급에도 많은 차질을 빚었다. 왜군들은 이런 난관을 타개하기 위하여 서울에 머물던 군사 일부를 빼내어 경상도로 돌아 전라도를 공격하게 하였다.

왜군들은 전라도 감영이 있는 전주성을 공격하는데 여러 가지 길을 모색할 수 있다. 그런데 왜군들이 택한 길은 금산을 경유하는 것이었다. 그리하여 금산 부근에서는 갯터의 성재 싸움, 웅치(곰고개) 싸움, 이치(배고개) 싸움, 그리고 금산성을 탈환하기 위한 1차에서 3차까지의 싸움 등 여러 차례 일어나게 된다.

따라서 금산 지역은 침입한 왜군들을 물리치기 위하여 대항하였던 과정을 드러내는 설화들이 많이 전승되고 있다. 이런 설화를 대왜 항전 설화라고 하겠다.[2] 이런 금산 지역의 대왜 항전 설화에 대한 연구로는 금산 지역의 설화 자료집을 간행하면서 연구 편에 언급한 일련의 문학적 관점의 연구[3]와 역사학적 관점의 연구[4]가 있다.

본고는 <성재 전설>을 대상으로 전승배경과 등장인물의 특성에 대해서 검토하고자 한다. 이를 위하여 2장에서는 금산 지역에 전승되는 대왜 항전 설화에 대해 총괄적으로 제시하고, <성재 전설>의 전승 양상을 제시하겠다. 그리고 3장에서는 <성재 전설>이 형성된 성재 싸움의 역사적 배경을 살펴보고, 전설의 주인공인 권종과 조헌에 대해 전기적 특징

---

2) 강현모, 「대왜 항전 설화에 나타난 교육적 의미―새내지역과 금산군 서부지역전설을 중심으로―」, 『한민족문화연구』 17집, 한민족문화학회, 2005.12. 186쪽. 이 논문을 김균태·강현모, 『새내 유역의 구비설화』에 재수록 하였다.

3) 주 1)에 언급한 자료 참조.

4) 이형석, 『임진전란사』, 동간행위원회, 1974. 허경진, 『금산의 임진왜란 이야기』, 금산군 문화공보관광과, 2004.5.

을 검토하겠다. 이를 통하여 4장에서는 전설에 등장한 인물인 주인공과 여자원귀의 특성을 살펴보겠다. 이때 권종을 중심으로 살펴보고 조헌과 차이점만 제시하겠다.

성재를 배경으로 한 대왜 항전 설화로는 필자가 조사하여 현재 간행되었거나 간행 중에 있는 금산 지역의 구비설화의 자료5)와 금산문화원 안용산 사무국장이 집성한 『이야기로 본 금산』,6) 그리고 금산 지역의 전승 자료들을 모은 『금산군지』, 읍지와 마을지 등에 기재되어 있는 것이다.

2. 대왜 항전 설화와 〈성재 전설〉의 양상

1) 대왜 항전 설화자료의 부류

대왜 항전 설화는 왜군들에게 대항하여 싸우는 모습을 보여주는 설화이다, 금산 지역에서 수집된 대왜 항전 설화의 자료는 총 49편으로, 필자가 조사한 42편과 문헌에 기록된 구비자료 7편 등이다. 이들 중에 필자가 조사한 자료는 현지조사법에 따른 것이고, 문헌에 기록된 자료들은 읽기 편하도록 문맥을 정리한 것이다.

금산 지역에서 수집된 왜군에 대한 대왜 항전 설화의 자료를 정리하

---

5) 이 지역 구비설화는 1992년부터 2004년 5월까지 조사하여 금산문화원에 제출한 바 있다. 이 자료들은 일부 마을을 추가 조사하여 금산문화원에서 2005년 12월 남이면과 남일면 지역의 자료를 『새내 유역의 구비설화』 1권으로, 부리면, 제원면, 군북면 지역의 자료를 『금강 본류 유역의 구비설화』 2권으로, 금산읍, 금성면 지역의 자료는 『금내 유역의 구비설화』 1권으로, 그리고 추부면, 복수면, 진산면 지역의 자료는 『버드내 유역의 구비설화』 2권으로 엮었다. 임진왜란 전후의 기간에 왜군과 관련된 자료는 49편이 된다.
6) 『이야기로 본 금산』은 저자가 직접 조사한 것과 기존의 문헌에서 재인용한 것이 있다. 이 자료집에 수록된 왜군에 대한 저항설화들은 다른 문헌에서 재인용한 것이 대부분이다.

면 크게 4가지 부류로 나눌 수 있다. 이들 부류를 정리하면 다음과 같다.

첫째, 조헌 및 권종의 왜적 물리치기 부류(성재싸움)
둘째, 영규대사의 왜적 물리치기 부류
셋째, 권율(이티싸움)과 서부지역 왜적 물리치기 부류
넷째, 금산에 수집된 일본에 대항의식 부류

위의 부류에 대해 구체적으로 살펴보자. 첫째 부류는 조헌과 권종에 결부된 구체적인 등장인물이 중심이 되어 갯터 닥실나루의 성재에서 왜군에게 대항하는 이야기들이다. 이 부류는 서사의 내용이 거의 같지만 권종과 조헌을 구분해서 다루어야 할 것이다. 그리고 둘째 부류는 의병장이자 승병장인 영규대사가 의병장 조헌과 갯터에서 금산 서부지역에서 이티싸움 이전까지 싸웠다는 허구적인 내용으로, 스님이라는 한계를 드러내는 이야기이다. 이 부류의 특징은 승병장인 영규대사가 탁월한 능력을 지니고 있지만, 조선사회의 신분 구조적인 문제로 의병장 조헌과 대립을 표출하지 못하고 대결에서 패배 당한다는 내용이다. 셋째 부류는 앞의 두 부류와 달리[7] 앞 부류의 전설 주인공들이 노력한 덕분에 방어 전열을 갖춘 권율과 전라도 의병이 전라도를 구할 수 있음을 간접적으로 표출한 이야기들이다. 이 부류에서는 금산 서부지역이 지리적으로 전라도로 침공하는 왜군을 방어하기가 유리한 산악 지형 조건을 갖추고 있는데, 이런 유리한 지리적 여건을 이용하여 왜적을 물리치고 전라도를 구하였다는 내용의 이야기들이다. 그리고 넷째 부류는 이야기의 배경이 금산 지역이 아니거나, 현대적 인물인 유진산이 일본 사람이 산과 나무

---

7) 역사적으로 권종을 제외한 금산 싸움에 참가한 사람들은 권율의 이치(이티) 싸움 이후에 죽었다. 그런데 금산 지역에서 전승되는 자료에는 이치 싸움 이전에 죽은 것으로 설정되어 있는 듯하다.

를 따로 팔아먹었다는 등의 왜군에 대한 징계나 일본에 대한 적대의식
을 드러내는 내용들로 이루어진 것들이다.

지금까지 금산 지역에서 수집된 대왜 항전 설화의 하위 부류에 따른
관련 자료수를 정리하면 아래 주와 같다.[8] 수집된 자료 중 일부를 이미
검토한 바가 있는데, 본고에서는 첫째 부류에 속하는 성재를 배경으로
전승되는 이야기를 검토하고자 한다.

2) 〈성재 전설〉의 전승양상

<성재 전설>은 전라도를 침입해 오는 왜군을 금산 지역에서 처음으
로 맞부닥뜨린 천내강이 내려다보이는 성재를 중심으로 전승되고 있는
이야기이다. 원래 저곡산성이라고 하는 성재에 대한 명칭은 이곳 유역
주민들에게 성재, 성재산, 천내강, 닥실나루, 갯터 등 다양하게 불리고
있다. 본고에서는 전설과 민속에서 지역민들이 가장 널리 쓰고 있는 이
름이 성재 혹은 성재산이므로, 지명을 성재라고 명명하여 사용하였다.

<성재 전설>은 왜군이 금산으로 쳐들어오자 주인공이 성재에 성을
쌓고 진을 쳤다. 그래도 불안한 주인공은 금강 상류에서 흙탕물을 일으
켜 물의 깊이를 알지 못하게 하고 적과 대적하여 진격을 저지하였다. 갑

---

8) 자료수의 합계가 실제 작품수보다 많은 것은 한 작품 속에 다른 부류나 내용이 중복되
  어 있는 경우가 있어, 이런 자료를 통합하여 제시하지 않고 그대로 계산하였기 때문이
  다. 그리고 넷째 부류에 관련 상황 자료는 일본과 구체적으로 대립을 드러내고 있는 자
  료가 아니다. 따라서 이에 관련된 자료는 많이 수집되어 정확하게 계산하지 않고 자료
  군으로 제시하였다. 단, 조헌에 자료 수는 그에 관련된 자료수를 총합으로 이중에 성재
  전설과 관련된 자료는 10편 정도이다.
  첫째 부류의 관련 자료 : 조헌 20화, 권종 7화, 기타 4화 등 31화,
  둘째 부류의 관련 자료 : 영규대사와 조헌 일화 9화
  셋째 부류의 관련 자료 : 권율 5화, 금산 관련 4화 등 9화.
  넷째 부류의 관련 자료 : 직접자료 5화, 상황 자료 4화 등 9화.

자기 한 여인이 광주리를 이고 강물을 건너자, 이를 보고 왜군이 물이 깊지 않은 것을 알고 공격하여 성재는 무너지고 주인공은 대패하여 죽거나 도망쳤다는 내용이다.

이런 <성재 전설>는 주인공으로 권종이나 조헌이 결부되어 있다. 역사적으로 보면 <성재 전설>의 실제적인 주인공은 권종이다. 그런데도 역사적으로 관련이 없는 조헌에게 결부되어 전하는 자료가 유화수도 훨씬 많고 내용도 풍부하다. 지금까지 수집된 <성재 전설>의 자료로는 권종에 관련된 것 7편이고, 조헌에 관련된 것 20화, 그 밖에 주인공의 이름 없이 등장하는 자료 등이 있다. 이렇게 된 것은 역사적 주인공보다 설화적 주인공이 이곳의 전승자에게 호감과 매력을 갖고 유대감이 있었을 것이다. 이에 대해 전승자의 인식태도에 대해 검토한 바가 있다.9) 전체적인 줄거리에서는 두 사람에게 결부된 <성재 전설>이 위에서 언급한 바가 같이 큰 차이가 없다. 따라서 본고에서는 이들 전설에 등장하는 인물의 성격에 대해 검토하고자 한다.

우선 <성재 전설>의 구조적 특징을 총괄적인 줄거리를 제시하고, 이 전설의 형성된 배경에 대해 살펴보고자 한다. 그리고 각 인물에게 결부된 <성재 전설>의 대표적인 자료를 단락별로 나누어 제시하면 다음과 같다.

우선 권종의 전설을 보면 다음과 같다.10)

---

9) 김균태, 강현모, 『금강본류의 구비설화 1』, 99-109쪽. 권종은 관료로 금산에 들어와 4개월 밖에 살지 못하고 죽은 인물이고, 조헌은 인근 옥천에서 여러 해를 살았고, 충청 일원의 선비들에게 추앙을 받았으며, 옥천 영동지역에서 의병을 일으켜 던 인물이란 고려할 수 있다.

10) <제원면 설화 29, 닥실나루>, 『설화속의 금산』, 93-95쪽. 『금산군지』에 있는 것을 재수록되어 있다. 이밖에 권종 관련 자료를 필자조사의 자료를 제시하면 다음과 같다.

  2. <저곡리 설화 2, 권종과 성재 싸움> (홍세익, 남, 67, 제원리 노인회관, 1992.7.21) 168쪽.

  3. <제원리 설화 3, 귀신 때문에 망한 권종 장군> (제보자1, ?, 남, 저곡리 경로당,

1. 닥실나루 근처인 갯터에 권종의 유허비가 있다.(權忠愍公殉節遺虛碑)
2. 임진왜란 때 금산 군수로 부임한 권종은 600명의 군사로 왜군의 진군을 막고자 하였다.
3. 권종은 전주에 군대를 이끌고 갔다가 나이가 많다는 이유로, 후방에서 군량이나 관리하라라며 군사들을 빼앗겼다.
4. 권종은 금산 쪽으로 왜군들이 진군해 오자, 관할지인 금산으로 돌아와서 새로이 군사를 모집하여 천연 요새인 닥실나루(성재, 저곡산성)에 주둔하였다.
5. 권종은 금강 상류에서 물의 깊이를 알지 못하게 흙탕물을 일으켜 왜군의 진격을 막았다.
6. 진군할 때 앞을 가로질러 간 여인은 권종을 짝사랑하다 자살한 원귀로 권종에게 진군을 만류하였으나, 권종이 듣지 않고 여인에게 칼을 휘두르자 사라졌다,
7. 한 여인이 강물을 유유히 건너자, 얕은 것을 안 왜군이 진격하여 성재가 무너지고 대패하였다. 그리하여 왜군이 금산읍성에 무혈 입성하였다.

위 전설에서 1단락은 증거물의 제시이다. 전설에는 증거물이 앞부분에 제시되지만, 권종에 관련된 이야기의 중간이나 끝 부분에 등장하기도 한다. 그리고 <제원리 설화 3>과 같은 자료는 증거물이 없는데, 증거물이 인근이기 때문에 생략된 것으로 보인다. 그리고 증거물로 성재가 등장하기도 한다. 2단락은 관료로서 책임과 3단락은 충절의식을 엿볼 수 있어 권종의 특성을 드러내고 있다. 그런데 위의 같은 내용의 자료로는

1996. 11.9) 189-190쪽.
4. <용화리 설화 14, 권종 군수 비문> (김현칠, 남, 66, 용화 1리 자택, 1996.11. 9) 152-153쪽.
5. <상리 설화 1, 금산 군수 권종과 금산 읍성 함락> (박찬요, 63, 남, 대한노인회관 앞, 1992. 7.21)
6. <만약리 설화 2, 조헌(권종) 선생과 주막집 처녀> (이병호, 72, 남, 다방 안, 1998.11.25)
7. <권군수 일화> 허경진의 『금산의 임진왜란 이야기』 40-41쪽.

<만약리 설화 2>가 있고, 그 밖의 자료에서 생략되어 드러나지 않는다. 그리고 4단락은 애민의식과 지형지물을 이용한 탁월한 전략이 있는 인물임을 보여주고 있다. 이 부분이 권종의 탁월한 예지 능력을 세밀한 관찰력을 보여주는 것으로, 대부분 갯터의 성재산성에서 싸움을 하였다고 되어 있다. 그의 구체적인 모습을 보여주는 것이 <상리 설화 1>과 <만약리 설화 2>이다. 5단락은 왜군의 진격을 막기 위한 강물에 황토를 뿌리면서 필사적인 저항하는 모습을 보여주는 것으로, 모든 자료에 반듯이 들어있는 부분이다. 그리고 6단락은 단락은 짝사랑하다가 죽은 여인의 원귀가 진군을 만류하다가 거절당하는 장면으로 설화마다 약간의 차이를 보이고 있는데, 뒤의 원귀 부분에서 언급하게 될 것이다. 7단락은 주인공이 여인의 훼방으로 작전을 실패하는 종결의 단락이다.

다음으로 조헌에 결부된 <성재 전설>이다. 조헌에 결부된 <성재 전설>은 서사 단락의 번호를 순차적으로 제시하지 않고, 앞에서 살펴본 권종의 전설과 비교할 수 있도록 같은 역할의 단락에 같은 번호를 제시하면 다음과 같다.11)

---

11) <대산리 설화 7, 성재산의 유래> (김선길, 72, 남, 1996.11.9. 대산2구 자택)『금강본류의 구비설화 2』79-82쪽. 성재 싸움과 관련된 필자조사 자료를 제시하면 다음과 같다.
  2. <천내리 설화 1, 성재산의 유래> (제보자 1, 60대, 남, 1992. 7. 21., 노인정) 221-222쪽.
  3. <천내리 설화 4, 조 중봉과 성재산> (제보자 1, 60대, 남, 1992. 7. 21., 노인정) 226-227쪽.
  4. <명암리 설화 3, 왜적을 물리치기 위해 쌓은 성재> (김홍춘, 60대, 남, 1992, 7. 21. 회관) 117-118쪽.
  5. <제원면 설화 4, 승병장 영규대사> (제보자 2, ?, 남, 1992, 7, 21, 노인회관) 190-191쪽.
  6. <호티리 설화 9, 영규대사와 조 중봉(헌)> (전군식, 55, 남, 1996. 11. 9., 사거리 자택) 403-405쪽.
  7. <구억리 설화 9, 성재산의 유래> (최완종, 65, 남, 2004. 5. 31. 구억말 길가) 44쪽.
  8. <마수리 설화 2, 칠백의총> (최병칠, 71, 남, 마수리 자택, 1998. 11. 14.)
  9. <성당리 설화 2, 조 중봉과 여인> (오재호, 80, 남, 노인정, 1996. 11. 8.)
  10. <만약리 설화 2, 조헌(권종) 선생과 주막집 처녀> (이병호, 72, 남, 다방 안, 1998. 11.25)

1. 성재는 임진왜란 때 싸움터였다.
4. 왜군이 금산으로 진격하자 중봉 조헌은 옥천에서 기병하여 강가에 진을 쳤다.
4-1. 부인들을 동원하여 돌을 날라 성을 쌓았으나, 왜군으로 방향을 틀어 허사가 되었다.
5. 왜군의 공격을 막기 위하여 상류에 흙탕물을 만들어 왜군의 진격을 막았다.
7. 광주리를 이고 물을 건너는 한 여인(후처, 첩)을 보고 왜군이 공격하여 조헌을 대패하고 도망쳤다.
8. 상의하며 도망치다가 칠백의총에서 장렬하게(?) 전사하였다.

위 전설의 단락을 보면, 1단락은 증거물의 제시이다. 그런데 권종의 경우는 갯터 유허비가 뚜렷한 이중의 증거물이 있는데, 조헌의 경우는 성재 선성이 증거물을 등장하고 있을 뿐이다. 2-3단락은 조헌의 특성을 드러내는 단락으로 위의 자료에서 제시되지 않았으나, 조헌에 관한 금산 지역의 다른 자료들을 통해 보충할 수 있다.[12] 그리고 4와 4-1단락은 조헌이 국가를 위하여 노력하지만, 그 계획이 부분적으로 실패한 부정적인 모습을 제시하고 있다. 그런데 영규대사와 관련 자료에서는 이 부분에서 조헌이 최선의 노력을 하였지만 여자로 인하여 패배하는 것으로 되어 있다. 그리고 5단락은 권종의 경우와 별 차이가 없지만 구체적으로 보여 주고 있다. 그리고 6단락은 조헌에게 찾아볼 수 없는 권종에게만 관련된 자료이다.[13] 7단락은 권종에게 최후를 맞이하는 종결단락이지만, 조헌에

---

12) 이 부분에서 조헌은 의병장이기 때문에 권종의 관군과 다르다. 따라서 2-3의 부분은 권종과 달리 민간적 의식을 보여주어야 하였다. 조헌의 관해 재주가 비상하다(천내리 설화 4)고 하거나, 그의 성격을 보여주는 것(상리 설화 3)의 자료들에 대해 검토할 수 있다.

13) 여인이 나타나 장군의 진군을 막았다는 내용은 신립장군의 탄금대 설화에서도 보이고 있다. 신립에 관한 연구로는 임철호(「신립설화의 역사적 의미와 기능」, 『구비문학』 12집, 구비문학회, 2001), 하은화(「<남백월이성 노힐부득 달달박박>을 통해본 <신립 오성이야기>의 구조적 특성과 문제의식」, 『국어교육』 100호, (국어교육학회, 1999.) 이준

게 대패하지만 칠백의총까지 생존하여 도망치도록 결구하고 있다. 따라서 7단락은 8단락과 같이 주변의 지명이나 관련 삽화들이 결구되면서 설화 전승의 다양성을 확보하는 계기가 되었다.[14]

이를 좀 구체적으로 보면, 역사적 실제 주인공인 권종보다 허구적 주인공인 조헌에 관한 자료가 많은 것은 종결단락인 7-8단락의 구조적인 차이에서 일어나 결과로 보인다. 즉 이야기 전승자들은 전설의 특정 상항을 인물과 결부할 때 그 인물의 역사적 사실의 한계를 가지고 전승시킬 수밖에 없다. 이야기 전승자들은 권종이 성재 싸움에서 장렬하게 전사하였고, 조헌이 칠백의총에서 죽었다는 역사적 사실을 인식하고 있다. 따라서 성재 싸움에서 장렬하게 전사한 권종의 역사적 사실을 부정하고 살려 도망치게 할 수가 없다. 설화 전승자들은 이런 역사적 한계를 인식하고 권종을 성재에서 죽도록 결구할 수밖에 없다. 반면에 전승자들은 조헌이 금산 제2차 전투를 참가하였다가 칠백의총에서 죽었다는 역사적 사실을 인식하고 있어 이곳 성재에서 죽일 수가 없다. 따라서 성재에서 대패한 조헌에게 칠백의총까지 이동과정을 설정할 필요가 있었다.

따라서 권종에 결부된 <성재 전설>은 다른 삽화를 결구시키지 못하고 성재 싸움이라는 역사적 사건만을 중심으로 전승시킬 수밖에 없다. 그리하여 권종에 결부된 전설은 수용한 소재의 한계로 변이와 의미가 단순하고, 흥미를 상실하여 전설 향유층이 줄면서 전승이 축소된 것 같다. 반면에 조헌에 결부된 전설은 성재에서 죽일 수가 없기 때문에 칠백의총까지 도주하는 과정에서 구억리의 유래와 같은 주변이 지명이나 영

현(「신립전설 연구」, 한국교원대학교 석사학위논문, 1998) 등이 있다.
14) 각주 11 참조. 성재 싸움에 대한 자료는 단순하게 처리될지라도 그 이후 영규대사와 관련되어 갈등을 그린 자료들이나(제목에 영규대사 붙은 자료들) 칠백의총과 연결되어 설화의 내용이 다양하게 된다. 그런데 성재싸움에 관한 내용은 오히려 빈약하게 전승되는 자료가 많다.

규대사와 관련된 새로운 사건들을 결부시키면서 소재가 다양해지고 내포의미가 확대되었다. 그로 인하여 전승의 흥미를 유발하여 전설 향유층이 증대되면서 질적 변화와 함께 양적인 확대를 가져왔다. 이리하여 오늘날 〈성재 전설〉은 역사적 실제 주인공인 권종보다 허구적 주인공인 조헌에게 결부된 자료가 많이 전승된 것으로 보인다.

3. 〈성재 전설〉의 형성 배경

1) 〈성재 전설〉이 형성된 역사적 배경

성재 싸움이 일어난 역사적 배경을 보면, 도요도미 히데요시(풍신수길)는 끊임없이 전개된 내전에서 승리하고 일본을 통일한 후에, 어수선한 나라의 관심을 외부로 돌리기 위하여 조선과 전쟁을 택하였다. 그리하여 이들은 조선에게 명나라를 친다는 구실로 길을 열어주기를 요구하였다. 왜구들은 조선이 이를 거부하자, 1592년 4월 14일 오전 8시쯤에 700여 척의 배를 타고 출발하여 오후 4시쯤에 부산 앞바다에 도착하였다. 이튿날 아침에 부산진에서의 싸움으로 7년간의 임진왜란이란 병화가 시작되었다.

왜군들은 한양을 점령하고 조선왕의 항복을 받는 것을 최우선 목표로 하였다. 왜군들은 부산진과 동래성에서 강력한 저항을 받았지만 함락시킨 이후, 3개의 부대로 편성하여 별다른 저항을 받지 않고 진격하였다. 이들 중에 제1대는 사신들이 다니던 동래—양산—청도—대구—안동—선산—상주—조령—충주—여주—양근—용진을 거쳐 서울로 가는 길로 진격하였다. 왜군들은 23일 상주를, 28일에는 새재를 넘어 충주를 점령하였다. 그리고 30일에 선조는 몽진을 시작하였다.

왜군들은 문경 새재를 넘어 파죽지세로 한양을 점령하고 평양성까지 점령하기에 이르렀다. 그러자 각 지역의 명망이 있는 인사들은 선조가 몽진하였다는 소식을 접하고, 침입한 왜군을 물리치기 위하여 의병활동을 활발하게 전개하였다. 특히 곡창지대인 전라도를 사수하여 조선을 지키려는 노력이 더욱 활발하게 일어났다.15) 이로 인하여 왜군들은 조선 왕이 의주로 몽진하고 중국 명나라의 지원군의 도움으로 항복을 받을 수 없었을 뿐만 아니라, 이순신이 이끄는 전라도 수군의 맹활약과 각 지방에 일어난 의병들의 활동으로 전쟁물자와 식량의 보급로가 원활하지 못하여 전세가 역전되었다.

따라서 왜군들은 이순신이 이끄는 전라도 수군과 후방을 교란하는 의병 활동의 근거지를 무력화시켜 원활한 보급로를 확보할 필요가 있다. 즉 양동작전을 저지하고 식량의 자급화를 이룰 수 있는 남부의 곡창지대인 호남지역을 점령하기 위한 계획을 수립하였다. 그리하여 왜군들은 북진하였던 일부 군사들을 경상도로 빼돌려 수군을 강화하고, 전라도를 공격하기에 이른다. 이때 왜군들이 호남의 중심 도시인 전라도 전주 감영을 침략하기 위해 예상되는 진격로는 다음과 같이 고려할 수 있다.

첫째, 추풍령-영동-제원-금산-이치를 지나는 길.
둘째, 부항령-나제통문-무주-진안-곰고개를 지나는 길.
셋째, 육십령-장수-진안-곰고개를 지나는 길
넷째, 팔량치-운봉-남원-오수를 지나는 길

전라도 관군과 의병들은 지리적 여건을 고려하여 왜군들의 진격이 예

---

15) 이형석, 앞의 책, 358-375쪽, 허경진, 앞의 책, 36-37쪽.

상되는 길목에다 군사를 배치하였다. 즉 곽영을 금산에, 이유의를 팔랑치에, 이계정을 육십령에, 장의현을 부항령에, 김종래를 장수 쪽에 보내어 왜적의 침입을 대비하게 하였다.[16] 이런 상황에서 왜군들은 전라도를 침공하기 위하여 첫 번째 진격로를 택하였다.

왜군은 임진강까지 진격한 야스구니(安國寺惠瓊)[17]를 5월 25일 쯤에 남하시켜 충주 새재를 거쳐 6월 9일쯤 선산에 도착한 뒤, 다시 김천−추풍령−영동을 거쳐 전라도로 진격하였다. 영동을 점령한 이들이 전라도를 침공하기 위해서는 두 가지 길이 있다. 하나는 길이 멀고 좁아 많은 군사가 이동하기 곤란한 양산−순양−부리−무주−곰고개를 지나는 길이다. 다른 하나는 앞의 길보다 편한 월영산을 끼고 흐르는 천내강을 따라 제원을 지난 이치로 진격하는 길이었다.

이런 상황에서 왜군은 후자를 택하여 금산 군수 권종이 거느리는 군사와 제원면의 천내강을 사이에 두고 대치하기 이른다. 권종은 천내강 방어선을 최대한 활용할 계획을 세웠다. 왜군들은 하루 만에 물의 깊이가 얕은 것[18]을 알아차리고 노도와 같이 갯터(닥실)나루 건너 성재산성(저곡산성, 성재산성)을 공격하였다. 천내강과 성재를 중심으로 치열한 싸움이 일어난 날이 6월 22일이다. 싸움은 하루 종일 힘겨운 싸움이 이어졌다. 권종은 다음날 아침에 기습해오는 왜군의 수가 워낙 많아 패배하였는데, 이때 아들 준과 그를 따르던 군사들과 함께 장렬하게 전사하고 말았다. 그리하여 왜군들은 천내강 방어선을 무너뜨리고 금산읍성에 무혈

---

16) 허경진, 앞의 책, 37쪽.
17) 「난중잡록」. 안국사의 승려였는데, 임진왜란 때 도요도미 히데요시의 사자로 조선에 건너와 왜장들에게 고문 역할을 하였던 인물이다. 그는 스스로 전라감사를 자청하였다고 한다.
18) 권종이 성재 싸움에서 패배한 것이 〈성재 전설〉을 형성시킨 요인으로, 역사적 사실로 인하여 왜군이 물의 깊이를 알아차리도록 설화화 하였다.(뒤에서 검토하기로 하겠다.)

입성하게 된다.

2) 〈성재 전설〉의 주인공

〈성재 전설〉에 등장하는 주인공은 역사적 실제 인물인 권종과 허구적 진실을 보여주고자 결부된 조헌이다. 본 절에서는 〈성재 전설〉의 주인공으로 결부된 두 인물인 권종과 조헌에 대해 문헌기록을 통하여 금산과 관련된 이들의 전기적 특징을 검토하여, 전설의 주인공에 대한 특성을 파악하는 계기를 마련하고자 한다.

(1) 기록에 나타난 권종과 금산

권종에 대한 연구와 기록은 역사학적 논문을 제대로 파악하지 못하였지만 일천하다. 그는 한국역사학 사전에 기록되지 못하였고, 심지어 최근에 발간된 『한국민족문화대백과사전』을 비롯한 백과사전에도 그의 죽은 연대만 기록되어 있지, 출생 연대를 밝히지 못하였다.

현재 권종에 대한 기록은 『국조인물고』, 금산군 갯터 닥실나루 근처에 있는 「권종순절유허비」, 포천시 소흘읍 고모리에 있는 「권종충신문」이 있다. 「권종순절유허비」는 권종의 순절을 기리기 위하여 이승보(李承輔)가 찬하고 11대손 정호(鼎鎬)가 글씨를 쓴 것으로 고종 15년(1878)에 세워졌다. 그리고 「권종충신문」은 선조가 충신정려를 내려 이현조(李玄祚)가 묘지문을 찬한 것으로 되어 있다. 그리고 『국조인물고』를 참조하여 번역 정리한 『한국민족문화대백과사전』[19]의 기록이 있다.

---

19) ?~1592(선조25). 조선 중기의 문신, 본관은 안동, 자는 희안(希顔), 찬성사 근(近)의 후손이며 아버지는 중림찰방증좌찬성(重林察訪贈左贊成) 지식(軹寔)이다. 포철출신. 효렴(孝廉)으로 천거를 받아 개령현감이 된 후 여러 군현의 수령을 지냈는데 어느 곳에서나 청렴하고 신중하다는 평을 들었다. 1592년 임진왜란이 일어나던 해 금산군수로 부임하여

위 기록들을 대상으로 검토하여 보면, 안동 권씨인 권종은 천성사 근의 후손으로 지식의 아들로 되어 있다. 권종은 포천 출신으로 언제 태어났는지 명확하지 않지만,[20] 효렴한 덕분에 벼슬에 천거된 사람이다. 그는 개령현감을 거쳐 여러 군현의 수령을 지냈는데, 청렴하고 신중하다는 평을 들었다고 한다.

권종은 1592년 3월에 금산군수로 부임한 것 같다. 권종은 임진왜란이 일어나자 광주목사로 있던 사촌 동생 권율과 국난에 대처할 것을 기약하고, 『제승방략』에 따라 군사를 이끌고 전라도 감영이 있던 전주로 갔다. 그런데 관찰사는 권종이 나이가 많다는 이유로 그의 군사를 방어조방지에 배치하고 후방에서 군량을 관리하는 임무를 맡겼다.

권종은 6월에 왜군이 자신의 관할지역으로 쳐들어온다는 정보를 듣고, 금산으로 돌아와 새로 병사를 모집하니 200명 정도였다. 권종은 이 군사로 넓은 금산성을 방어하기 어렵다 생각하고, 천연의 요새인 천내강 주변에 있는 저곡산성에 옮겨 진을 쳤다. 이때 제원찰방인 이극경이 역졸을 데리고 합세였다는 점, 고경명과 조헌에게 협력하여 방어할 것을 제의하였다는 점, 전쟁을 하루 종일 싸우고 다음날 격전에서 아들과 함

광주목사로 있던 사촌 동생인 도원수 권율(權慄)과 서로 연락하여 국난에 대처할 것을 기약하였다. 먼저 군사를 이끌고 전주에 도착하였으나, 관찰사가 그의 나이가 많음을 이유로 그가 거느리고 있던 군사를 빼앗아 방어 조방양진(防禦助防兩陣)에 이속시키고 군량관리의 임무를 맡게 하였다. 6월 20일 왜적이 금산군에 이르자 그 곳으로 돌아가 2백명도 못되는 병졸을 거느리고, 약간의 역졸을 거느리고 있던 제원찰방(濟源察訪) 이극경(李克絅)과 합세하여 적을 기다렸다. 한편 의병장 고경명(高敬命) 조헌(趙憲)에게도 격문을 보내어 협력하여 방어할 것을 제의하였다. 22일 왜적이 대거 내습하자 하루 종일 대전하였으며, 다음날 격전 끝에 아들 준(晙)과 함께 순국하였다. 군민들이 그의 충의에 감복하여 시신을 거두어 포천의 선영에 장사지냈다. 이조판서에 추증되고 금산에 순의비(殉義碑)가 세워졌다. 시호는 충민(충민)이다.

20) 포천시 향토유적 40호 「권공충신문」, 「권공충신문」에 대한 시 홈페이지 설명에서 '권종선선생이 명종 9(1554)년에 출생하였다'고 기록하고 있다. 여기에서 '권종선선생'은 오타로 권종을 가리키는데, 잘못된 기록이다. 왜냐하면 그의 사촌 동생 권율이 1537년에 탄생하였고, 권종이 임진왜란 때 나이가 많다는 것으로 보아 신빙성이 없다고 하겠다.

께 죽었다는 것은 역사적 사실과 별다른 차이가 없다.

장자인 현이 쌓인 시체 가운데 공과 준을 얻어 포천 선영에 장사지냈다고 한다. 그리고 선조는 이런 권종의 순절을 탄식하여 「권공충신문」이란 충신정려를 내렸다. 「권종순절유허비」는 그의 10대손 재우가 진산군수로 왔다가 권종의 행적이 인멸할 것을 염려하여 금산에 있는 재종들과 금산군수의 도움으로 비문을 세우게 되었다는 것이다.

(2) 기록에 나타난 조헌과 금산

조헌에 대해 살펴보자. 조헌에 대한 기록은 금산과 관련되어 많은 곳에서 보이고 있다. 또 금산의 구비설화에는 조헌이 금산사람 혹은 금산 인근인 옥천 사람으로 인식하고 있다. 조헌에 대해 이렇게 인식하게 된 것은 그가 충청도에서 의병을 일으켜 활동하였고, 금산 2차 전투에 참여하였다가 칠백의총에서 전사하였다는 점에서 비롯된 것 같다.

조헌은 양반지배계층이었기 때문에 그에 관한 문헌기록이 다양하다. 조헌에 관한 기록을 보면, 역사서로『선조실록』,『선조수정실록』,『광해군일기』,『국조방목』 등이 있고, 자신의 문집인『중봉집』을 비롯하여『난중잡록』,『기제사초(하)』,『우암집』,『국조인물고』,『제조번방지』,『문소만록』 등이 있다.

조헌에 대한 위의 기록들을 종합하여 보면, 조헌은 경기도 김포에서 가난한 응지(應祉)의 아들로 태어났다. 이이(李珥), 성혼(成渾)의 문인으로 12세에 김황에게 시서를 배웠다. 가난한 조헌은 추운 눈보라를 헤치고 글방에 빠지지 않았고, 농사일을 도울 때나 부모의 방에 불을 땔 때도 책을 놓지 않았다21)고 한다. 그는 24살(1567)에 식년문과에 병과로 급제,

---

21) 구비전승에는 이를 더욱 강조하는 쪽으로 전승되고 있다. 김포 지역에서는 조헌의 어릴 때 이야기들이 채록되는데, 심지어 모심기를 할 때도 바가지에 책을 놓고 읽었다고 한

이듬해 관직에 올라 정주, 파주, 홍주 등 여러 목의 교수를 역임하면서 사풍(土風)을 바로 잡았다. 그러던 조헌이 1582년에 계모를 편하게 모시기 위해 자청하여 보은현감으로 나갔고, 관직을 물러나 옥천에 후율정사(後栗精舍)를 세워 제자 양성과 학문에 전념하였다. 조헌은 강직하고 곧은 말을 잘 한다는 평이 자자하였는데, 벼슬에 있을 때나 산야에 있을 때에 강직한 상소로 부침을 겪어야 하였다.[22]

조헌은 임진왜란이 일어나자, 후학을 양성하던 옥천을 중심으로 충청도 일원에서 의병활동을 시작하였다. 조헌은 옥천에서 기병하여 보은의 통로를 차단하려 하였으나 여의치 않아, 홍주로 자리를 옮겨 기병하게 된다. 이때 그의 문인인 이우, 김경백, 전승업 등이 대거 합류하여 1,600여 명을 모아 승병장 영규대사의 승병과 합세하여 8월 1일에 청주성을 탈환하였다. 조헌은 청주성을 탈환한 뒤 충청도 순찰사 윤선각의 시기와 방해로 의병들이 강제로 해산 당하였다. 그래서 조헌은 700명의 의병과 영규대사의 승병이 합세하여 금산성을 탈환하기 위해 금산으로 진격하였으나 8월 18일 중과부적으로 전몰하게 된다.[23]

조헌이 금산과 가장 직접적인 관계를 가진 것은 금산 2차 전투 때인 칠백의총 관련 일이다. 기록이 없지만, 조헌은 옥천에 거주하였기 때문에 닥실나루를 건너다니면서 금산 지역을 왕래하며 이 지역의 선비들과

다.(강재철, 「우저서원의 유래」, 『김포의 설화』, 김포문화원, 1999, 105쪽.)

22) 조헌의 상소문들은 매우 극열하였다. 조헌은 1572년 왕의 불공(佛供)을 극간하고, 1582년 사육신의 정문을 세워 표충 할 것, 1587년 정여립의 흉패나 이산해의 그르침을 논박하는 상소하였고, 1591년에는 도끼를 들어 대궐문 밖에서 일본 사신을 목 벨 것을 청하는 등 상소를 올렸다.

23) 『새내 유역의 구비설화』 58-63쪽. 이때 조헌의 금산 진격은 700여 명의 소수 의병으로 공격을 감행하였다는 것, 기병을 방해하던 충청도 순찰사 윤선각이 후군으로 지원할 것을 약속하였다는 점, 전라도 순찰사 권율과 제대로 협조하지 않았다는 점 등에서 무모한 공격이라고 하였다. 조헌이 금산성 공격한 것은 청주성의 승기를 이용하여 왜군에게 압박효과를 노렸다고 하겠다.

교류할 수도 있다. 설화전승자들은 이런 과정을 새로운 이야기로 생산하여 사건과 관련하여 전승시킬 수 있다.

위 사건은 조헌의 청장년 이후의 일이다. 그런데도 금산 지역의 설화전승자들은 조헌이 이곳에서 어려서부터 살아왔고, 칠백의총에서 전사하여 묻혔으며, 죽은 후에도 관련되어 있다고 보았다. 이처럼 조헌은 금산 2차 전투에서 패배로 칠백의총에서 의병과 함께 전몰하여 구비나 후세 문헌에서 완전한 금산 사람으로 태어나게 된다.[24]

4. 등장인물의 특성

1) 주인공

첫째, 주인공의 성격을 보면 매우 강직한 인물로 되어 있다. 권종은 문헌기록과 같이 강직한 성격을 보여주고 있다. 이런 강직함은 조헌도 마찬가지이다.

권종은 자신이 맡은 책임을 회피하지 않고 당당하게 맞서는 인물이다. 권종은 임진왜란 직전에 금산 군수로 부임하였다. 그런데 그는 싸움에서 관군들이 적극적으로 싸우지 않고 도망하려는 경향과 달리 나이에도 불구하고 왜적에 대한 적극적인 방어의지를 가지고 있었다. 즉 전라도 수령들의 작전회의 때에 상황을 보여주는 내용에서 권종이란 인물의 특성

---

24) <곡남리 설화 4. 조 중봉 선생을 이곳으로 모시게 된 유래>, <곡남리 설화 16. 조 중봉과 수심대>, <곡남리 설화 1. 조 중봉 선생과 수심대> 등 신주가 옥천에서 금산으로 모셔지는 것과 관련된 수심대 일화들이다. 후손의 한 며느리가 이곳에 치마로 신주를 모셨다고 하고, 수심대에 조헌 선생의 사당이 있다. 이는 조헌 선생이 어려서부터 살았던 곳이란 의미를 내포하는 듯하다.

을 드러내고 있다.

　　권종 군수는 나이가 많다고 해서 전라북도 수령, 전라도 수령들이 모여
서 작전회의를 할 때, "당신은 나이가 많으니까 일선에 가서 싸우지 말고
뒤에서 군량미나 모아서 대라."는 얘기를 했어. 권종 군수가 뭐하고 했냐
하면, "늙고 젊은게 애국하는데 차등이 있을 수 없다. 나는 죽을 각오를
하고 나서 나가서 싸우겠다." (만약리 설화 2)

　　금산에 왜놈들이 맨 먼저 들어온 것은 6월22일이여. 거기가 어디 냐믄
천래강가, 갯티라고 하지. 갯티. 거기에 올라왔는데 권종 군수는 나이가
많고 허니까, "뒤에서 식량이나 보급하고 머 이렇게 뒷일이나 좀 보라."고
했는데, 이 양반은, "나라의 그 위급한 때에 당해서 일선에 군수가 뒤에서
그런 일이나 할 수가 없다." (상리 설화 1)

　　권종은 일선 군수가 후방에서 식량이나 나르는 일을 할 수 없다며 죽
을 각오를 하고, 자기 관할지인 금산에 돌아온 뒤에 의병을 모아 성재에
나가서 싸울 준비를 하였다.[25] 이처럼 권종은 국가에 대한 강직한 충성
심을 드러내고 있다. 권종은 나이와 상관없이 일선 군수로서 국가의 위
란에 처하여 자신의 직분에 충실하게 임하는 인물임을 드러내고 있다.

　　그런데 조헌의 경우는 7단락 이후에 급격한 변화를 보이고 있다. 조헌
은 7단락 이전에 매우 강직하고 적극적인 성격을 가지고 있는 데 비하
여, 8단락에서 자기중심적이고, 패배주의에 젖어 명분에만 신경을 쓰는
인물로 전락하고 있다. 그래서 이야기 전승자들은 그를 왜군과 싸움에
적극 대처하기보다 현실에 안주하는 인물로 묘사하고 있다.[26]

---

25) 〈만약리 설화 2. 조헌(권종) 선생과 주막집 처녀〉 참조, 〈상리 설화 1. 금산 군수 권종
　　과 금산 읍성 함락설화〉에서도 '뒤에서 식량 보급이나 하라고 하자,
26) 〈마수리 설화 2〉 "근께 도저히 격전을 하다가 진을 치고 거기에 인자 굴이 있거든. 또
　　진악산에 빈대굴이라고 하는디, 굴 있는디. 그 인자 굴속에서 인자 물도 있고 하니께
　　거기서 진을 치고 있다가 도저히 감당할 수 없으니께, 거기서 내다볼 적이 옛날 어른들

둘째, 주인공은 애민의식을 가지고 있다. 다만 애민의식을 권종은 철저하게 가지고 있는데, 조헌은 약간 부정적으로 묘사되어 있다.

권종이 금산읍성을 놔두고 저곡산성인 성재로 이동하여 왜군과 싸운 것은 관할지 백성들을 위한 애민의식에서 비롯되었다. 권종 관련 설화의 2-3단락은 권종만의 특색을 드러내는 단락이다. 이곳에서 권종의 애민의식과 국가에 대한 충성심을 엿볼 수 있다. 권종은 문헌기록에서와 같이 전주로 군사를 이끌고 갔다가 빼앗기고 관할지 금산으로 돌아와 새로 병사를 모집하여 왜군과 싸워야 하였다. 구비설화 속에서는 권종이 거느린 군사의 수와 특징이 문헌기록처럼 명확하지 않지만, 새로 모집하여 왜군과 싸웠을 가능성이 높다. 병사들을 새로 모집하였든 원래 군사로 싸웠든 숫자가 적은 군사로 많은 왜군을 대적하기가 어렵다. 더욱이 군사 훈련도 제대로 받지 못한 군대로 넓고 평지인 금산읍성에서 싸운다는 것[27]이 불가능하였다. 따라서 권종은 적은 군사를 가지고 많은 왜군을 대적할 수 있는 곳으로 물을 경계로 하는 지역이 용이할 것으로 판단하였다. 그리하여 권종은 200명의 군사를 이끌고 천내강이 내려다보이는 성재(저곡산성)에 진을 치게 된다.

자료에서는 권종이 저곡산성으로 이동한 것을 성민들을 위한 행동이라고 한다. 즉 권종은 금산 읍성에서 싸움이 벌어지면 자연히 주민들이 피해가 많아서 관군을 이끌고 갯터로 갔다고 한다.

은 자기 묻힌, 묻히는디 후손이 번성한다고 해서 자기 죽음이 인제 땅이 들어가는 그 땅을 소중히 여겼어. 그래서 거기서 바라 보니께 거 칠백의총 의사총이 거기가 자리가 좋거든. 그래 거기서 인제 옛날엔 병막을 친 것이 뭐 참배를 해 가지고서 치할 친 거지. 치할을 쳐 놓구서 거기서 인제 죽음을 맞이하기 위해서 목욕재개하고 그리고 옛날엔 상투 꼽았으니까. 상투. 모두 일단, 모두 풀고 머리 감고서 다시 인제 손질하고 그런 사이 일본놈들이 거까장 도달했어. 도달했는디 반격 안하고서 그냥 당하게 되는데"와 같은 자료에서는 자신의 뒷일을 중심으로 결정하는 인물로 설정하고 있다.

27) 싸움의 결과를 예측할 수 없다, 이때 예측은 승패의 문제가 아니라 시간의 지연 문제이다. 따라서 좀 더 확실하게 지연시킬 수 있는 천내강을 택한 것이라 하겠다.

적은 반드시 영동과 무주를 거쳐서 천래강으로 쳐들어온다. 천래강은 수심이 깊고 내가 넓어, 이래서 한 사람이 능히 열 사람을 당할 수 있는 노색이다, 이래서 금산 읍성이 성이 얕어. 그러구 토성이라 견고하지를 못해. 또 금산 읍성에서 싸움이 벌어지며는 자연히 주민들이 피해가 많아. 이래서 관군을 이끌고 갯티로 갔어. 가서 진을 치고 이루케 지키고 있지. (상리 설화 1)

권종은 읍성에 사는 주민들의 고통과 피해를 줄이고 읍성보다 높고 효과적으로 방어할 수 있는 성재에 진을 쳤다. 그 결과 왜군들이 금산읍성에 무혈 입성하여 선무작전을 전개하였다는 점에서 주민들의 피해가 줄어들었던 사실[28]을 고려하면 권종의 선택은 옳았다고 하겠다.

권종이 성재에서 싸운 것은 관할 주민을 고려한 관리로서의 애민정신을 보여주고, 또 적은 수의 군사로 훈련이 잘된 많은 왜적의 진격을 효과적으로 저지할 수 있는 장소이기 때문이다.[29] 이에 비하여 조헌의 구비설화에서는 애민의식이 뚜렷하게 나타나지 않는다. 이는 관할지가 없는 의병이기 때문으로 보인다. 조헌은 오히려 정확하게 판단하지 못하고 쓸데없는 곳에 성을 쌓기 위하여 주민들을 동원하여 고생시킨 인물로 그려져 있다.

셋째, 주인공은 상황 예측에 관해 큰 차이를 보이고 있다. 성재에서 싸운 의도가 권종은 상황을 정확하게 예측한 탁월한 능력을 가졌음을 드러내는데, 조헌은 임진왜란의 전개과정에서 전략적인 의미를 인지하고 있는지조차 의심스럽다.

---

28) 허경진, 앞의 책, 49쪽

29) 〈만약리 설화 2〉 "이렇게 해서, 금산성에 약 600명의 군사가 있었는데, 군사를 이끌고, 금산성이 토성이고 참 이 견고하지를 못 햐. 그 성에 의존해서 싸우면 지기가 어 뭐 십중팔구여. 이러니까 천례성에 나가서 그 강가에 의지하고 왜놈들이 진출하기를 기다렸어. 왜놈들이 딱 와보니까, 강은 흙탕물이 막 흘러. 큰 강인데 어디가 얕고 어디가 깊은지 분간할 수가 읎어."

권종이 성재에 군대를 주둔한 것은 왜군들의 침입이 전라도를 공격하기 위한 것임을 명확하게 인식한 데서 비롯된다.[30] 따라서 권종은 전라도 관군과 의병들이 철저하게 방어할 준비 시간을 벌어주기 위하여, 적들의 전격을 막는 데 최선을 다하는 뚜렷한 전략의식을 가지고 있다. 당시 전라도의 사수는 금산 전투에 달려 있었다. 전라도 관군과 의병은 왜적이 전라 감영이 있는 전주로 쳐들어올 수 있는 여러 갈래의 길을 방어하였다. 이에 권종은 전라도 군사들이 재와 령에서 방어선을 구축하는데 시간이 필요함을 예측하고, 시간을 벌기 위하여 왜군의 진격을 효과적으로 저지하기 위한 작전이 필요하였다. 그런데 권종은 자신이 이끄는 훈련이 안 된 소수의 군사임을 감안하고, 강이란 천연의 요새를 최대로 활용할 계획을 세웠다.

권종은 강에 붙어있는 성재를 이용하여 200명 혹은 600명의 군사로 도강을 막으려고 하였다. 하지만 훈련 잘되고 조총으로 무장한 19,000명의 왜군을 막는 데에 한계가 있음을 예측하였다. 적의 진격을 저지하기 위해 수적·질적인 열세를 보완하는 방법이 강의 깊이를 확인할 수 없게 하는 방법이었다. 그리하여 상류에서 강물에 황토를 뿌려서 강이 깊고 얕은 정도를 알지 못하게 하여 왜군의 도강을 저지하는 지혜를 발휘하였다. 그 결과 전라도 관군과 의병이 철저하게 준비하여 승리[31]할 수 있도록 시간을 벌어 주었다. 그 싸움이 바로 권종이 이끌었던 성재 싸움이다.

이에 비하여 조헌은 영규대사와 대비되어 부정적으로 묘사되는 경우가 많다.[32] 실제로 설화에 등장하는 조헌은 왜군들이 공격하는 목적과

---

30) 앞 <상리 설화 1>의 인용문에서 찾아볼 수 있다. 또한 다음 설화에서 찾아볼 수 있다.
31) 『새내 유역의 구비설화』 64-66쪽. 이티 싸움에 관한 부분 참조.
32) 영규대사에 대한 연구로는 각주2의 자료, 신동흔(「역사인물담의 현실대응방식연구」, 서울대 박사학위논문, 1993.2)과 김승호(「임난시 승장의 설화전승 양상 — 영규대사를 중심

그들을 저지하는 목적이 무엇인지, 왜 행동해야 하는지가 불분명하다. 조헌은 전승 자료에서 오르지 죽음을 통해 후세에 유전되는 것을 최우선으로 고려하고 있다. 때문에 조헌은 왜군의 진격목표의 방향과 동떨어진, 후세에 이름을 날릴 수 있는 충청도와 서울 쪽으로 진격할 방향에 있는 명당인 칠백의총에서 죽음을 택하였다.

2) 여자 원귀

등장하는 여자 원귀[33]는 〈성재 전설〉의 주인공들이 패배하는데 결정적인 역할을 수행한다. 그런데 설화에서 여자는 주인공이 매우 강직하고 유연성이 없는 결과로 원귀가 된다. 따라서 설화에서는 인간이 강인함과 여유로움이 결합되어야만 원만한 인간관계를 유지할 수 있음을 보여주고 있다. 이는 이성 간의 관계에서도 마찬가지이다. 그런데 주인공들은 그렇게 하지 못하였고, 그 결과 여인은 한이 맺힌 원귀가 되었다. 그리하여 원귀가 된 여인은 주인공들이 격전지를 이동하는 동안 혹은 이동하였을 때 나타나, 주인공에게 불리한 행동을 하여 비극적인 종결을 맞이하도록 역할을 수행하고 있다. 사실 여자 원귀는 주인공이 패배한 역사적 사실을 합리화하기 위한 설화적 장치로 보인다.

권종의 경우를 보자. 권종은 탁월한 능력과 예지력을 가진 강직한 성품을 지니고 있다, 이야기 전승자들은 권종과 같은 강직한 인물들이 패배하는 것을 원하지 않았다. 하지만 패배하였던 역사적 사실을 인식하

으로」, 『동악어문논집』 36, 동악어문학회, 2000.12) 등의 연구가 있다.

33) 원귀에 대한 연구는 많은 편이다. 원귀에 관하여 안병국(「한국원귀설화의비교문학적 연구」, 중앙대 박사학위논문, 1982)과 조성혁(「원귀설화의 변모양상연구」, 건국대 박사학위논문, 2000) 등 박사학위논문이 있고, 그 밖에 강진옥(「원혼설화에 나타난 원혼 형상성 연구」, 『구비문학』 12, 구비문학회, 2001)의 연구가 있다.

고, 그 패배 방법으로 비일상적인 신이한 소재를 끌어들일 필요가 있었
다. 그것이 바로 여자 원귀이다.[34]

권종의 <성재 전설>에 나타난 여자 원귀는 다음과 같다.'[35]

누군가는 확실히 몰라도, 그 분들이 공부를 할 때 글소리가 하도 낭낭
해서 이웃지 살던 처녀 하나가 거기 현혹돼가지고 참 응, 언간히 거시기
를 했던게벼. 그래 가서 참 결혼해 줄 것을 청혼한께 응 거절을 하고 말거
던. 그 처녀가 그래서 자살을 했댜. (용화리 설화 14)

그러믄 그 여자라는 것이 도대체 뭐냐. 여러분은 여자니까 (일동웃음)
참, 하나의 수수께끼 같은데. [일동웃음] 권종 군수가 어려서 공부할 때
그 짝사랑 하던 사모하던 그 여자가, 처녀가 하나 있었어. 그런데 아무리
요샛말로 윙크를 하고 뭐 이륵케 해도 끄덕도, 돌아보지두 안 해. 그래서
벙어리 냉가슴 앓듯이 그냥 사모하다 사모하다 지쳐서 죽었어. 짝사랑 하
다가 사랑병이 걸려서 죽은 거여. (상리 설화 1)

그 귀신이 무슨 귀신이냐? 그 말하자면 원님이 어렸을 적에 서당이를
다니는데, 이웃집 큰 애기가 사랑을 했댜. 사랑을 했는데 그 안 들어 줬어,
사랑을 안 받아줬단 말이여. 그러니게 원한이 돼가지고 귀신이 돼서, "내
가 언제든지 너를 복수를 한다." 하고서나 밥 광우리를 이고 왔다는 기
여.(제원리 설화 3)

그 그렇게 도포를 빨아서 이렇게 해 줘도 돌아보지도 않고 가뻐려. 옛
날부터 이 여자나 남자나 어떤 사람을 사모하고 뭐하면 상사병이라는 것

---

34) <용화리 설화 14, 권종 군수 비문>에서는 중과부적으로 왜놈들한테 죽었다고 한 뒤에
원귀설화를 차용하고 있다. 그런 뒤에 이 원귀설화는 중봉 조헌과 관련된 것인지 권 군
수를 두고 한 것이 잘 모른다고 한다. 그런데 제보자는 다시 원귀설화의 차용을 부정하
고, 당시 농사철이기 때문에 농부들이 농사를 지으러 건너다닌 것으로 해석하기도 한
다. 그리고 <저곡리 설화 2, 권종과 성재싸움>에서 등장하는 여인은 원귀인지 아니면
밥 광주리를 나르는 일반 여인인지 명확하지 않다.
35) <닥실나루>에서는 그 여인이 권종을 짝사랑하였다는 내용만 있다.

이 있지. 이 처녀는 권종 군수를 사모하다가 병이 나서 죽었어.(만약리 설화 2)'[36]

이 여자들은 스스로 만든 원한[37]으로 원귀가 되어, 주인공이 왜군과 싸움에서 패배하도록 하는 역할을 수행하고 있다. <성재 전설>에서 원귀들은 주인공이 패배하도록 하는 데 목적이 있기 때문에, 흙탕물이 된 강을 건너가는 것으로 그의 역할이 끝난다.

그런데 <닥실나루>와 <조헌(권종) 선생과 주막집 처녀>에서 등장하는 원귀는 앞의 원귀들과 좀 차이가 있다. 작품에 등장하는 원귀는 군대가 행진하는 앞을 가로 질러 권종 앞에 나타난다. 이때 군인들은 "여자가 가로질러 가면 재수가 없다."는 속신 때문에 격분하여 소리를 지르고 '불길한 징조라며 부대를 돌려야 한다'고 까지 주장한다. 그래서 권종은 달려가 여자를 칼로 내려치려고 보니까, 자신을 짝사랑하다 죽은 여인이었다. 여자 원귀는 권종에게 다음과 같이 만류하였다.

전에 금산에서 군사 600명을 이끌고 행진을 하는데, 여자가 당돌하게 나와서 행진을 막아. "이 군사가 나가서 싸우면 전멸할 테니까 나가지 말라." 고 막아. 그러니까 권종 군수가, "요망한 여자가 어디라고 함부로 나와서 지껄이냐." 고. 칼을 빼서 쳤어. 여자는 간데 온 디가 읎어. 그러니까 어떻게 생각하면, 권종 군수를 끝까지 사모하고 사지에 나가는 것을 막을라고 하다가, 그것도 안 되고 하니까 결국은 왜군을 인도한 격이 됐지. (만약리 설화 2)

---

36) 이 내용은 조헌에게 결부되었는데, 권종에 대해 구술할 때도 권종을 사모하다가 죽은 여인의 혼이라고 말하였다. 원귀의 정체를 설명할 때 신분을 언급하지 않고 그 행위만 언급하는데, 조헌의 내용과 유사한다. 따라서 권종을 사모하던 여인은 조헌에 결부된 내용으로 보았을 때 미천한 주막집 딸이라 하겠다.

37) 문헌설화에는 여자가 젊은 총각에게 혹하여 스스로 청혼하였다가 거절당하고 죽은 뒤에, 그 선비들이 출세를 하지 못 하였다는 이야기들이 많이 있다. 여기에서 여자에게 원한을 사지 않도록 하는 원만함이 중요하다고 보여준 것이라 하겠다.(각주 41 참조.)

여기에서 원귀가 나타나 만류하는 것은 나름대로의 의미를 내포하고 있을 것 같다. 원귀는 설화의 표면적인 의미와 같이 권종이 죽지 않기를 실제로 원했는지도 모른다. 그렇지만 권종이 원귀의 바라는 대로 하였다면 또 다른 죽음이 아닐 수 없다. 권종이 여인을 죽인 것은 그의 강직함에서 비롯되었다. 만약 원귀가 원하는 삶을 택하면 권종은 지금까지 자신의 강직함이 허위임을 드러내고 만다. 그리고 왜군의 진격을 늦추는 역할을 수행하지 못하여 더 큰 국가적 위기를 자초하게 되었을 것이다. 그 결과 권종은 원귀의 도움으로 살아날 수 있지만, 그 살아남이 오히려 치욕이 되고 만다. 그 상황은 권종에게 죽음을 능가하는 치욕과 고통을 평생 안고 살게 할 것이다. 권종이 원귀에게 칼을 휘둘러 죽음을 택함으로 영원한 삶을 획득하게 되었다. 그 결과 원귀는 주인공의 강직함과 애국심을 드러내는 역할을 수행하고 있다.

그럼 권종과 조헌에게 결구된 여자 원귀의 차이를 살펴보자. 삽화에서는 권종의 경우 원귀가 된 여자와의 관계보다 원귀가 된 상황을, 조헌의 경우 원귀가 생기게 된 과정까지 보여주고 있다.[38] 이런 차이는 이야기

---

38) <대산리 설화 7>에서 보면 조헌은 이곳에 살았던 인물임으로 보여주는 내용일 가능성이 있다.
　　이런 얘기해서 안 됐지만. 여성들, 조준봉씨라고 하는 대장의, 인제 그 때만 해도 그 사람이 좀 잘나면은 그 전부 다 세컨드(첩)라고 있었나 없었나 모르지만, 본처가 있고 한 디도 자기를 좋아하는 세컨드가 있었단 말이여.(일동 웃음) 그런디 세컨드가 안하고 뭐라고 하는가. 그 첩같이 하는 고 저 애인이 있었던 거야. 그래가지고는 옛날 사람들 이렇게 지금 광주리라고 기억하나 몰라. 광주리에다가 미역 같은 거, 멸치 같은 거, 참 명태 같은 것을 이렇게 넣어갖고, "파시오." 하며 팔러다니는 생산하는 장사치를 하고서, 그 여자가 거기 와서 그 놈을 이고서, 저쪽이는 인자 일본놈들이 한없이 그냥 모여서 있는디, 이 여자가 와서 그 여자가 그 물을 건너간다. 왜군은 그 위에 가서 있는디. 그러면 왜 이 여자가 그 짓을 행동을 했어, 행동을. 조 중봉이란 분이 여기 소위 의용군 대장이라고 하는 사람이 그 사람한테 이냥 한 맺히게 '기달리고 기달리고 하다'가 자기도 몰르듯이 하고, 그냥 국가만 위하고, 뭐여 주민들을 동원시켜 갖고서나 민병대를 이렇게 조직해 갖고서나 그렇게 싸우기만 하고, 그냥 자기는 돌보지 않는다 하는 것도 미워서 그런 짓을 했다 이 얘기여.

전승자들이 조헌을 금산 인근 사람으로 인식하여 여자와 관계를 맺을 기회를 설정한 데 있다. 즉 조헌이 만난 여인은 젊었을 때 이곳 나루를 건너려다가 만난 주막집 주인 딸이거나 첩으로 설정하였다. 반면 권종의 경우는 진군하는 부대 앞을 여자가 가로질러 갔다는 현실당위적인 문제만을 제시하여, 권종의 미래를 예측하는 수단으로 보여주고 있다.

설화에 등장한 여자 원귀는 분명하게 부정적인 모습을 보여주고 있다. 설사 남자가 잘못하였다고 할지라도 침입한 왜군을 끌어들여 조선군을 패배시키는 짓을 잘하였다고 할 수는 없다. 더욱이 여인의 죽음은 주인공보다 스스로 선택하여 저지른 잘못이다. 그럼에도 불구하고 죽은 여성이 원귀가 되어 국가적 위기에서 개인의 복수를 위하여 황토 강물을 건너는 행위를 하는 이유에는 무엇인가 이유가 있었을 것이다.

그런데 여성의 입장에서 검토하면 다른 의미를 찾아낼 수 있다.[39] 여인은 한 남자에게 호감을 갖을지라도, 신분적인 차이나 사회구조의 한계로 해소할 방법이 없다. 약자인 여성은 이런 상황을 타개하기 위하여 당사자를 직접 만나 해결을 시도한다. 그런데 주인공에게 거절당한 여자는 당시의 사회적 구조에서 해결 방도를 찾을 수 없어 자살할 수밖에 없다. 따라서 이런 여인들은 남성중심 사회의 구조적 모순에 의해 희생된 인물이다. 이처럼 천수를 다하지 못하고 죽은 여인은 원귀가 될 수밖에 없다. 그리하여 현실적으로 해결할 수 없게 된 복수할 기회를 찾아내게 된다.

여자 원귀는 설화의 표면적 의미에서 부정적으로 묘사되어 있지만,[40]

한편 〈성당리 설화 2〉에서는 신립의 원귀설화와 같은 내용의 설화가 조헌에게 결부되어 있다.

39) 정병헌, 『한국고전문학의 교육적 성찰』, 숙명여자대학교 출판부, 2003. 8. 229-325쪽. 이곳 4부 〈여성적 시각으로 보기〉에서 여성 관련 자료를 해석할 때 이면적인 의미를 파악할 필요가 있음을 주장하고 있다.

40) 〈제원면 설화 3〉의 "연애 잘못하면, 연애하자고 하는디 빼 업어다고 허고서 안 하면 그만 귀신이 돼가지고 나중에 원수를 갚는 것이여."여자가 원귀가 되어 원수를 갚는 것

약자인 여성에 대한 배려를 하지 못한 인물41)인 권종이나 조헌도 결정적인 순간에 패배하게 된다는 것을 보여주고 있다. 이는 역자인 여성에 대해 배려하지 못한 결과이다. 따라서 여성 원귀의 등장은 당시의 사회 구조적 질곡에서 약자인 여성을 위하여 배려하지 못하면, 여성이 원귀가 되어 주인공에게 복수를 하여 죽음이나 패배를 맞이하게 되는 이면적 의미42)를 제시하고 있다.

5. 결론

금강 본류 유역에 있는 <성재 전설>의 형성배경과 등장인물의 특성을 살펴보았다. <성재 전설>은 임진왜란 때 성재에서 일어난 싸움을 중심으로 전승되는 전설이다. 우선 금산지역의 대왜 항전 설화 중에 <성재 전설>의 서사구조를 제시하고, 이 전설의 형성배경을 역사적 배경과 주인공들의 금산과 관련된 전기적 특성을 검토하였다. 그런 뒤에 <성재

에 긍정이다. 이에 비하여, <상리 설화 1>의 "그 넋이, 그 넋이 그 위급한 때에 참 왜 놈들을 안내해서 자기의 사랑을 받아주지 않은 복수를 하기 위해서 그 농민의 아내로 변신을 해서 왜놈들을 인도하거나 마찬가지야."나 <대산리 설화 7>의 "그냥 자기는 돌보지 않는다 하는 것도 미워서 그런 짓을 했다 이 얘기여.", <호티리 설화 8>의 "아가씨가 조중봉이를 좋아했는디, [조사자 : 반대하는 디요] 반대했다는 거여. 그래 그때 죽었어. 죽어가지고 그 귀신이 나타나가지고 [조사자 : 한이 살아갖고.] 너도, "너도 견뎌 봐라." 하고. "거시기 그냥 건너간 거여.", <천내리 설화>의 "[조사자 : 아이 그 여자, 그 여자 누구에, 누구예요, 도대체.] 못된 년이, 그것이 사람이 아니고. 근게 우리 승을 갈쳤다고. 사람도 아니래 그게. 그 삶도 아니라 그게. [조사자 : 그게 귀신인가요, 그게?] 운수 속이여. 그게 운수 속이여."에서처럼 부정적으로 나타난다.

41) 이우성·임형택, 「深深堂 閑話」, 『이조한문단편집(상)』, 일조각, 1982. 212-225쪽. 이곳에 는 여섯 개의 삽화가 묶여 있다.

42) 성재 전설에 결부된 원귀는 여성의 입장에서 개인적인 복수를 위하여 등장한 것이 아니라 주인공들이 패배한 역사적 사실을 긍정적으로 설명하기 위한 설화적 장치라 점에서 그 숨어있는 의미라는 점에서 사용한 용어이다.

전설〉의 등장인물인 주인공과 여자 원귀의 특성을 살펴보았다. 지금까지 살펴본 바를 정리하면 다음과 같다.

금산 지역의 여러 대왜 항전 설화의 부류 중의 하나가 〈성재 전설〉이다. 이 〈성재 전설〉의 역사적 실제 주인공은 금산 군수 권종이다. 그런데 이 〈성재 전설〉의 주인공으로 권종은 물론이고 의병장인 조헌이 등장하고 있다. 이들에 결부된 전체적인 의미는 비슷하지만 세부적인 측면에 약간 차이가 있음을 살펴보았다.

〈성재 전설〉의 형성배경은 먼저 역사적 배경을 보면, 왜군들은 순식간에 한성과 평양까지 점령하였지만 전라도 지역의 수군과 관군 건재 지방에서 기병한 의병들로 전쟁물자의 수송이 어렵고 양동작전의 위험에 처하게 되었다. 따라서 왜군들은 조선 수군의 기반과 양동작전의 위험을 제거하고, 전쟁물자의 원활한 수송로를 확보하고 자급화를 기할 수 있는 전라도를 점령하려는 계획을 세웠다. 이때 왜군들은 제원의 갯터 닥실나루의 길을 택하여 침공하게 되어, 이곳 성재에서 금산 군수 권종이 이끄는 군사들과 싸움이 벌어졌다. 다음으로 주인공인 권종과 조헌의 전기적 특성을 살펴보면, 권종은 임진왜란이 일어나기 직전에 금산 군수가 되어 성재에서 왜군과 싸움을 하다 전사한 실제적 주인공이고, 조헌은 임진왜란 이전에 옥천에서 살았던 인물로 금산읍성을 탈환하기 위한 2차 전투에 참여하였다가 칠백의총이 있는 의총리에서 전사한 인물이다. 조헌은 죽은 뒤에도 금산과 관련을 가지며 금산 또는 금산 인근의 인물로 인식되었다.

〈성재 전설〉의 등장인물인 주인공과 여성원귀의 특성을 살펴보았다. 주인공은 책임의식이 강한 강직한 인물, 애민의식을 가진 관리, 상황을 예측하는 능력자의 의미를 제시하고 있다. 여자원귀는 주인공을 패배를 합리적으로 설명하기 설화적 장치이면서, 주인공의 강인한 능력을 설명하는 동시에 약자인 여성에 대한 배려 중요성을 부각시키고 있다.

이상으로 <성재 전설>의 형성배경과 주인공의 특성을 파악하였다. 금산지역의 대왜의식을 파악하려면 금산읍성 싸움을 비롯한 보다 광범위한 문헌 구비설화 자료들을 총괄적으로 검토하여야 할 것이다.

대왜 항전 설화에 나타난 등장인물의 특징

금산 서부지역 전설을 중심으로

1. 서론

금산은 삼남이 연결되는 중요한 지역이다. 이곳은 경상도와 전라도와 충청도가 만나는 전략상 중요한 위치를 차지하고 있다. 따라서 이곳을 차지하기 위한 치열한 전쟁은 삼국시대부터 비롯되었다고 한다.

신라는 백제를 치기 위한 탄현을 넘었다고 한다. 이 탄현이 지금 어디인지 정확하지 않지만, 공주군의 탄현 지역을 가리킨다고 하거나, 금산에서 논산으로 넘어가는 고개라고도 한다. 현재 금산지역의 노인들은 금산에서 논산으로 넘어가는 곳을 탄현이라고 하는데, 논산지역의 전설에 의하면 신빙성이 더욱 높은 곳이다.

이처럼 금산은 삼남의 중요한 전략적 요충이기 때문에 이곳을 차지하기 위한 싸움이 치열하였다.[1] 설화에는 치열한 전쟁을 치루는 당사자들

---

1) 강현모, 「백제의 저항설화 연구」, 『비교민속학』 20집, 비교민속학회, 2001.2. 309-311쪽 참조.

이 전쟁에 임하는 자세를 어떠하였으며, 어떻게 저항하는 방법이 합리적
인가, 그리고 전쟁을 수행하는 당사자들의 갈등 양상이 어떠한가를 보여
주기도 한다. 이와 같은 외부 침략자에 대한 항전(저항) 의식이 집중적으
로 드러나는 설화는 임진왜란 기간의 왜구에 대한 의식을 보여주는 것
들이다. 따라서 이 설화를 통해 왜구 또는 일본에 대한 금산 서부 지역
의 민중들의 의식을 살펴볼 수 있을 것이다.

여기에서 금산의 서부 지역을 중심으로 전승되고 있는 대왜 항전(저항,
대항) 의식을 담고 있는 설화에 등장하는 인물의 특성을 검토하고자 한
다. 이곳에서 대왜 항전(대항) 의식을 드러내는 설화로는 승병장으로 의
병활동을 하다가 이곳 금산전투에서 전사한 영규대사의 일화와 전라도
로 진격하는 왜구와 싸움을 설화화한 자료들이 나타나고 있다. 이를 중
에 영규대사에 대한 것을 제외하고 다른 인물들을 중심으로 살펴보도록
하겠다.[2]

자료는 금산 서부 지역에서 채록한 자료를 중심으로 검토하게 될 것
이다. 필자가 조사한 금산 지역의 구비설화의 자료[3] 금산문화원 안용산
의 사무국장이 모은 『설화 속의 금산』에 들어있는 자료[4] 그리고 금산지
역의 전승 자료들을 모은 금산군지, 읍지, 마을지를 중심으로 중복된 것
을 제외하고 활용할 것이다. 그 밖의 문헌자료와 기타의 구비자료는 보
조 자료로 활용하도록 하겠다.[5]

---

2) 영규대사에 관한 것은 다른 책을 활용하였기 때문에 이 책에서는 생략하였다.
3) 금산에 대한 구비설화 조사는 1992년부터 2006년까지 조사된 자료로 『새내유역의 구비
   설화』을 비롯하여 금강본유 유역(2권) 금내, 버드내 유역(2권) 자료집을 발간하였다. 자료
   들은 용인군 조사와 마찬가지로 법정 마을(리)을 기본 단위로 조사하였기 때문에 많은
   자료들을 채록할 수 있었다. 이들 자료 중에 임진왜란 전후에 왜구와 관련된 자료를 중
   심으로 수집하였는데, 35여 편 정도이다.
4) 『설화속의 금산』에 있는 자료들은 저자가 많은 자료들을 직접 조사하였지만, 일부는 기
   존의 문헌에 수록된 자료들을 재수록 하였다. 그런데 이 책에 수록된 왜구에 대한 저항
   설화들은 대부분 다른 문헌에서 재인용한 것이다.

2. 대왜 항전 설화와 등장인물의 성격

금산 지역은 영남지역에서 전라도로 가거나 충청도를 거쳐 서울로 통하는 중요한 교통로였다. 특히 영남지역으로 상륙하여 승승장구하던 왜구들은 서울을 점령하는데 성공하였으나, 한반도 남서부 지역인 전라도에 조선군이 건재하여 양동작전의 위협에 처하게 되었다. 더욱이 전쟁물자의 보급로인 해상로가 전라도의 이순신 수군에 의해 저지당하고 있어 더욱 어려운 상황에 빠져 있었다. 왜구들은 이런 상황을 타개하기 위하여 금산을 거쳐 전라도 지역으로 진격하려고 하였다.

이런 점에서 권종(설화에는 조헌이 등장하기도 함)이 갯터의 성재 싸움에서 패전하였지만 그 나름대로 의의를 가지고 있었음을 보여주고 있다. 이를 구체적으로 보여주는 것으로 권율이 싸워 승리하였던 배티재와 관련된 전설이다. 이와 같이 금산 서부지역의 전승 삽화에 나타난 왜군에 대한 저항의식을 검토하여 보기로 하자.

1) 권율과 배티재

권율이 배티재 싸움과 관련된 사실을 밝혀주는 자료는 5편이다. 이 중에서 서사적 구성을 갖춘 이야기는 2편이고, 권율에 대해 단편적인 내용을 언급하고 있는 것이 3편이다.

먼저 단편적인 언급을 보면, 홍수설화를 언급하면서 배티제에서 권율 장군이 공을 세웠다고 한다. 그리고 권율장군이 세운 공을 이곳의 비석

---

5) 신동흔, 「역사인물담의 현실대응방식 연구」, 서울대 박사학위논문, 1993.2. 이 논문에는 영규대사에 관한 자료를 공주지역에서 29편을 조사하여 보고하고 있다. 뿐만 아니라 영규대사의 자료에 대한『숭전어문학』4집에 1편, 한국정신문화연구원의 한국학대학원『조사보고서』2집에 2편이 있다고 한다.

에 기록하여 놓았다. 단순한 기록이지만, 홍수설화를 차용하여 이곳이 넘어 가기가 힘든 곳임을 설명하면서, 권율이 공을 세운 것은 그곳의 지리적 이로움을 이용하였음을 보여주고 있다.[6] 더욱이 그 배티재는 전라도 쪽으로 넘어오는 왜구들을 막기 위하여 진을 치고 있었다는[7] 점에서 보면, 권종(설화에는 조헌이 등장하기도 함)이 행한 성재 싸움의 의의를 밝혀주고 있다. 왜냐하면 갯터의 성재 싸움은 이렇게 중요한 곳을 권율이 지킬 수 있도록 왜구의 진격을 지연시켜 준 싸움이기 때문이다.

한편 이곳에 전하는 권율 관련 자료 중에는 전투와 직접 관련이 없지만, 권율이 이곳의 태생이라고 한다. 설화 중에는 큰 공을 세운 권율이 금산 700의총이 있는 근처 약수터에서 태어났다고 한다. 즉 그 약수터 자리에서 공을 들여서 아들을 낳았는데, 그것이 권율과 같은 훌륭한 장군을 낳았다. 그렇기 때문에 권율은 이곳 지리의 이로움을 알고 왜적을 물리쳤으며, 또한 고향을 위해 열심히 싸워 승리를 거두었다는 의미를 내포하고 있다. 그런데 이렇게 공을 들여 낳은 권율은 뒤를 이어 아들을 두지 못하고 딸자식 하나만 두었으며, 그 딸조차 남이 장군을 사위로 두었다가 일찍 죽는 바람에 자손을 두지 못하였다고 한다.[8]

이처럼 설화에서는 권율이 이곳에서 탄생한 사람이라는 의식이 존재할 뿐만 아니라, 이곳 배티재에서 싸움을 승리를 이끈 것이 당연하다는 의미를 내포하고 있다. 이런 배티재에서 싸움에 대해 서사적 구조를 갖은 것으로 <지방리 설화 6>과 <교촌리 설화 7>이 있다. 우선 후자의 설화를 제시하면 다음과 같다.

---

6) 읍내리 설화 17, <배티재의 유래>
7) 묵산리 설화 2, <권율과 조중봉(조헌)의 칠백의총>. 허경진, 앞의 책, 56-64쪽.
8) 읍내리 설화 5 <자손이 없는 권율 장군>. 여기에서 권율이 자식을 낳지 못한 이유가 분명하지 않다. 다만 문맥 사이의 의미는 전쟁과 관련되어 있거나 당쟁이나 시기심에 대한 비판적 의미를 가지고 있는 듯하다.

1. 옛날에 백지재라는 데가 있는데, 권율 장군이 왜적을 막은 곳이다.
2. 왜적이 금성면에 승리하고 백지재를 넘어 군량미가 많은 호남평야로 넘어가려는데, 권율 장군이 막아 묵산리에다가 그 비석을 세웠다.(현재는 비각까지 세웠다)
3. 전체적으로 1과 2를 다시 한 번 강조함9)

위 예화의 2단락에서 왜적이 호남지역을 점령하려는 의도를 정확하게 제시하고 있다. 왜군들은 한강을 건너 평양성까지 점령하였지만, 후방인 전라도 지역을 점령하지 못하여 곳곳에서 일어난 의병들과 전라도 지방의 관병들의 공격으로 양동작전에 시달리게 된다. 이를 타개하는 방법은 호남지역을 점령하는 것이다. 왜구들은 전라도를 점령함으로써 양동작전을 방지할 수 있을 뿐만 아니라, 곡창지역에서 군량미를 손쉽게 조달할 수 있는 방책으로 여겼다.

이를 인식한 권율은 호남지역으로 넘어올 수 있는 백지재(배티재)를 방어하기 위하여 군사를 이동하게 된다. 이곳은 지형적으로 호남으로 진군하는 왜구를 막을 수 있는 마지막 보루이었다. 왜구들은 제원의 성재 싸움에서 승리하여 금산성에 무혈입성 하였고, 그리고 칠백의총에서 승리하고서10) 사기충천하여 호남 지역으로 진군하였다. 백지재 전투에서는 조선의 관군과 의병이 합심하여 싸움을 이겨서 왜구들의 기세를 꺾고 곡창지대인 호남을 사수할 수 있었던 전투라고 할 수 있다.

그런데 이 설화를 보았을 때, 제원의 성재 싸움을 통해 왜구들의 진군을 1-2일 지연시킨 권종(설화에는 조헌으로 등장하기도 함)의 역할에 의의를 부여하고자 한다. 왜냐하면 왜구가 호남으로 진격하는데 권종이 갯터의

---

9) 교촌리 설화 7, <백지재와 권율장군>
10) 칠백의총의 싸움은 역사적으로 배티재 싸움에 일어난 뒤의 일이다. 그런데 이곳의 전설에서는 배티재 싸움 이전으로 설정하여 구술하고 있다.

성재에서 속도를 늦추고 지연시키지 못하였다면, 권율이 유리한 지형을 이용하여 진지를 구축하지 못하여 호남을 사수하지 못하였을 지도 모른다. 즉 권종(혹은 조헌)이 성재에서 강을 이용하여 왜군을 진격을 늦추지 못하였다면, 오히려 방어가 허술한 금산성에서 패배하여 권율이 배티재에서 방어를 준비하는 시간을 충분하게 주지 못하였을 경우를 고려할 수 있다. 그랬다면 호남 지역이 왜구의 수중에 떨어지고, 전국이 왜구에게 유린되었을 것은 설명하지 않아도 알 수 있다.

이 배티재의 싸움을 구체적으로 보여주는 설화가 <지방리 설화 6>이다. 이 설화의 내용을 요약하여 제시하면 다음과 같다.

1. 대둔산 줄기에 배티재가 있는데, 권율 장군의 싸움터였다.
2. 왜군하고 밤에 싸웠는데, 성막리라는 동네에 달이 솟아가지고 왜군을 무찔렀다.
3. 그래 달이 뜬 곳이라 하여 월명동이다.
4. 왜구들은 패하여 도망하여 오는데, 울음실이라 곳에서 다친 부상자들이 와 울었다.
5. 권율 장군의 비가 있다.[11]

배티재는 권율 장군이 이곳에서 크게 이겨 세웠다는 승전비가 있다. 그리고 이 전투의 과정을 구체적으로 보여주고 있다. 이곳에서의 싸움은 밤에 이루어졌고, 전쟁을 하는 동안에 성막리라는 동네에 달이 솟아올라 승리하였다. 이 설화에는 달이 솟아오른 이유나 과정에 대해 정확하게 언급하고 있지 않아 알 수 없다. 다만 전체적인 내용을 볼 때, 이성계가 의동생 툰드란(후에 이지란)과 함께 전북 운봉의 황산에서 왜장 아기발도가 이끄는 군대와 싸웠던 과정과 유사하다.

---

11) 지방리 설화 6, <배티재와 권율장군>

이성계는 아지발도의 왜구와 싸워 승리할 수 있는데, 해가 떨어지고 달도 떨어지려고 하여 더 이상 싸울 수가 없게 되었다. 이때 이성계가 천지신명에게 달이 하늘에 떠 있기를 빌자, 밝은 달이 머무른 덕분에 전쟁에 승리하였다고 한다. 이리하여 달이 머무른 곳의 지명을 인월이라고 하였다는 것은 위의 2단락과 3단락의 내용이 비슷하다.

권율은 배티재로 밀려오는 오는 왜구들과 밤에 싸울 때 달이 떠올라 승리하게 되었다. 이때 달이 떠오른 구체적인 이유가 나타나 있지 않지만, 전체적인 의미에서 달이 떠오른 것은 싸움을 승리하도록 역할을 하였다는 점에서 앞 이성계의 예화가 같은 의미를 가지고 있다. 더욱이 그곳의 지명이 월명동이란 한 것으로 볼 때 더욱 그렇다. 이처럼 권율은 신이 보호하여 주는 장군이고, 더욱이 미리 대비까지 하고 있던 배티재의 싸움에서 승리는 당연한 것임을 나타내고 있다.

이 배티재의 싸움에서 패배한 왜구들은 울면서 도망하여 온 동네라 울음실이란 지명이 생겼다고 한다. 전쟁에서 승패는 당연하게 구분될 것이다. 그런데 패배하고 도망을 와 울었다는 표현은 단순하게 전쟁의 패배를 의미하는 것만이 아니다. 전쟁의 패배에 대한 한탄과 울분이 들어 있다. 이런 점을 고려한다면 앞의 권종(혹은 조헌)의 성재 싸움은 비록 패배하였지만, 매우 의미 있는 싸움이었음을 보여주고 있다. 즉 성재의 싸움은 왜구들에게 호남지역으로 진격하는 데 최소한 하루 이상을 지연시킴으로써 권율이 이곳 배티재의 싸움을 승리로 이끌도록 준비하는 시간을 제공하였다는 의미를 내포하고 있다. 뿐만 아니라 이렇게 얻은 귀중한 시간을 이곳 태생인(설화 속에서) 권율이 지리적 이로움을 최대로 이용하여 승리를 이끌었다는 의미가 내포되어 있다고 하겠다.

2) 한순과 부수바위

권율처럼 호남지역으로 진군하는 왜적으로 물리쳤다는 삽화로 <한순과 부수바위> 전설이 있다. 이 전설에는 호남지역으로 쳐들어오는 왜적을 물리치기 위한 전라도 지역에서 의병장 고경명은 의병들을 이끌고 이곳 호남의 경계지역인 금산으로 이동하였다. 이들 의병들은 진산성까지 진격하였는데,[12] 지친 군사들을 위해 휴식을 취하기로 하였을 때 일어난 사건을 설화화한 내용이다.

1. 부수바위에는 임진왜란 때 의병 한순과 관련된 전설이 있다.
2. 한순은 고경명 휘하의 전라도 의병으로 진산성까지 와서 더 전진해야 하나 지친 군사를 위해 유팽로와 한순이 쉬어가자고 건의하였다.
3. 즐거운 휴식을 하게 되자 대장인 고명경조차 준비 없이 술을 마셨다.
4. 한순은 아들 한석필을 불러 군마를 주면서 부수바위 근처에서 야습해 올지 모르는 왜군을 물리치라고 하였다.
5. 석필은 병사를 데리고 가 야습해 오는 왜적들에게 돌을 굴려 싸웠으나 중과부족으로 죽었다.
6. 이 덕분에 의병들은 공격을 면하였을 뿐만 아니라, 왜적을 통쾌하게 물리쳤다.[13]

위의 내용은 부수바위와 관련된 설화로, 한순의 주도면밀한 계획성과 그의 아들 석필의 아버지에 효성심, 그리고 지친 의병들을 위한 의병장들의 선민의식을 엿볼 수 있다.

---

12) 이형석, 앞의 책 469쪽. 한순은 설화에서 말한 고경명 의병의 부장 정도가 아니라 남평현감이었다. 웅치와 이치 싸움에서 큰 피해를 입었던 왜구들이 1차 금산싸움에서 고경명을 전사시켰다. 한순은 왜구들이 전라도 남부지역으로 경계를 넘어 쳐들어왔을 때 전사한 인물이다.

13) 『설화속의 금산』 251-253쪽, 진산면 설화 9, <부수바위>. 위는 『금산군지』에 있는 내용을 인용한 것이다.

우선 2단락에 보면 의병들은 왜구들의 침입을 대항하기 위하여 진상 성까지 진군하였다. 이 설화의 내용은 고경명의 1차 금산싸움과 관련된 것을 한순과 결합시킨 것으로 보인다. 전라도 담양에서 유팽로 등과 함께 의병을 모아 금산성의 탈환을 목표로 진격하였다. 이 설화에서는 담양에서 진산 성까지의 이동 과정의 피곤함을 설명하고 있는데, 실제로는 진산 성에 본부를 두고 금산성 탈환 작전을 수행하는 과정과 혼동하여 진술하고 있는 것으로 보인다. 진군으로 지친 병사를 쉬게 하자고 부장인 유팽로와 함께 건의하였다.

한순의 건의로 이루어진 휴식은 적진 앞에서 이루어지는 것이기 때문에 여러 가지 배려가 필요하였다. 그런데 의병들의 안전을 책임지어야 할 의병 대장인 고경명조차 아무런 준비 없이 술을 마시며 휴식을 취하였다. 대장들이 배려하여야 할 문제는 적이 눈앞에 있는 상황에서 주변을 경계하고, 적의 야습에 대비하는 것이다. 대장이 이를 고려하지 않자, 휴식을 건의한 한순이 이를 대행하게 된다. 그는 아들 한석필에게 군마를 주고 야습해 올지 모르는 왜구들을 물리치라고 명령하였다.

이런 한순의 우려는 사실로 나타나게 된 것이 5단락이다. 아버지의 명령을 듣고 아들 석필은 군마를 이끌고 지형적으로 유리한 부수바위 근처에 매복하여 야습에 대비하고 있었다. 본진은 술과 휴식으로 취하고 있어 전열을 가다듬을 수 없는 상황이었다. 이런 위급한 상황에서 아버지의 명령을 듣고 매복하고 있던 한석필은 이끌고 온 군마와 함께 야습해 오는 왜구들에게 돌을 굴려 물리쳤다. 이들은 새벽까지 싸우는 도중에 중과부족으로 죽음을 당하였다.

이들의 죽음을 맞이하며 왜군들과 싸운 덕분에 본진에서 휴식을 취한 의병들은 공격을 면하였다. 뿐만 아니라 충분한 휴식을 의병들은 석필을 위시한 의병들의 장렬한 전사에 분전하여 왜적을 통쾌하게 물리칠 수 있었다.

이 자료는 한순의 철저한 준비성과 아들 석필의 효와 충성 등을 보여주고 있다. 그리고 외지에서 온 의병들이 금산지역 안에서 왜적과 싸운 사건으로, 이를 통하여 금산지역의 지정학적 중요성을 보여주고 있다. 뿐만 아니라 전쟁 중에, 특히 적진 앞에서 주변 경계의 중요성을 보여주는 교육적 역사 설화이기도 하다.

3) 바우와 문암

앞의 1과 2항의 설화들의 내용은 왜적에게 점령당하지 않은 상태에서 대항이라면, 이 설화는 왜구들에게 점령당한 상태에서의 저항운동을 나타낸 것이라고 하겠다. 즉 앞의 싸움들은 적과 대항이라며 이 싸움은 저항이라고 하겠다.

이 설화의 내용을 단락으로 나누어 보면 다음과 같다.

1. 임진왜란 때 바우라는 사람이 있었다.
2. 왜구와 싸우는 장소에 갔다가 남편을 시선을 붙들고 울고 있는 여인을 보았다.
3. 여인과 함께 남편을 묻고 문암까지 와서 굴속에 살았다.
4. 바우는 사냥 갔다가 왜구의 목을 잘라다가 나무 가지에 매달았는데 200여 개가 넘었다.
5. 그런데 여인이 바우에게 가자, 바우는 어디로 도망을 갔다.
6. 뒤에 장에 갔다가 대둔산에 왜적을 무찌르는 장군이 있다고 하여 찾아갔더니 바우였다.
7. 바우가 도망가려는 것을 붙들어 말하고 문암에 와서 살다가 죽었다.[14]

---

14) 『설화속의 금산』 274-277쪽. 복수면 설화 6, <문암과 장군바위>. 위는 『금산군지』에

위 설화는 바위라는 사람이 남편이 죽은 여인을 도와주고 왜적의 목을 베어 나무에 걸어 놓았다는 항왜설화이다. 위 설화의 내용을 구체적으로 살펴보면 다음과 같다.

금산의 문암 근처에 바우라는 사람이 살았다. 이가 구체적으로 어떤 사람인지 알 수는 없으나 민중적 장수임을 알 수 있다. 그런데 그가 2단락의 상황이 일어나기 전까지 왜구에게 적개의식을 가지고 있는지 알 수가 없다. 그러던 바우가 왜적에게 패배하여 남편을 잃은 여인을 도와 장례를 치러준 뒤에 문암의 근처의 굴속에서 살았다. 함께 살게 된 바우는 여인의 한을 보고 그런 것인지, 아니면 왜적에게 유린당한 민족적 울분을 느꼈는지 그 이후 사냥을 갖다가 왜적의 목을 잘라다가 나뭇가지에 매달았다.

그런데 이런 바우의 행동은 여인이 바우에게 다가가자 다른 곳으로 도망을 갔다고 한 것에서 여인에게 호감을 받기 위한 것은 아닌 것 같다. 즉 바우가 도망간 이유가 구체적으로 무엇인지 알 수 없지만, 여인에게 호감을 받기 위한 것이라며 도망갈 필요까지는 없을 것 같다. 이런 점에서 바위의 행동은 여인의 애환을 갚아주기 위한 순수한 마음인데, 이를 여인이 은혜로 알고 몸으로 갚으려는 줄 알고 거절한 것이 아니가 한다.

그런데 여인은 바우가 도망간 뒤에 혼자 기거하는 도중에 대둔산에서 왜적을 물리쳤다는 장군이 있다는 소문을 들었다. 그런데 앞의 권율 이야기에서 이곳 칠백의총 근처의 약수터에서 빌어 아들을 얻었다는 삽화15)에 의하면 이것과 연관시킬 수 있을 것으로 보인다. 즉 이 두 삽화로 보면 권율을 바우로, 바우를 권율로 대치시킬 수 있다. 이를 보면 바

있는 내용을 인용한 것이다.
15) 읍내리 설화 5, <자손이 없는 권율 장군>

우는 민중적 장수로 이곳 지리를 최대로 이용한 장수로, 역사적으로 이곳 대둔산 지역인 이치, 즉 배티재에서 승리를 이끈 권율과 상치된다고 하겠다.

여인이 대둔산 지역에서 승리한 바우를 찾아가자 도망가려고 하였다고 한다. 바우가 계속 도망을 치려는 이유는 다른 자료들을 조사하여야 규명할 수 있는 것으로, 현재는 알 수가 없다. 다만 이 바우를 권율로 상치한다면, 이곳 민중들은 권율이 이곳의 사람이기를 바라고 원하는 바를 언술 속에 제시한 것으로 보인다. 즉 민중들은 여인을 통해 바우를 붙들고 문암에 와서 살다가 죽었다고 표현하여, 대둔산 이치(배티재)의 영웅이 금산과 함께 영원히 존재하고 있음을 보여주고 있다고 하겠다.

<바우와 문암> 설화는 왜구들에 대한 민족적 적대의식을 드러내는 동시에 대둔산의 영웅이 이곳 금산과 영원히 함께 하기를 바라는 심정을 표현한 것이라 하겠다.

3. 결론

대왜 항전의식 설화와 인물의 특성에 대해 금산 서부지역을 중심으로 살펴보았다. 서부지역에 전승되는 대왜 항전의식 설화로는 영규대사에 관련된 자료들과 이치고개(배티재)를 배경으로 하는 싸움에 관한 것이 있다. 전자는 승병장인 영규대사에 관련된 설화로 영규대사의 탁월한 능력과 함께 승병장으로써 한계를 보여주는 내용들이고, 후자는 이치고개의 지리적 이로움을 이용하여 전라도 지역으로 진격해 오는 왜군들을 물리친 민족적 고난을 극복하고 자존의식을 지켜낸 승리에 관한 것들이다. 이중에 후자만을 대상으로 검토하였다.

서부지역의 대왜 항전의식 설화에는 권율과 배티재, 한순과 부수바위, 바우와 문암 등으로 나누어 살펴보았다. <권율과 배티재>에서는 권율이 곡창지대 전라도를 안전하게 지켜낼 수 있도록 배티재 싸움에서 승리하였는데, 이곳의 험준한 지리적 이로움을 잘 알고 활용하였을 보여주고 있다. 뿐만 아니라 승리할 수 있었던 것은 달과 같은 천우신조의 도움에서 비롯되었다고 한다. 반면에 <한순과 부수바위>에서는 한순의 세심한 배려와 아들 한석필의 효와 충성심으로 많은 병사들을 구하고 승리할 수 있다. 그리고 <바우와 문암>에서는 바우라는 민중적 영웅이 이곳의 지리적 이로움을 이용하여 적들을 무찔렀다는 내용이다.

이상의 금산 서부 지역에 전승되고 있는 대왜 항전설화에 대해 살펴보았다. 금산 지역의 대왜 항전 설화의 전모를 밝히기 위해서는 금산 금강본류 지역인 개텃 닥실나루의 성재(저곡성)싸움에 대해 함께 규명할 때에 올바르게 평가할 수 있을 것으로 보인다.

참고문헌

「임진록」 (국도본, 고려대도서관본한문본, 조동일본, 한국정신문화연구원 84장 한글본,
　　　　한국정신문화원B, 사재동본, 권영철본, 조동일본)
『김충장공유사』,
「권공순절 유허비」, 「권공충신문」, 『고려사』, 『고려사절요』, 『광해군일기』, 『국조방목』,
　　　　『국조인물고』, 『기제사초(하)』, 『난중잡록』, 『대동기문(大東奇聞)』, 『대동야승』,
　　　　『명장전(名將傳)』, 『삼국사기』, 『삼국유사』, 『선조수정실록』, 『선조실록(宣祖實
　　　　錄)』, 『연려실기술』, 『우암집』, 『정조실록』, 『제조번방지』, 『조두록(俎豆錄)』,
　　　　『중봉집』,
권태익 「임진왜란」 김성한, 「임진왜란」,
금산군, 『금산군지』, (1969.) (1987.)
『나주군지』, 『내고장전통가꾸기 (의령군편)』,
『장성군지』, 『전북도사』,
『부여군지』, 부여군, 1964., 1987.
박종화, 『임진왜란』, 을유문화사, 1958(단기 4291).
신채호, 『신채호전집』, 형설출판사,
심재완 편저, 『교주 역대시조전서』, 세종문화사, 1972.
양주익, 『무극집』, 「우감은곡 5-1」, 임기중 편저, 『필사본 역대가사문학전집』 권10,
윤선각의 『문소만록(聞詔漫錄)』,
이민서, 「전」 『김충장공유사』,
이의순, 「산신당 중수기」 (1947)
장도빈, 「김덕령전」, 『구활자본 고소설전접』 권19, 동서문화원, 1984.
정인보, 「의승장기허당대사기적비명(義僧將騎虛堂大師紀蹟碑銘)」,=「紀蹟碑銘」
조인형, 「순의비명(殉義碑銘)」,
최제우, 「안심가」 『용담유사』,
한국정신문화연구원 편, 『한국구비문학대계』 (82권)
호양호, 이종학역, 『한국명장전』, 박영문고 30, 박영사, 1974.
『충청남도지』, 충청남도, 1965., 1979,

강은해, 「전설의 삶과 죽음 이후의 세 수용」, 『한국문학의 두 문제』, 학연사, 1985.

강성복, 『중요문형문화재 제9호 은산별신제』, 부여문화원, 1997.

강재철, 『김포의 설화』, 김포문화원, 1999.

강진옥, 「구전설화류형군의 존재양상과 의미층위」, 이화여대 대학원 박사학위논문, 1986.

강진옥, 「원귀형 전설 연구」, 『구비문학』 5집, 1981.4.

강진옥, 「원혼설화에 나타난 원혼 형상성 연구」, 『구비문학』 12, 구비문학회, 2001.

강현모, 「백제의 저항설화 연구」, 『비교민속학』 20집, 비교민속학회, 2001.2.

강현모, 『한국설화의 전승양상과 소설적 변용』, 도서출판 역락, 2004.7.

강현모, 「공안설화연구」, 한양대 대학원 석사학위논문, 1986.6.

강현모, 「김덕령 문헌설화에 나타난 영웅화의 모색과 시도」, 『비교민속학』 14집, 비교
　　　　민속학회, 1997.

강현모, 「김덕령 전승의 현대적 수용 양상」, 『비교민속학』 19집, 비교민속학회, 2000. 12.

강현모, 「백제의 저항설화 연구」, 『비교민속학』 20집, 비교민속학회, 2001.2.

강현모, 「비극적 장수설화연구」, 한양대 박사학위논문, 1994.

강현모, 「이몽학 설화의 연구」, 『한국학논집』 13집, 한양대 한국학연구소, 1988.2.

강현모, 「이몽학 오뉘힘내기 전설고」, 『한양어문연구』 6집, 한양대 한양어문연구회,
　　　　1988.12.

강현모, 「전기소설 <김덕령전>의 서사구조와 의미」, 『한남어문학』 19집, 한남대 국어
　　　　국문학회, 1993. 12.

강현모, 「대왜 항전 설화에 나타난 교육적 의미」, 『한민족문화연구』 17집, 한민족문화
　　　　학회, 2005.12.

권선경, 『풍수로 금산을 읽는다』, 금산문화원, 2004.

김균태·강현모, 『부여의 구비전승』(상), 보경문화사, 1994.7.

김균태·강현모, 『새내(금강본류 1-2, 금내, 버드내1-2)유역의 구비설화』, 역락, 2005. 12.

김대숙, 「여인발복 설화의 硏究」, 이화여대 대학원 박사학위논문, 1988.5.

김대숙, 「아랑형전설연구」, 이화여대 교육대학원 석사학위논문, 1981.

김순휴, 「임진록고」, 『동악어문논집』 4집, 동국대 동악어문학회, 1966.7.

김승호, 「임난시 승장의 설화전승 양상－영규대사를 중심으로」, 『동악어문논집』 36, 동악어문학회, 2000.12.

김열규, 『한맥원류』, 주우, 1981.

김용덕, 『한국전기문학론』, 민족문화사, 1987.

김윤식, 「역사소설의 방법론적 전개」, 『현대문학』 100호, 1963, 4월.

김재용, 「전설의 비극적 성격에 대한 일고찰」, 『서강어문』 1집, 서강대 서강어문학회, 1981.

김치홍, 「임진록연구」, 『명지어문학』 14집, 명지대 국어국문학과, 1982.

김학성, 『국문학의 탐구』, 성대출판부, 1987.

김혜경, 「인물전설의 구조와 사상배경에 관한 소고」, 이화여대 대학원 석사학위논문, 1984.

김혜숙, 「전 서사(기사) 야담의 대비적 고찰」, 『한국 판소리 고전문학연구』, 『새터 강한영교수 고희기념논총』, 아세아문화사, 1983

박계홍, 「백제와 오늘을 잇는 은산별신제」『뿌리깊은나무』, 1976. 6월호

박지홍, 「구지가 연구」.『국어국문학』 16, 국어국문학회, 1957.

박진태, 『한국가면극 연구』, 새문사, 1985.

박한설, 「후삼국의 성립」『한국사』 3, 한국사편찬위원회, 1979.

성기영, 「은산별신제의 역사적 전개와 창출」, 안동대대학원 석사학위논문, 1998.

소재영, 『임병양란과 문학의식』, 한국연구원, 1980.

소재영, 「임진록군의 형성과 민중의식의 변모」, 『국어국문학』 61집, 국어국문학회, 1973.

송용재, 『금산의 금석문』(상), 금산문화원, 1996. 1.

숭전대, 『숭전어문학』 4집, 숭전대 국어국문학과, 1974.

신동욱, 『우리 이야기 문학의 아름다움』, 한국연구원, 1981.

신동흔, 「역사인물담의 현실대응방식 연구」, 서울대 박사학위논문, 1993.2.

신태수.「임진록연구의 현황과 전망」, 『문학과 언어』 11집, 문학과 언어연구회, 1990. 5.

안병국, 「한국원귀설화의비교문학적 연구」, 중앙대 박사학위논문, 1982.

안용산, 『금산의 땅이름』, 금산문화원, 1995.12.

안용산, 『설화속의 금산』, 금산문화원, 1996.12.

유영대, 「설화와 역사인식」, 고려대 석사학위논문, 1981.

윤석산, 『용담유사연구』, 민족문화사, 1987.

윤재근, 「조선시대 저항적인물의 전승연구」, 고려대 박사학위논문, 1988.

이규태, 『한국인의 기속』, 기린원, 1979.

이기문, 『국어사개설』, 탑출판사, 1976.

이기백, 『한국사신론』, 일조각, 1981.

이동근, 「임난전쟁문학연구」, 서울대 석사학위논문, 1983.

이성무, 『력사와 민중의식』, 어문각, 1984.

이성무, 「조선초기의 향리」, 『한국사연구』 5, 한국사연구회, 1970.

이양수, 『은산별신고』, 부여향토문화연구회, 1969.

이우성·임형택, 「심심당 한화」, 『이조한문단편집(상)』, 일조각, 1982.

이재란, 「이토정 설화연구」, 한양대 교육대학원 석사학위논문, 1989.6.

이재선, 『한국현대소설사』, 홍성사, 1982.

이준현, 「신립전설 연구」, 한국교원대학교 석사학위논문, 1998.

이필영, 「은산별신제」, 『비교민속학』 13집, 비교민속학회, 1996.4.

이필영, 『은산별신제』, 화산문화, 2002.12.

이형석, 『임진전란사』, 임진전란사간행위원회, 1974.

임동권, 『무형문화재조사보고서 제8호(은산별신제)』, 1965. =『한국민속학논고』, 집문
당, 1991.

임동권·최명희, 『한국의 굿, 은산별신제』, 열화당, 1986.

임재해, 「민속학에서 본 한국인의 의식구조」, 『민속어문논총』, 『훈민 최정여박사송수
기념』, 계명대출판부, 1983.

임재해, 「설화의 현장론적 연구」, 영남대 대학원 박사학위논문, 1986.

임재해, 「존재론적 구조로 본 설화갈래론」, 『한국·일본의 설화연구』, 인하대출판부, 1987.

임철호 『임진록 연구』, 정음사, 1986.

임철호, 「신립설화의 역사적 의미와 기능」, 『구비문학』 12집, 구비문학회, 2001.

임철호, 『설화와 민중의 역사의식』, 집문당, 1989.

임철호, 「구비설화에 나타난 민족의식과 민중의식」, 『전주대 논문집』 제16집, 1987. 12.

장덕순, 『한국문학의 연원과 현장』, 집문당, 1986.

장덕순, 『한국설화문학연구』, 서울대출판부, 1970.

장덕순, 「설원설화고」, 『눈뫼 허웅박사환갑기념논문집』, 1978.

장장식, 「설화의 금기연구」, 경희대 대학원 석사학위논문, 1984. 8.

장장식, 「이성계전설의 성격적 의미」, 『월산 임동권박사 송수기념논문집』(국어국문학
편), 집문당, 1984.

정병헌, 『한국고전문학의 교육적 성찰』, 숙명여자대학교 출판부, 2003. 8.

정병호, 「은산별신제」『공간』 17권 7호, 공간사, 1982,7.

조동일, 『탈춤의 역사와 원리』, 홍성사, 1981.

조동일, 「임진록에 나타난 김덕령」, 『이재수박사환력기념논문집』, 형설출판사, 1972. =
『완암김진세선생 회갑기념논문집』, 『한국고전작품론』, 집문당, 1990.

조동일, 『한국가면극의 미학』, 한국일보사, 1975.

조동일, 『한국설화의 민중의식』, 정음사, 1985.

조동일, 『민중영웅 이야기』, 문예출판사, 1992.

조동일, 『인물전설의 의미와 기능』, 영남대 민족문화연구소, 1979.

조동일, 『한국소설의 이론』, 지식산업사, 1984.

조동일, 『동학성립과 이야기』, 홍성사, 1981.

조성혁, 「원귀설화의 변모양상연구」, 건국대 박사학위논문, 2000.

차진용, 『교본 은산별신제』, 은산별신제보존회, 2000.

천혜숙, 「전설의 신화적 성격에 관한 연구」, 계명대 박사학위논문, 1987, 6.

최래옥, 『한국구비전설 연구』, 일조각, 1981.

최래옥, 「산이동설화의 연구」, 『관악어문』 3집, 서울대 국어국문학과, 1979.

최래옥, 「한국설화의 변이양상」, 『구비문학』 2집, 1979.2.

최래옥, 「한국홍수설화에 대하여」, 『한국민속학』 9호, 민속학회, 1976.

최문화, 『충남의 전설집(하)』, 충청남도 향토문화연구소, 1986.3.

최삼룡, 「임진녹의 영웅상에 대한 고찰」, 『국어국문학』 107집 , 국어국문학회, 1992.6.

최시한, 「맺힘-풀림의 서사구조에 대한 시론」, 『한국문학의 두 문제』, 학연사, 1985.

하효길 · 김선풍, 『중요무형문화재조사보고서』 249호, 문화재관리국, 1997.

하효길 외, 『중요문형문화재 제9호 은산별신제 종합실측조사보고서』, 문화재관리국, 1998.

한국정신문화연구원 한국학대학원 『조사보고서』 2집, 한국학대학원, 1982.

한만영 · 이보형, 「은산별신제의 음악적 연구」, 『민족음악학』 창간호, 서울대학교 음악
학과, 1978.

한상수, 『충남의 구비전승(하)』, 한국예총 충청남도지회, 1987.

허경진, 『금산의 임진왜란 이야기』, 금산군문화공보관광과, 2004.5.

홍사준, 『백제의 전설』, 통문관, 1956.

홍성암, 『한국역사소설』, 민족문화사, 1989.

홍일식, 『개화기의 문학사상연구』, 열화당, 1982.

韋旭昇, 『抗倭演義(壬辰錄)研究』, 아세아문화사, 1990.

무라야마(村山智順), 『석존 · 기우 · 안택』, 조선총독부, 국서간행회, 1972.

오사카(大坂六村), 「恩山노別神祭」, 『조선』 241, 1935.6.

Alastair Fowler, "The Life and Death of Literary Forms" New Directions in Literary
History, Ralph Cohen ed, London: Routledge & Kegan Paul, 1974.

Alastair Fowler, Kinds of Literature, Harvard University Press, 1982.

Ralph Cohen (ed,), New Directions in Literary Historey, London: Routledge & Kegan
Paul, 1974.

Paul Hernadi, Beyond Genre, Cornell University Press, 1972.